Un enfant pour s'aimer

Une surprenante nouvelle

MAUREEN CHILD

Un enfant pour s'aimer

Traduction française de
MURIEL LEVET

Passions

HARLEQUIN

Collection : PASSIONS

Titre original :
A BABY FOR THE BOSS

HARPERCOLLINS FRANCE
83-85, boulevard Vincent-Auriol, 75646 PARIS CEDEX 13
Service Lectrices — Tél. : 01 45 82 47 47

www.harlequin.fr

ISBN 978-2-2803-6220-7 — ISSN 1950-2761

- 1 -

— Je n’ai pas confiance en elle, affirma Mike Ryan en tapotant nerveusement le bureau de Sean, son frère cadet.

— Ça, ça fait des mois que j’ai compris, répondit ce dernier en riant. Ce que je ne comprends pas, en revanche, c’est pourquoi. Jenny, une artiste talentueuse, qui rend son travail à l’heure, qui ne fait jamais d’histoires et qui est par ailleurs très sympa. Alors dis-moi ce qu’elle t’a fait pour que tu lui en veuilles autant.

Tout en serrant les dents, Mike se tourna vers la fenêtre. Malgré le climat californien, le jardin de la villa victorienne, en ce mois de janvier, paraissait un peu terne. L’herbe était sèche, les arbres nus, les massifs vides de fleurs. Le ciel, à l’est, était chargé de nuages gris, et un vent froid soufflait depuis l’océan.

Mieux valait cependant contempler cette triste vue que se représenter mentalement Jenny Marshall. La jeune femme était un modèle réduit, elle ne devait pas faire plus d’un mètre cinquante-cinq, mais son petit corps était vraiment bien fait, avec des courbes voluptueuses qui lui mettaient l’eau à la bouche à chaque fois qu’il la voyait. Il n’avait pas besoin d’essayer d’imaginer à quoi elle ressemblait sous ses vêtements, il l’avait déjà vue sans. Et ces souvenirs si voluptueux se rappelaient fréquemment à sa mémoire.

Comme en cet instant, par exemple…

Il fit de son mieux pour oublier ces images, se concentrer sur le paysage. Mais aussitôt, les traits du visage de la jeune femme se dessinèrent dans son esprit… Ses cheveux blonds ondulés, soyeux, coiffés en carré court. Ses yeux bleus comme un ciel d'été. Ses yeux qu'il avait vus briller de passion. Puis de traîtrise.

— J'ai mes raisons, finit-il par répondre sans se donner la peine de se retourner vers son frère.

Sean ignorait qu'il avait rencontré Jenny bien avant qu'elle ne soit embauchée par Celtic Knot, et Mike ne voyait aucune raison de le mettre au courant.

— Bon, murmura Sean après avoir poussé un long soupir. Je vois que tu es toujours aussi têtu. De toute façon, peu importent les raisons. Brady, toi et moi nous sommes déjà mis d'accord.

— Brady est en Irlande.

— Exact. Mais tu te souviens de cette réunion que nous avons eue sur Skype ? Celle au cours de laquelle nous avons décidé tous ensemble de qui se chargerait de chacun des hôtels.

— Oui.

— Parfait. Parce que Jenny est actuellement en train de travailler sur la décoration du River Haunt Hôtel. Elle a déjà présenté d'excellentes idées. Si on change de *designer* maintenant, on va prendre du retard. Et d'autre part, Jenny est douée. C'est la personne la mieux placée pour effectuer cette mission.

Mike serra les poings. Son frère avait raison : tout avait été minutieusement planifié, et ils ne pouvaient plus changer leurs projets. Tous les artistes employés par la société étaient occupés à travailler sur les graphismes du nouveau jeu qui devait sortir au cours de l'été. Jenny était donc le choix le plus logique.

Même si cela ne lui plaisait pas. Pas du tout.

Mais il y avait des échéances à respecter, il le savait mieux que quiconque. Avec son frère et leur ami Brady Finn, ils avaient fondé cette société de jeux vidéo alors qu'ils n'étaient encore qu'au lycée. Leur premier jeu n'avait pas été une grande réussite artistique, mais comme il était excellent du point de vue de l'action et du mystère, il s'était vendu bien mieux qu'aucun d'entre eux ne l'avait espéré et avait fini par leur rapporter une véritable fortune.

Cet argent, ils l'avaient réinvesti dans la société qu'ils avaient baptisée « Celtic Knot », et six mois plus tard, ils avaient lancé un nouveau projet, plus élaboré. Très vite, leurs jeux d'action, basés sur d'anciennes légendes et superstitions irlandaises, s'étaient bâti une solide réputation et avaient vu leur nombre d'amateurs se multiplier.

Ils avaient alors acheté cette grande villa victorienne à Long Beach pour y établir leurs quartiers et avaient embauché les meilleurs programmateurs et artistes du monde entier. Au fil du temps, ils avaient obtenu plusieurs récompenses, et ils avaient désormais des milliers de fans qui attendaient impatiemment la sortie de leur prochain jeu. Mais tout récemment, ils s'étaient orientés vers un autre secteur d'activité.

D'un commun accord, ils avaient décidé d'acheter trois hôtels pour en faire de véritables paradis du jeu vidéo. Chacun devait être remodelé à l'image de l'un de leurs jeux. Dans le premier, Fate Castle, situé en Irlande, les travaux venaient tout juste de se terminer. Le second, River Haunt, était situé dans le Nevada, au bord du fleuve Colorado, et n'attendait que lui pour commencer sa transformation.

Mais comment allait-il pouvoir agir s'il lui fallait

travailler en binôme avec Jenny ? La réponse était simple : il ne pourrait pas. Le problème était qu'il ne pouvait pas expliquer *pourquoi* à son frère.

Mais peu importait. Il allait aller voir Jenny et la convaincre de se retirer du projet. Il n'avait aucun doute sur le fait qu'elle n'était pas plus pressée de travailler avec lui que lui avec elle. Si elle allait elle-même voir Sean pour demander à être remplacée, le problème serait réglé. De son côté, il lui proposerait une augmentation. Ou une prime. La connaissant comme il la connaissait, il était certain qu'elle accepterait immédiatement. Les choses seraient réglées, et il pourrait débuter les rénovations.

La voix de Sean le tira brutalement de ses pensées.

— D'autre part, je suis toujours en discussion avec le fabricant de jouets pour les figurines à l'effigie des personnages de nos jeux.

— Qu'en pensent les juristes ?

— Beaucoup de choses. Que j'avoue ne pas comprendre très bien. Ces types parlent un langage vraiment obscur.

— Je sais, oui. Mais en gros ?

— La seule chose que j'ai pigée, c'est que cela pourrait nous rapporter beaucoup d'argent.

— Oui, mais des jouets… je ne sais pas si c'est une bonne idée.

— Ce ne sont pas des jouets, mais des figurines collectors. J'ai appelé Brady ce matin, et il est d'accord. Réfléchis-y, Mike. Au prochain salon, on aura non seulement nos jeux à présenter, mais aussi ces figurines. Si elles sont ressemblantes et bien réalisées, cela pourrait même nous attirer une clientèle différente, qui ne s'intéresse pas nécessairement aux jeux vidéo.

Tout en riant un peu, Mike s'adossa à sa chaise.

— Il y en a des tas, des gens qui ne s'intéressent pas aux jeux vidéo.

— Oui, répondit Sean en tapant des deux mains sur le bureau. Et c'est pour ça que l'on s'est aussi lancés dans l'hôtellerie. On pourrait même organiser nos propres salons.

— Quoi ? demanda Mike, surpris.

Sean sourit.

— Prends Comic-Con, par exemple. Ils ont commencé à partir de presque rien, et regarde où ils en sont aujourd'hui. On pourrait monter le salon Celtic Knot ! Un immense rassemblement centré sur nos jeux et produits. On pourrait organiser des tournois, des jeux de rôles, faire des concours de costumes. Et pourquoi pas un concours proposant un contrat à celui qui imaginerait le meilleur monstre pour notre nouveau jeu ?

— Tu es allé surfer, ce matin ?

Sean parut pris de court par la question.

— Je ne vois pas ce que cela a à voir avec tout ça.

— L'eau est froide en ce moment. Ça t'a peut-être engourdi les neurones.

— Très drôle !

— Tu ne trouves pas que l'on a déjà suffisamment à faire comme ça ? Entre le nouveau jeu qui sort en décembre, la suite de Fate Castle cet été et la rénovation des hôtels ?

— C'est vrai qu'il y a du travail. Mais pour continuer d'en avoir, il faut continuer à réfléchir, à se développer. Notre affaire est basée sur nos fans. Sur leur sentiment d'être liés aux scénarios que nous élaborons. Leur proposer davantage, leur offrir d'autres liens pour s'y connecter et avoir l'impression d'appartenir à l'univers qu'ils aiment tant, cela ne pourrait que nous profiter, non ?

Mike prit le temps d'y réfléchir. Il voyait bien l'enthousiasme de son frère, qui avait en partie raison. Le développement de leur label ne ferait que consolider leur position sur le marché. Leur premier hôtel, en Irlande, était déjà complet pour six mois alors qu'il n'avait même pas encore ouvert ses portes à la clientèle. Ce qui suffisait à prouver qu'il y avait un immense marché pour ce que Sean venait de décrire. Et il y avait un autre point sur lequel son petit frère avait raison.

— On parlera à Brady de cette idée de salon, dit-il. Je crois que c'est une bonne idée.

— Waouh ! s'exclama Sean. Tu es d'accord avec moi ? Il va neiger…

Mike se mit à rire.

— En tout cas, pour ce qui est des figurines, je suis avec toi, assura-t-il. Tu peux demander aux juristes de s'arranger pour obtenir la meilleure offre possible.

— Parfait !

Mike sourit et ajouta :

— Et tu as raison sur les autres trucs aussi. Les jeux de rôles, les concours. L'Irlande est un pays lointain. L'hôtel du Nevada ne sera pas assez grand pour organiser ce type de tournois. Ce sera donc dans celui du Wyoming qu'il faudra les organiser.

— C'est exactement ce que je pensais ! Il y a un parc de plusieurs centaines d'hectares, avec des lacs et des forêts. C'est parfait pour ce genre de rassemblement.

— Alors c'est bien que ce soit toi qui t'occupes de celui-ci, non ?

— C'est exactement ce que je pensais aussi, répondit Sean avec un sourire satisfait.

Ce fut ce sourire qui poussa Mike à le taquiner.

— Dans ce cas, tu devrais aller dans le Wyoming. Histoire de voir les choses de tes yeux.

— Bien sûr, répliqua Sean, ironique. En plein mois de janvier. Je te rappelle qu'il neige, là-bas, en janvier. Et qu'il fait un froid de canard. Ecoute, l'hôtel en Irlande, on l'a bien acheté en voyant les vidéos en ligne, non ?

— Oui, mais…

— J'ai parlé avec l'entrepreneur qui m'a fait des vidéos de tout. L'hôtel en lui-même a besoin d'être restauré, mais les murs sont sains, et c'est le plus important, non ?

— Oui, mais…

— Occupe-toi de tes affaires, je m'occupe des miennes, conclut Sean en se levant. Ne t'inquiète pas, je me rendrai sur place dans quelques mois, avant que l'on ne commence la décoration. Mais pour le moment, il faut que je m'occupe du salon du jeu vidéo de Chicago, qui aura lieu le mois prochain. Et il faut que je supervise le travail artistique sur *Banshee Screams*. J'irai dans le Wyoming, mais cet été.

Il se dirigea vers la porte en riant.

— Moi, dans la neige ? Non, mais tu rêves !

Quand il fut parti, Mike soupira. Brady était en Irlande avec sa femme et son bébé. Et Sean ne pensait qu'à parcourir les plages pour faire du surf. Il était donc seul face au problème. Il allait falloir au minimum six mois pour remodeler l'hôtel du Nevada. Et s'il ne trouvait pas un moyen de se défiler, cela voulait dire qu'il allait devoir passer au minimum six mois avec Jenny Marshall.

Cette femme qui lui avait menti…

Après s'être versé un verre de vin blanc, Jenny Marshall s'installa dans son confortable canapé et s'ordonna de se détendre. Mais elle avait toujours eu du mal à obéir aux règles, y compris celles qu'elle se fixait elle-même. Tout en repliant ses genoux sous son menton, elle se mit à observer d'un œil distrait les enfants qui, de l'autre côté de la fenêtre, jouaient au basket dans l'allée.

La maison qu'elle louait était ancienne et petite. Le bâtiment, bâti dans les années 1940, était situé dans une petite rue étroite, à quelques centaines de mètres de la plage. Le loyer était élevé, mais la maison était confortable, proche de son lieu de travail et moins impersonnelle que la plupart des logements du coin. Là, elle pouvait faire un peu de jardinage, aller aux fêtes de quartier et acheter des tickets de tombola aux enfants qui habitaient la rue. Là, elle se sentait connectée aux autres, avait l'impression de faire partie d'un tout. Une idée qu'elle trouvait particulièrement réconfortante.

Tout en buvant une gorgée de vin, elle contempla le jardin de devant, où les arbres nus se balançaient dans le vent. Le ciel avait pris une jolie couleur lavande, et des lampes commençaient à s'allumer derrière les fenêtres de ses voisins. Elle n'arrivait toujours pas à se détendre, mais avec tout ce qu'elle avait à l'esprit, cela n'avait rien de vraiment étonnant.

Entre le nouveau jeu de Celtic Knot et la décoration de l'hôtel du Nevada, elle avait beaucoup à penser. Elle adorait son travail et s'estimait chanceuse de l'avoir. Surtout quand elle songeait que l'un de ses employeurs ne rêvait que de la renvoyer. Ou tout simplement de la voir disparaître.

Elle fronça les sourcils et fit de son mieux pour ignorer les regrets qui étaient venus l'assaillir. Il ne lui avait pas été facile de travailler avec Mike, au cours des quelques mois passés. A chaque fois qu'ils se retrouvaient dans la même pièce, elle sentait une hostilité quasi palpable qui émanait de lui, si violente qu'elle menaçait presque de l'étouffer. Il était cruel, borné, irraisonnable. Et pourtant… il lui faisait vibrer le cœur.

Comment pouvait-elle se montrer aussi stupide, après tout ce qui s'était passé ?

Quand ils s'étaient rencontrés ce soir-là à Phoenix, un an plus tôt, cela avait été de la magie, pure et simple. Mais comme dans tout bon conte de fées, la magie n'avait duré qu'une nuit. Au petit matin, le prince charmant s'était changé en ogre.

Tout avait pourtant si bien commencé. La veille du grand salon du jeu de Phoenix, elle avait rencontré un bel homme au sourire charmeur et aux yeux aussi bleus qu'un ciel d'été. Ils avaient bu un verre au bar de son hôtel avant d'aller dîner ensemble, puis ils avaient fait une promenade et avaient terminé dans sa chambre d'hôtel. C'était la première fois qu'elle faisait cela, coucher avec un homme qu'elle connaissait à peine. Mais ce soir-là, tout avait été… différent. Au moment où elle avait rencontré Mike, elle avait eu le sentiment qu'elle avait toujours attendu qu'il entre dans sa vie. Ce qui, avec le recul, paraissait totalement ridicule. Mais sur le moment, elle avait laissé son cœur la guider. Elle s'était abandonnée à cette attirance, ce quelque chose qu'elle n'avait jamais connu auparavant. Et le lendemain matin, elle avait compris qu'elle avait commis une grave erreur.

Elle laissa sa tête retomber contre le dossier et ferma les yeux pour revivre ce moment où le sol s'était effondré sous ses pieds. Le lendemain de la plus belle soirée de sa vie. Et tout remonta en elle, comme si elle y était…

Mike l'attira plus près de lui et elle vint nicher sa tête contre sa poitrine pour écouter les battements de son cœur. Son corps était encore brûlant de la longue nuit d'amour qu'elle venait de vivre. L'aube, derrière la fenêtre, commençait à poindre, projetant dans la chambre ses nuances de rose et d'or. Mais elle n'avait aucune envie de se lever.

Cela ne lui ressemblait pas. Elle n'était pas du genre à avoir des aventures d'un soir, et moins encore avec un parfait inconnu ! Mais elle ne pouvait pas regretter. Dès le moment où elle l'avait rencontré, elle avait eu l'impression de le connaître depuis toujours. Elle ne savait même pas son nom de famille, et pourtant, elle se sentait plus proche de lui que jamais elle ne l'avait été de qui que ce soit.

— Je n'ai aucune envie de te quitter, finit-il par dire. Mais il faut que je me prépare pour aller au salon du jeu, qui se tient au rez-de-chaussée de l'hôtel.

— Ah oui, le salon, murmura-t-elle en le serrant plus fort contre elle. J'y vais aussi. Je tiens le stand de mon oncle. Il ne pourra pas être là avant demain.

Lentement, il fit glisser sa main le long de son dos, envoyant de petites décharges de plaisir dans son corps tout entier.

— Ah oui ? demanda-t-il d'une voix basse. Qui est ton oncle ?

Elle se sentait presque aussi hypnotisée par ses caresses que par sa voix.

— Hank Snyder, répondit-elle. Le propriétaire de Snyder Arts.

Brutalement, il s'immobilisa, se crispa. Sa main quitta son dos, et elle ressentit une sensation de froid glacial. Il s'écarta d'elle, se redressa.

— Qu'est-ce qu'il y a ? lui demanda-t-elle, surprise, en s'asseyant à son tour sur le lit.

— Hank Snyder ? répéta-t-il après s'être levé d'un bond.

Son regard était désormais dur, froid. Avec la lumière de l'aube qui filtrait à travers la fenêtre, on aurait dit un ange vengeur.

Lentement, une sensation de froid vint s'insinuer en elle, se répandant dans son corps tout entier. Tout en frissonnant, elle tira le drap sur ses seins.

— Qu'est-ce qu'il y a ? répéta-t-elle, sans chercher à lui dissimuler sa confusion. Tu connais mon oncle ?

Il la fixa durement.

— Bien joué, ce petit air innocent, laissa-t-il sèchement tomber. Mais cela ne marchera pas avec moi.

Complètement décontenancée, elle secoua la tête.

— Mais qu'est-ce que tu racontes ?

— Oh ! arrête ça !

Sans même la regarder, il se pencha pour ramasser ses vêtements éparpillés au pied du lit.

— Mais je dois avouer que tu es très douée, dit-il en commençant à se rhabiller.

— Très douée pour quoi ? Ecoute, je ne comprends rien à ce que tu dis.

Les draps sur lesquels Mike se trouvait encore quelques minutes plus tôt étaient en train de refroidir rapidement. De nouveau, elle frissonna.

— Bien sûr, bien sûr, marmonna-t-il. Ecoute, j'ai tout gobé, hier soir. Mais je ne comprends pas pourquoi tu continues ton petit cinéma, maintenant que je sais qui tu es.

Elle ne comprenait pas pourquoi il était en colère, mais elle commençait à perdre son sang-froid. Comment avait-il pu passer de ces caresses si brûlantes à cette attitude si glaciale ?

— Est-ce que tu pourrais simplement me dire ce qu'il y a ? lança-t-elle.

— Ce que je ne comprends pas, c'est comment tu as su que je serais dans ce bar, répliqua-t-il en enfilant sa chemise blanche qu'il se mit à boutonner avec un calme en contradiction totale avec la fureur que trahissaient ses yeux et sa voix.

— Je ne le savais pas.

— Bien sûr. J'imagine que c'est ton oncle qui a tout planifié ?

— Mais qu'est-ce que mon oncle vient faire là-dedans ?

Il eut un petit rire bref et dépourvu de gaieté.

— Beaucoup de choses, et tu le sais aussi bien que moi. Cela fait un an et demi que Snyder Arts essaie de nous convaincre d'incorporer ses programmes à nos jeux vidéo.

Il baissa la tête vers sa poitrine, avant de la regarder à nouveau dans les yeux.

— On dirait que *tonton Hank* a fini par se décider à sortir l'artillerie lourde…

Ce ne fut qu'à ce moment-là qu'elle comprit ce qu'il voulait dire. De quoi il l'accusait. Et aussitôt, un élan de colère lui traversa le corps. Son cœur se mit à battre à tout rompre, elle avait du mal à respirer. D'un bond elle se leva pour affronter son amant d'un soir, tenant toujours le drap contre elle comme un bouclier.

— Tu crois que c'est mon oncle qui m'a demandé de coucher avec toi ? demanda-t-elle d'un ton calme, malgré la colère que lui inspirait cette simple idée. Pour que je te convainque d'utiliser ses programmes artistiques ?

— Cela résume assez bien ce que je pense, oui.

Elle se sentait désormais complètement humiliée, déchirée entre la colère et la honte. Des images de la nuit passée lui revinrent à l'esprit. Lui, au-dessus d'elle, la regardant dans les yeux pendant qu'il la pénétrait lentement… Elle, au-dessus de lui, le prenant tout au fond d'elle… Le plaisir brûlant qu'il lui avait donné, le sentiment de complétude que chacune de ses caresses lui avait procuré… Mais désormais elle était là, dans cette chambre ensoleillée, face à cet homme qui était un étranger, mais qui connaissait pourtant son corps intimement.

— Pour qui est-ce que tu te prends ? lui demanda-t-elle d'une voix tremblante.

— Pour l'homme que je suis. Mike Ryan.

A la mention de son nom, elle vacilla. Mike Ryan. L'un des associés de Celtic Knot. Elle connaissait bien leur travail, les graphismes et le design qui étaient à la base de chacun de leurs jeux. Elle les avait toujours admirés, avait même rêvé de travailler un jour avec eux. Chose qui ne se produirait jamais, désormais. Car Mike Ryan la prenait pour une espionne. Pire encore : pour une prostituée. Mais de toute façon, elle ne se voyait pas travailler avec un homme qui formulait des jugements hâtifs sans se donner la peine de réfléchir une seule seconde.

Sa voix, toujours aussi amère, la ramena brutalement à la réalité.

— Ah ! Tu vois bien que tu me connais !

— Je sais qui tu es, oui, admit-elle. Mais je ne le savais pas hier soir, quand nous nous sommes rencontrés. Et quand nous avons…

Tout en maintenant le drap contre elle, elle se passa une main dans les cheveux. Mieux valait ne pas penser à tout ce qu'ils avaient fait. Elle ne voulait pas rougir. Chose qui, par la faute de sa peau claire, lui arrivait fréquemment quand elle était embarrassée.

— Et je suis censé te croire sur parole ? lança Mike, ironique.

A ces mots, elle sentit la colère reprendre le dessus.

— Je ne m'attends pas à ça de ta part, non, répondit-elle en plissant les yeux. Tu t'es déjà fait une opinion sur moi. Tu as déjà décidé de qui j'étais et de comment j'étais. Alors je ne vois pas pourquoi je me fatiguerais à essayer de te faire changer d'avis.

— Je vais te dire une bonne chose. Tu joues beaucoup moins bien les innocentes que les séductrices.

Cette fois-ci, c'en fut trop. Son sang ne fit qu'un tour.

— Sale petit enfoiré !

L'air vaguement amusé, il sourit.

— Ah, là, c'est mieux. On y croirait presque.

Son cœur cognait si fort dans sa poitrine qu'elle aurait pu jurer qu'il en entendait les battements.

— Je ne joue pas la comédie, espèce d'imbécile, répliqua-t-elle, glaciale. Réfléchis. Ce n'est pas moi qui t'ai séduit. C'est *toi* qui es venu m'aborder au bar. Et je ne t'ai pas traîné de force dans mon lit. Si mes souvenirs sont bons, tu es venu de ton plein gré.

— Plusieurs fois, oui.

Il jouait sur les mots. Pour l'irriter davantage, certainement.

— Très bien. Je ne veux plus rien entendre de ton délire paranoïaque. Sors de ma chambre, ordonna-t-elle en lui indiquant la porte.

— Je m'en vais, ne t'inquiète pas. Je ne serais pas resté, même si tu m'avais supplié.

— Même pas en rêve !

Après avoir enfilé sa veste, il lui jeta un nouveau regard méprisant et se dirigea vers la porte. Puis, la main sur la poignée, il se retourna vers elle.

— Dis à ton oncle que c'est bien d'avoir essayé, mais

que c'est raté. Celtic Knot ne signera pas de contrat avec lui, peu importe le nombre de jolies nièces qu'il enverra dans mon lit.

Ivre de rage, elle attrapa le verre de vin qui était resté sur la table de chevet depuis la nuit passée. Et quand il percuta la porte de bois qu'il venait de refermer derrière lui, il se brisa en milliers d'éclats.

Un an avait passé depuis, mais le souvenir de ce moment était toujours incrusté en elle et la faisait toujours trembler d'indignation lorsqu'elle y repensait.

Après avoir poussé un long soupir, elle prit une autre gorgée de vin. Elle pensait ne jamais revoir Mike Ryan après cette aventure malheureuse, mais six mois plus tard, son frère, Sean, lui avait fait une offre d'emploi. Une offre beaucoup trop intéressante pour être refusée. Elle allait enfin pouvoir gagner sa vie en faisant ce qu'elle aimait. Alors elle pouvait bien prendre le risque de croiser Mike tous les jours. Elle s'efforcerait juste de lui montrer que ce qu'il lui avait fait ne l'avait pas blessée. C'était un mensonge, naturellement, mais il n'était pas obligé de le savoir. Quoi qu'il en soit, travailler à Celtic Knot était un rêve qui ne se transformait en cauchemar que lors des rares occasions où elle était obligée de le côtoyer.

Mais au cours des quelques mois à venir, ce cauchemar allait avoir lieu vingt-quatre heures sur vingt-quatre. Certes, elle était ravie d'avoir été choisie pour assurer la décoration de River Haunt Hôtel. Mais son association avec Mike allait rendre les choses difficiles, voire pénibles. Néanmoins, elle n'abandonnerait pas. Il voulait qu'elle se désiste, c'était certain. Mais il n'en était pas question. C'était une trop belle occasion pour elle de prouver son talent. Et de toute façon, elle n'avait rien fait de mal.

C'était à lui de s'excuser. C'était lui qui l'avait insultée, humiliée, avant de s'en aller en claquant la porte sans même avoir pris la peine d'écouter sa version des faits.

Il n'y avait donc aucune raison que ce soit elle qui paie.

Tout à coup, des coups frappés à la porte interrompirent sa réflexion. Si c'était un vendeur, elle lui achèterait n'importe quoi pour le remercier d'être si bien tombé et d'avoir interrompu ses si tristes pensées !

Mais malheureusement, ce n'était pas un vendeur. Quand elle ouvrit, elle se retrouva devant les yeux bleus perçants de Mike qui, sans attendre d'y être invité, entra d'un pas déterminé.

Le cauchemar venait de recommencer…

— Je t'en prie, fais comme chez toi, lui lança-t-elle, ironique, en refermant néanmoins la porte.

Il se tourna vers elle, et ses yeux étaient comme des lacs gelés.

— Il faut qu'on parle, dit-il.

- 2 -

Mike s'arrêta au milieu de la pièce et se retourna pour la regarder. Elle portait un T-shirt vert pâle et un jean délavé moulant avec un trou au genou. Ses petits pieds étaient nus et ses ongles vernis de rose clair. Ses cheveux étaient une masse de boucles blondes, et ses grands yeux bleus, méfiants, étaient fixés sur lui. Elle était belle. Beaucoup trop belle. Et c'était là tout le problème.

Tout en enfonçant ses mains dans ses poches pour s'empêcher de la toucher, il se mit à observer le petit salon pour éviter de la regarder. Il ne devait pas se laisser distraire par ses yeux lumineux, ses lèvres sensuelles, son corps splendide… S'il était venu ici, c'était pour une bonne raison. Il fallait qu'il reste concentré.

La maison, sans doute construite à la fin des années 1930, était minuscule, mais l'intérieur était bien tenu et chaleureux. Des canapés replets tapissés de tissu à fleur et un fauteuil à rayures bleues et jaunes. Plusieurs petites tables, et des lampadaires en cuivre qui diffusaient une lumière dorée sur le parquet usé, mais bien ciré. Les murs étaient peints dans une nuance vert clair qui évoquait le printemps. Quelques photos et tableaux étaient accrochés çà et là, et l'un des murs était entièrement peint.

Il observa la fresque et reconnut immédiatement la

patte de Jenny. Force lui était de constater que, malgré tous ses défauts, elle était extrêmement talentueuse. La scène représentée paraissait tout droit tirée d'un conte de fées. Ou d'une légende irlandaise. Une forêt à l'aube. Une légère brume s'étendait sur le paysage en minces filaments gris, et de pâles rayons de soleil filtraient à travers les branches des arbres pour se déverser sur le sol couvert de fleurs sauvages de la clairière. Et dans les arbres, des dizaines de petites fées aux ailes délicates et mordorées.

Elle était douée. Vraiment douée.

— Qu'est-ce que tu fais là, Mike ? demanda-t-elle d'une voix douce, qui paraissait en décalage total avec son regard froid.

Bonne question. Il savait qu'il n'aurait sans doute pas dû venir ; ils ne s'étaient pas retrouvés seuls ensemble depuis cette nuit à Phoenix. Mais il n'avait pas trouvé d'autres solutions. Il ne pouvait pas expliquer à Sean pourquoi il ne souhaitait pas travailler avec elle — il n'avait aucune envie d'avouer à son petit frère qu'il s'était fait rouler dans la farine.

Mais Jenny savait pourquoi leur association ne pouvait pas fonctionner. Tout ce qu'il avait à faire était donc de la convaincre de dire à Sean qu'elle ne voulait pas travailler sur la restauration de l'hôtel. Si c'était elle qui demandait à se retirer du projet, Sean ne s'opposerait pas à sa décision.

Il était donc temps d'en venir aux faits. Une fois ce problème réglé, il pourrait sortir de cette pièce trop petite, où l'atmosphère semblait imprégnée de la douce odeur de cette femme, comme un fait exprès pour le tourmenter.

— Je veux que tu te retires du projet de l'hôtel, décréta-t-il.

— Ah oui ? répliqua-t-elle sans même ciller. Eh bien moi, je veux un château en Espagne.

— Nous savons l'un comme l'autre qu'il s'agit d'une mauvaise idée.

— C'est vrai, reconnut-elle en croisant les bras juste en dessous de sa généreuse poitrine. Mais je ne vois pas pourquoi ce serait à moi de me retirer. Tu n'as qu'à demander à Sean de prendre ta place. Lui, je l'aime bien.

— Ne t'approche pas de Sean.

Elle paraissait jusqu'alors assez calme. Mais ces mots eurent apparemment pour effet de faire exploser sa colère.

— Qu'est-ce qu'il y a ? demanda-t-elle en levant les mains au ciel. Tu as peur que je sois payée pour le séduire, lui aussi ?

— Ce n'est pas ce que j'ai dit.

Mais l'idée lui avait en effet traversé l'esprit.

— Alors qu'est-ce que tu essaies de me dire, Mike ? demanda-t-elle en posant ses mains sur ses hanches.

Le tissu de son T-shirt était désormais tendu sur ses seins ronds, fermes et…

Ne pas se laisser distraire. Il ne devait pas se laisser distraire.

— Ce que j'essaie de te dire, c'est de laisser Sean en dehors de tout ça. C'est entre toi et moi.

— Pas de problème. Alors dans ce cas, tu n'as qu'à demander toi-même à Sean de prendre ta place.

— Non.

Elle était redoutable. Mais il ne voulait pas s'avouer vaincu. Il allait bien finir par trouver un moyen de la convaincre qu'il s'agissait d'une situation intenable et que c'était à elle de se retirer.

Tout en haussant les épaules, elle passa devant lui, et son parfum vanillé vint lui chatouiller les narines.

— Donc, dit-elle en s'asseyant dans le fauteuil qui était devant la fenêtre, comme aucun de nous ne veut faire une croix sur ce projet, il me semble que cette conversation est terminée.

— Nous sommes loin d'en avoir terminé.

Par la fenêtre qui se trouvait derrière elle, il vit que la nuit était en train de tomber. Il devait faire froid dehors. Mais ici, dans cette petite maison, il ne sentait que la chaleur de la présence de Jenny. Ses cheveux brillaient, ses yeux pétillaient et sa bouche dessinait un léger sourire. La situation semblait l'amuser, et il ne pouvait s'empêcher de l'admirer pour cela.

Elle ne reculait devant personne. Il l'avait vue plusieurs fois tenir tête à des artistes plus âgés et plus expérimentés qu'elle pour défendre ses techniques et idées. Elle n'avait pas peur de se battre pour sa vision des choses. Mais malgré toute l'admiration que lui inspirait ce trait de caractère, il aurait vraiment souhaité qu'il ne soit pas dirigé contre lui.

— Ecoute, Mike, tu n'as pas envie de travailler avec moi et je n'ai pas envie de travailler avec toi, mais nous n'avons pas le choix. Alors il faudra tirer le meilleur parti de cette association.

— Impossible, rétorqua-t-il en se détournant d'elle.

Il ne pouvait plus la regarder, à cause de la lumière du lampadaire qui faisait briller ses cheveux comme de l'or. Il n'aurait jamais dû venir ici. Il fallait qu'il parte, tout de suite. Cette discussion ne les mènerait nulle part.

Alors que ces pensées lui traversaient l'esprit, son regard finit par tomber sur la fresque de la forêt enchantée. Elle était sombre, mystérieuse, mais les fées apportaient de la gaieté au sein même de la noirceur, et plus il observait le dessin, plus il voyait de fées. Cachées derrière les feuilles, les rochers, dans l'eau du ruisseau. Un spectacle captivant, mystique.

— Très beau travail, dit-il en se retournant vers elle.

Elle parut d'abord surprise, mais se reprit aussitôt.

— Merci. Mais au cas où tu te poserais la question, je n'ai pas volé cette scène à l'un des jeux de Celtic Knot.

— Je n'ai jamais dit ça.

Il lui jeta son regard le plus intimidant, celui qui faisait trembler ses plus durs concurrents. Elle ne sembla pas le moins du monde impressionnée.

— Pas encore, dit-elle, une note moqueuse dans la voix. Mais tu allais certainement y venir. Je sais très bien ce que tu penses de moi.

— Et tu sais très bien pourquoi.

Il se passa nerveusement la main dans les cheveux. Il s'était senti attiré par elle dès le moment où il l'avait rencontrée. Et c'était toujours le cas, bien qu'il sût désormais qu'elle était malhonnête. Au travail, il gardait ses distances. Mais il était désormais seul avec elle dans cette petite pièce mal éclairée. C'était dangereux. Il le savait. Et pourtant, il ne partit pas. Bien au contraire, il fit un pas vers elle puis s'arrêta car son parfum lui embruma l'esprit. Tout était déjà assez confus comme cela.

— Tu n'as pas le droit de me dire ça, Mike. Tu as porté un jugement sur moi avant même d'avoir entendu ma version de l'histoire.

— Je ne vois pas quelle version tu aurais pu me donner. Ton oncle dirige toujours Snyder Arts, à ce que je sache ?

Tout en prenant un verre de vin qui se trouvait sur la table à côté d'elle, elle poussa un soupir d'exaspération.

— Je me trompe ? insista-t-il.

— Non. Il est bien le propriétaire de Snyder Arts. Mais pas de moi.

— Mais c'est un membre de ta famille.

— Et par conséquent, il a suffisamment d'estime pour moi pour ne pas me demander de faire ce que tu m'accuses d'avoir fait.

Après avoir bu une gorgée de vin, elle reposa violemment son verre sur la table.

— Sean, lui, n'a jamais remis en cause mon intégrité, ajouta-t-elle.

— Sean accorde plus facilement sa confiance que moi.

— C'est peu de le dire ! Mais serais-tu prêt à mentir ou à tromper quelqu'un pour un membre de ta famille ?

— Non.

D'autant plus qu'il avait appris, très jeune, les ravages que ce genre de mensonges pouvait causer, et qu'il s'était alors promis d'éviter les mensonges et les menteurs. C'était pour cela qu'il ne pouvait pas faire confiance à Jenny. Le jour même où il l'avait rencontrée, elle lui avait menti. C'était un fait indéniable, et il ne pourrait jamais l'oublier.

— Et pourtant, tu supposes que moi, je pourrais le faire ? demanda-t-elle en lui jetant un regard glacial.

— Je n'ai pas à supposer quoi que ce soit.

— Qu'est-ce que tu peux être borné ! s'exclama-t-elle. Ecoute, je n'ai jamais cherché à abuser de toi. Jamais.

— Tous les voleurs plaident l'innocence, qu'ils soient coupables ou non.

D'un bond, elle jaillit de son fauteuil et dut relever la tête vers lui pour croiser son regard.

— Nomme-moi une seule chose que j'ai volée. Donne-moi une seule bonne raison de me traiter de voleuse.

Son regard était désormais brûlant de colère. Mais il le soutint.

— J'admets que tu n'as rien volé. Mais je suis certain que cela viendra.

— Alors pourquoi ne m'as-tu pas encore renvoyée ? Ou pourquoi n'as-tu pas demandé à Sean de le faire ?

— Je n'ai pas besoin de Sean pour renvoyer qui que ce soit. Et si j'avais la moindre preuve que tu nous as trahis, je te renverrais sur-le-champ. Mais un soupçon n'est pas une preuve.

Elle se mit à rire. Puis elle fit un pas en arrière tout en croisant de nouveau les bras sous sa poitrine.

— Et tu sais pourquoi tu n'as pas de preuves ? lança-t-elle. C'est parce qu'il n'y a rien à prouver. C'est pourquoi j'apprécierais que tu cesses de porter sur moi des accusations qui n'ont aucun fondement.

Plus elle était énervée, plus il la trouvait séduisante. Ses joues étaient plus colorées, ses yeux brillaient de rage. Cet accès de colère, curicusement, ne fit qu'attiser le désir qu'il avait d'elle.

Mais pour quelle raison ?

La plupart des femmes qu'il connaissait acquiesçaicnt à tout ce qu'il disait, souriaient béatement et, de façon générale, faisaient tout pour se montrer de bonne compagnie. Mais Jenny se moquait bien de tout cela. Elle avait un point de vue et n'avait pas peur de le défendre. Ce qui, à ses yeux, était aussi sexy que les courbes parfaites de son corps…

Auxquelles il ne devait surtout pas penser !

— Ecoute, Jenny, nous connaissons l'un comme l'autre la situation. Tu ne veux peut-être pas l'avouer, et je te comprends, mais ton oncle est le dirigeant d'une société qui ne rêve de rien d'autre que de signer un contrat avec Celtic Knot. Tu m'as rencontré, *comme par hasard*, tu as couché avec moi, et ensuite, tu as essayé de me convaincre que tu n'étais pas de mèche avec ton oncle.

Elle ouvrit la bouche pour contester, mais il se hâta de terminer :

— Et ensuite, quelques mois plus tard, tu es venue travailler avec nous et tu as pris le poste d'artiste principale.

— Je n'ai rien pris du tout. C'est Sean qui est venu me voir pour me proposer ce poste.

Il n'avait jamais parlé à son frère de ce qui s'était passé entre Jenny et lui. S'il l'avait fait, peut-être ne l'aurait-il pas embauchée. Ce qui, malgré toute la rancœur qu'il avait pour elle, aurait été dommage. Car elle avait beau être malhonnête, c'était une excellente artiste.

— Il te l'a proposé, et tu l'as pris, rétorqua-t-il en inclinant la tête sur le côté. La question est : pourquoi ? Parce que je te manquais, ou parce que tu es une sorte d'espionne industrielle ?

— Alors maintenant je suis une espionne, dit-elle en secouant lentement la tête. Décidément, ta paranoïa atteint des sommets.

— Je ne suis pas paranoïaque !

— Tu es incroyable !

— C'est ce que l'on dit, oui.

— De toute façon, on ne peut pas parler avec toi, dit-elle d'une voix aussi glaciale que ses yeux étaient brûlants. Alors tu n'as qu'à penser ce que tu veux. C'est ce que tu fais depuis le début, d'ailleurs.

— Exactement. J'ai toujours pensé que notre rencontre à Phoenix n'avait pas été une coïncidence. Par quel curieux hasard étais-tu dans mon hôtel ?

— C'est *toi* qui étais dans mon hôtel, imbécile !

Il faillit rire de cette réplique. Mais il était trop en

colère et trop sûr d'avoir raison. Et puis il n'y avait rien de drôle à être trompé. Des souvenirs de sa mère en train de pleurer, de son père affichant un air contrit, lui revinrent brutalement à l'esprit. Il se hâta de les en chasser. Le moment n'était pas aux souvenirs, en dehors, bien sûr, de ceux que Jenny et lui avaient créés le jour où elle lui avait menti.

— Bien. J'admets que c'est dans ta chambre que cela s'est passé.

— Parfait ! Et c'est *toi* qui es venu m'aborder au bar. Pas l'inverse.

— Tu étais très belle. Et seule.

Elle semblait même isolée du reste du monde, comme si elle était seule depuis si longtemps qu'elle n'attendait plus rien de la vie. Captivé, il l'avait regardée siroter un unique verre de vin pendant environ une heure, alors que les autres clients allaient et venaient. Le barman avait cherché à flirter avec elle, mais elle l'avait ignoré. On aurait dit qu'elle n'avait pas conscience de son pouvoir de séduction.

Mais lui en avait eu pleinement conscience. Elle était toute petite, ce qui tendait à éveiller son instinct de protection. Elle était magnifique, ce qui lui donnait envie de la faire sourire pour voir comment son sourire allait illuminer ses yeux. Et elle avait des courbes si voluptueuses qu'il ne rêvait que de lui retirer cette jolie robe rouge courte qu'elle portait ce soir-là.

Comment aurait-il pu résister ?

Le compliment qu'il venait de lui faire la fit légèrement rougir. Comme pour essayer de se reprendre, elle se détourna de lui. Il comprenait. Depuis qu'il la connaissait, il savait bien ce que c'était que d'être déstabilisé.

— Ecoute, dit-elle d'une voix calme et froide. Ce qui est fait est fait. Tout ce qu'il nous reste, maintenant, c'est le présent et l'avenir. Je ne me retirerai pas du projet. Non seulement parce que c'est mon travail, mais aussi parce que je suis certaine que ce sera passionnant.

— Pas de mon point de vue.

— Mais du mien, si. Alors soit tu es avec moi, soit tu demandes à Sean de prendre ta place.

— Tu n'as pas à me dire ce que j'ai à faire ! répliqua-t-il, irrité qu'elle puisse avoir le culot de lui demander de faire une croix sur son propre projet.

— C'est Sean qui m'a assigné cette mission. Pas toi. Si tu as un problème avec ça, c'est à lui que tu dois en parler.

— C'est fait, répondit-il en commençant à faire les cent pas dans la pièce, plus pour s'éloigner de son parfum envoûtant que par besoin de bouger. Mais comme il ignore ce qui s'est passé entre nous à Phoenix, il n'a pas compris.

— Alors dis-le-lui ! s'exclama-t-elle. Si tu es si sûr que je suis indigne de confiance, tu n'as qu'à tout lui expliquer et lui demander de me virer.

— Je ne veux pas lui dire que je me suis laissé avoir par une femme qui ressemble plus à l'une des fées qu'elle dessine qu'à une espionne.

— Voleuse et espionne… Je suis vraiment une femme terrible.

— Je ne vois pas pourquoi tu serais venue travailler dans ma société, si ce n'est pour nous espionner au profit de ton oncle. Et maintenant, curieusement, l'idée de travailler en binôme avec moi ne semble pas te déranger. J'en déduis que tu envisages une nouvelle fois de me rouler dans la farine.

C'était de toute façon ce qu'il pensait depuis des mois. Depuis le jour où il était entré dans la salle de dessin et où son regard était tombé sur cette femme à laquelle il n’avait pas cessé de penser depuis qu’il l’avait rencontrée.

Pourtant, il aurait aimé, vraiment aimé, qu’elle le convainque qu’il avait tort. Qu’elle était bien la femme qu’elle semblait être la première fois qu’il l’avait vue.

— Ecoute, je ne comprends pas pourquoi tu te montres si suspicieux. Si j’ai accepté ce poste, c’est malgré toi, pas pour toi. Sean m’a proposé une super occasion de faire une chose pour laquelle je suis douée. Et j’aurais dû refuser à cause de toi ?

— Arrête, Jenny, ça ne marche pas. C’est pour moi que tu as accepté. Je suis certain que tu espérais coucher à nouveau avec moi.

Comme s’il venait de la gifler, elle eut un brusque mouvement de recul.

— Espèce de sale petit prétentieux. Mais tu sais, ce n’était pas si terrible que ça…

A ces mots, il ne put s’empêcher de rire.

— C’est fou le don que tu as pour mentir.

— Sors de chez moi, ordonna-t-elle en lui indiquant la porte. Sors de chez moi. Tout de suite !

Il secoua la tête.

— C’était bon, Jenny. Incroyablement bon. Et je sais que tu es d’accord avec moi.

— S’il te plaît…

Le corps brûlant de désir, il s’approcha d’elle et la prit dans ses bras.

— Puisque tu me le demandes si gentiment…, murmura-t-il.

Et il joignit ses lèvres aux siennes, se noyant dans son odeur et sa chaleur. Jamais, depuis cette nuit à Phoenix, il ne s’était senti aussi satisfait de l’un de ses actes. L’espace de quelques secondes, elle se raidit, comme pour essayer de nier l'attirance qu'il y avait entre eux. Comme pour essayer de mentir à nouveau.

Mais bien vite, elle lui rendit son baiser, passant ses bras autour de son cou, ses petites jambes fines et fuselées autour de sa taille. Instinctivement, il posa sa main sous ses jolies fesses et la serra contre son sexe durci par le désir, le besoin de s'enfoncer en elle.

Savait-il ce qui allait se passer quand il avait décidé de se rendre chez elle ce soir ? Avait-il deviné qu'il ne parviendrait pas à résister à l'attrait de son corps splendide ? Peu importait, songea-t-il en enfonçant sa langue dans la douce chaleur de sa bouche. Plus rien ne comptait que le présent. Les sensations que lui procurait son corps autour du sien, son corps serré contre le sien.

Jamais une femme ne lui avait fait un tel effet. C'était comme si son corps et son esprit avaient été séparés. Son esprit savait que ce n'était pas une bonne idée, mais son corps s'en moquait éperdument. Il avait envie d'elle, besoin d'elle. Une dernière nuit avec elle, sur elle, en elle.

Ivre de désir, il traça un chemin de baisers brûlants de sa bouche à sa gorge. Il sentait son cœur battre à tout rompre au même rythme que le sien.

— Mike, souffla-t-elle en frissonnant, on ne devrait pas…

— Je sais, murmura-t-il contre son cou. Cela te gêne ?

— Non.

— Tant mieux, dit-il en la serrant un peu plus fort contre lui.

Comme elle se cambra, il laissa échapper un grognement de désir.

— Tu me tues.

Un sourire, sensuel, se dessina sur ses lèvres.

— Ce n'était pas vraiment mon intention, répondit-elle, moqueuse.

— Parce que tu as une intention ?

Son sourire s'élargit, et elle se pencha vers lui pour l'embrasser.

— Oh oui…

— Je ne sais pas pourquoi…

— Pourquoi quoi ?

— Pourquoi tu me fais cet effet-là, dit-il d'une voix rauque.

— Idem, répondit-elle avant de se mettre à embrasser la peau sensible de son cou, lui tirant un autre grognement de plaisir.

— Où est la chambre ?

— De l'autre côté du couloir, murmura-t-elle contre sa peau. Vite.

La maison était si petite qu'il ne lui fallut heureusement que très peu de temps pour la conduire jusqu'à la chambre. La pièce était minuscule. Mais le lit, recouvert d'une couverture aux couleurs vives, était grand.

Il jeta un bref coup d'œil autour de lui. Des rideaux jaune pâle étaient ouverts sur une fenêtre derrière laquelle le ciel crépusculaire avait pris une teinte violet sombre. En face du lit, une coiffeuse dotée d'un grand miroir sur lequel il vit leur reflet au moment où il la déposa sur le lit.

Après s'être allongé au-dessus d'elle, il prit son visage entre ses mains et se remit à l'embrasser. Tout en fondant sa bouche dans la sienne, elle lui caressa fiévreusement les bras. Elle était délicieuse. Vraiment délicieuse.

Aussi rapidement qu'il le put, il lui retira son T-shirt et le jeta dans un coin. Ne pouvant plus supporter qu'il y ait quelque chose entre lui et l'objet de son désir, il se hâta également de lui retirer son soutien-gorge de dentelle. Il prit alors quelques instants pour admirer ses seins fermes et opulents. Puis, n'y tenant plus, il se pencha pour prendre en bouche l'un de ses tétons durcis de désir.

Alors qu'il accordait toute l'attention qu'elle méritait à sa poitrine si généreuse, elle glissa ses doigts dans ses cheveux, le serrant fort contre elle. Et quand il se mit à téter ses bouts de seins durcis, elle poussa un petit gémissement de plaisir.

Encore, songea-t-il. *Ce n'est pas assez. Il m'en faut encore.*

Ivre de désir, il lui retira son jean en même temps que sa culotte de dentelle. Elle était désormais nue, offerte à lui, aussi tremblante de désir que lui. Il ne pouvait plus attendre une minute de plus.

— Trop de vêtements, dit-elle en commençant à déboutonner sa chemise. Trop de boutons. Je déteste les boutons.

— Plus de boutons, décréta-t-il en se débarrassant de la chemise. J'en prends note pour plus tard.

— Bien.

Elle se mit à caresser fiévreusement son torse, et chaque effleurement de ses petits ongles était un véritable déferlement de plaisir.

Pour essayer de se contrôler, il retint son souffle. S'il ne pouvait pas la posséder tout de suite, il allait exploser. Mais il fallait qu'il se calme. Cela faisait trop longtemps qu'il n'avait pas touché son corps voluptueux, et il voulait savourer ce moment.

Sensuellement, il fit glisser ses mains de ses seins à son sexe brûlant, avant de revenir à ses seins. Il explora chacune de ses courbes sensuelles et, à chaque caresse qu'il lui prodiguait, elle l'attirait vers lui, l'attrapant par les épaules pour le serrer plus fort contre elle. Quand il finit par poser sa main sur son sexe, elle se cambra contre lui et se mit à onduler des hanches.

— Mike, murmura-t-elle, si tu ne retires pas tout de suite ce pantalon pour me prendre, je…

Comme il venait d'enfoncer un doigt puis deux dans sa chaleur humide, elle s'interrompit dans un hoquet.

— Mike, s'il te plaît !

Mais il lutta de toutes ses forces pour poursuivre sa caresse, ne pas lui donner ce qu'elle lui avait pourtant demandé. Ce dont il avait tant envie. Il voulait prolonger ce moment, poursuivre cette douce et voluptueuse torture. Cela faisait un an qu'il en rêvait.

Quand il se mit à caresser doucement son clitoris, il l'entendit retenir son souffle. Encore et encore, il la toucha, à l'intérieur, à l'extérieur, jusqu'à ce que, les yeux embrumés, le corps toujours vibrant, elle se mette à exprimer son plaisir en une succession de gémissements voluptueux.

Alors, n'y tenant plus, il retira le peu de vêtements qu'il lui restait tout en la regardant droit dans les yeux. En guise d'invitation, elle se léchait sensuellement les lèvres et ondulait voluptueusement des hanches dans le vide.

— Pas encore, murmura-t-il, lui tirant ainsi un gémissement de frustration.

Après s'être agenouillé sur le sol, il l'attira vers lui et, quand il couvrit son sexe de sa bouche, il sentit qu'il palpitait encore du plaisir qu'il venait de lui donner. Pourtant, il poursuivit sa caresse, frottant sa langue contre son clitoris jusqu'à ce qu'il sente son corps se crisper à nouveau sous le coup du plaisir, jusqu'à ce qu'elle se mette à crier son nom.

Sans lui laisser le temps de reprendre son souffle, il

vint s'allonger à côté d'elle. Aussitôt, elle prit en main son sexe dur et presque douloureux de désir et en frotta doucement le bout contre le sien. Et quand elle se mit à le caresser sensuellement de haut en bas, il dut serrer les dents pour ne pas se laisser aller.

— Dis-moi que tu as des préservatifs, marmonna-t-il d'une voix tendue.

— Tiroir de la table de nuit. Vite.

Il les trouva facilement et se hâta d'en enfiler un avant de se retourner vers elle.

Elle était comme une nymphe, tout droit sortie de l'un des jeux vidéo qu'il concevait. Ses boucles blondes, ses yeux bleus brûlants, ses courbes sensuelles et voluptueuses.

— Je te veux en moi, Mike. Maintenant.

— Oui, maintenant.

En un long et unique mouvement, il s'enfonça en elle. Au même instant, il sentit son corps se cambrer sous le sien, ses jambes se serrer autour de sa taille, comme pour l'attirer plus profondément. Il la regarda dans les yeux, ses yeux qui semblaient renfermer tous les mystères de l'univers. Et il prit ce qu'elle lui offrait. Il se mit à aller et venir en elle, marquant un rythme effréné qu'elle ne sembla pourtant pas peiner à suivre.

Encore et encore, ils se séparèrent et ne firent qu'un, se mouvant à un rythme de plus en plus rapide. Il l'entendait haleter contre lui, sentait ses ongles lui griffer le dos. Ils se regardaient dans les yeux, fiévreusement désormais, impatients d'atteindre l'extase.

— Mike ! cria-t-elle. Oh ! Mike !

Et elle s'accrocha à ses épaules tandis que l'orgasme déferlait sur elle en vagues successives qui la firent trembler violemment dans ses bras.

Quelques secondes seulement avant que le plaisir

n'explose en lui en un véritable feu d'artifice de sensations aussi délicieuses que voluptueuses, il vit la satisfaction briller dans ses yeux. Toujours unis l'un à l'autre, ils se tournèrent sur le côté pour mieux savourer les dernières retombées de l'orgasme. Alors, dans le noir, il serra dans ses bras cette femme qui l'avait trahi.

- 3 -

L'aube s'infiltrait dans la chambre, étendant ses longs doigts d'or sur le lit où Jenny était allongée à côté de Mike. Pendant toute une année elle avait pensé à lui, souhaité que les choses aient été différentes, eu envie de lui. Il était là désormais, à dormir dans son lit, et elle savait que, quand le jour se lèverait, leur aventure serait terminée.

Rien n'avait changé entre eux. Ils n'avaient pas réglé les problèmes qui les avaient séparés pendant si longtemps ; ils les avaient simplement ignorés pour laisser libre cours au feu du désir qui brûlait entre eux.

Elle se tourna vers lui pour le regarder et décida de profiter de l'occasion pour l'étudier attentivement. Malgré son sommeil paisible, il n'avait pas du tout l'air innocent ou enfantin. Il semblait sexy. Dur. Comme l'homme impitoyable qu'il était. Et pourtant… Elle dut enfoncer ses ongles dans la paume de sa main pour s'empêcher de caresser tendrement ses joues.

Et elle sentit son cœur se serrer. *Quel dommage*, songea-t-elle en soupirant. Comment pouvait-elle ressentir tant de choses pour cet homme qui ne la voyait que comme une voleuse, voire pire ? Et pourquoi se souciait-elle autant de ce qu'il pensait d'elle ?

— Tu penses trop fort, dit-il en ouvrant les yeux.

— Mais il y a matière à penser.

— C’est sûr, répondit-il en lui adressant l’un de ses sourires si séduisants. Mais on n’est pas obligés d’y penser maintenant, non ?

Sans lui laisser le temps de répondre, il passa sa main sous le drap pour la caresser. Elle retint son souffle tandis que sa paume brûlante glissait langoureusement sur ses hanches, sa taille, ses seins. Non, ils n’étaient pas obligés de penser à cela maintenant. Ils n’étaient pas obligés de mettre un terme à cette nuit tout de suite. Le soleil était en train de se lever et, bien vite, il leur faudrait retourner affronter le monde réel. Le monde où ils se tenaient chacun d’un côté d’un mur qu’elle n’aurait jamais pensé pouvoir franchir à nouveau.

Mais pour l’heure…

— Rien ne presse, murmura-t-elle en se rapprochant de lui. Tu as raison.

Joignant ses lèvres aux siennes, elle s’abandonna totalement à ses sensations et n’eut aucun mal à mettre tout le reste de côté.

Une heure plus tard, cependant, tout était terminé. Il était sur elle, en elle, et pourtant, elle le sentait déjà s’éloigner. Malgré la proximité physique qui semblait les unir en cet instant, il y avait entre eux une distance que leurs fiévreux ébats ne pouvaient combler.

Après s’être tourné sur le côté pour regarder les rayons de soleil qui filtraient à travers la fenêtre, il se pencha vers elle.

— Il faut que j’y aille.

— Oui.

Elle le regarda attentivement pour essayer de graver son visage dans sa mémoire. Ses cheveux emmêlés, son ombre de barbe et sa bouche si sensuelle qui formait un sourire espiègle. Si elle avait eu un peu de bon sens, au lieu d'essayer de se forger des souvenirs, elle aurait essayé d'effacer de sa mémoire tout ce qu'elle avait vécu avec lui. Mais à cet instant, le bon sens…

Elle ignorait ce qui allait se passer ensuite entre eux, mais elle savait que le lien qui les avait réunis brièvement était désormais rompu. Définitivement.

— Ecoute, dit-il en dégageant doucement une mèche de cheveux de son visage. Ce que l'on vient de faire est…

— Une erreur, je sais, conclut-elle, comme s'il lui semblait plus facile de le dire que de l'entendre.

Tout en fronçant les sourcils, il se leva et commença à se rhabiller.

— On ne peut pas vraiment appeler cela une erreur puisqu'on en avait envie tous les deux.

Comment parvenait-il à faire cela ? songea-t-elle. Il était là, juste devant elle, et pourtant il semblait si loin qu'il aurait tout aussi bien pu être dans un autre pays. Les regrets, froids, commencèrent à l'assaillir.

— Ce que l'on vient de faire n'a rien changé, Jenny.

Elle ferma les yeux un court instant et soupira. Elle savait très bien où cette conversation allait les mener.

— Tu ne me fais toujours pas confiance, je sais, dit-elle.

— Tu m'as menti dès le jour où je t'ai rencontrée.

— Je ne t'ai pas menti, rétorqua-t-elle mollement.

Elle était fatiguée de devoir sans arrêt se défendre devant cet homme qui refusait d'aller au-delà de ses soupçons. Comment avait-il pu coucher avec elle, faire l'amour avec elle et ne pas avoir la moindre idée de qui elle était réellement ?

— N'ai-je pas fait du bon travail depuis que je suis chez Celtic Knot ? Ai-je déçu quelqu'un ? Tu ne penses pas que ça compte ?

— Si, ça compte. Mais cela ne peut pas changer le passé.

Comme elle essaya de contester, il leva sa main devant lui. Ses traits étaient désormais durs, ses lèvres pincées.

— Tu as fait du très bon travail pour nous, Jenny. Et c'est là l'origine de notre problème. Il me semble tout à fait légitime que tu aies été choisie pour travailler sur le River Haunt Hôtel. Mais si nous devons effectuer ce travail ensemble, cela risque d'être beaucoup plus difficile que cela ne devrait.

Elle se borna à le regarder en secouant la tête. Difficile ? Comme de le croiser au bureau tous les jours en train de la regarder d'un air méfiant ? Comme de savoir qu'il s'attendait à ce qu'elle le trahisse, à ce qu'elle lui prouve qu'elle était la menteuse malhonnête qu'il voyait en elle ?

Lasse, elle se leva et prit son peignoir au pied du lit. Il n'y avait pas moyen de lui faire entendre raison au sujet du passé. Mais elle comptait bien se battre pour le présent et pour son avenir. Chose qu'elle ne pouvait cependant pas faire nue. Après avoir enfilé le peignoir et l'avoir fermement noué autour de sa taille, elle se retourna pour affronter l'homme qui continuait de la tourmenter.

— Ce n'est pas un problème pour moi, Mike. Je compte bien faire un super boulot sur cet hôtel. Et si tu me fais confiance sur cette mission, il n'y a aucune raison pour que ce soit difficile.

L'espace de quelques secondes, elle crut qu'il allait contester ce point. Mais il se contenta de soupirer.

— Très bien, dit-il en se passant une main sur le visage. Nous allons le faire. Puis tout sera terminé.

Comme il avait hâte de tirer un trait sur elle ! Mais il devait lui-même se rendre compte qu'il avait dit la même chose au sujet de leur relation un an plus tôt. Et que pourtant, ils étaient là, face à face, devant un lit aux draps défaits.

Mais à bien y réfléchir, elle avait gagné. Elle allait avoir ce qu'elle voulait : une occasion de faire ses preuves sur le projet de l'hôtel sans être en guerre contre lui. Alors pourquoi se sentait-elle aussi déçue ? Un frisson glacial lui parcourut le dos. Pour essayer de le chasser, elle se massa un peu les bras. Cela ne fut d'aucun effet.

D'un geste de la main, elle désigna le lit.

— On garde euh… ça pour nous, et on fait ce que l'on a à faire.

Encore un secret. Mais mieux valait sans doute que ses collègues ne sachent pas ce qui s'était passé entre eux. Dans la mesure où elle-même n'était pas tout à fait sûre de la nature exacte de leur relation, au-delà de la passion et du désir.

— On se serre la main pour sceller l'accord ? demanda-t-elle.

Pour la première fois depuis qu'il s'était réveillé, Mike eut un véritable sourire.

— Je crois que l'on peut faire mieux que ça, murmura-t-il avant de prendre son visage entre ses mains pour joindre ses lèvres aux siennes.

Sa bouche était ferme et douce. Mais elle quitta la sienne trop rapidement à son goût. Quelle idiote elle faisait. Ce baiser ne signifiait rien. Il n'y avait entre eux rien d'autre que du désir. Mais en plongeant son regard dans le sien, elle se prit à espérer que les choses soient différentes. A espérer que…

— On se voit au bureau ? lança-t-il, coupant court à ses pensées.

— Oui.

— Très bien, murmura-t-il avant de se pencher pour ramasser sa veste.

Après l'avoir enfilée, il se tourna vers elle.

— Pour honorer cet accord que nous venons de passer, j'aimerais que tu m'accompagnes à Laughlin dans une dizaine de jours. J'aimerais m'y rendre pour inspecter l'établissement et me faire une idée des choses avant de commencer les rénovations.

— D'accord, répondit-elle en se forçant à lui adresser un sourire qu'elle espérait professionnel. De cette façon, je pourrais mieux réfléchir à l'emplacement des fresques.

— Parfait. Si ça te va, nous partirons dans la semaine du 16. Je pensais rester deux jours. Je demanderai à Laura de réserver au River Lodge.

A ces mots, un élan de panique s'empara d'elle. Ce qui était en un sens ridicule puisqu'elle lui avait déjà tout dévoilé. Mais dans la mesure où ils étaient tous deux comme de véritables explosifs quand ils étaient ensemble, n'était-il pas risqué d'attiser encore la tentation ?

— Deux jours ?

— Oui. Le jet de la société nous conduira jusqu'à Vegas, répondit-il en haussant les épaules, et ensuite, on ira en voiture jusqu'à Laughlin. Je veux prendre le temps d'explorer les lieux. Un séjour là-bas est l'unique solution.

— Bon.

Deux jours ? Cela signifiait-il qu'ils allaient à nouveau partager un lit ? Etait-ce ce qu'il attendait ? Si c'était le cas, il risquait d'être déçu. Car il était hors de question qu'elle laisse les choses dégénérer. Une aventure avec lui ne pouvait lui apporter que des problèmes. Et du malheur. Mieux valait donc mettre un terme à leur relation maintenant. Et lui expliquer clairement sa position.

— Je ne recoucherai pas avec toi.

— Je n'ai jamais dit que tu le ferais, répliqua-t-il en prenant un air étonné.

— Je veux simplement que les choses soient claires entre nous. Je ne veux pas d'une liaison avec toi et je ne veux pas coucher avec mon employeur.

L'espace d'une seconde, il prit un air contrarié.

— Ce n'est pas un problème d'employeur et d'employée, finit-il par dire d'un air détaché. Cela ne l'a jamais été.

Sous son regard glacial, elle frissonna. Ce qui ne l'empêcha néanmoins pas de relever fièrement le menton vers lui.

— Alors quel est le problème ?

— Ce n'est que du sexe, répondit-il en grimaçant, comme si le mot avait un goût amer.

Voilà. Tout était dit. Il n'avait aucun sentiment pour elle. Elle croyait même pouvoir dire qu'il ne l'appréciait pas. Et ce qui était sûr, c'était qu'il n'avait pas confiance en elle. Elle n'avait aucune envie de l'admettre, mais il avait raison sur ce point : c'était le sexe qui les avait unis la première fois, et c'était ce même désir fiévreux qui les avait réunis alors qu'ils pensaient l'un comme l'autre que tout était fini entre eux.

Il allait donc falloir qu'ils résistent à cela.

Chose qui, compte tenu des conditions, n'allait certainement pas être facile.

Au cours des quelques jours qui suivirent, Jenny parvint presque à se convaincre qu'il ne s'était rien passé entre Mike et elle. Elle était complètement absorbée par son travail, ses idées pour le nouvel hôtel. A l'aide des photos et des vidéos que leur avait procurées l'agence immobilière, elle réfléchissait à tout ce qu'il y avait à faire. Elle avait déjà élaboré plusieurs projets, mais il était vrai qu'elle ne pourrait être sûre de rien tant qu'elle ne se serait pas rendue sur place pour observer les lieux.

Une voix d'homme, derrière elle, la tira brusquement de sa rêverie.

— Tu as fini les esquisses pour *The Wild Hunt* ?

En se retournant, elle sourit à Dave Cooper, le nouveau responsable des graphismes. Quand leur ancien supérieur, Joe, était parti pour Hollywood, il leur avait manqué à tous. Mais Dave, qui était très sympathique, avait repris sa place avec beaucoup de finesse et d'habilité.

— Tu les auras demain, répondit-elle.

Le nouveau jeu était déjà en train de prendre forme, et jusqu'ici, le travail qu'elle avait à faire dessus lui plaisait beaucoup. Des êtres surnaturels et maléfiques, pourchassant des guerriers féroces et des *pookas*. Encore un grand succès à venir pour Celtic Knot, elle en était certaine.

— Je pense qu'elles vont te plaire, précisa-t-elle.

Elle avait passé beaucoup de temps à les peaufiner, le soir chez elle, de sorte que personne ne puisse lui reprocher de délaisser le projet au profit de celui de la décoration de l'hôtel.

Tout en souriant, Dave s'assit sur le rebord de son bureau et réajusta ses lunettes sur son nez. Agé d'une trentaine d'années, il avait l'apparence typique du *geek* : grand, maigre, yeux marron cachés derrière d'épaisses lunettes cerclées de noir. Son sourire était généreux, son enthousiasme enfantin.

— Je n'ai aucun doute là-dessus. J'apprécie beaucoup ton travail, Jen.

— Merci, répondit-elle en lui rendant son sourire. C'est bien que tu sois passé. Je voulais justement te parler de quelque chose.

— Ah oui ? De quoi ?

— Tu sais, dans *The Wild Hunt*, il y a ce loup fantastique qui terrorise le village ?

— Oui. Les premières planches sont géniales. C'est Eric qui travaille dessus. Le loup se transforme en chevalier noir, qui ne garde de l'animal que les crocs et les yeux jaunes.

Eric était un grand artiste. Il avait un sens du détail qui manquait à beaucoup de ses collègues, lesquels se concentraient généralement sur les grandes lignes, laissant les aspects qu'ils jugeaient insignifiants aux stagiaires. Eric, tout comme elle, ne travaillait pas de cette façon. Et c'était entre autres pour cette raison qu'elle avait beaucoup de respect pour lui.

— J'ai hâte de voir ça, dit-elle sincèrement. Mais mon idée concerne le héros du jeu.

Manifestement surpris, Dave fronça un peu les sourcils.

— Le héros ? C'est Finn MacCool, le guerrier irlandais. A quoi songes-tu ?

Elle y avait beaucoup réfléchi au cours des derniers jours. Pour essayer de ne pas trop penser à Mike, elle s'était immergée dans des recherches sur les mythes irlandais et avait échafaudé plusieurs scénarios. Elle était même allée jusqu'à élaborer une esquisse de *story-board* pour mieux exposer son idée à Mike et Sean une fois le moment venu. Mais elle pensait que, pour commencer, il valait mieux l'expliquer à Dave, qui lui dirait honnêtement si elle méritait d'être présentée aux Ryan.

— Je me suis dit que même un héros légendaire comme Finn MacCool pourrait avoir besoin d'un peu d'aide.

— Tu peux développer ? demanda-t-il en réajustant à nouveau ses lunettes sur son nez.

— Pourquoi ne pas faire intervenir une magicienne ?

— Je t'écoute…

Encouragée par son air intéressé, elle se mit à parler et sortit de son tiroir quelques esquisses qu'elle avait dessinées la veille au soir.

— Elle pourrait vivre dans le village. Et ses pouvoirs ne seraient activés que quand le joueur atteindrait un certain niveau de la quête.

— Intéressant.

— Dans le scénario du jeu, Finn trouve une épée dans une grotte cachée au pied d'une falaise. Le joueur doit collecter douze runes pour extirper l'épée de la roche.

— Oui…

— Je me disais, pourquoi ne pas cacher quinze runes au lieu de douze ? Il en faudrait toujours douze pour extraire l'épée et mener Finn au combat contre le sorcier. Mais s'il parvenait à en trouver quinze, le joueur pourrait libérer la magicienne qui aiderait Finn à vaincre les démons de la forêt et…

— Entretiendrait avec lui une relation que nous pourrions développer dans une suite, compléta-t-il pour elle en regardant ses dessins. Excellente idée, Jen ! Cela donnerait un autre niveau de lecture et permettrait de récompenser davantage le joueur pour avoir collecté les runes.

Il se frotta la joue, hocha la tête.

— Oui, excellent. Il faudrait faire les trois runes différentes des douze autres pour encourager le joueur à faire des efforts afin de les obtenir. La plupart se contenteront des douze et de l'épée, mais les plus assidus voudront voir la magicienne. L'idée me plaît. Elle me plaît beaucoup !

Après avoir relevé la tête vers elle, il conclut :

— Tu devrais aller l'exposer aux Ryan. Je suis certain qu'ils seront d'accord.

A ces mots, elle sentit l'inquiétude s'insinuer en elle, chassant rapidement le plaisir de la satisfaction que lui avait apportée l'intérêt de Dave. Sean serait d'accord. C'était un homme gentil, raisonnable, et il l'appréciait. Mike, en revanche…

— Euh… ce ne serait pas plutôt à toi de le faire ? Tu es quand même le chef du service.

Il parut surpris par ses propos.

— Mais c'est ton idée, Jenny. Et elle est super.

— Oui, mais…

— Ne fais pas la timide, l'interrompit-il en lui tendant ses esquisses. Vas-y. Sean est dans le bureau de Mike. Si tu t'y rends maintenant, tu pourras exposer ton idée à tous les deux en même temps. Plus vite tu le feras, mieux ce sera. Les programmateurs vont avoir besoin de temps pour ajouter ce personnage.

— Je sais, mais…

— Depuis quand as-tu peur de défendre tes idées, Jen ? Je ne t'ai jamais vu comme ça… Allez !

Tout en secouant la tête, il s'éloigna pour aller voir un autre artiste.

Une fois seule, elle baissa les yeux sur ses dessins de la magicienne. C'était une bonne idée, elle en était certaine. Et si Mike et elle n'avaient pas été… Elle ne savait pas ce qu'ils étaient exactement, mais s'ils ne s'étaient pas trouvés dans une situation si délicate, elle n'aurait eu aucun problème à expliquer son idée aux frères Ryan, qui s'étaient toujours montrés ouverts aux suggestions.

Mais comme elle était l'artiste principale, elle n'avait pas à avoir peur d'affronter ses supérieurs. C'était son travail, et n'avait-elle pas dit à Mike qu'il était hors de question qu'il l'empêche de l'exercer ?

Elle ramassa vivement ses esquisses et se dirigea vers son bureau.

Mike et Sean étaient en train de réfléchir à l'offre qui avait été faite par le fabricant de jouets.

— D'un point de vue purement financier, dit Mike, la proposition est bonne. Mais tu as vu les figurines qu'ils ont faites à partir de ce film pour enfants ?

— Oui. Et je dois admettre qu'elles ne sont pas terribles.

— Pas terribles… tu es gentil, dit Mike en lui présentant des photos.

— Tu as raison, c'est nul. Et s'ils ne sont pas capables de reproduire correctement cette princesse et cette grenouille…

— Que feront-ils de nos *banshees* et de nos guerriers ? compléta Mike. Brady et moi étions d'accord pour te suivre là-dessus, Sean. Mais si c'est à ça que les figurines vont ressembler, je ne sais pas si c'est une bonne idée…

— On ne pourrait pas essayer d'autres sociétés ?

— Tu crois que cela en vaut la peine ?

— J'en suis sûr, affirma Sean. Si on se lance dans le marché des figurines, notre réputation s'en trouvera encore grandie, ce qui aura certainement un impact positif sur les ventes de jeux. On pourrait de cette façon toucher une clientèle qui n'a jamais essayé nos produits.

Tout en fronçant les sourcils, Mike se mit à tapoter distraitement des doigts sur son bureau. Il avait du mal à se concentrer. Son frère avait beau continuer de lui exposer son plan, son esprit ne cessait de vagabonder, revenant sans cesse à Jenny, qui travaillait à l'étage au-dessus.

Malgré les trois jours qui s'étaient écoulés depuis la nuit qu'il avait passée dans son lit, il n'arrivait toujours pas à rester cinq minutes sans penser à elle. Il avait réussi à se convaincre qu'il avait fait un choix avisé. Un choix qui lui avait permis non seulement de satisfaire son envie d'elle, mais aussi d'effacer ses souvenirs de la nuit qu'ils avaient passée ensemble à Phoenix.

Le problème était que désormais, c'était ses souvenirs de la nuit qu'ils venaient de passer ensemble qui le tourmentaient. Au lieu de l'aider à oublier cette femme, ces ébats n'avaient fait que l'ancrer davantage dans son esprit.

La voix de son frère le ramena brutalement à la réalité.

— Tu m'écoutes, Mike ?

— Euh… oui, bien sûr.

— OK. De quoi est-ce que je parle ?

— De figurines, de jouets. Bref, de tous ces trucs avec lesquels tu nous bassines depuis des mois.

— Bon. Qu'est-ce qui t'arrive ?

— Rien, répondit Mike en attrapant machinalement un stylo. Je suis un peu débordé, c'est tout.

— Oui, moi aussi. Donc, qu'est-ce qui t'arrive ?

— Tu parles comme maman.

— Si je parlais comme elle, j'obtiendrais une réponse à ma question.

Sans doute. Car leur mère était une femme qui parvenait toujours à faire tout avouer à sa famille. Ce qui n'était pas toujours une bonne chose, d'ailleurs. Mike se souvenait notamment des secrets qu'elle avait réussi à extirper à son mari, secrets qui, pour le gamin qu'il était à l'époque, avaient changé sa façon de voir son père pour toujours. C'était à ce moment-là qu'il avait compris tout le mal que les mensonges et les tromperies pouvaient faire.

Un souvenir qui lui fit redresser le dos, renforçant sa volonté d'ignorer les sentiments qu'il pouvait avoir pour Jenny. Les menteurs ne pouvaient pas avoir de place dans sa vie.

Curieusement, ce fut au moment où il se faisait cette réflexion que la jeune femme apparut devant lui, comme par magie, frappant un petit coup à la porte restée ouverte de son bureau. Un peu surpris, il plongea son regard dans le sien et, comme à chaque fois qu'il la voyait, un élan de désir lui parcourut le corps.

— Oui ? lança-t-il d'une voix brusque.

Après avoir légèrement sursauté, elle se tourna vers Sean.

— J'ai une idée que j'aimerais vous exposer au sujet de *The Wild Hunt*.

Sean jeta un coup d'œil surpris dans la direction de Mike puis haussa les épaules.

— Bien sûr, Jenny. Assieds-toi, je t'en prie.

Elle s'installa à côté d'eux mais Mike vit qu'elle évitait son regard. Elle s'adressa à Sean.

— Je viens d'en parler à Dave, qui m'a encouragée à venir vous voir.

Elle se mit alors à leur exposer une idée de nouveau personnage. Mais bien qu'il vît ses lèvres bouger, qu'il l'entendît parler, Mike n'arrivait pas à se concentrer sur ce qu'elle disait. Son esprit lui renvoyait sans cesse des images de la nuit qu'il avait passée avec elle. Comment pouvait-il se concentrer sur le travail, avec tous ces souvenirs qui lui tourmentaient l'esprit, lui torturaient le corps ?

— C'est super ! s'exclama Sean, le ramenant à l'instant présent.

Mais ce qui retint surtout son attention, c'est que son frère venait de se pencher à côté de Jenny pour mieux regarder les esquisses qu'elle avait apportées. Un sentiment de colère s'empara de lui. Pourquoi Sean s'était-il quasiment collé à elle pour regarder ces dessins ?

— Faites voir, dit-il brutalement, en se glissant entre eux pour les séparer.

— Je crois que l'on tient quelque chose, murmura Sean. J'aime cette idée de femme puissante qui viendrait en aide à notre héros. Cela pourrait nous attirer une clientèle un peu plus féminine.

Tout en hochant la tête, Mike passa en revue les esquisses et se vit une nouvelle fois contraint d'admettre que Jenny était vraiment douée. Les dessins n'étaient pas détaillés, le personnage n'était présenté que dans les grandes lignes, et pourtant, il pouvait déjà voir la beauté qui en ressortirait quand il serait terminé. La magicienne était grande, athlétique, mystérieuse. Un personnage secondaire parfait pour un jeu Celtic Knot.

En tournant son regard vers Jenny, il s'aperçut qu'elle l'observait. Et dans ses yeux, il vit de la résignation, comme si elle s'attendait à ce qu'il critique son idée. Il avait peut-être des problèmes avec elle, mais il n'était pas idiot.

— C'est très bien.

— Que d'éloges ! marmonna Sean, moqueur, ce qui lui valut un petit sourire de la part de Jenny.

Irrité par cette scène, Mike serra les poings.

— Je garde les éloges pour le travail achevé. Mais je suis d'accord avec l'idée. Ce serait un plus pour le jeu.

Un joli sourire se dessina sur le visage de Jenny, et il sentit quelque chose en lui devenir plus doux, plus tendre. Une agréable sensation qu'il s'efforça pourtant d'ignorer. Cette femme avait sur lui beaucoup trop d'effets. Elle était dangereuse.

— Merci, finit-elle par dire, les yeux brillant d'une gratitude que lui seul pouvait comprendre.

Mais il était profondément attristé qu'elle ait pu penser qu'il chercherait à dénigrer ses idées pour la seule et unique raison qu'elles venaient d'elle.

Après lui avoir rendu son travail, il se tourna vers son frère.

— Qu'est-ce que tu en penses ? Tu crois que l'on peut demander aux scénaristes de modifier l'histoire ? Il faudrait que ce soit fait avant la fin de la semaine…

— Pourquoi avant la fin de la semaine ? demanda Sean.

— Parce que Jenny et moi allons partir à Laughlin pour voir le nouvel hôtel. On part lundi. Pour deux jours.

— Eh bien dans ce cas, dit Sean en se levant, je vais de ce pas aller parler aux scénaristes pour leur demander de modifier le script. Si tu pouvais finir ces dessins avant de partir, Jenny, ce serait vraiment super.

— Vous les aurez dans une heure.

— Parfait, dit Mike. Sean, tu veux que l'on commence à modifier le *story-board* maintenant ?

— Est-ce que l'on ne devrait pas appeler Brady avant de prendre une décision ?

— Pas la peine. Je suis sûr qu'il sera d'accord. On lui en parlera à notre prochaine téléconférence.

— OK. Je vais expliquer ce changement à l'équipe, alors.

Quand son frère eut quitté le bureau, Mike se tourna vers Jenny.

— Cela te va si on part lundi ?

Comme pour s'assurer qu'il n'y avait personne dans le couloir, elle jeta un coup d'œil par-dessus son épaule.

— Ah parce que tu comptes me demander mon avis ?

Tout en grimaçant, il enfonça ses mains dans les poches de son pantalon.

— On en a déjà parlé…

— Oui. Mais tu ne m'avais pas précisé la date *exacte* du départ. Je devais déjeuner avec mon oncle lundi.

A l'évocation de Hank Snyder, il sentit tout son corps se crisper.

— Pas la peine de faire cette tête, lui dit-elle. Tu n'aimes peut-être pas mon oncle, mais moi, si. Il fait partie de ma famille.

— C'est bien le problème…

— Pour toi peut-être, mais pas pour moi.

Des bruits de pas se firent entendre dans le couloir derrière eux, accompagnés d'éclats de voix.

— Les morts-vivants doivent mourir quand on leur coupe la tête, dit un homme.

— Dans la vraie vie, oui, mais pas dans les jeux vidéo, lui répondit une femme.

— Mais on doit être réalistes, non ?

— Si on voulait vraiment être réalistes, il faudrait que les morts-vivants mangent des cerveaux, au lieu de se contenter de mordre les gens.

Les voix s'atténuèrent à mesure que les personnes s'éloignaient. Quand le silence retomba après un bruit de porte que l'on fermait, Jenny se mit à rire.

— Des morts-vivants dans la vraie vie ? dit-elle en lui souriant. On fait vraiment un boulot bizarre.

Complètement hypnotisé par ses lèvres, il mit quelques instants à lui répondre.

— Oui. Euh… bon, lundi ?

— D'accord, répondit-elle en reprenant brutalement son sérieux. On se retrouve là-bas ?

Il secoua la tête.

— Je passerai te chercher à 9 heures. On prendra le jet de la société pour aller jusqu'à Vegas.

— Parfait. Bon, je crois que je ferais bien d'aller terminer ma magicienne, maintenant.

Il la regarda partir. Quand tout serait terminé, cette image d'elle s'éloignant de lui serait-elle son souvenir le plus net ?

- 4 -

— Je ne pars que deux jours, tonton.

— Mais avec lui, lui répondit son oncle d'un air écœuré.

Jenny soupira et sentit ses épaules s'affaisser. C'était lundi matin. Mike devait arriver d'une minute à l'autre, et elle n'avait toujours pas terminé ses bagages. Et pourtant, il lui fallait écouter cette nouvelle diatribe de son oncle au téléphone.

Mais c'était sa faute. Jamais elle n'aurait dû lui dire ce dont Mike l'avait accusée un an plus tôt. Néanmoins, à sa décharge, elle était à ce moment-là vraiment bouleversée. Et quand son oncle était passé chez elle à l'improviste, un jour où elle pleurait, elle lui avait raconté toute l'histoire.

Naturellement, il avait immédiatement voulu se rendre à Celtic Knot pour s'expliquer avec Mike. Mais fort heureusement, elle avait réussi à l'en dissuader. Néanmoins, il n'avait pas oublié, n'avait pas pardonné. Plus tard, il avait cherché à la convaincre de refuser le poste que Sean lui avait proposé. Mais elle avait toujours refusé de laisser l'existence de Mike lui dicter la façon dont elle devait mener sa vie et sa carrière.

— C'est mon patron, dit-elle, comme si cela suffisait.

— Mais tu n'es pas obligée de le supporter. Tu pourrais venir travailler avec moi, tu le sais bien.

Snyder Arts était une petite société qui avait développé un excellent programme artistique visant à simplifier le design graphique et digital. Ils vendaient au détail et à des sociétés désireuses de moderniser leur service d'arts graphiques. C'était d'ailleurs la raison pour laquelle son oncle avait au départ essayé d'obtenir un contrat avec Celtic Knot. Il pensait — à juste titre, d'après elle — que son programme tendrait à améliorer le design des jeux vidéo.

Et comme elle connaissait désormais très bien les deux sociétés, elle pensait pouvoir dire que si Mike n'était pas si borné, il reconnaîtrait sans problème que le programme de son oncle tendrait à améliorer la qualité de ses jeux. Mais le connaissant comme elle le connaissait, elle savait que jamais il ne l'admettrait. Notamment parce qu'il était persuadé que son oncle avait essayé de se servir d'elle pour obtenir un contrat avec Celtic Knot.

Tout en poussant un nouveau soupir, elle s'adossa à la porte de la salle de bains.

— Je sais, tonton, et c'est gentil de me le proposer. Mais je ne m'intéresse pas à la vente ou au marketing. Je suis une artiste, et je suis douée pour ce que je fais.

— Tu es la meilleure, ma chérie. C'est juste que je n'aime pas te voir comme ça. Et que je n'aime pas te savoir obligée de supporter un homme qui a si peu de considération pour toi.

— Je me moque complètement de ce que Mike pense de moi personnellement, mentit-elle. J'aime mon travail, et ce voyage à Laughlin sera court et purement professionnel. J'ai besoin de voir l'hôtel de mes yeux afin de commencer à réfléchir à mes fresques.

— Tu ne changeras pas d'avis, hein ?

— Non, répondit-elle en souriant.

— Bon. Mais sois prudente. Et donne des nouvelles de temps en temps.

— Promis.

Il se mit alors à lui parler des dernières avancées de Snyder Arts. Elle savait à quel point son travail était important à ses yeux. Avant qu'il ne l'accueille chez lui et qu'il ne devienne son tuteur, sa société était toute sa vie.

Mais le plus important, à son avis, était qu'il n'avait pas besoin d'un contrat avec Celtic Knot pour faire du profit. Snyder Arts avait bonne réputation, et ses finances étaient très saines. Naturellement, il ne serait jamais millionnaire. Mais ses employés et lui gagnaient bien leur vie. Aussi lui semblait-il ridicule que Mike ait pu imaginer une seule seconde que son oncle lui ait demandé de le séduire au vu d'obtenir un contrat avec Celtic Knot. Mais cet homme était tellement fier, méfiant et arrogant que jamais il ne s'autoriserait à reconnaître son erreur !

Tout en écoutant son oncle d'une oreille distraite, elle rangea ses affaires de toilette dans une petite trousse, qu'elle glissa dans son sac de voyage. Puis elle alla s'asseoir sur le lit.

Enfin, elle était prête à partir. Deux jours seule avec Mike. Cela pouvait être aussi bien horrible que merveilleux. Mais même si les choses se passaient bien, la situation ne tarderait pas à redevenir horrible. Il avait envie d'elle, c'était évident. Mais il n'avait pas envie d'avoir envie d'elle, et elle ne savait pas comment régler ce problème. Ni même si elle devait le régler.

Elle avait passé toute sa vie avec la certitude qu'elle n'était pas désirée. Ses propres parents s'étaient délibérément séparés d'elle, sans jamais regarder derrière eux. Elle avait douze ans quand ils s'étaient rendu compte qu'ils étaient las d'être parents et qu'ils ne voulaient plus du fardeau que représentait pour eux un enfant. Et ils l'avaient tout simplement abandonnée chez son oncle Hank, le frère aîné de sa mère.

Ce dernier, de son côté, s'était immergé dans son travail après la mort de sa femme. Il était à cette époque rarement chez lui et avait donc dû changer toute sa vie pour elle. Cela, elle l'avait très bien compris. Aussi avait-elle essayé de se faire aussi discrète que possible pour qu'il ne l'abandonne pas à son tour.

Mais elle avait immédiatement compris qu'elle n'était pas désirée chez lui non plus. Qu'il ne l'avait accueillie que par sens du devoir, parce que c'était ce qu'il fallait faire. Cependant, il s'était toujours montré gentil et compréhensif envers elle, et elle lui en était vraiment reconnaissante.

— Tu m'écoutes ou quoi ? lui dit-il en riant, la tirant brusquement de ses pensées.

— Excuse-moi, tonton. Je pensais à autre chose.

— Pas de problème. Je sais qu'il faut que tu finisses de te préparer.

C'était vrai. Mike allait arriver d'une minute à l'autre. Et plus le temps passait, plus elle sentait l'angoisse la tenailler, au point qu'elle avait désormais du mal à respirer.

— Promets-moi seulement d'être prudente.

Elle jeta un coup d'œil par la fenêtre. Mike était en train de se garer.

— Je te le promets, tonton. Mais il faut vraiment que j'y aille.

Après avoir raccroché, elle referma son sac de voyage et essaya de se calmer. Mais rien n'y fit. De l'autre côté de la fenêtre, Mike descendit de la voiture et regarda vers sa chambre. L'espace d'une seconde, elle eut l'impression qu'il la regardait dans les yeux. C'était stupide, naturellement, mais cela ne changea rien à la douce sensation de chaleur qui se glissa en elle…

C'était certainement une erreur.

Deux jours. Seule. Avec lui.

Cela ne pouvait pas bien se terminer.

Voyager avec un milliardaire était édifiant.

On aurait vraiment dit que tout le monde se mettait en quatre pour attirer l'attention de Mike. Au petit aéroport de Long Beach, les porteurs se battirent presque pour leur prendre leurs bagages, et le pilote sortit de sa cabine pour les saluer personnellement.

Une fois à bord, elle put se blottir dans un confortable fauteuil de cuir et siroter le délicieux café que lui servit la sympathique hôtesse. Mike, pour sa part, passa le voyage les yeux rivés sur sa tablette, à travailler.

Une heure plus tard, ils atterrirent à Las Vegas. Et là encore, les gens accoururent vers eux pour leur faciliter la vie. Une voiture de location les attendait, et après quarante minutes sur une autoroute quasi déserte, ils arrivèrent à Laughlin.

Laughlin était une sorte de version plus jeune et plus fun de Las Vegas. Il y avait des myriades de casinos hôtels, mais aussi le fleuve Colorado. En été, la ville se remplissait d'amateurs de ski nautique ou de bateau, et de toutes sortes de vacanciers ayant envie de passer un peu de temps au bord de l'eau. Et les nuits chaudes invitaient à des dîners tardifs au bord du fleuve ou à des soirées dans les casinos où de grands noms se produisaient sur les scènes.

Elle y était déjà allée, cinq ans auparavant, pour un enterrement de vie de jeune fille. Tout en se remémorant ce souvenir, elle sourit. C'était pour cette raison qu'elle avait des préservatifs dans le tiroir de sa table de chevet, la semaine passée, quand Mike était venu à l'improviste chez elle. Ce cadeau de fin de soirée lui avait semblé sur le coup idiot, mais finalement, elle était contente de l'avoir reçu, car sans lui, cette nuit magique n'aurait jamais pu avoir lieu…

En cinq ans, la ville s'était beaucoup développée. Il y avait des casinos partout, des immeubles, des hôtels, des piscines.

Mais en cette fin de mois de janvier, le temps était froid, les piscines bâchées, les eaux du fleuve hautes. Elle contempla le cœur de la ville, où les hôtels longeaient la promenade qui jouxtait le fleuve. Le soir, si elle se souvenait bien, de jolis lampadaires diffusaient une lumière dorée sur la petite allée et les restaurants et bars où des couples discutaient au bord de l'eau.

Les Ryan avaient certainement bien fait d'acheter un hôtel ici. Pour sa part, elle préférait Laughlin à Las Vegas. C'était plus petit, plus chaleureux, et il y avait beaucoup plus de choses différentes à faire.

Elle frissonna dans son manteau alors qu'une nouvelle rafale de vent soufflait sur elle, charriant quelques grains de sable du désert. Les nuages qui s'amoncelaient à l'horizon semblaient annoncer une tempête, mais autour d'elle, le ciel était d'un bleu limpide. Machinalement, elle marcha jusqu'au bout de la jetée et regarda l'eau clapoter autour d'elle.

— C'est très joli, fit la voix de Mike, derrière elle, la tirant doucement de sa rêverie.

Quand elle se retourna, elle le trouva juste derrière elle, les mains enfoncées dans les poches de sa veste en cuir noir.

Tout en hochant la tête, elle se remit à observer le fleuve.

— C'est exactement ce que j'étais en train de me dire. Il y a tellement d'arbres que l'on pourrait presque en oublier le désert.

— Pour l'instant, répondit-il en riant. Mais attends de voir ce que ce sera en été.

Elle sourit. Les températures, en été, pouvaient en effet facilement atteindre les 40°. Mais comme disaient les locaux, c'était une « chaleur sèche ».

— Je suis d'accord. Mais on peut toujours aller se baigner dans le fleuve pour se rafraîchir.

— Ou dans la piscine de l'hôtel, ajouta-t-il en venant la rejoindre au bout de la jetée.

— Oui.

Un peu plus haut, le long du fleuve, il y avait plusieurs bateaux à fond plat sans doute destinés à la clientèle. Sous les rayons du soleil, les fenêtres et les dorures de la façade de l'hôtel scintillaient. Mais là, à l'ombre des arbres qui bordaient l'eau, c'était comme s'ils étaient seuls au monde.

— Je me demande bien pourquoi les précédents propriétaires ont fait faillite, murmura-t-elle. L'hôtel est magnifique. La vue est belle, il y a une superbe piscine.

— Les jeux étaient interdits.

— Quoi ?

— L'ancien propriétaire était contre les jeux d'argent. Et un hôtel où l'on ne peut pas jouer, dans une ville de jeu, cela ne pouvait pas marcher. Et puis il n'y avait pas de salle fumeur.

— C'est important ?

— Encore une fois, nous sommes dans une ville de jeu. Les gens viennent ici pour se détendre et dépenser leur argent. Ils n'ont pas envie qu'on les empêche de faire tout cela et qu'on les mette dehors pour la seule et unique raison qu'ils fument.

— Je vois.

Il pensait à tout. Elle n'aurait pas dû être surprise de savoir qu'il avait étudié les raisons de l'échec du précédent propriétaire et qu'il en avait tiré d'intéressantes conclusions. Il avait toujours un plan.

— Donc, vous allez autoriser les jeux d'argent, reprit-elle.

Il lui adressa un rapide sourire.

— Pas comme dans un véritable casino. Mais on mettra quelques machines à sous. Basées sur le jeu *River Haunt*, naturellement.

— Naturellement.

Elle le regarda en souriant. Il était si grand, si large d'épaules. Ses cheveux noirs flottaient dans le vent et ses yeux bleus étaient tournés vers l'horizon, comme s'il contemplait l'avenir qu'il s'apprêtait à conquérir.

Mais il fallait qu'elle arrête de le regarder, qu'elle arrête de l'admirer.

— Mais le River Haunt ne doit pas pour autant ressembler aux autres hôtels, précisa-t-il. Il doit être conçu pour plaire aux amateurs de jeux vidéo, pas de jeux d'argent.

— Mais il y a des amateurs de jeux d'argent qui aiment aussi les jeux vidéo.

— Oui, mais ce qui intéresse le plus les amateurs de jeux d'argent, c'est de risquer leur argent pour essayer d'en obtenir plus encore. Un amateur de jeu vidéo, lui, veut battre son record et aller jusqu'au bout du dernier niveau.

Il se tourna vers l'hôtel qui appartenait désormais à Celtic Knot.

— Les clients qui viendront ici seront des personnes

à la recherche d'une expérience. D'une occasion de faire comme s'ils étaient un personnage de leur jeu préféré. Cela n'a rien à voir avec les jeux d'argent.

— Mais tu mettras quand même quelques machines à sous, au cas où.

— Au cas où, acquiesça-t-il en lui adressant un clin d'œil.

Face à ce signe de complicité, elle se sentit tout à coup envahie par un sentiment de plaisir. Elle était heureuse. Parce qu'ils discutaient de choses importantes et que, pour l'instant, il n'avait pas cherché à la critiquer ou à l'attaquer. Peut-être était-ce simplement dû au changement de décor, mais quoi qu'il en soit, elle était contente. Avec un peu de chance, ces deux jours avec lui ne seraient pas aussi pénibles qu'elle l'avait pensé.

— Et j'imagine que tu comptes aussi faire installer des zones fumeurs ?

— Absolument, répondit-il en secouant la tête pour dégager une mèche de cheveux que le vent avait balayé devant ses yeux. Je ne veux dissuader personne de venir. C'est idiot, quand on possède un établissement, de pratiquer une discrimination sur la clientèle.

— Je suis d'accord.

Pensivement, elle se tourna pour contempler l'hôtel qui se trouvait derrière elle. Le bâtiment, ancien mais robuste, était d'un rose fané qui avait sans doute été jadis beaucoup plus vif. Il lui paraissait immense, mais elle savait qu'il était petit comparé aux autres hôtels situés un peu plus bas le long du fleuve. Mais c'était là un point positif : avec sa petite capacité de cent cinquante chambres, le futur River Haunt serait vu comme un lieu prestigieux par les amateurs de jeux qui viendraient s'y presser.

Il y avait un vaste porche devant la façade du bâtiment, et les immenses fenêtres offraient une jolie vue sur le fleuve et les cimes violettes des montagnes qui se profilaient dans le lointain. La peinture des murs était écaillée et la structure massive du bâtiment pas très esthétique, mais elle savait que tout cela allait être modifié. Il y avait beaucoup à faire, mais elle n'avait aucun mal à imaginer à quoi ressemblerait l'hôtel dans quelques mois.

Les rénovations étaient censées lui conférer l'aspect d'un bâtiment en rondins de bois usé par le temps et inspiré des décors du jeu *River Haunt*. Un bâtiment ou des fantômes, des morts-vivants et autres êtres surnaturels se liguaient entre eux pour tourmenter les joueurs désireux de vaincre Donn, le seigneur de la mort.

Les clients du River Haunt Hôtel seraient logés dans des chambres et suites équipées de consoles de jeux dernier cri, de télévisions à écran géant et de suffisamment de symboles fantastiques pour leur donner l'impression d'évoluer dans l'univers de leur jeu préféré. Le nouvel hôtel de Celtic Knot allait être une immense réussite.

— Il va y avoir beaucoup de travail, dit-elle pensivement.

— Ah, ça…

Elle se tourna vers lui pour lui adresser un sourire.

— Mais ce sera super.

— C'est certain.

Il plongea son regard dans le sien et, l'espace d'un instant, elle eut le sentiment qu'ils formaient une équipe. Qu'ils étaient ensemble. Et dans ce très bref intervalle, elle se prit à souhaiter que ce ne fût pas qu'un sentiment.

Mike voulait tirer le meilleur parti de ces deux jours dans le Nevada.

Il passa des heures avec Jacob Smith, l'entrepreneur, à étudier les plans. Ensemble, ils parcoururent l'hôtel, visitèrent chacune des chambres et discutèrent avec les membres du personnel qui étaient restés sur le site.

Comme il avait toujours apprécié l'assiduité au travail et la loyauté, il avait accueilli de façon favorable les demandes des employés qui avaient souhaité conserver leur poste. Mais les affaires étaient les affaires, et il avait demandé au nouveau manager de l'hôtel de faire passer un entretien à chacun d'entre eux afin de renvoyer tous ceux qui manquaient de motivation.

Il était prêt à offrir beaucoup d'argent à toutes les personnes qui pouvaient apporter quelque chose à l'hôtel, mais il n'était en aucun cas disposé à payer les gens à ne rien faire. Et c'était pour cette raison qu'il avait licencié le précédent manager afin de promouvoir à sa place son assistante, Teresa Graves.

Teresa était une femme d'âge mûr, sérieuse, et qui avait un véritable don pour aller toujours droit au but et tirer le meilleur parti des personnes qui travaillaient pour elle. Avec son aide, Mike souhaitait garder l'essentiel du personnel sur les lieux pendant la phase de transition. De crainte que l'hôtel ne finisse par être considéré comme une cible facile par des vandales et autres cambrioleurs, il ne souhaitait pas qu'il semble vide durant sa rénovation.

C'était d'ailleurs dans cette optique qu'il avait proposé une augmentation aux employés acceptant de vivre sur place. Il voulait qu'il y ait du monde à l'intérieur, en plus des vigiles qu'il payait sept jours sur sept, vingt-quatre heures sur vingt-quatre.

— Je pensais faire la piscine en dernier, lui dit Jacob au moment où ils arrivèrent dans le grand hall de réception. La laisser telle quelle pour que vos employés puissent l'utiliser pendant les travaux. Et de cette façon, le nouveau revêtement de la terrasse ne courra aucun risque d'être endommagé.

— C'est une bonne idée, oui.

— Sans quoi ce revêtement pourrait être abîmé par les allées et venues des artisans, poursuivit Jacob en passant la main dans ses cheveux gris. Il est exactement comme vous le vouliez. En bois brut. On aura vraiment l'impression de marcher dans la forêt du jeu.

— Vous connaissez *River Haunt* ? demanda Mike en souriant.

— Et pas qu'un peu ! s'exclama l'entrepreneur en riant. Mon fils passe ses journées à jouer à ça. Il m'arrive même d'entendre des *banshees* hurler dans mes rêves !

— Je suis désolé, mon vieux.

— En tout cas, c'est un lieu idéal pour votre projet. Si vous voulez mon avis, le précédent propriétaire n'a pas su tirer parti de ce qu'il avait. Mais le malheur des uns fait le bonheur des autres.

— Exactement.

— Vous savez, mon fils commence déjà à me tanner pour que l'on passe un week-end à l'hôtel, quand les rénovations seront terminées.

Mike sourit. Il avait hâte, lui aussi, que l'hôtel soit terminé et ouvert à la clientèle.

— Vous savez quoi ? dit-il. Si vous finissez les travaux dans les délais et sans dépassement de budget, votre famille et vous pourrez rester une semaine ici, à nos frais.

Jacob eut un sourire radieux, presque enfantin.

— Mon fils va être aux anges !

— Ou plutôt aux démons, ici, répliqua Mike en riant.

L'air plus motivé encore, Jacob pointa du doigt un dessin représentant la piscine.

— Dans ce mur, là-bas, nous allons créer une série de saillies pour planter des fougères et autres plantes de sous-bois, qui retomberont en cascade jusqu'au rebord de la piscine.

Tout en observant le dessin, Mike tenta de lui donner vie dans son esprit. Ayant toujours eu beaucoup d'imagination, il n'avait aucun mal à se représenter les lieux tels qu'ils seraient, une fois les travaux terminés.

De l'autre côté du mur végétal que Jacob venait d'évoquer, un rideau de verdure dans le désert, une gigantesque cascade d'eau, derrière laquelle se trouverait un bar où les clients pourraient se rafraîchir. Des chaises longues en tissu vert forêt et des tables qui auraient l'air d'avoir été fabriquées à l'aide de branches noueuses. Une scène en parfait accord avec le jeu *River Haunt*.

Il voulut montrer ces dessins à Jenny pour avoir son opinion. Mais elle était occupée à étudier les murs intérieurs pour déterminer les emplacements où elle allait peindre ses fresques.

La voix de Jacob le ramena brutalement à la réalité.

— Je vais également agrandir le port pour que vous puissiez y amarrer les deux bateaux dont vous m'avez parlé.

— Parfait. Nous souhaitons également proposer à nos clients de faire des croisières en bateau la nuit.

— C'est très joli, par ici, la nuit, répondit l'entrepreneur avec un hochement de tête enthousiaste. Quand on s'éloigne un tout petit peu de la ville, l'été, on peut voir de magnifiques ciels étoilés.

— Ah oui ?

Cela faisait bien longtemps qu'il n'avait pas eu l'occasion de contempler un ciel étoilé. Mais naturellement, c'était le genre d'expérience que ses clients allaient rechercher.

— Et qu'est-ce que vous pensez de l'idée des animatroniques, Jacob ?

— Je crois que ça va flanquer une sacrée frousse à vos clients ! répondit l'entrepreneur en riant. Mais c'est pour ça qu'ils viendront, de toute façon, non ?

— Oui, répondit Mike en observant la rive qui s'étendait devant l'hôtel.

Les arbres et épais buissons qui se trouvaient au bord de l'eau seraient parfaits pour dissimuler les câbles qui alimenteraient les *banshees* et autres mauvais esprits qu'ils avaient prévu de faire bouger dans les ombres quand les clients approcheraient. Il pouvait presque voir comment ils seraient disposés et l'effet effrayant qu'ils allaient créer.

— Nous sommes en train d'étudier avec les ingénieurs les meilleurs moyens de les faire bouger et de les protéger des intempéries, précisa Jacob.

— Vous pensez pouvoir dissimuler tous ces dispositifs de façon convaincante ?

— Naturellement.

Tout avait l'air très bien. Presque parfait. Avec un peu de chance, l'hôtel serait terminé et prêt à accueillir ses clients cet été. Les nuits chaudes du désert, les ciels obscurs… Un cadre idéal pour créer un sentiment de peur.

— J'ai la meilleure équipe de tout le Nevada, affirma Jacob. Tout sera terminé à temps et exactement comme vous le désirez.

— Je viendrai régulièrement voir comment avancent les travaux, mais en mon absence, ce sera à Mlle Graves, la nouvelle manageuse, qu'il faudra s'adresser. Si vous rencontrez le moindre problème, ce sera à elle que vous devrez le signaler. Elle me fera passer le message.

— C'est noté. Mais ne vous faites pas de souci. On va faire quelque chose de vraiment formidable.

— J'en suis persuadé. Bien ! Maintenant, allons voir la cuisine. Je veux avoir votre avis sur le travail qu'il y a à faire.

— Eh bien, de ce côté-là, je ne pense pas que l'on puisse être confrontés à de gros problèmes, répondit l'entrepreneur en lui emboîtant le pas.

Tandis qu'il continuait de parler, Mike ne l'écouta qu'à moitié. Ils avaient étudié dans les moindres détails chacun des aspects de la rénovation. Il savait que Jacob ferait du bon travail. Il savait qu'il pouvait faire confiance à Teresa pour régler les petits problèmes du quotidien. Et il était certain que les vigiles qu'il avait engagés protégeraient bien les lieux.

La seule chose dont il n'était pas sûr était Jenny. Il ne l'avait pas vue depuis leur conversation sur la jetée, quelques heures plus tôt. Mieux valait sans doute qu'il garde ses distances avec elle. Il le savait. Et pourtant, il n'avait qu'une envie : la trouver, lui parler, la regarder. La caresser et…

Non ! Il ne fallait surtout pas qu'il s'engage sur ce chemin.

Le travail. Uniquement le travail. C'était pour cela qu'il était venu.

— Bien, Jacob. Dites-moi ce que vous pensez de cette cuisine…

- 5 -

Jenny sentait son imagination fuser dans toutes les directions. Elle avait emporté ses idées de fresques et elle avait passé les deux heures qui venaient de s'écouler à parcourir les halls et les grandes pièces du rez-de-chaussée pour déterminer où elle allait peindre chacune d'entre elles.

Le restaurant lui semblait être un cadre parfait pour une très grande peinture. Elle y voyait bien un chemin qui mènerait de la salle à la forêt. Une sorte de trompe-l'œil qui donnerait aux clients l'impression de pouvoir passer de la salle à manger à la forêt. Mais en connaisseurs du jeu, ils sauraient forcément ce qui se cachait dans la forêt, songea-t-elle en souriant, et ils n'auraient donc sans doute pas envie de suivre le chemin qu'elle aurait tracé.

De l'autre côté du mur se trouvaient d'immenses fenêtres qui donnaient sur le jardin et le fleuve au-delà. Elle les voyait bien encadrées de lierre, qui devrait avoir l'air aussi réaliste que possible.

Tout en soupirant de plaisir, elle savoura cette belle idée d'avoir tant de feuilles blanches à décorer. Ses mains la démangeaient ; on aurait dit qu'elles étaient animées d'une vie propre et qu'elles ne rêvaient que de saisir des pinceaux. Certes, elle adorait son travail, mais elle avait toujours préféré créer sur des supports réels plutôt que virtuels.

Toujours aussi heureuse, elle quitta la salle à manger pour se rendre dans le hall. Elle avait trouvé une idée géniale pour l'entrée principale de l'hôtel, une idée qu'elle n'aurait jamais eue si elle n'était pas venue sur place. Une fresque qui serait une sorte d'affirmation. Un moyen d'informer les clients que, dès le moment où ils pénétraient dans cet hôtel, ils entraient dans une autre dimension.

Le hall était une vaste pièce qui n'avait besoin que d'un peu d'attention pour devenir un lieu spécial. Or, cette attention, elle était toute disposée à la lui donner. Déjà, quelques artisans étaient occupés à démonter le vieux comptoir, blanc, moderne et beaucoup trop contemporain pour ce que les Ryan avaient à l'esprit.

— Excusez-moi, lança-t-elle. A qui dois-je m'adresser pour la couleur de la peinture dans ce hall d'entrée ?

— A Jacob, lui répondit un grand brun d'une trentaine d'années à la peau hâlée. Je crois qu'il est dans la cuisine avec le patron.

— D'accord, merci, répondit-elle en s'éloignant dans la direction qu'il lui avait indiquée.

Mais l'homme qui lui avait répondu l'interpella :

— Vous êtes l'artiste, c'est ça ? Jenny.

— Oui.

— Enchanté. Je suis Rick.

Il portait un jean usé et délavé, et son T-shirt blanc mettait en avant son imposante musculature. Avec sa petite fossette, il était vraiment mignon. Séduisant. Et il le savait, manifestement. Il y avait quelque chose dans son attitude et son regard qui lui disait qu'il était habitué à ce que les femmes se jettent à ses pieds et portent sur lui un regard plein d'adoration.

— Bonjour, Rick. Enchantée, moi aussi. C'est moi, en effet, qui vais peindre les fresques. Enfin, pas moi toute seule. Il me faudrait un mois pour réaliser tout ça. Mais on m'a demandé de faire les modèles et de superviser le travail des artistes.

Il hocha la tête comme s'il était grandement intéressé par ce qu'elle disait. Mais elle savait très bien que ce n'était pas le cas. Les autres femmes se laissaient-elles si facilement manipuler par un beau visage et d'hypocrites marques d'attention ?

— Très bien. Et de quelle couleur souhaiteriez-vous peindre les murs ?

Elle se tourna vers celui du fond. C'était la première chose que l'on voyait quand on entrait dans l'hôtel. Il était beige avec des traces rectangulaires plus claires aux endroits où des tableaux avaient été accrochés. Mais quand elle en aurait fini avec lui, il allait être… mystérieux.

Oubliant totalement Rick et sa fossette, elle se mit à parler. Un bon exercice pour se décrire à elle-même sa vision des choses, la préciser, mettre des mots dessus.

— Pourpre, répondit-elle en plissant les yeux pour mieux observer le mur. De la couleur du ciel juste avant que la nuit tombe. Avec quelques étoiles, brillant d'une nuance argentée, et des nuages sombres passant devant la pleine lune.

Elle hocha lentement la tête et poursuivit :

— Il y aura une forêt sous les étoiles, et les rayons de lune filtreront à travers les branches des arbres. Et dans les ombres, des yeux jaunes qui sembleront vous regarder, sans que l'on parvienne à deviner s'ils nous voient ou pas. Mais la nuit vous attirera en elle, cherchera à vous amadouer, et cette forêt et ce regard qui vous suit viendront hanter vos rêves.

Les yeux toujours rivés sur le mur terne, elle s'interrompit.

— Vous faites peur quand vous êtes comme ça, vous savez ? lança la voix de Rick, derrière elle.

Elle se mit à rire, mais tout à coup, ce fut la voix de Mike qu'elle entendit.

— Et pas seulement quand elle est comme ça. Vous n'avez pas du travail à faire, vous ?

Surprise, elle se retourna vivement et trouva Mike derrière elle. Son regard était brillant de colère. Mais qu'est-ce qu'il pouvait bien avoir, encore ?

— Il a raison, affirma Jacob en se tournant vers Rick, qui disparut immédiatement.

— Merci pour vos conseils, Jacob, dit Mike. On se retrouve demain à la même heure.

— Pas de problème, répondit l'entrepreneur, avant de se tourner vers elle. Notez les couleurs que vous voulez pour chaque mur, mademoiselle, et je m'assurerai que les peintres fassent bien leur boulot.

— Merci. Je vous ferai la liste pour demain.

— Parfait.

Quand il eut disparu, Mike la prit par le bras et essaya de l'entraîner vers la porte d'entrée. Mais elle se dégagea vivement. D'abord parce qu'il était hors de question qu'elle se laisse traîner où que ce soit par qui que ce soit. Et ensuite, tout simplement, parce qu'elle n'avait pas son sac à main.

— Attends, dit-elle en traversant la pièce comme un soldat un champ de bataille.

Après avoir récupéré son sac, elle retourna à ses côtés.

— *Maintenant*, dit-elle en insistant bien sur le mot, je suis prête.

Il prit un air plus furieux encore. Elle aurait presque pu se réjouir de savoir qu'il lui était si facile de l'énerver.

Mais pour cela, il aurait fallu qu'elle sache pourquoi il semblait tellement en colère contre elle.

Sans l'attendre, elle passa la porte de l'hôtel et se dirigea vers le coupé rouge qu'ils avaient loué à l'aéroport.

— Tu peux m'expliquer ce que tu faisais ? lui demanda-t-il en déverrouillant les portières.

— Comment ça, ce que je faisais ? Je faisais mon travail ! s'exclama-t-elle en ouvrant violemment sa portière pour se glisser sur le siège passager.

Après s'être installé, il démarra et ne prononça pas le moindre mot durant le court trajet qui les mena jusqu'à l'hôtel qu'ils avaient réservé pour la nuit.

Quand il eut échangé sa place avec le voiturier, elle sortit de la voiture et commença à avancer vers l'établissement. Une fois encore, il l'attrapa par le bras.

— Tu pourrais arrêter de faire ça ? lança-t-elle en lui jetant un regard glacial.

— Quand tu arrêteras de partir sans moi.

— Il faudrait d'abord que tu commences par arrêter de te comporter comme un mufle.

— Tu vas finir par me rendre fou.

— Impossible. Fou, tu l'es déjà.

Dans le hall, adjacent au casino de l'hôtel, tout n'était qu'éclats de rire et conversations enjouées. Personne ne semblait prêter attention à leur dispute.

— Je ne veux pas avoir cette conversation ici, déclara-t-il néanmoins d'un ton sec.

— Je ne veux pas avoir cette conversation *du tout*.

— Moi, si. On va la poursuivre plus haut. Ta chambre ou la mienne ?

Elle laissa échapper un petit rire moqueur.

— Charmante invitation ! Mais il n'en est pas question.

— Tu veux que l'on parle en privé, lui dit-il en

baissant la voix, ou tu préfères que l'on lave notre linge sale ici devant tout le monde ?

— Bon, très bien. Ma chambre. Comme ça, quand j'en aurai assez, je pourrai te flanquer dehors !

Tout en l'attrapant une nouvelle fois par le bras, bien trop fermement pour qu'elle puisse se dégager cette fois-ci, il commença à avancer vers les ascenseurs. Et il avait à peine appuyé sur le bouton que l'un d'entre eux s'ouvrit. Une fois à l'intérieur, ils furent rejoints par cinq ou six personnes. Avec les miroirs qui se trouvaient de part et d'autre de la cabine, on aurait dit qu'ils étaient une cinquantaine. Mais elle n'avait d'yeux que pour Mike. Il faisait au moins une tête de plus que tous les autres et, dans le miroir, il soutenait son regard.

L'ascenseur s'arrêta. Des personnes sortirent, d'autres entrèrent, les conversations reprirent. Mais elle n'écoutait pas. Elle était complètement fascinée par ses yeux ensorcelants.

Enfin, ils arrivèrent au onzième étage.

Le hall était sombre et étroit, et avec Mike juste derrière elle, il lui semblait encore plus petit. Elle inséra sa carte dans la serrure et ouvrit. Comme elle avait laissé les rideaux ouverts, le soleil de l'après-midi se déversait dans la pièce. Elle laissa tomber son sac à main sur le lit.

Quand elle se tourna pour faire face à Mike, il marchait vers elle, visiblement furieux.

— Mais qu'est-ce qui te prend ? s'exclama-t-il.

— Je ne vois pas de quoi tu parles !

— Toi et le menuisier, répondit-il d'un air dégoûté. Quand je suis entré dans le hall, je vous ai surpris en train de flirter.

Elle fut si étonnée qu'il lui fallut quelques secondes pour se remettre à parler.

— De *flirter* ? finit-elle par dire. J'étais en train de lui parler peinture. De lui décrire la fresque que je comptais peindre sur le mur de l'entrée.

Elle sentait de nouveau la colère bouillir dans ses veines.

— Oui, j'ai bien entendu la fin de ta performance, dit-il en faisant un geste méprisant de la main. Les yeux brumeux, la voix douce et rêveuse. Ce type te regardait la bouche ouverte, il était à deux doigts de baver.

— Les yeux *brumeux* ?

Etait-ce vrai ? Etait-elle vraiment comme cela en racontant son projet de fresque ? Peu importait, de toute façon ! Elle ne flirtait pas, elle était simplement perdue dans ses pensées.

— Tu étais exactement pareille que quand tu t'es réveillée dans mes bras.

Elle prit une profonde inspiration. Il n'avait pas le droit de lui rappeler la dernière nuit qu'ils avaient passée ensemble. Ce n'était pas correct.

— Tu te trompes.

Brusquement, il l'attrapa par les épaules et l'attira près de lui. Elle sentit son cœur s'emballer, et quand elle se retrouva tout contre son torse puissant, elle se rendit compte que le cœur de Mike battait au même rythme que le sien. Un rythme effréné.

— Non, répondit-il en la regardant dans les yeux. Je vous ai entendus. Je vous ai vus.

Le temps de quelques secondes, elle paniqua. Il lui fallut se faire violence pour lutter contre son instinct. Son instinct qui lui dictait de le serrer dans ses bras, de se hausser sur la pointe des pieds pour embrasser ses lèvres sensuelles. De goûter, une fois encore, à ces incroyables sensations.

Mais elle finit par se rappeler qu'il n'avait aucune

estime pour elle. Et qu'il ne voulait pas d'elle, que c'était simplement le désir qui dictait ses réactions.

— Je maintiens que je ne flirtais pas. Mais de toute façon, ce ne sont pas tes affaires. Tu es mon employeur, Mike, pas mon petit ami.

— Je suis ton employeur, tout à fait. Et je ne veux pas que tu distraies les autres employés. Je veux qu'ils restent concentrés sur leur travail, pas sur toi.

A ces mots, son sang ne fit qu'un tour.

— Non, mais tu t'entends ? Tu te rends compte à quel point tes propos sont déplacés et insultants ?

— Déplacés ? Je rentre dans une pièce et je te trouve en train de faire un numéro de charme à un type avec une boîte à outils, et c'est moi qui ai un comportement déplacé ?

— Tes propos sont déplacés et insultants. Et c'est encore pire si tu ne le comprends pas ! rétorqua-t-elle en le repoussant pour se dégager de son étreinte.

Elle fit un pas en arrière et se sentit mieux. Elle avait vraiment besoin de distance pour l'affronter.

— Je suis là pour faire mon travail, Mike. Tu es mon employeur. Pas mon amant.

— Ce n'est pas comme ça que je vois les choses.

Elle sentit le feu lui monter aux joues. Fort heureusement, elle était dos à la fenêtre. Il ne le remarquerait sûrement pas. Ou du moins elle l'espérait.

— Ces deux nuits ne font pas de toi mon amant. Elles font de toi…

— Quoi ?

— Une erreur. N'est-ce pas ce que tu as toi-même dit après le premier soir ? Et même le deuxième, si mes souvenirs sont bons ?

Tout en enfonçant ses mains dans ses poches, il se mit à la regarder intensément.

— C'est vrai. Et c'est ce que je pense. Mais il n'empêche que cela ne m'amuse pas de te regarder allumer un autre type sous mes yeux.

Sidérée, elle ouvrit de grands yeux.

— Je n'ai jamais cherché à allumer Rick…

— Ah, je vois que tu connais déjà son prénom.

Ignorant cette intervention, elle poursuivit :

— Et ce n'est pas moi qui me suis mal comportée envers lui.

— J'étais en colère.

Oui. Elle avait vu. Mais… était-il jaloux ? Se pouvait-il qu'il l'ait vue parler à Rick et qu'il ait eu l'impression que le jeune homme empiétait sur son territoire ? Si oui, qu'est-ce que cela pouvait bien signifier ?

— Tu étais en colère parce que tu pensais que je flirtais avec un autre que toi, c'est ça ?

— Parce que je pensais que tu flirtais au travail, c'est tout, répondit-il en croisant fermement ses bras sur sa poitrine.

— Je ne crois pas, murmura-t-elle en s'approchant de lui.

C'était la plus étrange conversation qu'elle ait jamais eue. Une semaine plus tôt à peine, elle s'était juré de ne plus jamais coucher avec lui. Elle savait que cela ne pouvait lui attirer que des ennuis. Qu'il la prenait pour une femme malhonnête. C'était peut-être toujours le cas, elle ne pouvait pas le savoir. Et pourtant, elle était là, animée par ce désir intense, le même que celui qui l'avait menée tout droit jusqu'à son lit la première fois.

Non. Elle ne pouvait pas. Elle ne devait pas recommencer. Elle ne pouvait pas l'autoriser à la faire souffrir encore une fois.

Sûre de sa décision, elle s'arrêta, leva les yeux vers lui.

— Je ne coucherai pas avec toi ce soir.

— Je ne t'ai rien demandé.

— Si. Tacitement, répondit-elle en souriant tristement.

— Alors maintenant, tu lis dans les pensées ?

— Je n'ai pas besoin de lire dans les pensées, répondit-elle en faisant de son mieux pour refouler le désir qui continuait de la tourmenter. Je sais ce qui se passe quand nous nous retrouvons seuls tous les deux.

Plusieurs secondes s'écoulèrent, dans un silence si lourd de tension que l'on pouvait presque sentir vibrer l'air. Elle essaya de s'accrocher au peu de bon sens qui lui restait. Mais elle savait que si Mike faisait le moindre geste dans sa direction, s'il l'embrassait…

Il poussa un lourd soupir.

— Tu n'as pas tort, dit-il en faisant passer son regard de ses yeux à ses lèvres puis de nouveau à ses yeux. Je t'ai vue avec ce menuisier et… Peu importe. Comme tu l'as si bien dit, ce ne sont pas mes affaires.

Lentement, elle hocha la tête.

— Alors oublions ça, d'accord ? Demain, on finira notre travail. Et une fois que nous serons rentrés, tout reviendra à la normale.

Elle vit briller dans ses yeux des émotions qui allaient et venaient si rapidement qu'elle ne parvenait pas à les identifier. Mais peut-être était-ce mieux ainsi…

— A la normale, répéta-t-il en hochant la tête. Je pense que l'on aura terminé vers midi. Après quoi on pourra rentrer et oublier tout ce qui s'est passé ici.

A ces mots, elle sentit son cœur se serrer, mais elle se força à sourire, à garder sa douleur pour elle. Il voulait oublier ce qui s'était passé durant leur séjour ici. Oublier jusqu'au moment qu'ils avaient passé ensemble sur la jetée à discuter comme des amis.

Il ne lui serait pour sa part pas facile d'oublier. Mais c'était sans doute la meilleure chose à faire. En s'accrochant à ce qu'elle ressentait pour lui, des sentiments qu'elle n'avait pas envie d'examiner de trop près, elle ne ferait qu'ajouter encore à sa douleur. Il fallait qu'elle trouve un moyen de laisser de côté les espoirs qu'elle avait entretenus pour se concentrer sur la dure réalité des faits.

Il ne voulait d'elle que pour le sexe.

Et elle ne pouvait pas se contenter de cela.

— A demain, alors, dit-il soudain, coupant court à ses pensées. Je t'attendrai à 9 heures. Pour travailler.

— A demain.

Une fois qu'il eut disparu, elle se laissa mollement tomber sur le bord du lit.

Tout aurait été tellement plus simple si elle n'avait rien éprouvé pour lui.

Mike passa la soirée à travailler dans sa suite. Il pensait que s'il occupait son esprit avec des chiffres, des budgets, des projets pour l'avenir de sa société, il n'aurait pas le temps de penser à Jenny. De la revoir en train de décrire la fresque qu'elle envisageait de peindre. D'entendre la magie dans sa voix. De voir le désir dans les yeux de ce type.

Il voulait oublier l'expression qu'elle avait affichée quand il s'était conduit comme un imbécile en l'accusant d'avoir flirté avec cet ouvrier. Même si cela avait été le cas, elle avait raison, ce n'était pas ses affaires. Mais ce n'était pas l'impression qu'il avait eue. Il s'était senti fou de rage en voyant cet homme la regarder avec un tel intérêt. Et il se sentait fou de rage de s'être mis en colère contre elle.

Il ne savait pas ce qui était en train de lui arriver, mais il n'aimait pas ça du tout. Il avait toujours su se contrôler. Contrôler ses émotions, ses sentiments. Jusqu'à ce qu'il la rencontre.

Tout en se passant nerveusement une main sur le visage, il sortit sur le balcon. Le vent froid du désert lui remit un peu les idées au clair. Il jura lorsque son téléphone se mit à sonner. Il n'avait pas envie de discuter.

Il le sortit de sa poche, et consulta l'écran.

— Salut, maman, dit-il en décrochant.

— Coucou. Alors, comment ça se passe à Vegas ?

— Laughlin.

— Oui, bon. C'est pareil. Sean m'a dit que tu étais parti inspecter le nouvel hôtel. Comment est-il ?

Tout en s'appuyant au garde-fou, il regarda le fleuve, auquel étaient amarrés plusieurs bateaux à fond plat. On aurait dit que les néons cherchaient à concurrencer les étoiles. Sur la promenade, dans la lumière dorée des réverbères, se détachaient des silhouettes de passants.

— Il est un peu triste pour le moment, mais je pense que ça va s'arranger.

— Bien sûr que oui. Mes fils n'ont jamais échoué dans leurs projets.

Vaguement amusé, il sourit.

— Ton frère m'a dit que Jenny Marshall avait trouvé d'excellentes idées pour la décoration.

Elle s'interrompit quelques instants, avant de reprendre :

— Il m'a dit aussi que Jenny et toi étiez là-bas. Ensemble.

— Ah oui ? répondit-il d'un air innocent.

Il préférait ignorer la curiosité qu'il avait perçue dans la voix de sa mère. Toutes les mères étaient-elles aussi déterminées à voir leurs enfants se marier et fonder une famille ?

— Oui. Il m'a dit que Jenny et toi allez travailler ensemble pendant des mois sur cet hôtel.

— Ne commence pas avec ça, maman…, la menaça-t-il gentiment, sans chercher à dissimuler son amusement.

— Ecoute, Mike, tu n'es plus tout jeune, tu sais ? Et Jenny est une fille charmante. Je l'ai déjà rencontrée. Elle est très talentueuse. Et très jolie, aussi.

Certes. Et il aurait pu ajouter à la liste intelligente, volontaire et désirable. Mais aussi, malheureusement, peu fiable. Il fronça les sourcils en repensant à l'attitude qu'elle avait eue un peu plus tôt avec l'artisan.

— Maman…

— Tu ne peux pas me reprocher d'espérer.

— Je n'ai pas envie de me marier, maman.

Et elle savait très bien pourquoi. Mais il avait appris avec le temps qu'elle n'aspirait qu'à oublier ce jour qui avait totalement changé sa vie et la sienne.

Il l'entendit soupirer.

— Tu es aussi têtu que ton père.

Il fronça les sourcils mais ne répondit rien. Aussi sa mère se remit-elle à parler :

— D'ailleurs, je voulais te rappeler que nous fêtons son anniversaire la semaine prochaine. J'aimerais que Sean et toi soyez présents. D'accord ?

Il soupira. Il n'avait aucune envie de passer du temps avec son père. Mais il ne pourrait pas y couper.

Ce qui n'avait pas toujours été le cas. Jusqu'à ses treize ans, il l'avait considéré comme un héros. Grand, fort et toujours agréable avec tout le monde, Jack Ryan était le genre de père que n'importe quel enfant aurait rêvé d'avoir. Il s'occupait beaucoup de ses deux fils, à qui il avait entre autres appris à surfer.

Mais l'année de ses treize ans, Mike avait découvert que son idole n'était pas aussi parfaite qu'il l'avait toujours pensé. Il avait menti. Et depuis qu'il l'avait appris, Mike n'avait pu lui pardonner. Malgré les nombreuses tentatives de son père de combler le fossé qui s'était creusé entre eux.

Les souvenirs étaient parfois durs, et les images du jour où son père était tombé de son piédestal étaient aussi nettes dans son esprit qu'elles l'avaient toujours été.

La voix de sa mère, triste, le ramena brutalement à la réalité.

— Je suis désolée, Mike. Vraiment désolée.

— Tu n'as rien fait de mal, maman.

— Si. Si tu savais comme j'aimerais revenir en arrière, effacer ce qui s'est passé…

— C'est impossible, maman. Mais c'est du passé.

— J'aimerais vraiment que tu voies les choses de cette façon, mon chéri.

— C'est comme ça que je les vois.

— Je ne pense pas. Mais quoi qu'il en soit, j'aimerais que vous soyez tous les deux présents à l'anniversaire de votre père. Sean, lui, m'a promis d'y être.

Naturellement. Car Sean ne savait pas ce que lui savait. Il n'avait jamais parlé à son frère de ce qu'il avait découvert. Pour le protéger ? Peut-être. Mais peut-être aussi parce que la simple idée que d'autres personnes soient au courant était pour lui trop difficile à supporter. Quoi qu'il en soit, Sean ignorait tout de cette histoire, et il fallait que les choses demeurent ainsi.

— Très bien. Je viendrai, promit-il, sachant que sa mère insisterait tant qu'il n'aurait pas accepté.

— Merci, mon chéri. A bientôt, alors ! Oh ! et dis bonjour à Jenny pour moi.

Elle se mit à rire, et il raccrocha. Tout en secouant la tête, il s'accouda au garde-fou pour observer la foule, sur les trottoirs et la jetée.

Et tout à coup, quelque chose retint son attention.

Il sentit son corps se mettre en alerte.

Jenny.

Elle était là, en bas.

Elle marchait, seule dans la nuit, les rayons de lune et les néons faisant danser des reflets colorés dans ses cheveux dorés.

- 6 -

La normalité est un concept très subjectif.

Jenny eut plusieurs fois l'occasion de le constater au cours de la semaine qui suivit leur retour en Californie. Mike et elle avaient décidé de revenir à la normale. Et ils l'avaient fait. D'une certaine façon.

Le premier jour, ils s'étaient tenus à l'écart l'un de l'autre. Mais très vite, leur charge de travail avait rendu cette échappatoire impossible. Tout en continuant ses dessins de la magicienne pour *The Wild Hunt*, elle devait également réfléchir à ses plans de fresques pour l'hôtel. Mais elle avait pris tellement de photos des lieux qu'il lui était extrêmement facile de déterminer le futur emplacement des peintures. Néanmoins, cela lui prenait beaucoup de temps.

Mais bien vite, Mike se retrouva complètement submergé par des coups de téléphone de l'entrepreneur, du plombier, de l'électricien, et comme le travail sur le nouveau jeu ne pouvait pas avancer, elle se porta volontaire pour l'aider. Et naturellement, elle prenait beaucoup d'appels qu'elle devait ensuite lui résumer. Au bout du compte, ils passaient donc des heures ensemble chaque jour. Ce qui ne faisait, bien sûr, qu'attiser encore le désir qui continuait de brûler entre eux.

Elle songeait vaguement à tout cela quand elle entra dans son bureau. Comme il était au téléphone avec un blogueur fan de Celtic Knot, elle prit le temps de l'observer.

Son visage était de marbre, il était l'incarnation même de l'homme d'affaires. Froid. Sérieux. Impitoyable. D'une voix ferme, il expliqua à l'homme ce qu'il voulait et ce qu'il attendait, et elle n'eut aucun doute sur le fait que le blogueur lui obéirait au doigt et à l'œil. Il avait un véritable don pour obtenir ce qu'il voulait.

Et, l'espace d'une seconde, elle se prit à rêver être l'objet de son désir…

Heureusement, ce fut à ce moment-là qu'il raccrocha. Elle se ressaisit aussitôt.

— Alors ? lui dit-il en faisant nonchalamment tourner un stylo entre ses doigts.

— Jacob a confirmé que les peintres allaient bien commencer la semaine prochaine, répondit-elle en baissant les yeux vers sa tablette, sur laquelle elle avait pris des notes.

Elle avait tellement parlé à l'entrepreneur au cours de la semaine passée qu'elle avait presque l'impression qu'il faisait partie de sa famille !

— Il m'a aussi dit que les employés de l'hôtel qui sont restés sur place aident beaucoup les artisans. Principalement en transportant les matériaux de construction et autres objets arrivés sur le site. D'après Jacob, ils se donnent vraiment du mal pour que le travail soit terminé dans les temps.

— Intéressant. Cela ne faisait pas partie de notre accord.

— Si j'ai bien compris, ils s'ennuient un peu à attendre que l'hôtel rouvre.

— Demande à Jacob de te transmettre les noms de ces personnes. Je veillerai à ce qu'elles soient payées pour leur travail.

— C'est déjà fait.

Il eut un large sourire.

— J'aime les gens qui prennent des initiatives et qui font ce qu'il y a à faire sans qu'on ait à le leur demander. Ne perds pas cette liste. Nous étudierons des possibilités de promotions une fois que l'hôtel sera ouvert.

— Je viens de te l'envoyer par mail. J'avais bien pensé que tu ferais quelque chose comme ça.

— Quelle efficacité ! s'exclama-t-il en souriant. Et moi qui pensais avoir affaire à une artiste rêveuse. Tu ne voudrais pas prendre la place de ma secrétaire, par hasard ?

Un peu surprise par cet étrange compliment, elle se mit à rire.

— Certainement pas ! Je préfère rester dans mon rôle d'artiste rêveuse. Je suis ravie de t'aider, mais si je devais suivre le travail de tout le monde tous les jours, je crois que je deviendrais folle.

— Je suis bien placé pour comprendre. J'ai passé ma journée à me battre avec des blogueurs, des testeurs, les types du marketing et les designers qui travaillent sur la couverture. Sean déteste leur idée. Quant à moi, je ne suis pas pleinement convaincu. Je vais devoir leur demander de tout reprendre de zéro.

— Que souhaitent-ils mettre sur la couverture ?

— La forêt. Des guerriers sortant des arbres, la pleine lune…

— Cela ressemble beaucoup à la couverture de *Forest Run*, non ?

— C'est exactement ce que j'ai dit ! répondit-il en secouant vivement la tête.

D'un bond, il se leva pour aller se poster à la fenêtre.

— Il faut qu'elle soit suffisamment différente de l'autre pour que les clients ne pensent pas qu'ils ont déjà le jeu, mais suffisamment proche pour qu'ils sachent qu'ils pénétreront dans un univers qu'ils connaissent et aiment déjà.

— Je vois…, murmura-t-elle en le regardant trépigner devant le ciel bleu. Et que dirais-tu de mettre le guerrier et la magicienne ensemble sur l'image ?

Il se retourna vers elle, visiblement intéressé.

— Je t'écoute, poursuis.

— Avec peut-être des éclairs dans le ciel.

Elle ferma les yeux. Elle pouvait presque voir l'image.

— De la magie qui sortirait des doigts de la magicienne, ses cheveux balayés par le vent, de la lumière qui irradierait de l'épée du guerrier…

— C'est bon, ça, dit-il d'une voix plus douce.

Elle ouvrit les yeux et, quand son regard rencontra le sien, l'espace d'une seconde, elle eut l'impression de se trouver devant quelqu'un de… spécial. Mais elle ne pouvait pas se laisser aller à penser cela. Elle risquait beaucoup trop de se faire du mal.

— Je vais envoyer tes idées aux designers.

— Merci, dit-elle, ravie.

— Ça fait du bien de pouvoir parler à quelqu'un qui n'a pas constamment besoin d'être recadré. Il y a des fois où je n'ai qu'une envie : balancer mon téléphone portable par la fenêtre.

— Je te comprends.

Il pensait qu'elle n'avait pas besoin d'être recadrée ? Si c'était vraiment le cas, cela signifiait qu'il commençait enfin à lui faire confiance.

Non. Ne sois pas stupide, Jenny.

Baissant les yeux vers sa tablette, elle poursuivit :

— Et sinon, les ingénieurs sont arrivés sur place. Ils travaillent sur les mécanismes des animatroniques. Ils disent qu'il leur faudra environ deux mois pour que tout soit parfait, mais d'après Jacob, ils sont très enthousiastes.

— Parfait. Autre chose ?

— Oui. Un petit problème.

— Il fallait bien qu'il y en ait un, marmonna-t-il d'un air vaguement déçu en s'asseyant sur le rebord de son bureau.

— Jacob dit que la plomberie est en mauvais état.

— Comment ça ?

— Il faudrait changer des canalisations, notamment celles qui alimentent la cuisine et la piscine. Sans quoi, dans cinq ans environ, il faudra tout refaire.

Il laissa échapper un petit rire dépourvu d'humour.

— Brady a fait refaire un château du XVe siècle, et il n'a rencontré aucun problème de plomberie, et moi, avec mon hôtel des années 1950, je dois tout changer ?

— La plomberie du XVe devait être de meilleure qualité, fit-elle remarquer en haussant les épaules.

— Sans doute. C'est tout ?

— Non, répondit-elle en faisant une petite grimace. Jacob me dit de t'informer que si tu ne le fais pas maintenant, il risque d'y avoir des fuites sous le nouveau revêtement de la terrasse autour de la piscine. Et dans ces cas, le bois risque de pourrir.

— Mais comment se fait-il qu'il ne s'en soit pas aperçu avant ? lança-t-il, irrité.

— D'après lui, c'est le genre de choses qu'il est impossible de prédire avant d'avoir débuté les travaux.

Elle prit une profonde inspiration. Tout se passait plutôt bien. Ils se trouvaient dans la même pièce depuis plusieurs minutes et ils ne se disputaient toujours pas. Tout ce qu'elle avait à faire était de rester concentrée sur son travail.

Mais naturellement, à chaque fois qu'elle regardait

Mike, il lui était extrêmement difficile de se concentrer. Sur quoi que ce soit, d'ailleurs. Elle ne pensait qu'à passer sa main dans ses cheveux soyeux… A s'approcher de lui pour sentir ses bras forts autour d'elle… A poser sa tête sur les muscles fermes de sa poitrine pour écouter les battements de son cœur…

Le travail ! Il fallait qu'elle reste concentrée sur le travail.

— Ils ont découvert le problème en décarrelant la cuisine, expliqua-t-elle.

L'air songeur, il hocha la tête. Mais comme il ne fit pas de commentaires, elle poursuivit :

— Cela me fait penser à ces émissions, à la télé, où l'on voit des couples acheter des magnifiques maisons. Mais en général, quand ils commencent à les restaurer, ils trouvent toute sorte de vices cachés ou de saletés. Cela ne donne pas envie d'acheter de l'ancien…

— Ta maison est ancienne, lui fit-il remarquer avec un petit sourire en coin.

— Si tu crois que je n'y pense pas quand je vois ces couples face à des rats dans leur grenier ! s'exclama-t-elle en frissonnant.

L'espace d'une seconde, son regard devint chaleureux, presque amical. Mais aussitôt, il reprit son air froid et détaché.

Elle dut se retenir de soupirer.

— Jacob a raison, affirma-t-il. Il faut faire cela maintenant. Je veux que tout soit parfait. Et surtout, je n'ai aucune envie de devoir fermer la cuisine ou la piscine plus tard. Je vais l'appeler.

— Parfait.

— Autre chose ? demanda-t-il en prenant une bouteille d'eau sur son bureau.

Il se servit un verre et en but une longue gorgée. Elle

le regarda, presque hypnotisée. Comment un homme en train de boire de l'eau pouvait-il lui faire cet effet-là ?

— Oui, répondit-elle après s'être éclairci la gorge. J'ai parlé avec la décoratrice que tu as embauchée pour meubler l'hôtel. Elle m'a interrogée sur le style que tu voulais donner. Je lui ai suggéré un style plutôt ancien, voire quelque chose d'exotique, mais de simple. Mais je pense que le mieux serait que tu la contactes pour lui expliquer.

— Je vais le faire. Mais la description que tu lui as donnée me semble bonne. Rien de trop compliqué ou de trop raffiné. Des meubles solides, massifs, qui pourraient venir du passé ou du monde fantastique que nous avons recréé.

— Je trouve l'idée parfaite.

Une fois encore, il lui sourit. Et une fois encore, elle sentit son cœur s'emballer.

— Content que ça te plaise. Parce que j'aimerais que tu viennes avec moi chez un antiquaire. C'est la décoratrice qui s'occupera de la plus grande partie du mobilier, mais Brady m'a parlé d'un magasin qui importe des antiquités irlandaises. Il a acheté pas mal de choses là-bas pour le château.

— Et ces antiquités irlandaises sont donc reparties dans leur pays d'origine.

— Tout à fait.

— Amusant. Quand comptes-tu y aller ?

— Pas avant la semaine prochaine. Il reste encore beaucoup à faire pour le nouveau jeu et… Au fait, ce n'est pas demain que tu dois rendre tes dessins de la magicienne ?

— Si. Ils sont presque terminés, répondit-elle sans chercher à dissimuler sa culpabilité.

D'ordinaire, elle rendait toujours son travail en

avance. Mais elle avait été tellement occupée, ces derniers temps…

— Si tu as besoin d'un ou deux jours de plus, pas de problème, lui proposa-t-il en s'approchant d'elle. Je sais que tu as eu beaucoup de travail, avec la rénovation de l'hôtel.

— Je suis contente de pouvoir vous aider.

— Et j'apprécie beaucoup ton aide, murmura-t-il en baissant les yeux vers elle.

Elle sentit sa bouche s'assécher, son cœur s'emballer de plus belle. Elle plongea son regard dans le sien, et une vague de chaleur lui traversa le corps. Sa simple proximité suffisait à faire flancher ses genoux… et sa détermination.

Fort heureusement, ce fut à ce moment-là que quelqu'un frappa.

Une seconde plus tard, sans avoir été invité à entrer, Sean ouvrait et passait la porte d'un pas précipité.

— Hé, Mike, tu ne croiras jamais ce que…

Il s'interrompit et les regarda successivement l'un l'autre.

— Euh… je vous dérange, peut-être…

Tout en secouant la tête, Mike s'écarta d'elle.

— Non. On avait fini. N'est-ce pas, Jenny ?

En le regardant de nouveau dans les yeux, elle comprit que ce qu'il y avait eu entre eux avait disparu avec l'arrivée de Sean. Ce qui était probablement une bonne chose. Bien qu'au fond d'elle, elle eût préféré, vraiment préféré, que cette scène n'ait jamais été interrompue.

— Oui, confirma-t-elle en quittant la pièce à contrecœur.

*
* *

— Intéressant, murmura Sean quand Jenny eut disparu. Tu comptes m'en parler ?

— Non, répondit Mike en espérant que son frère finirait par passer à autre chose.

Ce qui ne fut naturellement pas le cas…

— Je savais bien qu'il y avait quelque chose entre vous.

— Tu ne sais rien du tout, affirma Mike en s'asseyant à son bureau.

Sean prit place en face de lui.

— Tu crois que je suis aveugle ? demanda-t-il avec un sourire espiègle. Vous étiez sur le point de vous embrasser.

— La ferme, Sean.

— Il y avait déjà quelque chose entre vous avant que vous ne partiez à Laughlin, mais depuis votre retour, c'est pire encore. Enfin, pire… Tu vois ce que je veux dire.

— Parfaitement. Et j'aimerais aussi que tu me comprennes, quand je te dis de la fermer.

— Ce n'est pas que je ne te comprends pas, c'est que je n'ai pas envie de t'écouter. Alors, qu'est-ce qui se passe entre toi et la délicieuse Jenny Marshall ?

— Fais attention à ce que tu dis ! s'exclama Mike en jetant à son frère un regard glacial.

— Oh oh, fit Sean d'un air amusé. Tu es jaloux ? C'est bon signe.

— Arrête ça, Sean, marmonna-t-il en commençant à taper sur son ordinateur. Je n'ai pas que ça à faire. Alors dis-moi pourquoi tu es venu me voir.

— Je voulais te parler de l'hôtel du Wyoming, répondit son frère sans cesser de sourire.

— Un problème ? demanda Mike en relevant brusquement la tête.

— Pas avec l'hôtel en lui-même. Ni avec la vente, qui est conclue. En revanche, avec l'entrepreneur…

— J'ai des problèmes, moi aussi, murmura Mike en songeant à ce que Jenny venait de lui dire.

— Mais ton entrepreneur est un homme. Tu peux lui parler.

— Parce que le tien est… ?

— Une femme. Kate Wells. Le meilleur de la région, paraît-il.

Tout en secouant la tête, Sean se leva et s'approcha de la fenêtre.

— On est en plein milieu de l'hiver, et elle veut commencer la restauration, expliqua-t-il. Elle dit qu'elle a un créneau dans son planning et qu'elle ne veut pas perdre de temps. Qu'elle ne peut pas faire travailler ses hommes dans la neige, mais qu'ils peuvent très bien commencer le boulot à l'intérieur.

— Et alors ? Je ne vois pas en quoi cela nous gêne.

Il fallait qu'il se concentre sur les problèmes que lui exposait son frère. Mais ce n'était pas chose facile. Car quelques secondes à peine plus tôt, il avait failli… quoi, exactement ? Il ne le savait pas. Embrasser Jenny ? Verrouiller la porte et l'allonger sur son bureau ?

Il aurait mieux fait de ne pas penser à cela. Il avait chaud, soudain, il était excité et encore moins à même de se concentrer sur les propos de Sean.

— Je trouve cela très bien, reprit-il. Comme ça, avec un peu de chance, ils auront déjà fait la moitié du boulot quand l'hiver sera passé.

— Quoi ? s'exclama Sean d'un air furieux. Mais tu ne te rends pas compte ? Pour qu'ils puissent commencer, il faut que je me rende sur place pour étudier les plans avec Kate. Aller inspecter l'hôtel, comme tu l'as toi-même fait à Laughlin.

Mike décocha à son frère un sourire moqueur.

— Ah. Alors c'est ça, le problème ? Tu n'as pas envie d'aller dans le Wyoming ?

— Bien sûr que non ! répondit Sean, visiblement horrifié par l'idée. Il y a de la neige, là-bas ! Des tonnes de neige ! Alors qu'ici… Regarde ! Un ciel bleu, un beau soleil. Il fait quasiment 20°. Tu sais combien il fait, dans le Wyoming ? Tu ne le sais pas, hein ? Mais moi, si, parce que j'ai vérifié. - 5° ! Et c'est chaud, pour la saison !

Mike éclata de rire, et malgré le regard noir de son frère, il ne put s'arrêter.

— Ecoute, Sean, ce ne sera pas long. Tu y vas, tu fais ce que tu as à faire, et tu reviens. Au pire, tu manqueras un ou deux jours de surf. Mais je suis sûr que tu survivras.

— Merci pour ton soutien ! Il va aussi falloir que je trouve un artiste pour les fresques.

Il s'interrompit, et son visage s'illumina.

— Hé ! Tu crois que Jenny serait intéressée par un petit séjour au pays des neiges ? Ses dessins sont super et…

— Non.

Il était hors de question qu'il laisse Sean et Jenny partir ensemble dans le Wyoming. Ils seraient seuls dans l'avion, seuls à l'hôtel… Non !

— Ça a au moins le mérite d'être clair, fit remarquer Sean d'un air ironique.

— Demande à quelqu'un d'autre.

— Je ne vois pas qui je vais pouvoir convaincre de laisser ce beau soleil…

— Chacun ses problèmes, mon vieux !

Et aussitôt, son esprit se recentra sur Jenny. Son problème à lui était qu'il ne pouvait s'arrêter de penser à elle, d'avoir envie d'elle. Alors qu'il savait parfaitement qu'il n'y avait pas de place dans sa vie pour elle. Et qu'elle était malhonnête. Certes, elle n'avait pas menti depuis un moment. Mais cela ne voulait pas dire grand-chose. Elle devait simplement être en train de préparer de nouveaux mensonges. Mais quand allaient-ils sortir ? Sous quelle forme ? Et surtout, comment pouvait-il s'intéresser autant à cette femme à laquelle il ne pouvait pas se fier ?

Alors qu'il se posait ces questions, Sean était revenu s'asseoir en face de lui.

— Parle-moi, Mike. Qu'est-ce qui se passe entre toi et Jenny ?

Il fut tenté de répondre honnêtement. Mais il n'avait jamais été très doué pour se confier. Partager ses sentiments, ses émotions. Rares étaient les personnes qui avaient réussi à percer les murs défensifs qu'il avait érigés autour de lui. Et s'il aimait beaucoup son frère, il lui semblait qu'entre hommes, il y avait des choses dont on ne pouvait pas discuter.

— Je n'ai pas envie d'en parler, OK ? finit-il par répondre en se passant la main sur le visage.

Sean l'observa pendant de longues secondes et hocha la tête.

— OK. Mais si tu as besoin de moi, n'hésite pas, d'accord ?

— D'accord. Merci, Sean.

— On se voit chez papa et maman, ce soir ?

Mike retint un juron. Encore un problème ! Il aurait aimé pouvoir trouver un moyen de se défiler. Il n'avait pas besoin de cela en ce moment ; il avait déjà suffisamment de choses à endurer. Mais s'il ne venait pas, sa mère allait le lui faire payer. D'une façon ou d'une autre. Et il savait d'expérience que la vengeance de sa mère pouvait être terrible.

— Oui. J'y serai, marmonna-t-il.

— Waouh ! Quel enthousiasme !

— Je viens, c'est déjà pas mal, rétorqua-t-il en fusillant son frère du regard.

— Encore une fois, tu en dis trop ou pas assez. Ecoute, si tu ne veux pas me parler de Jenny, pourquoi ne pas m'expliquer les raisons pour lesquelles tu es tellement en colère contre papa ?

— Je n'ai pas envie d'aborder ce sujet *non plus.*

Sean soupira.

— Décidément, tu as plus de secrets que la CIA.

— Tout à fait. Et le concept même du secret, c'est que l'on ne peut pas le révéler.

— Ça, c'est ce que tu crois. Mais tu sais, je pourrais en parler à maman et je...

— Ne fais pas ça.

Il ne voulait pas que leur mère se retrouve à nouveau confrontée à cette souffrance du passé. Il ne voulait pas qu'elle soit contrainte de raconter à Sean ce qu'elle lui avait avoué à contrecœur des années plus tôt.

— Ne fais pas ça ? répéta Sean en appuyant ses deux mains sur le bureau. C'est tout ce que tu as à me dire ? Mais qu'est-ce qui se passe, Mike ? Tu es en guerre contre papa depuis des années et tu ne veux pas me dire pourquoi. Si tu sais quelque chose que je devrais savoir, il faudrait tout de même que tu me le dises.

Mike observa son frère pendant quelques secondes tout en songeant aux scènes familières qu'il savait qu'il allait devoir affronter au cours du dîner. Les conversations tendues, sa mère en faisant des tonnes pour alléger l'ambiance, son père lui jetant régulièrement des coups d'œil en biais. Ce ne serait pas agréable. Ce ne serait pas facile. Mais il allait jouer le jeu. Pour sa mère.

Ceci étant, il ne voyait aucune raison à ce que son petit frère soit contraint de vivre le même cauchemar que lui à chaque fois que la famille serait réunie.

— Crois-moi, Sean, il vaut mieux que tu ne saches pas. Alors laisse tomber, d'accord ?

L'espace d'une seconde, Mike crut que son frère allait contester, mais au bout du compte, il se leva en hochant la tête.

— Très bien. Mais n'oublie pas une chose : je suis peut-être ton *petit* frère, mais je ne suis pas un enfant. Je n'ai pas besoin d'être protégé.

Son frère avait sans doute raison, songea Mike, mais devait-il pour autant faire voler en éclats toutes ses illusions ?

Quelques heures plus tard, Jenny était en train de regarder un film à la télévision quand quelqu'un frappa à sa porte. Vêtue d'un pantalon de pyjama en flanelle et d'un débardeur blanc, elle était pelotonnée dans son canapé avec un bol de pop-corn et un verre de vin. Elle n'avait rien trouvé de mieux pour éviter de trop réfléchir. De trop penser.

Comme elle n'attendait personne, et comme elle avait beaucoup d'imagination, elle passa en revue toutes sortes de scénarios possibles : cambrioleurs, tueur en série, évadé d'un hôpital psychiatrique…

Elle avait toujours été du genre anxieux, surtout quand elle était seule le soir. Il fallait vraiment qu'elle envisage d'adopter un chien. Un grand.

Mais pour l'heure, la seule chose qu'elle pouvait

faire était de regarder discrètement par la fenêtre, en soulevant les rideaux.

Mike.

A la fois soulagée et ennuyée, elle soupira.

Au moins, ce n'était pas un intrus. Mais pourquoi était-il venu à l'improviste ? Elle était affreuse. Pas maquillée, les cheveux emmêlés. Et elle avait… son pantalon de *Star Wars*.

Mais qu'est-ce que cela pouvait bien faire, après tout ? Il lui avait clairement fait comprendre qu'elle ne l'intéressait pas, alors autant lui montrer qui elle était réellement… avec son pyjama, et tout le reste.

Elle finit par ouvrir la porte.

— Tu ne demandes pas qui c'est avant d'ouvrir ? lança-t-il aussitôt.

— Bonsoir. Je vais bien, oui, merci. Et toi ?

— Arrête, Jenny. Ce n'est pas prudent pour une femme seule d'ou…

— Je t'ai vu par la fenêtre.

— Ah. Alors ça va.

— Bon, qu'est-ce que tu fais là, Mike ?

— Honnêtement, je ne sais pas. Je viens de dîner avec ma famille et je n'avais pas envie de rentrer chez moi tout de suite. Je me suis promené un peu en voiture et j'ai atterri ici.

Fascinant.

Il portait une chemise blanche dont le col était ouvert, une veste noire, un jean noir et des bottes qui avaient l'air d'avoir parcouru beaucoup de kilomètres. Ses cheveux étaient un peu emmêlés et ses yeux paraissaient… vides. Ses traits étaient tendus, son corps crispé.

On aurait dit qu'il allait partir. Elle n'avait pas envie qu'il parte.

— Tu veux un verre de vin ? lui proposa-t-elle.

Il plongea son regard dans le sien.

— C'est gentil, oui. Merci.

Poli, mais distant. Et légèrement suspicieux, comme toujours. Mais il y avait ce soir-là une forme de tristesse en lui, quelque chose qu'elle n'avait jamais vu jusqu'alors et qui déclencha en elle une vague inquiétude.

Faisant de son mieux pour dissimuler ce sentiment, sachant pertinemment qu'il n'aurait pas apprécié, elle referma la porte derrière lui.

— Tu étais chez tes parents ? Ils vont bien ? Sean aussi ?

— Oui.

— Mais pas toi, fit-elle remarquer en inclinant sa tête sur le côté pour mieux le regarder.

Tout en se passant une main sur la joue, il laissa échapper un petit rire sans joie.

— Eh bien, je n'aime pas me savoir si transparent, mais je pense que tu as raison, oui.

C'était la première fois qu'elle le sentait vulnérable. Il paraissait généralement si sûr de lui, tellement à sa place dans sa position de dirigeant d'une grande société, que ce changement avait quelque chose de déstabilisant.

— Je n'aurais pas dû venir, dit-il brutalement.

Mais il était venu. Il avait de toute évidence rencontré un problème, quelque chose qui l'avait bouleversé. Et c'était vers elle qu'il était venu. Ce qui devait bien signifier quelque chose, non ?

— Reste. Assieds-toi, mets-toi à l'aise. Je vais te servir un verre de vin.

Après avoir retiré sa veste et l'avoir déposée sur le dossier d'une chaise, il se mit à regarder autour de lui comme s'il voyait la pièce pour la première fois. Ce qui n'était pas le cas. Il était déjà venu. Le soir où…

Mais mieux valait ne pas songer à cela maintenant !

— Soirée cinéma ? demanda-t-il quand son regard tomba sur le bol de pop-corn et le verre de vin.

— J'avais envie de me détendre un peu, répondit-elle en haussant les épaules. Il y a tellement à faire, en ce moment.

— A qui le dis-tu !

S'étant assis sur le canapé, il prit quelques pop-corn et regarda l'écran de la télévision.

Machinalement, elle se rendit dans la cuisine pour lui servir un verre de vin et quand elle retourna dans le salon et le lui tendit, il lui sourit.

— *Piège de cristal ?* dit-il en désignant la télé.

Tout en prenant place à l'autre bout du canapé, elle sourit à son tour.

— C'est le film que je regarde toujours quand je n'ai pas le moral. Noël, les gentils qui battent les méchants.

— Et des tas d'explosions, conclut-il.

— Exactement !

Tout en souriant de plus belle, elle prit une gorgée de vin.

— Je ne savais pas que tu aimais les films d'action, lui fit-il remarquer.

— Il y a beaucoup de choses que tu ne sais pas sur moi.

— Mais il y en a certaines que je sais, répliqua-t-il en fronçant les sourcils.

— Ou que tu *crois* savoir.

Elle n'était ni une voleuse ni une menteuse, et elle était persuadée que, quelque part au fond de lui, il le savait. Sans quoi il ne serait pas là, assis sur son canapé…

— Peut-être, murmura-t-il en se retournant vers la télé. Un type, seul contre tous.

— Pour sauver sa femme. C'est romantique.

Il se mit à rire.

— Il n'y a pas un peu trop d'explosions pour que ce soit romantique ?

— Je ne trouve pas, non.

L'air amusé, il baissa les yeux sur son pantalon.

— Rien d'étonnant, après tout, pour une fille qui porte un pyjama de Dark Vador.

— Il est confortable, expliqua-t-elle en souriant, se gardant bien d'ajouter que c'était un cadeau de son oncle Hank.

— Je ne sais pas quoi penser de toi, Jenny…

— Et tu m'en vois ravie. Cela veut dire que tu n'es plus totalement sûr de devoir penser ce que tu pensais avant parce que maintenant, tu penses que tu as peut-être mal pensé.

Après l'avoir regardée quelques secondes, un peu surpris, il hocha la tête.

— Ça y est. J'ai pigé, murmura-t-il.

Mais il ne précisa pas s'il était d'accord ou pas.

Sans rien ajouter, il se tourna à nouveau vers la télévision qui, dans la semi-obscurité, projetait régulièrement des taches de lumière sur son visage.

— Pourquoi es-tu venu, Mike ?

Lentement, il se tourna vers elle.

— Tu sais très bien pourquoi.

A ces mots, un délicieux sentiment d'anticipation vint se nicher au creux de son ventre. Elle prit une gorgée de vin pour apaiser sa gorge devenue sèche puis reposa son verre devant elle.

Oui, elle savait très bien pourquoi. Elle l'avait senti quand elle était passée dans son bureau, un peu plus tôt dans la journée. Avant l'arrivée de Sean, quelque chose s'était mis à brûler entre eux, et ce feu était toujours là, plus chaud que jamais. Jouer là-dessus serait une immense erreur. Mais ne pas jouer là-dessus… serait une immense déception.

— Oui, murmura-t-elle en soutenant son regard. Je sais.

— Alors la question est : veux-tu que je parte ?

— Non.

Tout en poussant un soupir de contentement, il posa son verre et se pencha vers elle.

Et instinctivement, elle se glissa dans ses bras. Une petite voix au fond d'elle essaya de l'en dissuader. Mais elle n'avait pas envie d'être prudente. Elle n'avait pas envie d'être sage. Elle avait juste envie de lui.

C'était même plus que cela, songea-t-elle en joignant ses lèvres aux siennes. Et au moment où sa bouche entra en contact avec la sienne, où elle s'ouvrit à lui, elle sentit le feu du désir en elle atteindre une intensité qu'elle n'aurait jamais pensé possible auparavant.

Sa tête se mit à tourner, et elle s'accrocha à lui comme à une ancre, le seul point de stabilité de son univers, la seule chose qui comptait.

Elle était tombée amoureuse de Mike Ryan.

Des images des quelques mois qui venaient de passer lui revinrent brusquement à l'esprit. Mike en train de parler à de jeunes artistes, de les encourager. Son dévouement à son travail, à son frère, à ses amis. Le manque de confiance qu'il avait en elle.

Il ne lui faisait pas confiance.

Il n'était pas amoureux d'elle.

Tout allait mal se terminer, et elle le savait. Mais elle avait passé toute sa vie à espérer ressentir un jour le sentiment qui était en train de la submerger totalement.

Elle allait donc prendre le risque de souffrir. Ce simple moment en valait la peine. Quand bien même Mike ne connaîtrait jamais la nature exacte du feu qui brûlait dans son cœur.

- 7 -

Quelques jours plus tard, Mike était à son bureau quand il reçut un appel de son frère sur Skype.

— Je déteste le Wyoming, marmonna Sean.

Mike se mit à rire. Sean paraissait totalement déstabilisé. Il avait de petits yeux, était mal rasé et on aurait dit qu'il portait sur lui plusieurs couches de pull-overs.

— Il n'a pas arrêté de neiger depuis que je suis là, reprit-il. Il doit bien y avoir un mètre de neige dehors, et ça continue de tomber.

— Il ne fait pas trop froid ? demanda Mike d'une voix taquine.

— Tu rigoles ? s'exclama Sean, sans sembler remarquer qu'il s'agissait d'une plaisanterie. Il gèle ! J'ai deux pulls sur moi !

C'était bien ce qu'il lui avait semblé…

— Bon. Tu comptes ne me parler que de la pluie et du beau temps ? Comment est l'hôtel ?

— Très beau, grommela Sean. Il y a beaucoup de terrain. Et c'est très boisé. Le ciel paraît vraiment immense, quand on sort de la ville, tu sais ?

Mike sourit. Il l'avait constaté de lui-même quand il était parti avec Jenny à Laughlin.

Jenny.

Comme à chaque fois qu'il pensait à elle, des souvenirs lui revinrent à l'esprit. Son sourire. Ses yeux. Sa peau contre la sienne. Ses soupirs brûlants. Les soirées passées chez elle, à regarder des films, faire l'amour, parler du travail, de l'hôtel. Parler de tout sauf du fait qu'il ne pouvait pas lui faire confiance.

Mais il ne devait pas penser à cela. Ce n'était pas le moment.

— Et comment est l'hôtel en lui-même ?

— Grand, froid, vide, répondit Sean d'un air irrité. Mais la structure est saine et belle. Ceci étant, il va y avoir beaucoup de travail pour le restaurer à l'image de *Forest Run*.

— Et Kate Wells ? Elle te paraît compétente ?

— Elle a intérêt à l'être. Il y a deux cent cinquante chambres à restaurer.

— Mais si on maintient l'idée d'organiser des concours dans l'hôtel, il va nous falloir davantage de place. Y a-t-il d'autres hôtels à proximité ?

— Non. La ville la plus proche se trouve à vingt kilomètres. Et il n'y a que des chambres d'hôtes.

Mike soupira. Ça, ce n'était pas une bonne nouvelle.

— Ecoute, Sean, on ne pourra pas faire de grands rassemblements si on ne peut pas loger les gens. Et ne me dis pas de demander à nos clients de camper.

Son frère se mit à rire.

— Ce n'est pas parce que j'aime le camping que je vais proposer à nos clients de planter leur tente dans la propriété. Mais il y a une ville de taille plus importante à une trentaine de kilomètres, et Kate a une autre idée.

— Laquelle ? demanda Mike en prenant une gorgée de café.

— C'est du cappuccino ? lui demanda son frère en fronçant les sourcils. Tu ne sais pas la chance que tu as…

— Je le bois à ta santé.

Sean lui jeta un regard noir avant de répondre à la question qu'il lui avait posée :

— Kate pense que l'on ferait bien de mettre de petits chalets derrière le bâtiment principal, dans la forêt. Pour donner aux clients davantage d'intimité, ainsi qu'un plus grand sentiment de proximité avec la nature.

— C'est une excellente idée.

— Oui, je sais.

— Mais elle n'a pas l'air de te plaire.

— C'est parce que Kate avait l'air tellement sûre d'elle en l'énonçant que ça m'a énervé. Mais bref, peu importe.

— Tu as l'air de bien t'amuser, dis donc, lui fit remarquer Mike en prenant délibérément une autre gorgée de cappuccino.

— Cette femme est la personne la plus têtue que j'aie jamais rencontrée. Toi y compris.

— Tout ce qu'on lui demande, c'est de bien travailler.

— Je lui fais confiance là-dessus. Et elle est motivée. Elle pense pouvoir rassembler les artisans et commencer la semaine prochaine. Et cela me va très bien. Enfin, à partir du moment où je peux superviser tout ça depuis la Californie.

— OK, mais comme tu n'as pas réussi à te faire accompagner par un artiste, que va-t-on faire au sujet des fresques qui doivent être peintes ?

— Ecoute, répliqua Sean d'un air irrité, si je n'ai pas pu me faire accompagner par un artiste, c'est parce qu'ils sont tous en train de terminer *The Wild Hunt*.

Il avait raison. Les artistes étant occupés à peaufiner les derniers détails du prochain jeu, ils s'étaient vraiment vus confrontés à un problème de timing.

— Quoi qu'il en soit, reprit Sean, que dirais-tu de

laisser les murs blancs ? On ferait venir les artistes plus tard pour les peindre.

— Je suis d'accord sur le principe. Tu rentres toujours demain ?

— Oui, heureusement ! Kate est partie chercher son camion. Naturellement, il neige toujours.

— Si cela peut te consoler, il ne fait *que* 19° ici, aujourd'hui.

— Super. Merci, marmonna Sean en grimaçant.

Mike entendit une porte s'ouvrir derrière lui et quelqu'un parler.

— Quoi ? s'exclama Sean d'un air médusé.

— Qu'est-ce qui se passe ? demanda Mike.

Son frère se retourna vers lui, l'air complètement découragé.

— Kate vient d'entendre à la radio que le col était fermé à cause de la neige. Je suis coincé ici.

Mike essaya de se retenir, mais son frère semblait si énervé, si furieux qu'il ne put s'empêcher de rire. Mais face au regard noir que Sean lui lança, il fit de son mieux pour se calmer.

— Pardon.

— Tu trouves ça drôle ? Je suis coincé dans un hôtel vide, avec une entrepreneuse hystérique et des tonnes de neige derrière chaque porte !

— Excuse-moi. Vous avez à manger, au moins ?

— Oui, répondit Sean, avant de se tourner sur le côté pour s'adresser à quelqu'un que Mike ne pouvait pas voir dans le champ. Viens. Je vais te présenter mon frère.

Une seconde plus tard, un visage de femme apparut à l'écran. Jolie, avec un visage en forme de cœur, une bouche pleine, des cheveux noirs et des yeux aussi bleus que ceux de Sean. Elle portait une casquette de base-ball et ce qui ressemblait à un gros pull-over vert.

— Bonjour, je suis Kate, et j'imagine que vous êtes Mike.

Les paroles sortaient de sa bouche en un flot continu.

— Ravie de vous rencontrer, mais nous n'avons pas beaucoup de temps pour parler, enchaîna-t-elle. Il faut qu'on rentre le bois de chauffage qui est dehors avant que la tempête n'éclate. Mais ne vous inquiétez pas, nous avons des tonnes de choses à manger. J'avais apporté des provisions la semaine dernière en songeant que mon équipe n'allait pas tarder à arriver. Nous avons bien travaillé avec Sean. Les mesures sont prises et nous nous sommes mis d'accord sur tout.

— Tant mieux, se hâta de dire Mike, en pensant qu'il n'aurait sans doute plus l'occasion de placer un seul mot.

— La tempête ne devrait durer qu'un jour ou deux, et ensuite, je ne pense pas qu'ils mettront beaucoup de temps pour déblayer le passage dans le col. On devrait pouvoir vous rendre votre frère d'ici la fin de la semaine. Au revoir.

— Au revoir, dit-il, mais elle avait déjà disparu.

Le visage de Sean réapparut à l'écran.

— Oui, j'arrive, lança-t-il par-dessus son épaule avant de se tourner vers Mike en secouant la tête. Bon, je crois bien que je vais être obligé de supporter la tempête de neige qui sévit dehors et la tornade qui est à l'intérieur… Ecoute, dis à maman de ne pas s'inquiéter. Et n'essayez pas de m'appeler. Je vais éteindre mon téléphone pour économiser la batterie.

— OK, répondit Mike, qui trouvait désormais la situation beaucoup moins amusante. Tu es sûr que ça va aller ?

Ce fut Sean, cette fois-ci, qui se mit à rire.

— Je suis un homme d'extérieur, tu sais bien ! J'ai déjà campé dans des environnements beaucoup plus hostiles. Au moins, ici, j'ai un toit au-dessus de ma tête, et pour ce qui est du lit, je n'ai que l'embarras du choix. Je t'appelle dès que je peux. Et garde-moi un cappuccino au chaud. Je serai de retour aussi vite que possible.

— C'est noté. Et ne tue pas l'entrepreneuse !

— Je ne peux rien te promettre, répondit Sean en souriant.

Deux semaines plus tard, Jenny luttait contre une grippe persistante qui semblait refuser de guérir, ou même de s'atténuer.

Tous les matins, son estomac se rebellait, mais elle faisait de son mieux pour résister. Etant beaucoup trop occupée pour laisser un virus la mettre à plat, elle allait travailler, se forçait à manger et, généralement, le soir venu, elle se sentait un peu mieux. Jusqu'au lendemain matin.

Penchée sur sa tablette, elle nota quelques idées pour les fresques de l'hôtel puis se remit à travailler sur ses dessins pour *The Wild Hunt*. Elle était vraiment contente de sa magicienne, qui avait en plus le mérite d'ajouter une dimension intéressante à la trame narrative.

La veille, elle avait même joué à la version bêta du jeu afin de déterminer à quel point il était difficile de trouver les runes supplémentaires qui libéraient le personnage qu'elle avait créé. Et c'était un véritable défi. Ce qui signifiait que les joueurs les plus assidus allaient adorer.

Tout en bâillant, elle referma le programme et se

mit à réfléchir à la liste des artistes et peintres qu'elle devait embaucher. Elle allait avoir besoin de trois ou quatre personnes pour l'aider à peindre les fresques, mais pour trouver les plus qualifiées pour cette tâche, il allait falloir qu'elle passe en revue plusieurs sites Internet.

Le soleil filtrait à travers les fenêtres de la salle de travail, et autour d'elle, tout n'était que rires et conversations enjouées. Des doigts qui tapaient sur des claviers, du rock qui s'échappait de petites enceintes et quelques têtes penchées sur leur écran.

Mais ces distractions ne la gênaient pas. Elle était habituée à travailler avec un bruit de fond. Elle ne connaissait d'ailleurs aucun artiste qui réussissait à bien travailler dans le silence.

Tout en souriant, elle se pencha donc sur les sites web des quelques artistes qu'elle avait repérés, vérifiant pour chacun d'eux les portfolios, les techniques utilisées et les biographies. Les artistes étaient généralement des personnes solitaires, mais elle avait besoin de gens disposés à travailler en groupe et à suivre des instructions. Ce serait là le point le plus difficile, et elle le savait. La plupart des artistes, complètement absorbés par leur vision des choses, n'aimaient pas beaucoup qu'on leur dise ce qu'ils avaient à faire.

Or, les personnes embauchées devraient se conformer aux plans des fresques qu'elle était en train de peaufiner, et ce sans perdre de temps à remettre en cause les directives.

Réprimant un nouveau bâillement, elle parcourut la biographie d'une artiste du Nevada spécialisée dans les œuvres picturales fantastiques. Son travail était impressionnant, mais le point de vue qu'elle portait sur celui-ci, dans la biographie qu'elle avait rédigée, laissait entendre qu'elle n'était pas faite pour le travail en équipe.

— Suivant, marmonna-t-elle en passant à un autre nom de la liste.

Il ne lui restait plus qu'à trouver une personne. Après quoi, elle pourrait commencer à travailler sur place.

Une voix de femme, derrière elle, coupa court à ses pensées.

— Salut, Jen !

Elle se retourna en souriant. Casey Williams. Casey ne travaillait à Celtic Knot que depuis deux mois, mais elle était très talentueuse et s'était rapidement intégrée à l'équipe. Agée d'environ vingt-cinq ans, elle était mariée et avait un bébé. Ses longs cheveux noirs étaient toujours coiffés en une natte qui retombait sur son épaule et, ce jour-là, elle portait un T-shirt rouge vif, un jean gris délavé et des sandales qui révélaient un vernis à ongles vert pomme.

— Salut, Casey. Comment ça va ? demanda-t-elle en mettant sa main devant sa bouche pour cacher un nouveau bâillement.

— Très bien, je te remercie. Dave voulait savoir si tu avais fini tes dessins de la magicienne.

— Oui. Je lui envoie par mail dans deux minutes.

— Parfait, je lui dis. Et au fait, j'adore ce personnage. Je la trouve vraiment extraordinaire. Et quelle bonne idée tu as eue d'inclure cette surprise dans le jeu. Elle est vraiment magnifique et… toi, en revanche, tu n'as pas l'air aussi radieuse.

Jenny se mit à rire. Et dire qu'elle pensait avoir réussi à cacher son malheur à ses collègues…

— Je te remercie, c'est gentil.

— Non, non, non, répliqua Casey d'un air gêné. Ce n'est pas ce que je voulais dire. Ce que je voulais dire, c'est que tu n'as pas l'air très en forme, depuis quelque temps.

— Ça, c'est vrai, je ne suis pas en forme, reconnut-elle en secouant vigoureusement la tête.

Mais elle regretta aussitôt ce geste qui fit renaître en elle la sensation d'écœurement. Cela faisait des jours qu'elle se traînait jusqu'au bureau tous les matins et essayait de se concentrer sur son travail alors que son corps ne cessait de lui rappeler qu'elle aurait dû rester chez elle au lit.

— Hum, fit Casey en jetant un coup d'œil derrière elle, comme pour s'assurer que personne ne pouvait les entendre. Je sais que l'on ne se connaît pas encore très bien, et je ne voudrais pas me mêler de ce qui ne me regarde pas mais…

Nonchalamment, elle s'assit sur le rebord de son bureau.

— Cela doit bien faire une semaine que tu es malade maintenant, non ? reprit-elle.

— Oui, répondit Jenny, soudain anxieuse.

Casey prit une profonde inspiration avant de poursuivre :

— Je connais les symptômes car j'ai moi-même vécu cela il y a un an.

— De quoi est-ce que tu parles ? demanda Jenny, décontenancée. Quels symptômes ?

— Se pourrait-il que ce ne soit pas la grippe ? dit doucement Casey. Que tu sois enceinte ?

La stupeur rendit Jenny muette pendant quelques secondes. Des secondes au cours desquelles, cependant, son cerveau fonctionna à toute allure. Pensa. Compta.

— Oh mon Dieu !

La panique s'empara d'elle, chassant pour le coup le sentiment de nausée. Elle se remit à faire des calculs, à passer en revue les chiffres, les semaines, les possibilités. Et soudain, elle eut l'impression qu'elle ne pouvait plus respirer.

— Je comprends, murmura Casey. C'est aussi ce que j'ai ressenti.

Jenny la regarda sans la voir, le cœur battant. Etait-elle vraiment irresponsable au point que ce soit une autre femme qui doive l'informer qu'elle était enceinte ? Comment avait-elle pu passer à côté de cela ? Mais elle connaissait parfaitement la réponse. Si elle avait ignoré cela, c'était volontairement. Sa relation avec Mike était trop... délicate. Une grossesse allait tout changer.

Casey s'était remise à parler, d'un air enthousiaste, ou réconfortant, ou inquiet, elle n'arrivait pas à le déterminer. Elle n'entendait qu'un vague brouhaha. Elle avait l'impression d'avoir la tête coincée dans une boule de coton qui étouffait tous les sons en dehors des battements frénétiques de son cœur.

Enceinte ? De Mike ? De son employeur ?

C'était plus que possible. Des images des quelques semaines passées lui revinrent à l'esprit. Les incroyables et délicieux ébats qu'elle avait eus avec lui, ces moments partagés qu'elle n'aurait ratés pour rien au monde. Ils avaient pris leurs précautions, naturellement, mais aucun moyen de contraception n'était fiable à cent pour cent. Cependant, Mike allait-il croire cela ?

Non.

Et c'était cela le plus horrible.

Brusquement, elle cligna des yeux, et le bureau réapparut. Casey, devant elle, affichait un sourire encourageant. Partout autour d'elle, la vie poursuivait son cours normal, personne, en dehors de sa collègue, n'étant au courant que son univers venait de subir un profond bouleversement. Elle prit une profonde inspiration, essaya de se calmer. En vain. Ce ne serait pas possible tant qu'elle n'en serait pas certaine. Tant qu'elle n'en aurait pas la preuve formelle. Il fallait qu'elle sache. Maintenant. Elle ne pouvait pas rester assise là une minute de plus.

Brusquement, elle attrapa son sac à main et se leva.

— Il faut que je rentre, marmonna-t-elle.

— Tu es inquiète ? demanda doucement Casey. De la façon dont ton petit ami va réagir ? C'était mon cas aussi. Mais je n'aurais pas dû me faire tant de souci. Mon mari a très bien réagi. Il était même fou de joie.

Ce ne serait pas le cas de Mike, malheureusement, songea-t-elle tristement. Mais elle ne pouvait pas l'expliquer à Casey, puisque personne, au bureau, ne savait que Mike et elle étaient ensemble.

Cependant, elle se força à sourire.

— Tu as sûrement raison. Mais pour le moment, je crois que j'ai juste besoin d'aller m'allonger un peu.

— Bonne idée, répondit Casey en se levant à son tour. Prends soin de toi, et si tu as besoin de quelque chose, n'hésite pas à m'appeler.

— Merci, Casey. Pour tout.

— Pas de problème. Fais attention sur la route.

Une fois sortie des bureaux, elle se rendit tout droit à la pharmacie la plus proche, où elle acheta plusieurs tests de grossesse de marques différentes. Et pour la première fois de sa vie, elle se prit à espérer avoir la grippe.

Mais elle n'avait pas la grippe.

Une heure plus tard, elle avait les yeux rivés sur les cinq tests alignés sur le plan de travail de sa salle de bains. Tous étaient positifs. Tous avaient confirmé ses soupçons.

— Alors c'est sûr, murmura-t-elle en relevant les yeux vers son reflet dans le miroir. Je vais avoir un bébé. Le bébé de Mike.

Instinctivement, elle porta ses mains à son ventre plat pour caresser l'enfant qui se trouvait à l'intérieur. Les yeux toujours fixés sur le miroir, elle essayait de déchiffrer les dizaines d'émotions qui se bousculaient en elle. Il y avait de la panique, c'était certain, mais ce n'était pas le sentiment le plus distinct. Le plus important, le plus fort était l'enthousiasme.

Ce ne serait pas facile, mais aucune chose extraordinaire ne l'était jamais. Il allait y avoir beaucoup de points à envisager, à planifier. Pour commencer, naturellement, il allait falloir qu'elle le dise à Mike. Elle ne pouvait pas lui cacher cela, même en sachant comment il allait réagir.

En songeant à la confrontation qui n'allait pas tarder à avoir lieu, elle sentit son cœur se serrer. Il n'avait jamais eu confiance en elle, et cette nouvelle n'allait faire que confirmer ce qu'il pensait depuis le début. Mais il fallait tout de même qu'elle lui dise qu'elle portait son enfant. Même s'il décidait de ne plus jamais lui parler après cela.

Elle prit une profonde inspiration, mais son cœur resta douloureux dans sa poitrine. Mike n'allait pas être content. Mais elle, elle l'était. Elle n'aurait jamais d'avenir avec l'homme qu'elle aimait, mais quand il partirait, il lui resterait quelque chose de lui. Un bébé. Son enfant. Sa famille. Quelqu'un à aimer. Quelqu'un qui l'aimerait.

Elle n'avait pas prévu cela, mais maintenant que le bébé était là, elle était ravie.

— Je veux de toi, dit-elle d'une voix douce tout en continuant de caresser son ventre. Tu seras aimé et tu n'auras pas à craindre que je m'en aille. Que je te laisse tomber. Tu seras en sécurité, je te le promets.

Relevant le menton, carrant les épaules, elle se jura à elle-même que quoi que Mike puisse lui dire, elle ne perdrait pas son enthousiasme. Ce sentiment de pur bonheur qu'elle sentait courir dans ses veines.

Elle allait donner à cet enfant la vie dont elle avait toujours rêvé. Elle allait lui offrir tendresse et sécurité, et jamais, jamais il ne douterait de l'amour de sa mère.

Mais en attendant sa venue, elle allait faire ce qu'elle avait à faire. A commencer par affronter Mike… et la possibilité de devoir se trouver un autre emploi. Car même s'il ne décidait pas de la renvoyer, chose au demeurant tout à fait probable, travailler à Celtic Knot au cours des mois à venir risquait de devenir délicat.

Néanmoins, avant de prendre une décision, il fallait qu'elle parle à Mike.

Dans le miroir, elle se vit faire une petite grimace. Cette conversation n'allait pas être une partie de plaisir. Jamais il n'allait croire qu'elle n'avait pas prévu cela. Et tout semblant de complicité qui avait pu se développer entre eux au cours des semaines passées allait brutalement se dissiper.

Elle détestait cette idée. Elle détestait savoir que sa relation avec Mike était terminée. Elle l'aimait, mais elle le connaissait. Elle devait donc se préparer au pire : une fois qu'il saurait la vérité, il allait la rejeter définitivement, et elle pourrait faire une croix sur tous les rêves qu'elle avait pu entretenir à son sujet.

Ce fut au moment où elle se faisait cette réflexion que son téléphone se mit à sonner. Le nom de Mike, qui s'afficha à l'écran, ne la surprit même pas. Comme par hasard, il appelait quand elle pensait à lui. Elle n'aurait donc même pas le temps de s'habituer à cette nouvelle avant de la lui annoncer. Mais c'était sans doute mieux ainsi. Car en anticipant cette conversation, elle n'aurait fait que s'angoisser davantage.

— Bonjour, Mike, dit-elle en décrochant.

— Jenny, tu vas bien ? demanda-t-il d'un air inquiet. Casey m'a dit que tu étais malade.

Non, elle n'était pas malade. C'était bien plus que cela.

— Je vais bien, Mike. Mais il faut que l'on parle.

Une heure plus tard, Mike, dans le salon de Jenny, contemplait avec stupeur les cinq tests de grossesse qu'elle avait alignés sur sa table basse. Son cœur battait à tout rompre, il avait l'impression que sa tête allait éclater. Malgré la preuve formelle qui se trouvait juste sous ses yeux, il n'arrivait pas à y croire. Tout en respirant profondément, il se commanda mentalement de se calmer, de combattre le sentiment de trahison qui s'était abattu sur lui.

— Enceinte ? s'exclama-t-il en se tournant vers Jenny.

Ses cheveux blonds retombaient en boucles autour de son visage. Ses grands yeux bleus brillaient d'une innocence qu'il n'arrivait pas à croire. Elle portait un pantalon de flanelle, ainsi qu'un débardeur jaune qui moulait sa généreuse poitrine. Instinctivement, il fixa son ventre et essaya d'imaginer un enfant, son enfant, niché à l'intérieur.

Impossible. Il ne pouvait pas. C'était trop… trop…

— Mais comment est-ce arrivé ?

— *Comment ?* Tu veux que je te fasse un dessin ? demanda-t-elle d'un air incrédule.

Il se passa nerveusement la main dans les cheveux.

— Tu vois très bien ce que je veux dire, rétorqua-t-il sèchement. On a utilisé un préservatif. A chaque fois.

— Je sais, répondit-elle en croisant ses bras sous sa poitrine. Mais le risque zéro n'existe pas.

Elle n'avait pas tort. Mais quel intérêt d'utiliser ces saletés de préservatifs s'ils ne faisaient pas leur boulot ?

— A moins que…

Une idée venait de lui traverser l'esprit.

— Ces préservatifs étaient dans ton tiroir, non ?

— Et alors ?

Sans répondre à sa question, il partit tout droit vers sa chambre et sortit la boîte de préservatifs de la table de chevet. Se pouvait-il qu'ils soient abîmés ? Ou qu'elle ait trouvé un moyen de les saboter ? Son regard finit par tomber sur une date de péremption imprimée sur un sachet.

— Qu'est-ce que tu fais ? lui demanda-t-elle en entrant à son tour dans la chambre.

— Je me suis dit que tu les avais peut-être trafiqués. En les perçant avec une aiguille, ou je ne sais quoi.

— Tu es sérieux ? s'exclama-t-elle, visiblement sidérée.

Mais il ignora cette innocence feinte. Elle n'était pas innocente, et il aurait dû s'en souvenir avant de se lancer dans cette aventure qui ne pouvait que mal se terminer.

— Mais je viens de comprendre que tu n'avais pas eu besoin de ça. Depuis combien de temps as-tu ces trucs ?

— Quelle importance ?

— Combien de temps ? répéta-t-il sèchement.

— On me les a donnés à l'enterrement de vie de jeune fille d'une amie, il y a cinq ans.

— *Cinq* ans ! s'exclama-t-il en serrant le poing autour du paquet.

— Je ne vois pas ce que cela peut faire…

Il eut un petit rire dépourvu de gaieté.

— Beaucoup de choses, dans la mesure où ils sont périmés depuis cinq ans. Périmés !

— Quoi ? s'exclama-t-elle en lui arrachant le paquet des mains. Ça ne se périme pas, des préservatifs.

— Tu pensais que cela pouvait durer éternellement ?

— En fait, je n'y ai jamais vraiment réfléchi. Je ne vois pas pourquoi j'aurais pensé à ça. Ce n'est tout de même pas comme s'il fallait les réfrigérer, ou je ne sais quoi. Qui pourrait s'imaginer qu'ils puissent s'altérer ? Ils sont tous dans leurs petits paquets hermétiques !

— Génial, marmonna-t-il en resongeant à la première nuit qu'il avait passée ici, chez elle, et au sentiment de soulagement qu'il avait éprouvé quand elle lui avait dit qu'elle avait des préservatifs.

Jamais il n'aurait songé à regarder l'emballage. A vérifier la date de péremption.

Mais tout était sa faute. Il avait voulu l'avoir. La posséder. Alors qu'il savait très bien qu'elle était malhonnête. Il n'avait obtenu que ce qu'il méritait.

— C'est sûrement pour cette raison que ton amie te les a donnés, reprit-il. Comme ils étaient périmés, ou sur le point de l'être, elle a dû les avoir pour un bon prix. Mais la question que je me pose, c'est pourquoi tu les as gardés.

— Je ne sais pas. Je les ai rangés dans ce tiroir et je n'y ai plus jamais pensé. Jusqu'à ce que tu m'en demandes un…

Il sentait désormais la colère bouillir dans ses veines, se répandre rapidement dans son corps tout entier.

— Arrête ! hurla-t-il. Tu savais très bien qu'ils étaient périmés ! Tu savais très bien ce qui allait se passer si on en utilisait un.

— Tu plaisantes, je suppose ?

— Bien sûr que non ! répliqua-t-il en se précipitant vers elle. J'ai l'air de plaisanter ?

Elle recula vivement et, quand ses jambes heurtèrent le rebord du matelas, elle tomba sur le lit.

— Tu avais tout planifié, Jenny ! Depuis le début.

— Qu'est-ce que tu racontes ? C'est *toi* qui es venu chez moi ! C'est *toi* qui m'as sauté dessus !

— Notre rencontre à Phoenix. Le poste que tu as obtenu à Celtic Knot. C'était pour ça, hein ? C'était ça que tu avais à l'esprit ? Sinon, pourquoi venir travailler pour moi, après ce qui s'était passé entre nous ?

— Tu es complètement parano, murmura-t-elle, sidérée, en lui jetant un regard noir.

— Je suis peut-être parano, mais tu es enceinte. Alors je ne suis pas fou, hein ? lança-t-il en se penchant vers elle.

Mais en approchant son visage du sien, il sentit son parfum l'envelopper, ce qui, comme toujours, attisa le désir qui était en lui. Malgré le choc, malgré la colère, il avait envie d'elle. Chose qu'il trouvait tout à fait déconcertante.

— Tout ce que tu avais à faire était de me pousser à entrer ici et à utiliser ces saletés de préservatifs pour tomber enceinte, affirma-t-il d'un ton sec.

La colère en lui était telle qu'elle en brouillait son champ de vision. Sa respiration était saccadée, son cœur battait à tout rompre, et le désir et la fureur se disputaient la suprématie en lui.

Brutalement, elle le repoussa. Bien qu'il n'en eût aucune envie, il s'écarta d'elle, juste assez pour lui permettre de se relever du lit.

— Tu penses vraiment que tu es un si bon parti, Mike ? Sais-tu combien de fois tu m'as insultée en me traitant de voleuse ? Tu pensais vraiment que cela allait me donner envie de te piéger ?

— En tout cas, tu as couché avec moi, et voilà où on en est.

— Tout à fait, dit-elle d'une voix pleine d'ironie. Comme je suis intelligente ! Et médium, en plus de ça. Car sans mes pouvoirs surnaturels, comment aurais-je pu deviner que le grand Mike Ryan allait un jour daigner visiter ma petite maison ? Et m'autoriser à le séduire, avec ma ruse toute féminine ? Comme j'ai été brillante, de me procurer ces préservatifs défaillants de sorte qu'il puisse m'imprégner de sa semence. Je m'étonne moi-même.

Il était vrai que son raisonnement paraissait ridicule, mais il ne pouvait s'empêcher de penser qu'il y avait du vrai là-dedans. C'était comme si deux voix s'affrontaient en lui, hurlant pour se faire entendre. Mais la voix de la raison était comme étouffée par des faits qu'il ne pouvait oublier. Elle lui avait menti dès le jour où il l'avait rencontrée. Et malgré cela, elle était venue travailler dans sa société. Elle avait réussi à obtenir la place d'artiste principale et avait été désignée pour la décoration de l'hôtel. Elle s'était rendue importante. Et il l'avait gardée. Il n'avait pas demandé à Sean de la renvoyer. Pourquoi ? Parce qu'il l'avait dans la peau, qu'il le veuille ou non.

Et désormais, elle était enceinte.

Il la regarda, ce qui ne fit rien pour apaiser la colère qui bouillait en lui. Car il avait beau être furieux, force lui était de constater qu'il avait toujours envie d'elle.

— Quoi que tu puisses en penser, reprit-elle d'une voix tendue, je ne t'ai pas piégé. Je n'ai pas fomenté de plan pour piéger le grand et puissant Mike Ryan.

— Et comme tu as toujours brillé par ton honnêteté, je devrais te croire sur parole, c'est ça ?

— Tu devrais, mais tu ne le feras pas, répondit-elle en secouant la tête, ce qui eut pour effet de faire danser autour de son visage ses boucles blondes qui l'avaient toujours rendu fou. Tu penses vraiment que j'essaierais de piéger un homme qui ne veut pas de moi ? Tu penses vraiment que j'ai si peu de respect pour moi ?

Avec son menton relevé, ses yeux brillants de colère, elle était plus sexy que jamais. Tant et si bien qu'il lui fallut lutter de toutes ses forces pour s'empêcher de la prendre dans ses bras. Bien qu'il n'eût aucune envie de l'avouer, y compris à lui-même, elle lui faisait plus d'effet qu'aucune autre des femmes qu'il avait rencontrées.

Tout en inspirant profondément, il fit un pas en arrière.

— Cela ne marchera pas, Jenny. Tu n'obtiendras pas d'argent de moi et je ne t'épouserai pas.

Comme s'il venait de la gifler, elle eut un violent mouvement de recul. Mais elle se reprit rapidement.

— Je ne veux rien de toi ! Et je n'ai aucune envie de t'épouser ! hurla-t-elle.

Et là-dessus, elle tourna les talons et repartit vers le salon.

Ne voyant pas ce qu'il pouvait faire d'autre, il lui emboîta le pas.

Elle s'arrêta devant la fenêtre et, avec les derniers rayons du soleil derrière elle, elle le regarda bien en face.

— Tu penses vraiment que j'aurais échafaudé un plan pour épouser un homme qui ne veut pas de moi et être malheureuse tout le restant de mes jours ? Jamais. Je n'ai pas besoin de toi pour prendre soin de moi et de mon bébé, Mike.

Cette fois-ci, ce fut lui qui fut choqué. Quoi qu'il

puisse ressentir ou non pour elle, elle portait son enfant, et il allait falloir qu'elle se fasse à cette idée.

— Tu n'as pas le droit de m'empêcher de voir mon enfant, Jenny. Alors n'essaie même pas.

— Je n'ai jamais parlé de ça. Tu n'arrêtes pas de me faire dire ce que je n'ai pas dit. Alors tais-toi, d'accord ? J'ai fait ce qu'il fallait faire : je t'ai informé. Et si tu veux voir ton enfant, je ne t'en empêcherai pas. Mais pour l'instant, je crois que tu ferais bien de partir.

Il n'avait aucune envie de partir. Mais dans l'état où il était, il ne pouvait pas arranger la situation. Il avait besoin de respirer. De réfléchir.

Mais quand il quitta la maison et entendit Jenny claquer la porte derrière lui, il se rendit compte avec regret que le problème était que lui, il avait besoin d'elle.

- 8 -

— Tu es enceinte ?

Jenny soupira et ne répondit pas ; elle attendait que le choc soit passé. Juste après le départ de Mike, en proie à un sentiment de colère et de tristesse, elle s'était rendue chez son oncle, à Balboa Island. Elle avait besoin de soutien, et elle savait qu'elle en trouverait ici. Enfin, une fois que son oncle aurait fini d'insulter Mike…

Du coin de l'œil, elle suivait ses allées et venues dans le salon. Elle s'était attendue à sa réaction. Il n'avait jamais pardonné à Mike de l'avoir accusée de l'avoir séduit par intérêt, ce fameux soir à Phoenix. Et ce retournement de situation ne pouvait rien faire pour apaiser sa rancœur, bien au contraire.

— Il s'en est pris à toi, hein ?

Sans répondre, elle grimaça. Le visage de son oncle était devenu l'illustration même de la fureur.

— Je le savais. Ce sale petit enfoiré…

Pour ne pas envenimer les choses, elle ne fit pas de commentaire.

— Et il t'a accusée de lui avoir fait un enfant dans le dos pour qu'il t'épouse, c'est ça ?

Elle avait deux choix : mentir à son oncle, ou lui dire la vérité et confirmer l'opinion qu'il avait de Mike. Mais à bien y réfléchir, elle n'avait aucune raison de protéger le père de son enfant.

— Oui.

— Il pense toujours que tu essaies de me faire décrocher un contrat pour Snyder Arts ?

— Je suppose.

— Quel abruti !

Elle ne le laissa pas poursuivre. Elle était déterminée à lui dire quelque chose qu'elle aurait dû lui dire depuis des années.

— Tonton…

Le ton de sa voix dut l'alerter, car il se tourna vers elle d'un air inquiet.

— Oui.

Les petites lampes disposées sur les tables diffusaient dans la pièce des halos dorés. A l'extérieur, les lumières des maisons et des bateaux vacillaient dans l'obscurité. C'était sa maison. Depuis qu'elle était petite. Et elle ne pourrait jamais être assez reconnaissante envers son oncle pour le réconfort qu'elle avait toujours trouvé ici.

— Je voulais te dire quelque chose, poursuivit-elle en souriant un peu. Quand j'ai compris que j'étais enceinte, j'ai pensé à toutes les responsabilités que j'allais devoir endosser. Et par la même occasion, j'ai compris ce que tu avais dû ressentir quand mes parents m'ont abandonnée chez toi.

— Quand ils…

— Je voulais simplement que tu saches que je ne t'en veux pas de ne pas avoir voulu de moi à ce moment-là. J'avais douze ans, tu étais seul, tu avais ta vie et j'étais un…

— Un véritable don du ciel, compléta son oncle pendant qu'elle cherchait le bon mot. Tu as été un véritable don du ciel. Ma sœur et son mari sont de parfaits abrutis. Ils ne savaient pas le trésor qu'ils avaient.

Stupéfaite, elle le regarda en silence s'approcher d'elle pour prendre son visage entre ses mains.

— Tu as embelli ma vie, Jenny. Bien sûr que je voulais de toi. Tu es ma famille. Tu as toujours été un véritable bonheur pour moi. Je te considère comme ma fille bien plus que comme ma nièce. Et maintenant, tu me donnes un nouvel espoir pour mes vieux jours. Grâce à toi, je vais devenir grand-père.

Sous le coup de l'émotion, elle sentit ses yeux s'emplir de larmes et ne sut que répondre.

— Jenny, je ne veux plus jamais t'entendre dire que je ne voulais pas de toi, tu comprends ? Retire-toi ça de la tête. Parce que ce n'est pas vrai.

Toujours incapable de parler, elle hocha la tête. Elle n'aurait de toute façon pas pu trouver de mots pour expliquer ce qu'elle ressentait.

— Bien, dit-il d'une voix ferme. Ce problème-là est résolu. Mais pour ce qui est de Mike Ryan…

— Tout n'est pas la faute de Mike, tonton. Je suis une grande fille, tu sais ?

— Mais tu es trop naïve, et c'est un homme qui a l'habitude de toujours avoir ce qu'il veut. C'est ça le problème, déclara-t-il en se remettant à faire les cent pas dans la pièce. Il pense que, comme il est riche comme Crésus, il peut faire tout ce qu'il veut.

A ces mots, elle leva les yeux ciel.

— Je sais que j'exagère un peu, reprit son oncle. Mais j'ai tout de même des raisons de lui en vouloir.

— Oui, répondit-elle en traversant cette pièce si réconfortante et si familière pour se rapprocher de lui.

Rien, dans la maison, n'avait changé depuis son enfance. Les fauteuils confortables, les lourdes tables, la cheminée en pierres de taille. Les murs crème étaient couverts de peintures d'artistes locaux… et de quelques œuvres qu'elle avait elle-même peintes dans sa jeunesse. Betty Sanders, la gouvernante qui vivait avec lui depuis plus de trente ans, avait toujours bien tenu la maison.

— Il aurait dû te proposer de l'épouser, Jenny. C'est une question d'honneur. Mais cet abruti ne doit pas savoir ce que c'est !

— Tonton…, murmura-t-elle en lui souriant.

Son oncle avait des cheveux gris, des yeux bleus acérés et un visage dont les traits anguleux étaient exacerbés par la colère qui l'animait en cet instant. Il avait été la seule présence stable de sa vie, et désormais, il était sa seule famille. Ses parents avaient disparu de sa vie depuis tant d'années qu'elle ne savait même pas s'ils étaient encore en vie. Son oncle, en revanche, avait toujours été à ses côtés.

Mais malgré ce qu'il venait de lui dire, elle n'arrivait pas à imaginer qu'il avait été facile pour lui d'accueillir une petite fille de douze ans sans y avoir été préparé.

Elle avait compris, dès son arrivée chez lui, qu'il avait agi par sens du devoir. Il ne voulait pas vraiment d'elle, c'était impossible. Sa vie était simple, sans complications. Pourquoi aurait-il voulu d'une petite fille de douze ans souffrant d'un sentiment d'abandon ? Et pourtant, il l'avait prise chez lui, s'était occupé d'elle, avait surveillé sa scolarité et ses relations avec les garçons, lui avait même trouvé une place de stagiaire dans sa société pendant ses études. C'était lui qui lui avait acheté ses premiers pinceaux et ses premiers tubes de peinture. Il avait perçu son talent et l'avait encouragée à le développer. Pour cela, et pour tant d'autres choses, elle lui serait éternellement reconnaissante.

— Je ne veux pas qu'il m'épouse, dit-elle doucement, en posant une main sur son bras.

— Peut-être. Mais il n'empêche qu'il aurait dû te le

proposer, au lieu de te traiter comme une moins que rien, marmonna-t-il, têtu.

— Je ne veux pas d'un homme qui se sente forcé de m'épouser à cause des circonstances.

Elle se souvenait encore de l'expression du visage de Mike avant qu'il ne parte. Les mots durs qu'ils avaient violemment échangés. Et bien qu'elle n'eût aucune envie de l'admettre, elle savait que tout était fini entre eux. Alors qu'elle prenait lentement conscience de cela, une sourde douleur vint se loger dans sa poitrine.

— Donc, tu lui aurais dit « non » s'il te l'avait proposé ?

— Oui.

Mais son oncle ne pouvait pas vraiment comprendre. Selon sa vision des choses, les hommes devaient assumer leurs responsabilités. Ce qu'il ne saisissait pas, c'était qu'elle ne voulait pas être un fardeau que Mike porterait à contrecœur par sens du devoir. S'il ne l'aimait pas et s'il ne voulait pas d'elle, elle ne voulait pas de lui non plus.

Elle l'aimait encore, cependant. Même les accusations qu'il avait proférées à son encontre n'avaient pas suffi à anéantir ses sentiments. Etait-elle folle ou stupide ? Elle l'ignorait. Tout ce qu'elle espérait, c'était que l'amour qu'elle avait pour lui finirait par disparaître avec le temps.

De toute façon, elle n'avait pas vraiment été surprise qu'il ne veuille pas d'elle. Personne n'avait jamais voulu d'elle. Y compris son oncle, quoi qu'il puisse en dire.

Mais elle ferait tout pour que son enfant ne soit jamais confronté à ce genre de situation.

La voix de son oncle la ramena doucement à la réalité.

— Mike Ryan, murmura-t-il en secouant la tête.

Mais qu'est-ce qui t'a pris, ma chérie ? Tu sais très bien que ce type n'est pas fiable.

— Amusant… Il pense la même chose de moi.

— Ce qui te dit tout ce que tu dois savoir sur lui. Tu es la personne la plus honnête que j'aie jamais rencontrée. S'il ne peut pas comprendre cela, c'est qu'il est complètement idiot.

— Merci, tonton, murmura-t-elle, touchée par ce compliment.

— C'est la vérité, ma chérie. Et je suis désolé de me mettre en colère comme ça, mais cela me rend fou de rage qu'il ait profité de toi de cette façon.

Elle ne put s'empêcher de sourire. On aurait dit qu'il la voyait comme une jeune vierge naïve dont Mike aurait abusé.

— Tonton…

— Bon, bon, marmonna-t-il en levant ses deux mains devant lui. Je sais bien que tu es une adulte et que tu n'as pas besoin de ton vieil oncle pour prendre des décisions.

— Mais je te remercie, dit-elle en passant son bras autour de ses épaules. Pour ton soutien, pour ta colère, pour ton affection.

Comme c'était toujours le cas, il se crispa un peu. Il n'avait jamais été à l'aise avec les marques de tendresse. Souvent, elle se demandait comment avait été son épouse. Si elle était toujours en vie, serait-il moins enclin à dissimuler ses émotions ?

Après lui avoir maladroitement tapoté l'épaule, il se dégagea de son étreinte et la regarda dans les yeux.

— Sinon, tout va bien ? lui demanda-t-il. Je veux dire… tu es en bonne santé ? Tu penses que ça va aller ?

— Je vais bien, le rassura-t-elle en souriant, et je

pense que cela va très bien se passer. Je veux ce bébé, tonton.

— Alors je ferai tout ce que je pourrai pour t'aider.

De nouveau, elle sourit. Il n'était peut-être pas l'homme le plus démonstratif du monde, mais il était loyal et gentil. Et quand il faisait une promesse, il la tenait toujours.

— Qu'est-ce que tu comptes faire pour ton travail ? demanda-t-il.

— Pour tout te dire, je n'en sais rien, répondit-elle en se mordillant nerveusement la lèvre. Je pense qu'il me sera impossible de travailler avec Mike, maintenant. D'autant plus qu'à un moment ou à un autre, tout le monde finira par savoir que c'est son enfant que je porte.

Il fronça les sourcils, mais comme il ne fit pas de commentaire, elle poursuivit :

— Mais pour le moment, je reste. Il faut que je finisse l'hôtel du Nevada.

— Tu es sûre que tu veux continuer ?

— Tout à fait.

Non seulement elle s'était beaucoup trop investie dans le projet pour abandonner maintenant, mais elle pensait aussi qu'un long séjour à Laughlin lui épargnerait de trop fréquentes confrontations avec Mike.

— C'est une fabuleuse occasion, et je ne peux pas passer à côté. J'ai déjà tout planifié. Jamais je ne pourrais laisser cela à quelqu'un d'autre.

— Tu as toujours été du genre têtu.

— Je me demande de qui je tiens ça, répliqua-t-elle avant de se hausser sur la pointe des pieds pour l'embrasser tendrement sur la joue.

Alors qu'il lui adressait un petit sourire amusé, une voix se fit entendre derrière eux.

— Venez manger, tous les deux. Le dîner va être froid.

En se retournant, elle trouva Betty dans l'encadrement de la porte. La cuisinière et gouvernante de son oncle était une petite femme mince, dont les longs cheveux gris étaient toujours coiffés en une tresse plaquée sur son crâne comme une couronne.

Jenny trouva sa proposition sympathique, mais elle n'avait pas vraiment faim.

— Merci, Betty, mais…

— Si tu attends un bébé, il faut le nourrir. Allez, viens t'asseoir.

Betty avait aidé son oncle à l'élever, et elle avait dirigé sa maison et sa vie pendant beaucoup trop longtemps pour s'arrêter maintenant.

— Viens, dit ce dernier en haussant les épaules. De toute façon, elle ne te lâchera pas…

— Pas faux.

Ravie de se trouver dans la maison de son enfance, elle suivit donc son oncle dans la salle à manger. De la fenêtre, on avait une vue splendide sur la baie de Balboa : les petites maisons alignées le long de la mer et les bateaux amarrés aux docks.

Quand elle était arrivée ici, elle avait passé beaucoup de temps sur les docks à regarder les bateaux aller et venir en se demandant si ses parents reviendraient un jour, si son oncle allait l'envoyer ailleurs. Elle se sentait seule et perdue, jusqu'au jour où son oncle était venu s'asseoir à côté d'elle et lui avait dit :

— Si tu comptes passer autant de temps sur le port, je ferais bien de t'apprendre à faire du bateau.

Il l'avait donc fait monter sur son bateau et, pour la première fois de sa vie, elle avait ressenti cet incroyable sentiment de liberté que l'on ne peut éprouver que lorsque l'on glisse sur la surface de l'eau, les cheveux au vent. Il l'avait laissé prendre le gouvernail, en posant ses grandes mains sur les siennes, et lui avait parlé du port et du quartier qui était désormais le sien. C'était à ce moment-là qu'elle avait compris qu'elle allait rester. Et le sentiment de soulagement qu'elle avait éprouvé avait été immense.

Autour de la grande table de chêne, tous trois entamèrent avec appétit leur bol de soupe de pommes de terre maison.

— Jenny se débrouille très bien toute seule, dit Betty en jetant à son oncle un regard en biais. Et elle continuera de bien se débrouiller, avec ou sans homme.

— Naturellement, répliqua-t-il. Ce n'est pas le problème.

— Bien sûr que si, rétorqua Betty. Pourquoi voudrais-tu qu'elle soit avec un homme qui la méprise ?

— J'aurais préféré qu'il fasse les choses bien, c'est tout.

— Faire les choses bien, c'est partir quand on n'a pas de sentiments.

Jenny avait l'impression d'assister à un match de tennis. Pour suivre cette conversation houleuse dont elle était le principal objet, il lui fallait tourner la tête de l'un à l'autre.

— Ce que j'essaie de dire, c'est qu'elle ne devrait pas être seule pour vivre ça, marmonna son oncle.

— Elle n'est pas seule ! répliqua Betty. On est là, nous.

Tout en souriant, Jenny posa doucement sa main sur celle de la gouvernante. Elle avait raison. Elle n'était pas seule. Elle avait une famille. La famille que son oncle lui avait donnée. Sans cesser de sourire, elle lui prit aussi la main.

— Betty a raison, tu sais ? lui dit-il en se crispant un peu, comme à chaque fois qu'elle le touchait. On est là. On sera toujours là pour toi.

— Merci, murmura-t-elle, émue.

Il venait de lui offrir un véritable cadeau, ce soir, en lui faisant comprendre que les peurs de son enfance n'étaient pas fondées. Il avait voulu d'elle, il voulait toujours d'elle. Et à cet instant, il venait de faire un autre choix : être présent, de nouveau, non seulement pour elle, mais aussi pour son bébé.

— Jenny, lui dit Betty en lui tapotant doucement la main, tu devrais songer à revenir t'installer à la maison.

— Quoi ?

— Elle a raison, intervint son oncle. Cela ne m'a jamais plu que tu vives seule.

— N'importe quoi ! répliqua Betty en se tournant vivement vers lui. Elle peut très bien vivre seule. On n'est pas au Moyen Age. Ce que je voulais dire, c'est qu'avec le bébé, si tu revenais à la maison, on pourrait plus facilement t'aider.

Comme pour attendre sa réponse, ils se tournèrent tous deux vers elle. Mais bien qu'elle appréciât beaucoup leur prévenance, elle ne se sentait pas prête à abandonner sa petite maison pour revenir ici. Cela lui serait apparu comme un pas en arrière.

— Merci. C'est très gentil de votre part à tous les deux. Mais tout va bien, pour le moment. Je préfère garder mon espace personnel.

Betty et son oncle échangèrent un regard entendu, avant que ce dernier ne se tourne vers elle.

— D'accord, mais…

Il s'interrompit, haussa les épaules.

— N'oublie jamais que tu es ici chez toi, ma chérie. Que l'on sera toujours là pour t'aider.

Sous le coup de l'émotion, elle sentit ses yeux s'emplir de larmes, mais elle fit tout son possible pour les retenir, car elle savait que son oncle ne serait pas à l'aise si elle se mettait à pleurer.

— Merci, tonton, murmura-t-elle en serrant sa main dans la sienne.

— C'est normal, répondit-il en répondant à son geste de tendresse, quoique brièvement.

Après avoir bruyamment reniflé, Betty tapa dans ses mains.

— Bon ! Mangeons, maintenant. La soupe va être froide. Et toi, Jenny, il faut que tu prennes des forces. Pour le bébé.

Jenny obéit avec plaisir.

Mike passa les quelques jours qui suivirent chez lui. Il ne voulait pas aller au bureau, il ne voulait pas croiser Jenny, il avait besoin de temps pour digérer tout ce qui venait de se passer.

Un bébé.

Il allait devenir père à cause d'un préservatif défaillant et il n'arrivait pas à se faire à cette idée. Il n'avait jamais envisagé d'avoir des enfants. Car dans son esprit, pour devenir père, il fallait commencer par se marier, chose qui n'avait jamais été dans ses intentions. Il ne voulait pas donner à une autre personne le pouvoir de le rendre malheureux, de le briser, de…

Peu importait !

Fuyant le silence de sa maison, il traversa la terrasse de pierre qui donnait sur le vaste jardin s'étendant vers les falaises. Au-delà de ces falaises, l'océan scintillait sous le soleil matinal, et il dut plisser les yeux pour regarder les quelques bateaux à voile qui glissaient sur l'eau. Sur la plage, un groupe de surfeurs semblait attendre une bonne vague.

Le bruit régulier de l'océan frappant les rochers l'apaisa un peu. S'il avait acheté cette maison, c'était principalement pour la vue qu'elle offrait. Elle était bien trop grande pour un homme seul, il le savait parfaitement, mais jusqu'alors, le silence et la superficie ne l'avaient jamais dérangé.

Force lui était de constater que les choses avaient changé. En se tournant vers la pelouse immaculée, il se prit à imaginer une balançoire au milieu. Et en relevant les yeux vers la maison, il n'eut aucun mal à se représenter Jenny. Jenny à une fenêtre, lui souriant tendrement, un bébé dans les bras…

Il secoua la tête, se frotta les yeux. C'était la fatigue. Rien d'étonnant, puisqu'il n'avait encore une fois pas fermé l'œil de la nuit. Mais comment aurait-il pu dormir quand il était assailli par tous ces souvenirs de Jenny ? Il la voyait sans cesse telle qu'elle était le soir où il était allé chez elle, après ce triste dîner chez ses parents. Avec son pantalon de pyjama en flanelle et son débardeur moulant. Il revoyait ses yeux quand il l'avait embrassée… Il réentendait ses soupirs quand il l'avait pénétrée…

— Je ne vois pas comment je pourrais dormir, marmonna-t-il.

— Tu parles tout seul, maintenant ? lança une voix derrière lui.

Surpris, il se retourna vivement et vit Sean avancer vers lui.

— Quand es-tu rentré ? lui demanda-t-il.

— Hier soir, répondit Sean en secouant la tête. Ça a été une sacrée tempête de neige. On est restés enfermés beaucoup trop longtemps.

Tout en poussant un soupir, il releva la tête vers le ciel bleu et ensoleillé.

— Content de revoir le soleil, ajouta-t-il dans un soupir théâtral. J'ai cru que je n'aurais plus jamais chaud de ma vie !

Mike se força à lui sourire, réalisant avec honte qu'il n'avait pas pensé à Sean depuis des jours. Son propre frère s'était retrouvé coincé dans une tempête de neige, et il ne s'était pas demandé une seule fois comment il allait.

— Rassure-moi, Sean, tu n'as pas tué l'entrepreneuse ?

Sean fronça les sourcils et lui jeta un regard mauvais.

— Non, je ne l'ai pas tuée.

Un peu surpris par sa réaction, Mike l'observa avec attention.

— Il s'est passé quelque chose, là-bas ?

— Rien du tout, se hâta de répondre Sean. Je n'ai pas envie de parler de Kate Wells, d'accord ? Je suis passé au bureau ce matin. Le travail avance bien, sur *The Wild Hunt*.

Mike n'avait pas prêté attention à cela non plus. Ils étaient sur le point de sortir l'un de leurs plus grands jeux, et il ne s'était même pas soucié de corriger les derniers détails. Il allait falloir qu'il se reprenne rapidement.

— La magicienne de Jenny est vraiment spectaculaire, poursuivit Sean. Dave m'a montré les images définitives. Cette fille est vraiment très talentueuse.

— Oui, répondit vaguement Mike en offrant son visage au vent.

Talentueuse. Et belle. Et exaspérante. Et enceinte.

— Linda m'a dit que cela faisait des jours qu'elle ne t'avait pas vu au bureau, lui fit remarquer Sean. Tu es malade ou quelque chose comme ça ?

— Quelque chose comme ça. Tu veux un café ?

— Je viens de prendre un cappuccino géant, répondit

Sean en souriant. Ça valait le coup d'attendre. Mais je te trouve bien pâle. Qu'est-ce qui se passe ?

Sans répondre, Mike enfonça ses mains dans les poches de son jean et se mit à se balancer d'un pied sur l'autre. Il n'avait parlé à personne de Jenny. Ou du bébé. Si Brady avait été là plutôt qu'en Irlande, il se serait sans doute confié à lui. Mais il n'y avait personne d'autre que son frère, et il avait vraiment besoin de dire ce qu'il avait sur le cœur.

— C'est Jenny, finit-il par lâcher. Elle est enceinte.

Pendant quelques secondes, Sean se contenta de le regarder avec de grands yeux, sidéré. Mais soudain, curieusement, il se mit à sourire.

— Je savais bien qu'il y avait quelque chose entre vous ! s'exclama-t-il, aussi heureux que s'il avait gagné un prix. Un bébé ? C'est super ! J'aime beaucoup Jenny. Et comme tout le monde l'a remarqué, il y a une véritable alchimie entre vous.

A ces mots, Mike se figea. Il était pourtant certain que ce qui s'était passé entre Jenny et lui était resté secret.

— Tout le monde a remarqué ? répéta-t-il. Tu veux dire que les gens au bureau savent que…

— Ils ne savent rien du tout. Mais évidemment, cela a fait parler. Surtout les femmes. Elles ont un véritable don pour deviner ce genre de trucs, tu ne le savais pas ?

— Génial, grommela-t-il.

C'était exactement ce qu'il avait voulu éviter. Que tous ses employés soient au courant de sa vie privée, fassent des suppositions, peut-être même des paris sur ce qui allait se passer ensuite.

— Je ne vois pas où est le problème, dit Sean. De toute façon, cela ne pouvait pas rester secret, puisque Jenny est enceinte. Ce qui nous amène à une autre question. Si elle est enceinte, pourquoi est-elle partie travailler dans cet hôtel à Laughlin et pourquoi n'es-tu pas avec elle ?

— Elle est à Laughlin ?

— Oui. Linda m'a dit qu'elle était partie hier. Elle n'a pas voulu prendre le jet. Elle est partie en voiture, en apportant tout son matériel de peinture.

Sean s'interrompit et le regarda d'un air inquiet.

— Ah. Tu ne le savais pas ?

— Non, marmonna-t-il.

Il l'ignorait. Et il n'était pas ravi de l'apprendre. Elle aurait dû lui dire qu'elle comptait se rendre seule en voiture à Laughlin. Il pensa à la longue route qui traversait le désert. On pouvait parcourir des kilomètres et des kilomètres sans croiser personne. Elle était seule et…

— Elle ne me l'a pas dit, ajouta-t-il, essayant de ne pas penser au pire.

— Pourquoi ?

— Ce ne sont pas tes affaires, répliqua-t-il en jetant un regard noir à son frère.

— Qu'est-ce que tu as fait, Mike ?

— Je n'ai rien fait du tout !

— Ah oui ? La femme dont tu es complètement fou porte ton enfant, et tu tires une tête de trois mètres de long ? Pourquoi est-ce que tu ne me dis pas ce qui s'est vraiment passé ?

— Elle l'a fait exprès.

— Quoi, tomber enceinte ? Elle t'a forcé à coucher avec elle ? Oh ! mon pauvre…

— La ferme !

— Tu te rends compte à quel point tu es ridicule ? Remets les pieds sur terre, Mike. Elle ne t'a pas piégé. Tu n'es pas un si bon parti que ça.

— Charmant, merci ! lança-t-il en se passant la main sur la nuque.

C'était exactement ce que lui avait dit Jenny. Mais il avait pensé que son propre frère se montrerait un peu plus gentil avec lui…

— Allez, Mike, lui dit Sean en lui tapant sur l'épaule. Ça peut arriver, même en utilisant un mode de contraception. Rien n'est parfait. Bon, qu'est-ce que tu vas faire, maintenant ? L'épouser ?

— Certainement pas !

— Hein ? Mais pourquoi ? Elle porte ton enfant, on voit bien que tu es fou d'elle, et…

— J'ai besoin de café, déclara-t-il, avant de retourner dans la maison.

Après s'en être servi une tasse, il ressortit sur la terrasse et en but une longue gorgée.

— Je ne comprends pas, lui dit Sean. Je n'arrive pas à croire que tu ne veuilles pas l'épouser. C'est de ton enfant qu'on parle, Mike. Tu sais très bien que l'épouser est la meilleure chose à faire.

Il ne répondit pas. Son cœur battait à tout rompre, ses pensées tournoyaient dans tous les sens. Ce qui ne faisait rien pour arranger le mal de tête qui le faisait souffrir depuis qu'il s'était levé. Il n'avait pas dormi et n'avait pas pu réfléchir sereinement depuis des jours. Et il venait d'apprendre que Jenny était partie à Laughlin. Sans se donner la peine de l'en informer.

— Qu'est-ce que tu crois que papa et maman vont dire quand ils l'apprendront ? demanda Sean, coupant court à ses pensées.

— Ils comprendront mieux que quiconque. Je n'épouserai personne, tu comprends ? Je n'ai aucune envie que l'on me mente ou que l'on me trompe. Tu penses vraiment que je pourrais prendre le risque de ruiner la vie de mon propre enfant ?

— Mais qu'est-ce que tu racontes ? D'où sors-tu toutes ces âneries sur le mariage ?

Il grimaça. Il était trop tard pour faire machine arrière. Il fallait qu'il parle à Sean de ce jour où son image de la famille idéale avait volé en éclats, qu'il se libère de ce secret qu'il avait caché à son frère depuis son enfance.

— Quand j'avais treize ans, en rentrant d'un entraînement de base-ball, j'ai trouvé maman en train de pleurer. J'ai eu peur. J'ai cru que papa avait eu un accident ou quelque chose comme ça.

— Que s'était-il passé ?

Il se souvenait encore parfaitement de ce jour-là. La cuisine ensoleillée. Sa mère assise à la table, la tête dans les mains. Le sentiment de peur qu'il avait ressenti — il ne l'avait jamais vue pleurer avant.

— Elle m'a serré dans ses bras et elle m'a dit que papa l'avait trompée, reprit-il. Qu'elle avait appris qu'il était sorti avec une autre femme.

— Impossible.

Les yeux de Sean étaient devenus froids et durs.

Mike comprenait très bien ce qu'il ressentait. Quand sa mère lui avait révélé la trahison de son père, il avait eu l'impression que le sol s'effondrait sous ses pieds. Il s'était fait du souci pour elle, s'était demandé si son père reviendrait à la maison. Ses parents allaient-ils divorcer ? Avec qui allait-il vivre ? Un enfant de treize ans ne devrait pas se poser ce genre de questions. Apprendre si brutalement que ses parents étaient imparfaits. Humains.

— Jamais elle n'aurait parlé de cela si je ne l'avais pas surprise dans ce moment de faiblesse, précisa-t-il.

Il en était certain car au fil des années qui avaient suivi, sa mère s'était excusée à maintes reprises de s'être confiée à lui, d'avoir chargé ses petites épaules d'un tel fardeau.

— Papa a menti, affirma-t-il d'un ton dur. A elle. A nous. Il a trompé maman et, depuis ce jour, je ne peux pas le voir sans me souvenir de maman en train de pleurer.

Comme Sean avait tourné la tête vers l'océan, il conclut :

— Je ne me marierai jamais, Sean. Je ne veux pas placer ma confiance en une personne qui risque de me mentir ou de me tromper. Il n'en est pas question. Je ne veux pas que mon enfant se retrouve détruit par des mensonges.

Quand Sean, au bout de quelques secondes de silence, finit par se retourner vers lui, il fut surpris de trouver de la colère dans ses yeux.

— Tu n'aurais jamais dû me cacher ça, Mike, laissa-t-il tomber d'une voix tendue. Tu n'avais aucun droit de le faire. Je suis un Ryan, moi aussi.

— Et pourquoi te l'aurais-je dit ? Pour que tu te sentes aussi malheureux que moi ? Moi-même, j'aurais préféré ne pas savoir.

— Et tu as donc fait ce choix pour moi, c'est ça ? Tu as décidé de ce que je devais savoir et penser ?

— Ce n'est pas comme ça que ça s'est passé.

— Bien sûr que si ! Regarde les choses en face ! Cela fait des années que tu en veux à papa d'avoir trompé maman, de lui avoir menti. A chaque fois que tu parles de Jenny, tu la traites de menteuse et tu dis que l'on ne peut pas lui faire confiance. Mais toi, tu me mens depuis notre enfance. Je ne vois pas où est la différence, tu sais ? A moins que tu ne sois le seul à avoir le droit de mentir. Ou de décider des bons et des mauvais mensonges.

N'ayant jamais considéré les choses de ce point de vue, Mike ne sut que répondre à ces accusations. Les mensonges de son père avaient détruit son image de la famille idéale. Mais son mensonge par omission avait apparemment détruit la confiance que son frère avait en lui.

— Tu ferais bien de réfléchir un peu, reprit Sean d'une voix plus calme. Quoi qu'il ait pu se passer entre nos parents à cette époque, ils ont réglé le problème. Au cas où tu ne l'aurais pas remarqué, ils sont toujours ensemble. Plus forts que jamais.

La vérité, Mike le comprenait désormais, pouvait faire l'effet d'une gifle.

— Alors arrête tes bêtises. Le problème n'est ni papa ni Jenny. Tout vient de toi, Mike. C'est toi, le menteur, maintenant.

Là-dessus, Sean quitta la terrasse à grandes enjambées, sans un mot d'adieu.

Une fois seul, Mike sentit le sol sur lequel il avait construit toute sa vie trembler sous ses pieds. Sean avait raison. Ce qui signifiait qu'il s'était trompé. Sur beaucoup de choses.

- 9 -

Laughlin était très joli en février.

La chaleur de l'été n'étant pas encore au rendez-vous, le fleuve était calme, bien que l'on puisse parfois y voir passer quelques bateaux ou jet-skis. Les rares touristes présents, principalement des retraités cherchant à fuir le froid des régions aux climats moins cléments, s'arrêtaient fréquemment devant l'hôtel pour juger de la progression des travaux.

Fidèle à sa parole, l'entrepreneur, Jacob Smith, n'avait pas pris de retard. Ses hommes travaillaient à la fois sur la façade et sur l'intérieur de l'hôtel, dans lequel Jenny passait la plus grande partie de son temps, au milieu du bruit des scies, des marteaux, des conversations enjouées et des rires des artisans.

Elle était ravie d'être là. Elle ne regrettait pas de s'être éloignée du bureau pour quelque temps. Là, dans le Nevada, elle n'avait pas à craindre de se retrouver tout à coup face à Mike. Elle souffrait de savoir leur relation terminée. Mais les choses auraient été plus douloureuses encore si elle avait dû le voir tous les jours.

Par ailleurs, elle avait besoin d'un peu d'espace, d'un peu de temps pour s'habituer à l'idée qu'elle allait devenir une maman célibataire.

Elle avait toujours voulu avoir des enfants. Beaucoup d'enfants. Mais dans ses rêves secrets, elle les élevait avec un mari qui l'aimait. Or, elle savait désormais que ces rêves ne se réaliseraient jamais. L'expression qu'elle avait vue sur le visage de Mike quand elle lui avait annoncé qu'elle était enceinte avait suffi à le lui prouver. Sans parler des accusations qu'il avait portées contre elle…

— Quel imbécile, marmonna-t-elle en continuant de peindre le mur du hall en violet.

N'aurait-elle pas pu tomber amoureuse de quelqu'un d'autre ? N'importe qui ?

Une fois que le mur serait sec, elle pourrait commencer à peindre la forêt et la pleine lune. Cela lui prendrait certainement quelques jours, mais cela ne la gênait pas.

Elle avait prévu de rester au moins une semaine. Il y avait beaucoup à faire, mais elle n'était pas seule. Etant sur place, elle allait pouvoir superviser le travail des autres artistes qu'elle avait embauchés pour l'aider. Ils étaient trois, tous très talentueux, mais les artistes étant généralement des personnes de caractère, il était tout à fait possible que l'un d'entre eux échappe à son contrôle et décide brutalement d'apporter sa propre patte à l'une des fresques. Chose au demeurant impossible, puisque les esquisses avaient été approuvées par Mike, Sean et Brady.

Une voix d'homme, derrière elle, coupa court à ses pensées.

— Salut, Jenny !

En se retournant, elle aperçut Tim Ryerson, l'un des employés de l'hôtel.

— Salut, Tim.

— On va déjeuner en ville. Tu viens avec nous ?

Ils étaient tous extrêmement gentils, mais elle avait vraiment besoin d'un peu de calme et de temps pour elle.

— Je te remercie, mais il faut que je commence la fresque de la salle à manger.

— Tu as le droit de te reposer un peu, tu sais ?

— Ne t'inquiète pas pour moi, ça va.

— Bon. Comme tu voudras. On te rapporte quelque chose ?

— Oui, merci. Un hamburger. Avec une grande frite.

Elle avait retrouvé l'appétit, et elle ne savait pas si c'était une bonne chose ou non. Elle était tellement petite que si elle continuait de manger comme ça, elle n'allait pas tarder à ressembler à un ballon de football.

— Ça marche ! A tout à l'heure.

Une fois qu'il fut parti, elle termina ce qu'elle avait commencé puis nettoya son pinceau. L'hôtel était calme. La pause-déjeuner était le seul moment de la journée sur lequel elle pouvait compter pour avoir un peu de silence. Même la radio des artisans était éteinte.

Elle quitta le hall de réception pour se diriger vers la salle à manger, dans laquelle elle étudia la longue cloison qui séparait la pièce de la cuisine. Elle allait demander à Tony et Lena de travailler sur ce mur afin d'y représenter les personnages et scènes de *River Haunt* qui allaient donner vie à la pièce. Christa pourrait travailler sur les lierres qui retomberaient autour des fenêtres de l'autre côté de la salle. Si tout se passait bien, ils auraient terminé dans quelques jours et pourraient passer aux murs des étages supérieurs.

Tout en décrivant un cercle sur elle-même, elle essaya de s'imaginer la pièce telle qu'elle serait une fois terminée. Comme dans le château en Irlande, la salle à manger serait dotée de longues tables de banquet et de bancs qui obligeraient les clients à se côtoyer pendant les repas. Les fans du jeu pourraient ainsi échanger des astuces et parler de leur passion commune.

Mais les clients qui ne connaissaient pas le jeu ne seraient pas en reste. Grâce au décor, ils allaient très rapidement se retrouver happés par l'univers fantastique de Celtic Knot. Les Ryan et Brady Finn avaient vraiment eu une bonne idée. En se lançant dans le domaine de l'hôtellerie, ils allaient encore accroître la réputation de leur société, déjà connue dans le monde entier. Participer à cette aventure avait quelque chose de vraiment exaltant. Mais de triste aussi. Car elle savait que ce projet serait le dernier de tous ceux qu'elle avait développés pour Celtic Knot…

Dans le silence, son esprit se remit à vagabonder, et ce fut naturellement vers Mike qu'il se dirigea. Que faisait-il en ce moment ? Savait-il qu'elle était partie ? S'en souciait-il ? Si seulement il pouvait lui faire confiance. La croire. Elle se souvint de l'expression de son visage, quand elle lui avait appris qu'elle attendait un bébé de lui, et elle sentit son cœur se serrer.

Il était venu la voir parce qu'il était inquiet pour sa santé, et il était reparti convaincu qu'elle avait essayé de le piéger. Comment les choses avaient-elles pu si mal tourner ? Ne pouvait-il pas comprendre qu'elle l'aimait ? Que s'il leur laissait une chance, ils pourraient vivre quelque chose de merveilleux avec leur enfant ? Etait-il habitué à fermer son cœur au point de ne pas prendre le risque d'être heureux ?

Elle sentit sa douleur exploser dans sa poitrine. Il fallait qu'elle cesse de penser à ce qui aurait pu être. Cela ne servait à rien. Elle ne pouvait pas changer les choses. Mieux valait commencer tout de suite à s'habituer à cette idée.

— Ne t'inquiète pas, mon bébé, murmura-t-elle en tapotant son ventre. Tout va bien se passer. Tu verras.

Luttant de toutes ses forces pour oublier Mike et

sa vie rêvée, elle se remit au travail. Elle aurait tout le temps de penser à cela cette nuit, quand elle lutterait pour trouver le sommeil.

Mike faillit appeler Jenny. A deux occasions. Mais à chaque fois, il raccrocha avant que la connexion ait été établie. Il était toujours sous l'emprise des émotions que sa conversation avec Sean avait éveillées en lui ; ce n'était sans doute pas le meilleur moment pour lui parler. Mais elle était là. Dans ses pensées. Dans son cœur.

Elle était partie dans le Nevada sans prendre la peine de le lui dire. Mais comment lui en vouloir ? Quand elle lui avait parlé du bébé, il l'avait repoussée, insultée même…

Il avait honte, vraiment honte. Aussi pensait-il que le temps était venu de régler une ou deux choses qui l'avaient influencé pendant de longues années. Déterminé à enfin parler à sa mère de ce qui s'était passé au cours de son adolescence, il se rendit chez ses parents. Il fallait qu'il sache si le secret qu'il avait gardé pendant tant d'années devait vraiment exercer une telle influence sur sa vie.

La maison était telle qu'il l'avait toujours connue. Malgré la fortune que son frère et lui avaient amassée, ses parents n'avaient jamais accepté qu'ils leur achètent une villa dans un quartier plus huppé. Ils avaient préféré continuer de vivre dans le quartier où ils avaient élevé leurs enfants, où ils connaissaient leurs voisins et où ils s'étaient forgé au fil du temps d'innombrables souvenirs. Dans cette rue qui lui était si familière, les maisons étaient bien entretenues, les pelouses bien tondues, et presque tous les jardins arboraient un panier de basket.

Après s'être garé devant la maison, il entra.

— Maman, c'est moi ! cria-t-il, comme à son habitude, en passant la porte.

La télévision était allumée sur une chaîne qui diffusait de la musique des années 1960. Il traversa le salon, entra dans la cuisine. Vide.

— Maman !

— Mike, c'est toi ?

Il se retourna avec soulagement et sourit à sa mère. Ses cheveux châtains étaient emmêlés et elle avançait à grands pas en tirant sur le bas de son chemisier rose pâle.

— Ça va ? lui demanda-t-il, comme elle paraissait nerveuse.

— Oh. Oui. Je… j'étais juste un peu occupée, répondit-elle en rougissant.

Comprenant soudain qu'il venait d'interrompre une chose à laquelle il préférait ne pas penser, il décida de repartir.

— Euh… je reviendrai plus tard et…

— Mais non ! Reste. Je vais te faire un café. Et j'ai préparé des biscuits, ce matin.

Si elle était disposée à faire comme si elle n'avait pas rougi, eh bien, il allait suivre son exemple.

— OK.

— Bien, dit-elle en souriant. Pourquoi es-tu venu ? Tout va bien ?

— C'est une bonne question…

— Assieds-toi.

Après avoir servi deux tasses de café et posé sur la table une assiette de biscuits, elle vint s'asseoir en face de lui.

— Raconte-moi.

Combien de fois s'était-il assis à cette même table devant une assiette de biscuits pour raconter ses problèmes à sa mère ? Mais c'était aussi à cette table qu'il l'avait trouvée en larmes. Que tous ses rêves d'enfant avaient été brutalement anéantis. Il fallait qu'il exorcise cela. En ce même endroit. Ce n'était que justice, après tout.

Aussi commença-t-il à épancher son cœur, parlant sans discontinuer de Jenny, du bébé, de Sean qui ne savait pas ce qui s'était passé toutes ces années auparavant et de la réaction de colère qu'il avait eue quand il avait découvert qu'il lui avait menti.

— Jenny porte ton enfant…, murmura sa mère. Est-ce que tu l'aimes ?

— Bonne question encore une fois…

Machinalement, il se leva, alla s'appuyer sur le plan de travail de marbre puis se retourna.

— Mais pour le moment, ce n'est pas ce qui compte.

— Michael Patrick Ryan ! s'exclama-t-elle, lui tirant une petite grimace. L'amour, c'est tout ce qui compte.

— Comment peux-tu dire ça, maman, alors que…

Il s'interrompit, secoua la tête.

— Alors que papa t'a trompée, menti.

Brusquement, elle se leva.

— Ça suffit ! ordonna-t-elle en pointant du doigt la table. Assieds-toi. Je reviens.

Trop las pour contester, il obéit.

Quand sa mère réapparut dans la cuisine, elle traînait derrière elle son père qui, les cheveux emmêlés, essayait maladroitement de reboutonner sa chemise. Et tout à coup, Mike fut sûr de ce qu'il avait interrompu. Il avait bien fait de ne pas trop y penser ! Personne n'a envie d'imaginer ses parents en train d'avoir des relations sexuelles.

Gêné, il se crispa un peu et il remarqua que son père faisait de même. Malgré les vingt ans qui s'étaient écoulés depuis cet événement qui avait profondément changé leur famille, ils étaient toujours mal à l'aise quand ils se retrouvaient face à face. Mais malheureusement, Mike ne savait pas comment y remédier.

— Assieds-toi, dit sa mère à son mari en croisant fermement les bras sur sa poitrine.

Quand son père fut installé, elle reprit la parole :

— Mike, j'ai déjà essayé de te parler de cela, mais tu n'as jamais voulu m'écouter. J'aurais pu te forcer à le faire, mais ton père ne me l'a jamais permis. Il voulait que ce soit toi qui viennes vers nous, quand tu te sentirais prêt. Et honnêtement, je pensais que cela ne se produirait jamais.

— Maman…

— Je n'aurais jamais dû te faire partager ce que j'ai ressenti ce jour-là, mon chéri. Mais tu es rentré en avance, tu m'as surprise dans un moment de faiblesse, et je n'ai pas pu m'empêcher de te dire ce que j'avais sur le cœur. J'espère que tu sais que si je pouvais revenir en arrière, je ferais les choses différemment.

— Je sais, maman, répondit-il en jetant un regard en coin à son père, qui paraissait tout aussi gêné que lui. Ce n'est pas la peine d'en reparler.

— Et c'est là tout le problème, dit-elle en prenant place à côté d'eux. Nous n'en avons jamais parlé.

Elle posa sur lui un regard plein de tendresse avant de prendre la main de son mari et d'entrelacer ses doigts aux siens.

— Mike, tu n'étais qu'un petit garçon, tu ne te rappelles donc pas tout, mais à cette époque, ton père avait beaucoup de problèmes au travail.

— Ce n'est pas une excuse, mais on vivait dans une pression constante, intervint ce dernier. Et au lieu d'en parler…

Il s'interrompit pour adresser un triste sourire à sa femme.

— … on s'est renfermés chacun dans notre coin, coupés l'un de l'autre.

— On a mal fait les choses, enchaîna sa mère. Mais ce n'est la faute ni de l'un ni de l'autre. On a tous les deux commis des erreurs. Et on a failli perdre quelque chose que la plupart des gens ne trouvent jamais au cours de leur vie. Tu as donc eu tort d'en vouloir à ton père pendant toutes ces années.

Mike hocha la tête, quelque peu déstabilisé. Il voyait bien à quel point ses parents étaient bien ensemble. Mais il ne pouvait pas oublier.

— Tu lui as menti, tu l'as trompée, dit-il d'une voix basse, en se tournant vers son père.

— Oui, j'ai menti. J'étais blessé, inquiet pour ma famille. J'avais l'impression d'avoir échoué et je me sentais seul. Ta mère me manquait, parce que l'on ne se parlait plus.

— Oh ! Jack…

Après avoir serré la main de sa femme dans la sienne, son père poursuivit :

— J'ai menti à ta mère, Mike, je te l'accorde. Et je l'ai trompée aussi, mais pas de la façon dont tu l'entends.

— Comment ça ?

Son père soupira.

— La femme dont ta mère a entendu parler… je l'ai juste emmenée dîner. On a parlé. Elle m'a écouté, a ri à mes plaisanteries, m'a donné l'impression d'être important.

Il secoua la tête.

— Stupide. J'ai été stupide, marmonna-t-il. Mais je n'ai pas couché avec elle. Je n'ai jamais touché une autre femme que ta mère depuis le jour où je l'ai épousée.

— Au lieu de nous rapprocher l'un de l'autre, précisa sa mère, ton père et moi nous sommes éloignés, tant et si bien qu'au final, on avait l'impression d'être deux étrangers vivant sous le même toit.

Mike les regarda tour à tour, remué par cet aveu qui venait aussi tard.

— Mais l'important, c'est que l'on se soit retrouvés avant qu'il ne soit trop tard, conclut son père.

— Je ne sais pas quoi dire, murmura Mike, qui se sentit mal, soudain.

Pendant des années, son père et lui avaient tout fait pour éviter de se parler, aucun des deux ne voulant évoquer le problème qui avait creusé un fossé entre eux. Et tout cela sur un malentendu.

— Pourquoi ne m'avez-vous rien dit ? demanda-t-il.

— Parce que tu ne nous aurais pas crus, répondit son père.

— C'est vrai, oui, admit-il.

Et dire qu'il avait passé tout ce temps à être en colère, à laisser cette vieille blessure régir sa vie, à penser que l'on ne pouvait se fier à personne. Tout cela parce qu'il avait été le témoin d'une situation qu'il n'avait pas pu comprendre du fait de sa jeunesse.

— Le problème, mon chéri, lui dit sa mère, c'est que tu te sers de ton père comme excuse pour tenir tout le monde à distance de toi. Tu essaies de te protéger de la douleur en ne laissant personne te toucher. On ne peut pas vivre comme ça, tu sais.

Elle avait raison. Il avait utilisé la trahison de son père comme un moyen de se tenir à l'écart des autres. Mais les murs qu'il avait érigés autour de son cœur n'étaient pas impénétrables puisque Jenny avait réussi à passer.

— Tu n'aurais jamais dû être au courant de ce problème que nous avons surmonté, reprit sa mère. Si tu savais comme cela m'a fait de la peine, de vous voir brouillés, tous les deux.

Mike regarda son père et vit dans ses yeux le reflet de la tristesse qui l'habitait depuis tant d'années. Il allait falloir qu'il réfléchisse sérieusement. Les mots de son frère résonnaient encore dans son esprit. Toutes ces années qu'il avait passées à juger les autres, tellement sûr d'avoir raison… Il s'était replié sur lui-même. A treize ans, sans rien savoir du monde et de ce que les adultes ont à faire pour survivre, il avait pris une décision. Une décision puérile qui avait affecté sa vie entière.

S'il était descendu de son piédestal et avait parlé aux personnes qui l'entouraient, qui l'aimaient, il aurait certainement pu apaiser les souffrances de son cœur bien des années plus tôt. Quel idiot il avait été !

— Ce n'est pas ta faute, le rassura son père. Tu étais un petit garçon et tu as réagi en conséquence.

— Oui, répondit-il en se frottant les yeux pour essayer d'atténuer un peu son mal de tête. J'avais treize ans, j'avais peur, j'étais en colère. J'ai pris la décision de ne me fier à personne. Mais depuis, j'aurais pu, j'aurais *dû* changer d'avis.

A ces mots, son père posa sa main sur son épaule, et ce contact ferme et solide sembla effacer ce qu'il restait de sa colère enfantine.

— Je te demande pardon, papa.

— Tu n'as pas à t'excuser, fils. Tu n'aurais jamais dû le savoir. Parce que je n'aurais jamais dû agir comme ça, pour commencer. Je vous ai fait du mal, à toi et à ta mère. Et cela, jamais je ne pourrai me le pardonner.

D'un revers de main, sa mère essuya les larmes qui s'étaient mises à couler.

— Mais c'est du passé, maintenant, dit-elle d'une voix émue. Alors allons de l'avant et redevenons la famille que nous aurions toujours dû être.

Elle le regardait avec un mélange d'inquiétude et

d'espoir. Et tout en soutenant son regard, il sentit ses vieilles craintes, blessures et certitudes disparaître, regagner le passé où elles auraient dû demeurer. Ce fut alors comme s'il s'était libéré d'un poids, un lourd poids qui avait pesé sur lui sans qu'il s'en rende compte.

— D'accord, finit-il par dire en souriant à ses parents.

Son père lui rendit son sourire et le gratifia d'une petite tape maladroite dans le dos.

— Je suis contente, murmura sa mère en serrant tendrement sa main. C'est bien, mon chéri.

Elle avait raison. C'était bien. Mais son père n'était pas le seul qu'il avait jugé. Il repensa à ce fameux soir, à Phoenix, où il avait repéré Jenny au bar de l'hôtel. Il se souvint de la passion et de l'attirance immédiate qu'il avait ressenties pour elle, mais aussi du lendemain matin, où il s'était fait juge, juré et exécuteur sans même lui laisser une seule chance de s'expliquer.

Et puis sa mémoire le ramena à la dernière image qu'il avait de Jenny, chez elle, quand il l'avait accusée de l'avoir piégé en tombant enceinte. Il avait recommencé. Encore une fois.

— Sean a raison, marmonna-t-il. Je suis un imbécile.

— Qu'est-ce qui ne va pas, mon chéri ?

Relevant la tête vers sa mère, il soupira.

— Beaucoup de choses. Il faut que je réfléchisse. A Jenny. Au bébé.

Il s'interrompit quelques secondes et ajouta :

— Et tous les deux, vous allez devoir vous faire à l'idée de devenir grands-parents.

— Oh mon Dieu ! s'exclama sa mère en riant. Avec toutes ces histoires, j'en avais presque oublié que Jenny était enceinte.

— C'est vrai ? demanda son père, sidéré.

— Oui ! Et c'est une excellente nouvelle ! décréta

sa mère en se levant d'un bond. Je vais refaire du café. Et toi, tu vas tout nous raconter.

— Félicitations, mon garçon. J'espère que tu te débrouilleras mieux que moi.

Mike grimaça. Ça, il en doutait. Il avait déjà commis plusieurs erreurs, alors que son enfant n'était même pas encore né !

— Tu ne t'es pas si mal débrouillé, papa. Et pour ma part, je me sens complètement perdu.

Son père se mit à rire.

— Bienvenu dans le rôle de papa ! On se sent tous perdus, Mike. Et on a beau faire tout notre possible, on commet tous des erreurs. Le truc, c'est de toujours essayer de les réparer.

Le lendemain matin, Mike trouva Sean dans son bureau. Il avait réfléchi toute la nuit et avait fini par décider de ce qu'il allait dire. Mais en voyant le regard impitoyable de son frère, il eut quelques secondes d'hésitation. Ils avaient toujours été proches, mais désormais, il y avait un fossé entre eux, un fossé qu'il avait lui-même créé. C'était donc à lui de le combler.

— Tu avais raison.

Sean, qui parut d'abord surpris, lui fit signe de s'asseoir.

— Excellente entrée en matière. Continue, je t'en prie.

Tout en riant un peu, Mike s'exécuta.

— J'ai toujours cherché à te protéger, commença-t-il. Il avait eu toute la nuit pour considérer la situation sous tous les angles possibles. Mais de n'importe quel point de vue, il lui semblait toujours qu'il avait eu tort.

— Et ? dit son frère, comme il s'était tu.

— Et je n'aurais pas dû te mentir pendant toutes ces années. A chaque fois que tu m'as demandé ce qui n'allait pas entre papa et moi, j'ai éludé la question. Parce que j'étais persuadé qu'il valait mieux que tu ne saches pas. Je reconnais que j'ai eu tort de faire ça, mais je veux que tu comprennes pourquoi je l'ai fait.

— Tu n'as jamais été très doué pour t'excuser.

— C'est vrai, admit-il à contrecœur.

— C'est l'intention qui compte.

— Merci. Je suis allé chez papa et maman hier. On a parlé.

— Et ?

— Et apparemment, je les ai dérangés en pleine sieste crapuleuse.

Tout en riant, Sean se cacha le visage derrière les mains.

— Stop ! Il y a des choses que je préfère ne pas savoir !

— … dit le garçon qui ne veut pas qu'on lui mente.

— C'est une question de discrétion. Il y a une différence entre le mensonge et la discrétion, tu ne crois pas ?

Ravi que les choses se soient arrangées entre son frère et lui, Mike se mit à rire.

— Tout à fait d'accord avec toi. L'important, c'est que nous avons mis les choses au clair. Et je pense que ça va beaucoup mieux se passer, maintenant, entre papa et moi.

— Tant mieux.

— Ils savent que tu sais. Je leur ai dit que je t'en avais parlé.

— Parfait. Quand tu décides de quelque chose, par exemple de devenir honnête, tu le fais à cent pour cent, hein ? Bon, j'imagine que je vais devoir leur en parler, alors ? Mais à partir du moment où ils sont bien ensemble, où ils sont heureux, ce petit accroc du passé ne me dérange pas. Ce sont leurs affaires, Mike. Pas les miennes. Pas les nôtres.

— Depuis quand es-tu si rationnel ?

— Depuis que je suis un adulte. Mais on dirait que tu es passé à côté de ça, aussi.

— Et de beaucoup de choses…

— Bon, et le plus important ? Jenny ?

Mike jeta à son frère un regard en biais.

— Tu ne veux pas savoir ce qui s'est passé entre nos parents, mais tu veux savoir ce qui s'est passé entre Jenny et moi ?

— Oui, affirma son frère en souriant. Tu lui as parlé ?

— Non.

Il ne l'avait pas appelée, car il lui semblait qu'un coup de téléphone ne serait pas suffisant. Il fallait qu'il lui dise en face ce qu'il avait à lui dire, afin de pouvoir la regarder dans les yeux, voir ce qu'elle pensait, ressentait.

— Tu ne crois pas que tu devrais le faire ? Elle porte ton enfant.

— Pas besoin de me le rappeler, répondit Mike en se levant.

Machinalement, il alla se poster à la fenêtre et regarda le jardin. Mais il ne vit pas les arbustes bien taillés. Comment aurait-il pu voir quoi que ce soit alors que son esprit était empli d'images de Jenny ?

— On dirait que si, pourtant, insista son frère. Tu t'occupes de tellement de choses qu'il y a des fois où je me demande si tu n'en aurais pas oublié qui tu es.

— C'est ridicule !

— Tu trouves ? Tu parles à Jenny comme si elle était une employée.

— C'est une employée.

— Elle est bien plus que cela, Mike. Pour obtenir ce

que tu veux, il va falloir que tu considères la situation avec davantage d'humilité.

— Parce que tu crois que je sais ce que je veux ?

— J'en suis persuadé, affirma Sean en souriant.

Son frère avait raison. Il savait ce qu'il voulait : Jenny. Dans sa maison. Dans son lit. Se réveiller tous les matins dans ses bras. Mais ce n'était pas l'humilité qui lui permettrait d'obtenir cela.

— Tu ne peux pas ordonner à Jenny de te pardonner, reprit Sean, coupant court à ses pensées.

— Je ne vois pas ce que je peux faire d'autre.

— Alors réfléchis.

Il n'avait pas envie d'y réfléchir.

— Tu pourrais t'occuper seul de l'entreprise pendant quelques jours ? demanda-t-il.

— Bien sûr. Pourquoi ?

— Il faut que j'aille à Laughlin.

— Mieux vaut tard que jamais !

Jenny fit quelques pas en arrière pour essayer de porter sur sa peinture un regard objectif. Elle était exactement telle qu'elle l'avait imaginée. Un sentiment de menace se profilait derrière les arbres, les rayons de lune filtraient à travers les branches pour éclairer les herbes folles. Une rivière se détachait au fond de la fresque comme un serpent argenté, un chemin d'eau que seuls les braves se risqueraient à suivre. A la fois menaçante et intrigante, l'image était exactement dans le ton de *River Haunt*.

Dans la salle à manger, les autres artistes avançaient bien eux aussi et, dans un ou deux jours, ils pourraient tous passer aux étages supérieurs. Alors que la plupart des artisans étaient occupés à travailler dans la cuisine, Jenny se dirigea vers le grand salon.

Là devaient être installées quatre télévisions à écran géant équipées de consoles de jeu, le but étant naturellement d'inviter les clients à jouer aux jeux de Celtic Knot. Il y aurait un bar au fond de la pièce, à la place du vieux piano, ainsi que d'immenses tables autour desquelles on pourrait pratiquer des jeux de rôles.

Cela allait être un véritable paradis du jeu, songea-t-elle avec regret. Elle n'avait aucune envie de quitter son emploi à Celtic Knot. Elle adorait participer à ce type de projet si novateur et intéressant. Mais travailler avec Mike était désormais impossible. Elle ne pourrait pas le voir tous les jours en sachant qu'elle ne pourrait jamais l'avoir. Elle allait donc achever ce projet du mieux qu'elle pourrait avant de s'en aller, la tête haute. Et un jour, elle viendrait au River Haunt Hôtel en tant que cliente, juste pour voir comment les autres appréciaient ce concept auquel elle avait participé avec tant de passion.

Chassant un petit sentiment de tristesse, elle s'approcha du piano pour y jouer quelques notes. Quand elle était petite, son oncle lui avait offert des leçons. Mais son intérêt pour la musique n'avait duré qu'une année, car quand elle avait découvert les arts plastiques, le piano avait été relégué au second plan.

L'instrument, contrairement à ce qu'elle avait pensé, était bien accordé, et tandis que ses doigts se mouvaient sur les touches, la musique s'éleva dans le silence. Elle s'assit sur le tabouret, ferma les yeux et, pour oublier son chagrin, se concentra exclusivement sur la mélodie qu'elle créait.

*
* *

Mike trouva Jenny dans le grand salon. Une petite femme aux cheveux dorés qui, assise dans le soleil, jouait une magnifique musique sur un piano qui semblait vieux comme la lune.

Et il sentit son cœur se gonfler d'amour. Elle lui avait manqué. Tout en lui était attiré par elle. Comment avait-elle pu devenir si importante à ses yeux en un si court laps de temps ? Elle était talentueuse, brillante, belle, et il avait tant envie d'elle qu'il avait de la peine à respirer. Maintenant qu'il était là, avec elle, il ne pouvait plus attendre une seconde de plus. Il fallait qu'il la touche.

Trop absorbée par la musique qu'elle faisait naître sous ses doigts, elle ne l'entendit pas approcher. Et quand il posa ses mains sur ses épaules, elle sursauta et se retourna vivement vers lui, les yeux grands ouverts.

— Mike ! Tu m'as fait peur !

La lueur de colère qu'il vit briller dans ses yeux le fit sourire. Cela aussi lui avait manqué !

— Excuse-moi, ce n'était pas mon but. Je ne savais pas que tu jouais du piano.

— Comme je te l'ai déjà dit, il y a beaucoup de choses que tu ne sais pas sur moi.

— C'est vrai, admit-il en l'encourageant à se lever. Mais il y a plein de choses que je sais.

— Comme quoi ? demanda-t-elle en faisant un pas en arrière.

— Eh bien je sais par exemple que tu es tellement têtue que tu envisages certainement de quitter ton poste à Celtic Knot.

— Et comment le sais-tu ? demanda-t-elle d'un air surpris.

— Je sais simplement que tu penses que l'on ne pourra plus travailler ensemble.

— J'ai raison sur ce point. Et tu le sais parfaitement.

— Non, tu te trompes.

Quand il eut prononcé ces mots, il vit une lueur d'espoir s'allumer dans ses yeux. Sean avait tort. Tout ce qu'il avait à faire était de lui exposer son plan. Elle comprendrait tout de suite que c'était la meilleure chose à faire pour tout le monde.

— Je crois que l'on devrait continuer de travailler ensemble, Jenny. Et de faire ce que l'on a toujours fait. Nous voulons tous deux cet enfant. Il y a une véritable alchimie entre nous. De la passion.

De nouveau, il posa ses mains sur ses épaules, cette fois-ci pour l'attirer près de lui. Et, plongeant son regard dans le sien, il poursuivit :

— Faisons une croix sur le passé. Il faut vivre au présent. Nous allons nous marier. C'est la meilleure chose à faire. Pour toi comme pour moi.

Il attendit qu'elle lui sourie, qu'elle se jette à son cou pour l'embrasser. Il avait envie de sentir ses lèvres douces contre les siennes. Cela faisait des jours qu'il n'avait pas connu cela, autant dire une éternité.

— Non, répondit-elle, très calme.

Son sang ne fit qu'un tour.

— Comment ça, non ? s'exclama-t-il, fou de rage. Je te rappelle que tu es enceinte.

— Merci. Je le sais. Mais je ne t'épouserai pas, parce que tu ne m'aimes pas. Tu ne me fais pas confiance. On ne bâtit pas une relation de couple sur de la passion, Mike. Et je refuse de mettre en péril le bien-être de mon bébé pour une relation vouée à l'échec.

— Elle n'est pas vouée à l'échec.

— Sans amour, si. C'est notre bébé, Mike. Je ne chercherai jamais à t'empêcher de le voir. Mais je ne veux pas épouser un homme qui n’a pas confiance en moi.

Elle l’embrassa tendrement sur les lèvres.

Et quitta la pièce.

- 10 -

Pendant les quelques jours qui suivirent, à chaque fois que Jenny se retournait, Mike était derrière elle. Il portait son matériel de peinture et insistait pour qu'elle se repose un peu à chaque fois qu'elle bâillait. Ce matin-là, alors qu'elle était montée sur un escabeau pour peindre une toile d'araignée au-dessus d'une porte d'ascenseur, il la porta dans ses bras pour la faire descendre. Malgré ses cris de protestation. Il se sentait apparemment investi de la mission de la protéger, qu'elle le veuille ou non. Une idée qu'elle trouvait à la fois agaçante… et attendrissante.

Néanmoins, elle ne voulait pas s'habituer à ce genre de traitement. D'abord parce qu'elle était en bonne santé et parfaitement à même de prendre soin d'elle. Mais aussi et surtout parce qu'elle savait que tout cela n'était qu'une façade. Qu'il essayait simplement de la convaincre de l'épouser.

Mais elle ne pouvait pas faire cela. Jamais elle ne pourrait enterrer ses rêves de mari aimant pour se contenter d'un homme qui ne lui faisait pas confiance, qui ne l'aimait pas. La passion ne pourrait jamais se substituer à l'amour véritable.

La voix de Christa la ramena brutalement à la réalité.

— Qu'est-ce que tu en penses, Jen ?

Christa était une grande femme mince aux cheveux

noirs coupés très court et dotée d'un goût prononcé pour les vêtements de couleurs vives. C'était une artiste talentueuse, rapide et avide de compliments.

— De quoi ?

— Je te disais que ce serait peut-être bien d'ajouter quelques fleurs de la mort aux lierres autour des fenêtres.

— Des fleurs de la mort ? répéta Jenny en souriant.

— Je t'avoue que j'aime beaucoup *River Haunt*, dit Christa en haussant les épaules. J'y joue tout le temps avec mon petit ami.

— Et qui gagne ?

— Pas moi, jusqu'ici. Mais je suis déterminée à y arriver. Quoi qu'il en soit, je me disais que ce serait bien de mettre quelques-unes de ces fleurs mortelles ici, au milieu des lierres. Mais comme ce n'est pas dans le projet, j'ai pensé qu'il valait mieux te demander ton avis.

La salle à manger était presque terminée. La fresque de la forêt, qui occupait tout un mur, était spectaculaire. Jenny observa le travail de Christa, sur le mur opposé. Les lierres, épais et verdoyants, retombaient autour des fenêtres et descendaient jusqu'au bas du mur avec un réalisme saisissant.

— Tu as fait un super travail, Christa.

— Merci ! répondit la jeune femme en s'approchant de son œuvre.

— Cette idée de fleurs de la mort me plaît beaucoup.

Sans rien répondre, Christa sourit.

— Place-les où tu le souhaites. Rien qu'à voir ton travail, j'ai confiance en ton jugement.

— C'est vraiment super. Merci, Jenny, répondit Christa, ravie.

— Tu sais, quand ce projet sera terminé, si cela t'intéresse, je parlerai à Dave Cooper, le responsable du service des arts graphiques de Celtic Knot. Je suis sûr qu'il serait content d'avoir une artiste comme toi dans son équipe. Enfin, si cela t'intéresse, évidemment…

— Si ça m'intéresse ? répéta Christa en riant, avant de la prendre dans ses bras et de la soulever du sol. C'est le rêve de ma vie !

Quand Christa l'eut reposée à terre, Jenny sourit.

— J'imagine que tu devrais pouvoir travailler d'ici, mais il se peut que Dave te demande d'emménager en Californie, expliqua-t-elle.

— Ce n'est pas un problème.

— Et ton petit ami ?

— Il m'aime, alors il sera heureux, répondit Christa en souriant. Et comme il est écrivain, il peut travailler n'importe où.

— Alors je vais parler à Dave. Je te tiendrai au courant.

— Merci, Jenny. Tu ne peux pas savoir comme ça me fait plaisir. Jamais je ne me serais attendue à une chose pareille.

— De rien. Mais pour le moment, concentre-toi sur les fleurs.

— Je t'assure qu'elles seront magnifiques, affirma Christa en reprenant ses pinceaux.

Au grand bonheur de Jenny, Christa se retourna vers le mur. Les mots de la jeune femme tournaient en boucle dans son esprit. « Il m'aime, alors il sera heureux. » La jalousie lui traversa le corps, laissant dans son cœur une âpre douleur. Christa était tellement sûre de son petit ami. Certaine de son amour et de son soutien. Comme elle regrettait, elle, de ne pas connaître ce sentiment !

Elle resta quelques secondes à observer tristement Christa griffonner quelques croquis pour déterminer l'endroit où elle allait peindre les fleurs. Elle était ravie de pouvoir l'aider. Christa était une artiste talentueuse qui avait déjà prouvé à quel point elle était douée pour le travail en équipe. Elle était certaine que Dave sauterait sur l'occasion de l'embaucher. D'autant plus qu'il aurait besoin de quelqu'un pour la remplacer, une fois qu'elle aurait donné sa lettre de démission. Une idée qui ne manquait pas de lui serrer le cœur. Elle adorait son travail. Mais il fallait qu'elle parte. Pour son bien.

Le cœur lourd, elle monta à l'étage. Les ascenseurs étant temporairement fermés pour les travaux, elle fut contrainte de prendre l'escalier. Afin de mieux observer la progression des fresques dans les cages d'escalier, elle gravit lentement les marches.

Au premier étage, des loups-garous attendaient les visiteurs, leur corps musclé se détachant sur des nappes de brumes. La fresque était sublime, mais terrifiante. Pas vraiment le genre de chose susceptible de favoriser le sommeil. Mais cela plairait à la clientèle, c'était certain.

Tout en souriant, elle jeta un rapide coup d'œil à l'applique de bronze, conçue pour évoquer un chandelier. Dans le couloir, un long tapis bleu nuit couvrait en partie le sol carrelé de tommettes.

Satisfaite, elle monta au deuxième étage pour évaluer le travail effectué sur la fresque qui devait être peinte dans la cage d'escalier. Manifestement occupés à se disputer, les deux artistes qui s'en chargeaient ne remarquèrent pas son arrivée.

— Les *banshees* ont toutes des cheveux blancs ! cria Lena. Tu n'as jamais joué au jeu ou quoi ?

— Je suis un artiste, je ne perds pas mon temps à jouer à des jeux vidéo débiles, rétorqua Tony. Et puis qu'est-ce que ça peut faire, si elles ont les cheveux noirs ? Elles n'existent pas, de toute façon !

— Les *banshees* n'existent pas, c'est vrai, intervint

Jenny. Mais elles sont inhérentes au jeu dont vous êtes censés reproduire les images ici.

Comme pour lui faire comprendre qu'il jugeait inacceptable que ses décisions artistiques soient remises en cause, Tony leva les yeux au ciel. Dès le moment où elle l'avait embauché, Jenny avait compris qu'il serait difficile de travailler avec lui. C'était son talent qui lui avait valu le poste. Mais elle commençait à regretter son choix.

— D'un point de vue purement artistique, des cheveux bruns ressortiraient davantage sur ce mur de couleur crème, décréta-t-il.

— Si tu avais appris quelques techniques artistiques, tu saurais comment faire ressortir ces cheveux blancs, répliqua Lena.

— Qu'est-ce que tu y connais en art, toi ?

— Assez pour faire ce que l'on me demande de faire.

Jenny serra les poings. Ils avaient eu le même problème avec Tony au moment de terminer la fresque de la salle à manger. Il voulait toujours que les choses soient faites à sa manière. Ayant l'impression d'intervenir dans une dispute de cour de récréation, elle leva ses deux mains devant elle.

— Ça suffit, maintenant. Remettez-vous au travail !

Après avoir jeté un regard noir à Tony, Lena s'exécuta. Tony, pour sa part, garda le regard rivé sur Jenny qui, quand elle se remit à parler, baissa le ton. Elle ne voulait pas l'humilier, mais elle ne voulait pas non plus l'ignorer.

— Tony, quand tu as signé ce contrat, tu as accepté de te conformer aux plans.

— Oui, mais…

— Et tu n'y connais peut-être rien en jeux vidéo,

mais les clients qui vont venir séjourner dans cet hôtel connaissent *River Haunt* comme le dos de leur main.

— Si seulement tu me laissais te montrer ce que j'ai à l'esprit, dit-il après avoir poussé un lourd soupir.

Ignorant royalement cette réplique, elle poursuivit :

— Donc, soit tu fais ce que l'on te dit, soit tu t'en vas.

— Tu ne peux pas me virer, rétorqua-t-il en la fusillant du regard.

— Bien sûr que si, fit une voix derrière eux.

Bien que peu surprise que Mike soit encore derrière elle, Jenny se retourna.

— Monsieur Ryan, balbutia Tony. Je…

— Mais je peux tout de même vous répéter les choses, si ce n'est pas clair dans votre esprit. Soit vous suivez le plan, soit vous partez. Je vous ferai parvenir votre chèque.

— Je suis un artiste, répliqua Tony en relevant brusquement le menton. Si vous avez besoin de quelqu'un pour colorier des dessins déjà faits, prenez un enfant avec une boîte de crayons de couleur.

— Vous avez choisi, donc, dit calmement Mike. Merci de nous avoir accordé un peu de votre temps.

Furieux, Tony commença à rassembler ses affaires. Du coin de l'œil, Jenny vit Lena sourire d'un air satisfait. Elle sourit à son tour.

— Je n'avais pas besoin de toi pour régler ça, tu sais, dit-elle en se tournant vers Mike.

— J'ai bien vu que tu te débrouillais très bien, répondit-il en lui adressant un sourire qui la fit fondre. Mais je peux t'aider, non ?

— Si, bien sûr.

Mais il ne fallait surtout pas qu'elle s'habitue à dépendre de lui. Car malheureusement, il ne serait pas toujours là.

— Cela ne te dérange pas de finir toute seule, Lena ? demanda-t-elle.

— Bien sûr que non. Maintenant que Tony est parti, ça va être une véritable partie de plaisir !

— Génial. Mais je t'enverrai quand même Christa pour t'aider, une fois qu'elle aura fini la salle à manger.

— Impeccable, merci. Mais en dehors de ça, j'avais quelque chose à vous demander.

— Oui ? répondirent ensemble Jenny et Mike.

Comme pour l'inviter à s'en occuper seule, Mike fit un signe de main dans sa direction.

— Voilà. J'aurais aimé vous exposer une idée, dit Lena, dont les yeux s'étaient mis à briller.

— Je t'écoute.

— Je me disais que ce ne serait peut-être pas mal de faire deux *banshees* de chaque côté de l'ascenseur, dont les bras se rejoindraient au niveau des portes, comme si elles essayaient d'attraper la personne qui y entrerait.

— C'est une super idée, répondit Jenny en se tournant vers Mike. Qu'est-ce que tu en penses ?

— Très bon, Lena, dit-il en hochant la tête.

— Merci, murmura l'artiste d'un air ravi.

— Et tes *banshees* sont parfaites, précisa Jenny. On dirait qu'elles sortent tout droit du jeu.

— J'adore ce jeu ! s'exclama Lena avec enthousiasme, avant de se remettre à son travail.

Après avoir échangé un sourire, Jenny et Mike s'éloignèrent.

— Les ascenseurs ont été arrêtés. Il faut prendre l'escalier, dit Jenny.

— Je sais. Mais ça ne me plaît pas beaucoup que tu montes et que tu descendes toutes ces marches tous les jours. Et si tu tombais ?

— Arrête tes bêtises. Je n'ai pas soixante-dix ans, répondit-elle en riant.

— Je me fais du souci, murmura-t-il en l'attrapant par le bras pour l'obliger à s'arrêter. Pour toi et pour le bébé.

— C'est gentil de ta part, mais nous allons bien, tous les deux, et il faut que je descende pour finir les portes des ascenseurs du rez-de-chaussée. Je te rappelle que l'on a un artiste en moins.

Elle commença à avancer vers l'escalier, mais il fut plus rapide qu'elle : il la souleva du sol, ce qui lui tira un soupir d'exaspération.

En guise de réponse, il lui sourit, et bien qu'elle n'eût envie que de passer ses bras autour de son cou et de se serrer contre lui, elle se retint. Elle ne pouvait pas faire ça.

— Tu ne joues pas franc jeu, Mike.

— C'est vrai, reconnut-il en commençant à descendre les marches. Mais je t'ai déjà expliqué comment allaient être les choses entre nous désormais. Et j'imagine qu'il te faudra un peu de temps pour te faire à cette idée.

Un peu plus tard dans la journée, les artisans rentrèrent chez eux et les artistes allèrent dîner et s'amuser en ville. Savourant le calme, Jenny se rendit à la piscine. Cela faisait plusieurs jours désormais que Mike était là, et il ne paraissait pas avoir l'intention de partir. Se rendait-il compte que sa présence ne faisait que compliquer encore une situation déjà pénible ?

— Bien sûr que oui, murmura-t-elle pour elle-même. C'est son plan. Il essaie de te rendre folle pour que tu finisses par accepter de l'épouser alors que tu sais très bien que ce serait une erreur.

Mais cette erreur lui paraissait tellement tentante…

Songeuse, elle s'assit au bord de la piscine et retira ses chaussures pour tremper ses pieds dans l'eau. Aussitôt, une agréable sensation de douceur s'empara d'elle. Relevant la tête vers le ciel, elle regarda le ciel nocturne.

— Magnifique, murmura-t-elle.

L'hôtel étant un peu à l'écart des lumières de la ville, on distinguait des milliers d'étoiles.

On aurait dit une peinture, songea-t-elle, et aussitôt, elle essaya d'imaginer comment elle pourrait rendre cette scène sur une toile, bien qu'elle sût qu'elle ne pourrait jamais rendre justice à un tel tableau naturel.

— Je suis parfaitement d'accord, fit la voix de Mike, derrière elle.

Elle soupira et se retourna. Son tête-à-tête avec elle-même était terminé, et bien qu'elle sût que passer du temps avec Mike ne faisait que prolonger l'inévitable, elle savoura la sensation de bonheur qui se coula en elle quand son regard se posa sur lui. Elle pensait qu'il était allé en ville avec les autres. Mais à bien y réfléchir, il était beaucoup plus logique qu'il soit resté.

Tout en prenant place à côté d'elle pour plonger à son tour ses pieds nus dans l'eau, il leva son visage vers le ciel.

— En ville, on ne voit jamais autant d'étoiles, murmura-t-il. On oublie à quel point le ciel est grand.

Bien dit. Mais elle savait qu'il n'était pas venu là pour lui parler des étoiles.

— Mike…

Il se tourna vers elle. A la lumière de la lune, ses yeux bleus paraissaient sombres, mystérieux.

— J'ai eu Dave au téléphone, dit-il à son grand

étonnement. Il m'a informé que tu comptais donner ta démission aussitôt que le projet serait terminé.

Elle avait espéré qu'il ne l'apprendrait pas aussi vite. Annoncer ses intentions à Dave avait été un véritable déchirement. Elle adorait son travail, et tous ses collègues allaient lui manquer, mais elle s'était sentie obligée d'informer son supérieur rapidement, de sorte qu'il ait le temps de lui trouver un remplaçant.

— Dave m'a également dit que tu lui avais recommandé d'embaucher Christa à plein temps, ajouta-t-il d'une voix douce en faisant glisser son pied nu le long de sa jambe, ce qui déclencha en elle un frisson qui n'avait rien à voir avec la fraîcheur de l'air nocturne.

— Il va avoir besoin de quelqu'un pour me remplacer, expliqua-t-elle. Christa est douée. Elle a du talent, mais n'est pas fermée aux conseils.

— Si tu penses qu'elle conviendra, ça me va.

Ravie qu'il tienne compte de son opinion, elle sourit.

— Merci, Mike.

— Mais tu aurais pu rester, tu sais ? Tu aurais pu jouer sur le fait que je suis le père de ton enfant.

Choquée par ces propos, elle eut un mouvement de recul.

— Jamais je n'aurais fait ça !

Il plongea son regard dans le sien et, lentement, hocha la tête.

— Je sais. J'ai compris ça. Et je commence à comprendre beaucoup de choses.

Il fallait qu'elle éclaircisse rapidement la situation entre eux.

— Mike, démissionner est la meilleure chose à faire. Pour moi comme pour toi. On ne pourrait pas travailler ensemble tous les jours, ce serait trop difficile. D'autre part, je n'ai pas besoin de ton argent pour prendre soin du bébé. Et je n'ai pas besoin du nom de Ryan pour assurer mon av…

— De quoi as-tu besoin, Jenny ?

De ton amour, bien sûr, aurait-elle voulu lui crier.

— Peu importe, répondit-elle en souriant.

— C'est important pour moi.

Inclinant la tête sur le côté, elle l'observa avec attention.

— Depuis quand, Mike ?

— Depuis que je me suis brusquement réveillé.

Il prit sa main dans la sienne et l'effleura de caresses légères, ce qui ne manqua pas de déclencher en elle une nouvelle vague de délicieux frissons.

— Je veux que tu sois avec moi, Jenny. Jamais dans toute ma vie je n'ai eu envie de quelque chose comme j'ai envie de ça.

Elle sentit les battements de son cœur s'accélérer. Il voulait qu'elle soit avec elle. Elle n'avait qu'une envie : être désirée. C'était la force qui l'avait motivée depuis son enfance. Mais désormais, elle savait que ce n'était pas suffisant. Le désir n'était pas l'amour.

— Tu en as envie pour le moment, Mike, dit-elle doucement. Mais dans cinq ans, dans dix ans ?

Elle secoua la tête, avant de poursuivre :

— Le désir, le besoin, la passion… tout cela est très agréable. Mais sans amour, ces sentiments finissent toujours par s'amenuiser et disparaître.

— L'amour est une chose que j'ai toujours évitée, Jenny, avoua-t-il en serrant sa main plus fort dans la sienne. C'est une trop grande prise de risque.

Elle voyait bien à quel point il lui en coûtait d'avoir admis cela, mais son cœur lui faisait si mal qu'elle ne put se résoudre à lui dire qu'elle comprenait.

— Cela en vaut la peine, Mike. Car sans amour, il n'y a rien.

— Le désir n'est pas rien. La passion n'est pas rien.

— C'est important, c'est vrai, mais ce n'est pas assez.

A contrecœur, elle libéra sa main de la sienne pour se relever. Et tout en baissant les yeux vers lui, elle se prépara à lui révéler la dure vérité qu'elle venait tout juste d'accepter.

— Nous avons un enfant, Mike. Mais c'est tout ce que nous avons.

Le cœur lourd, elle repartit vers l'hôtel mais, arrivée devant la porte, elle se retourna. Il la regardait, dans le clair de lune, et il lui fallut se faire violence pour entrer.

Deux jours plus tard, la situation était toujours tendue entre Mike et elle. Elle avait espéré qu'après la conversation de la piscine, il jetterait l'éponge et rentrerait chez lui. Qu'il comprendrait qu'elle ne céderait pas. Que chacun attendait de l'autre quelque chose qu'il ne pouvait donner. Elle voulait qu'il l'aime et qu'il lui fasse confiance ; il voulait qu'elle se contente de beaucoup moins que cela.

Son travail à l'hôtel était presque terminé. La plupart des peintures étaient achevées, et le travail qui restait à faire pouvait être facilement effectué par Christa et Lena. Jenny ne pouvait donc pas rester plus longtemps. Et comme Mike refusait de la quitter d'une semelle, c'était à elle de partir. Il fallait qu'elle prenne ses distances vis-à-vis de lui avant de faire quelque chose de stupide, comme se jeter dans ses bras… et accepter sa proposition.

La cacophonie de l'hôtel lui étant devenue familière, elle se demandait à moitié si le silence de son appartement n'allait pas lui paraître effrayant quand elle serait rentrée. Entre le brouhaha des conversations, le vacarme des outils et le rugissement des jet-skis sur la rivière, il était difficile de s'entendre penser. Mais dans son cas, c'était certainement mieux ainsi.

Elle était en train d'apporter quelques dernières petites touches à l'arbre mort qu'elle avait ajouté à côté des ascenseurs du premier étage quand une voix d'homme, familière, lança :

— Jenny ! Jenny, où es-tu ?

— Tonton ? murmura-t-elle.

Après avoir reposé son pinceau, elle se hâta de descendre l'escalier et trouva son oncle dans le hall, accompagné de Betty.

— Elle est là ! s'exclama Betty en mettant un coup de coude dans les côtes de son oncle.

Le visage de ce dernier s'illumina quand il la vit.

— Tonton… qu'est-ce que tu fais là ?

A sa grande surprise, l'homme un peu bourru et généralement peu expansif qu'elle avait toujours connu la prit dans ses bras. Et quand il la libéra, il lui offrit un sourire radieux.

— Betty et moi avions envie de voir comment tu te débrouillais. Admirer ton travail, tout ça.

— On aurait pu prendre l'avion, grommela Betty en passant sa main dans ses cheveux emmêlés, mais il a insisté pour essayer son nouveau jouet.

— Je ne vois pas l'intérêt d'avoir une voiture neuve si on ne peut pas la conduire.

— Une voiture neuve ? répéta Jenny en regardant par la fenêtre.

Devant le bâtiment, elle vit un joli cabriolet rouge et ne chercha pas à dissimuler son étonnement. Bien que son oncle ne fût pas dans la misère, il avait gardé sa vieille Mercedes pendant plus de vingt ans, affirmant régulièrement qu'il ne voyait pas l'intérêt d'en acheter une autre, puisque celle-ci marchait très bien.

— C'est à toi ? demanda-t-elle en se tournant vers son oncle.

— Oui, répondit-il d'un air fier.

— A croire qu'il l'a achetée pour me faire mourir de froid, marmonna Betty. Il a insisté pour faire toute la route sans le toit…

— Je ne vois pas l'intérêt d'avoir un cabriolet, si c'est pour conduire avec le toit, rétorqua-t-il.

Jenny se mit à rire. Elle était tellement contente de les voir, d'écouter leurs querelles familières. Mais elle se sentit tout de même obligée de poser la question qui lui brûlait les lèvres.

— Vous n'avez pas fait toute cette route juste pour admirer mes peintures, n'est-ce pas ?

— Eh bien on est venus en partie pour cela, répondit son oncle. Mais aussi…

Il se tut, son regard se durcit et il fixa quelque chose derrière elle.

Sans avoir à se retourner, elle comprit. Et Mike ne tarda pas à les rejoindre.

— Monsieur Snyder, dit-il avec un hochement de tête.

Jenny s'apprêtait à dire quelque chose, n'importe quoi pour éviter quelques paroles blessantes, mais son oncle se tourna vers elle, ignorant royalement les salutations de Mike.

— Jenny, je suis venu pour te dire que j'avais vendu Snyder Arts.

— Quoi ?

Complètement médusée, elle resta quelques secondes à observer l'homme qui l'avait élevée. D'abord le cabriolet, et ensuite *ça*. Sa société était tout pour lui. Il ne vivait que pour elle et s'était mis en quatre pour qu'elle devienne une entreprise cotée et respectée. Elle n'arrivait pas à imaginer qu'il puisse l'abandonner.

— Mais pourquoi as-tu fait ça ? Tu adores ton travail…

Ignorant toujours Mike, son oncle s'approcha d'elle pour poser ses mains sur ses épaules.

— Mais je t'aime beaucoup plus, murmura-t-il.

Il n'avait jamais prononcé ces mots devant elle, et jusqu'à cet instant, elle ne s'était pas rendu compte de l'intensité du désir qu'elle avait de les entendre.

— Tonton, tu…

— Je t'interdis de pleurer ! s'exclama-t-il.

— Je vais faire de mon mieux. Mais dis-moi pourquoi tu as vendu ta société.

— La principale raison, répondit-il en jetant un regard glacial à Mike, c'est que je ne voulais pas que l'on puisse t'accuser d'être une *espionne*.

A ces mots, Mike marmonna quelque chose qu'elle n'entendit pas. Elle était trop occupée à regarder les yeux bleus de son oncle. Et à lutter contre la culpabilité, qui avait déjà commencé à la dévorer de l'intérieur. Il avait fait une croix sur sa passion dans le seul but de prouver quelque chose à Mike. Et tout cela pour elle.

— Tu n'aurais pas dû faire ça, murmura-t-elle.

— Je n'avais pas le choix, répondit-il en jetant à Mike un nouveau regard mauvais.

— Mais il n'y a pas que ça, intervint Betty en s'approchant d'elle. Ça fait bien longtemps qu'il aurait dû vendre son entreprise. Il faut tout de même qu'il vive un peu, avant de mourir.

— Qui a dit que j'allais mourir ? marmonna son oncle en fronçant les sourcils.

— Tôt ou tard, ça finira bien par arriver, lui répondit tranquillement Betty, avant de se tourner à nouveau vers

Jenny. Maintenant que ce problème est réglé, on aura tous les deux davantage de temps pour t'aider une fois que ton bébé sera né. On pourra être avec toi, Jenny. Et c'est ça, l'important. La famille, c'est la famille, tu comprends ?

— Oui, souffla-t-elle, avant de prendre dans ses bras cette femme qui avait été une présence constante dans sa vie.

Le cœur gonflé d'amour, elle regarda son oncle et Betty et se rendit compte qu'elle avait toujours eu une famille, qu'elle était juste trop peu sûre d'elle pour le comprendre. Comment avait-elle pu douter un seul instant de l'amour que ces deux personnes formidables avaient pour elle ?

— Maintenant, montre-nous, dit son oncle en se tournant vers la grande fresque qui ornait l'entrée. Une fois que l'on aura admiré ton travail, tu pourras quitter ton emploi et on pourra rester ensemble à la maison.

Elle s'apprêtait à répondre quand Mike intervint :

— Je sais que vous n'avez aucune raison de me faire confiance, monsieur Snyder, mais j'aurais besoin de parler quelques minutes avec Jenny.

— Mike…, protesta-t-elle.

Elle n'avait aucune envie de passer du temps seule avec lui.

— Il me semble que vous lui avez déjà dit ce que vous aviez à lui dire, Ryan, rétorqua sèchement son oncle. Il est inutile d'en rajouter.

— Je suis d'accord avec Hank, renchérit Betty en relevant fièrement le menton.

— S'il te plaît Jenny, dit Mike d'une voix plaintive en se tournant vers elle.

Depuis qu'elle le connaissait, jamais elle ne l'avait

entendu dire « s'il te plaît » à qui que ce soit. Aussi décida-t-elle de se laisser convaincre.

— Je reviens dans une minute, dit-elle avant de se diriger vers la salle de jeu, qu'elle savait inoccupée.

Avec tout ce qui venait de se passer, les battements de son cœur s'étaient accélérés. Elle ne savait pas quoi penser. Son oncle qui vendait sa société, sa propre démission, ce bébé qu'elle attendait. Et maintenant Mike, qui voulait lui parler alors qu'ils s'étaient déjà tout dit ou pas assez.

Pour essayer de se calmer un peu, elle se concentra sur la vue qu'offrait la fenêtre. Le paysage désertique était adouci par les arbres qui se balançaient doucement au vent. Tout en essayant de stabiliser sa respiration, elle fixa les cimes violettes des montagnes qui se profilaient au loin.

— Jenny ?

Elle se tourna vers Mike et sentit son cœur s'emballer. Il paraissait… peu sûr de lui. Une expression qu'elle n'avait jamais vue chez lui auparavant. Et qui ne manqua pas de la choquer. Mais il fallait absolument qu'elle résiste au besoin instinctif qui s'était emparé d'elle : celui de le prendre dans ses bras pour essayer de l'apaiser.

— Je me sens complètement idiot, marmonna-t-il en se passant une main dans les cheveux.

— Ce n'est pas le genre de chose que je m'attendais à entendre.

Il eut un petit rire dépourvu de gaieté.

— Mais il n'y a pas que ça, précisa-t-il en s'approchant d'elle d'un pas hésitant. Je n'arrive pas à croire que ton oncle ait débarqué ici, comme ça.

— Tu es fâché parce qu'il est venu me voir ?

— Pas parce qu'il est venu te voir, mais parce que son arrivée n'est pas bien tombée.

Elle se sentait à présent complètement déstabilisée.

— Je me suis trompé sur toi, Jenny. Depuis le début. Je me suis trompé et, au fond de moi, je le savais, mais je ne voulais pas l'admettre.

Il s'interrompit, la regarda dans les yeux et poursuivit :

— Tout comme j'ai su que je t'aimais dès l'instant où je t'ai vue, dans ce bar à Phoenix.

Sentant tout à coup ses genoux flancher, elle s'adossa au mur qui se trouvait derrière elle.

Il l'aimait…

Elle n'avait jamais pensé l'entendre un jour prononcer ces mots. La veille encore, cet aveu l'aurait rendue folle de joie. Mais il était trop tard, désormais.

— Mike…

— Ecoute-moi, dit-il en s'approchant d'elle pour poser ses mains sur ses hanches. Je voudrais que tu m'épouses, Jenny. Ce n'est pas un ordre, c'est une proposition. Ce n'est pas pour le bébé, pour l'honneur ou pour quoi que ce soit d'autre, mais juste parce que je t'aime. Je veux m'endormir dans tes bras tous les soirs et me réveiller à tes côtés tous les matins. Et ce pour le restant de mes jours.

Ses yeux étaient rivés aux siens, et elle voyait en eux une honnêteté absolue. Mais elle regrettait qu'il n'ait pas prononcé ces mots plus tôt.

— Tu es la femme de ma vie, Jenny. C'est peut-être pour ça que j'ai tant résisté. J'avais peur. Car à chaque fois que je considérais mon avenir, tu étais là.

La chaleur de ses mains posées sur sa taille se répandait lentement en elle.

— Il n'y a pas d'avenir sans toi, Jenny. Il n'y a pas de moi sans toi.

Elle essaya de bouger les lèvres, mais tout ce qu'elle

aurait pu dire était comme étouffé par les sanglots qu'elle sentait monter dans sa gorge.

— Il faut que tu me croies, Jenny, dit-il d'une voix pressante. Je t'aime. J'ai confiance en toi. S'il te plaît, épouse-moi.

C'était tout ce qu'elle avait toujours voulu. L'homme qu'elle aimait était en train de lui dire les mots qu'elle avait toujours espéré entendre... Mais c'était trop tard. Comment pouvait-elle le croire alors qu'il avait poussé son oncle à vendre sa société dans le seul et unique but de lui faire comprendre qu'elle était honnête ? Quelle ironie du sort ! Il venait de lui donner tout ce qu'elle avait espéré, mais elle ne pouvait rien prendre de ce qu'il lui offrait.

Un horrible sentiment de déception la submergea, sentiment qu'elle ne put contenir.

— Non, Mike, je ne t'épouserai pas. Je ne peux pas. Si tu dis cela maintenant, c'est seulement parce que mon oncle vient de te prouver que tes soupçons sur moi n'étaient pas fondés.

— Non, ce n'est pas vrai.

Elle secoua vivement la tête.

— J'aurais voulu que tu me dises tout ça avant que mon oncle arrive. Si cela avait été le cas, je t'aurais cru.

— C'est pour ça que je t'ai dit que son arrivée était mal tombée. Je voulais te parler ce soir.

Il secoua la tête et laissa échapper un petit rire triste.

— J'avais tout prévu. Le clair de lune, les chandelles...

— Tu dis cela pour essayer de te rattraper.

— Non ! s'exclama-t-il. Tu te trompes. Ecoute, j'ai compris beaucoup de choses l'autre soir, à la piscine.

Comme s'il avait peur qu'elle s'en aille, il la serra plus fort contre lui.

— C'est là que je me suis réveillé, Jenny. Quand

tu m'as dit que tu n'avais pas besoin de moi. Que tu n'avais pas besoin de mon argent. Quand tu m'as fait comprendre que tu n'étais pas le genre de femme à piéger un homme pour quoi que ce soit. Tu es la femme la plus forte que j'aie jamais connue. Tu es belle, talentueuse et suffisamment intelligente pour ne pas te laisser berner par mes idioties.

Elle eut envie de rire, mais sa gorge, serrée par l'émotion, l'en empêcha.

— Tu es tout pour moi, Jenny. Il faut que tu me croies.

— J'aimerais pouvoir. J'aimerais vraiment.

Il eut un bref sourire.

— Alors laisse-moi te convaincre, dit-il en fouillant dans sa poche pour en sortir un petit écrin tapissé de velours bleu.

Les yeux rivés aux siens, elle retint son souffle. Il lui avait dit la vérité. Cette bague, il l'avait forcément achetée avant l'arrivée de son oncle. Il lui avait dit la vérité. Et c'était magnifique.

Lentement, il ouvrit le couvercle, révélant un diamant jaune canari sur une bague en or blanc qui lui donna l'impression d'avoir été conçue spécialement pour elle.

— Quand l'as-tu… ?

— Hier. Soit le lendemain de notre discussion à la piscine. Je suis allé chez le plus grand bijoutier de Las Vegas pour la chercher.

Du bout de ses doigts, il releva son menton de sorte que ses yeux pleins de larmes rencontrent les siens.

— J'ai compris, *avant* l'arrivée de ton oncle, que je t'aimais. Que j'avais confiance en toi. Que j'avais besoin de toi, Jenny. Et que ce serait toujours le cas.

— Mike…, murmura-t-elle d'une voix tremblante.

Prenant sa main dans la sienne, il glissa à son doigt la bague, sur laquelle il déposa un baiser.

— Dis-moi que tu vas la garder, Jenny. Que tu vas me garder.

C'était un véritable cadeau du ciel : tout à coup, elle avait tout ce qu'elle avait toujours désiré. Relevant la tête, elle vit briller dans ses yeux le reflet de son amour.

— Jenny ? insista-t-il timidement.

— Je t'aime, Mike. Depuis le premier soir où nous nous sommes rencontrés à Phoenix, finit-elle par dire en se haussant sur la pointe des pieds pour déposer sur ses lèvres un tendre baiser. Je garde la bague. Je te garde toi. Et je promets de toujours t'aimer.

Tout en poussant un soupir de soulagement, il l'attira plus près de lui.

Dans la chaleur de ses bras, elle nicha sa tête dans le creux de son épaule.

— Tu es la meilleure chose qui me soit jamais arrivée, Jenny, et je jure que jamais je ne te laisserai partir.

Epilogue

Quelques mois plus tard, le mariage eut lieu au Balboa Pavilion. Bâti en 1905, le bâtiment de style victorien, classé monument historique, était l'un des plus célèbres de Californie. La grande salle de bal, avec ses immenses baies vitrées, offrait une vue spectaculaire sur l'un des plus grands ports de plaisance du monde.

Les flammes des chandelles vacillaient sur les nappes de lin blanc qui couvraient les tables, et des cascades de fleurs jaunes et blanches venaient compléter la décoration. Devant les fenêtres, de petits lampions avaient été allumés, évoquant des milliers de petites fées.

— Tout a été parfait, dit Jenny en se penchant vers son époux.

Le bras autour de sa taille, la main tendrement posée sur son ventre, il déposa un baiser sur la courbe de sa gorge.

— C'est vrai. Et tu es la plus belle mariée qui ait jamais existé.

Elle se sentait en effet très jolie dans sa robe au col danseuse, très ajustée au niveau de la taille et retombant en cascades de satin sur le sol. Mike, naturellement, portait merveilleusement bien le smoking.

— Je t'aime, murmura-t-elle en relevant la tête pour le regarder.

Il lui sourit et l'embrassa à nouveau.

— Je ne me lasserai jamais de l'entendre. Je t'aime aussi. Et je vais m'efforcer de te le prouver chaque jour qui passera. Je suis ravi de cette lune de miel, qui va me permettre de passer un peu de temps seul avec toi.

— Tu n'as pas pris de vacances depuis des années. Je n'arrive pas à croire que tu aies décidé de passer une semaine en Irlande et une semaine à Londres.

— Et une troisième semaine en Toscane, précisa-t-il d'une voix enjouée.

— C'est vrai ? s'exclama-t-elle en le serrant contre elle. Tu ne me l'avais pas dit…

— Surprise ! Je pense que tout artiste devrait visiter l'Italie un jour.

— Tout à fait d'accord !

Elle n'aurait pas pu être plus heureuse. Elle avait un mari qui l'aimait, un bébé en bonne santé qui naîtrait dans quelques mois, un travail qu'elle adorait et des tas d'amis venus partager sa joie avec elle.

— On pourrait peut-être acheter une maison là-bas, murmura-t-elle pensivement

— Pourquoi pas ? On emmènerait les enfants en vacances tous les ans.

— *Les* enfants ? répéta-t-elle en souriant.

— On ne va tout de même pas s'arrêter à un.

— Non, c'est vrai, reconnut-elle en se retournant pour observer leurs invités, qui dansaient sur le parquet de chêne.

— Ton oncle et Betty s'amusent bien, on dirait.

Elle sourit en regardant le couple qui dansait à côté des parents de Mike. Ils s'étaient si bien entendus, tous les quatre, qu'ils avaient déjà projeté de partir en week-end ensemble dans le vignoble californien. Leur famille était grande, et elle allait encore s'agrandir.

— Vous devriez danser, leur suggéra Brady qui s'était approché d'eux avec Aine.

Leur bébé était resté en Irlande avec la mère d'Aine, et s'ils se faisaient un peu de souci pour lui, ils paraissaient néanmoins ravis de cette petite pause.

— Et vous ? demanda Mike en riant.

— On allait le faire. Mais d'abord, on voulait vous adresser tous nos vœux de bonheur.

— Merci, dit Mike en prenant son ami d'enfance dans ses bras.

— Qu'est-ce que c'est que ça ? lança Sean en s'approchant d'eux. Vous vous faites des mamours sans moi ?

— Où étais-tu ? demanda Mike. Ça fait une heure que je ne t'ai pas vu.

— Au téléphone avec cette satanée entrepreneuse, marmonna-t-il en baissant les yeux vers son portable, visiblement irrité.

Mike et Brady échangèrent un regard entendu.

— Oh. Et comment va la très efficace Kate ? s'enquit Brady.

— Elle va finir par me rendre fou. Mais passons. Tu m'accordes cette danse, Jenny ?

D'un geste protecteur, Mike la serra plus fort contre lui.

— Trouve-toi quelqu'un d'autre. Mme Ryan me doit une danse.

— C'est d'accord, monsieur Ryan, répondit Jenny en riant.

Une fois sur la piste de danse, elle passa ses bras autour de son cou et le serra fort contre elle. Dans la nuit étoilée, le bonheur étincelait, à l'image des petits lampions féeriques qui scintillaient dans le noir. Et dans son cœur.

AMY WOODS

Une surprenante nouvelle

Traduction française de
PATRICIA RADISSON

Passions

HARLEQUIN

Titre original :
FINDING HIS LONE STAR LOVE

- 1 -

Lucy Monroe en convenait bien volontiers : personne ne cuisinait aussi mal qu'elle dans toute la ville de Peach Leaf, Texas. Peut-être même dans tous les Etats-Unis.

Et pourtant, par un triste concours de circonstances, elle se retrouvait enfermée dans la cuisine du Lonestar Café de l'observatoire, à préparer dans l'urgence le déjeuner de la troupe d'écoliers qui venait d'envahir le restaurant. Une trentaine d'enfants encadrés par leurs professeurs débordés et quelques parents, que la lenteur du service commençait à impatienter. Pour tout dire, Lucy n'était pas non plus une serveuse hors pair. En cet instant précis, elle n'en pouvait plus. Même si le moment était mal choisi, elle rêvait d'une pause.

Ou d'un miracle.

Mais ni l'une ni l'autre ne se profilaient à l'horizon.

Son carnet de commandes en main, elle enfila un tablier, le noua par-dessus sa jupe cintrée jaune citron et se lança. Allez, il fallait parer au plus pressé. Elle commença donc à couper de fines tranches de pain et des lamelles de fromage pour préparer des sandwichs acceptables tout en surveillant les tartelettes aux pommes et au caramel qu'elle avait enfournées un peu plus tôt. C'était la recette de sa grand-mère, la seule qu'elle maîtrisait à peu près.

Contrairement à sa chère grand-mère Nana, elle se

sentait aussi à l'aise dans une cuisine qu'un éléphant dans un magasin de porcelaine. C'est d'ailleurs pour ça qu'elle avait fait appel à un chef compétent pour le café de l'observatoire. Hélas, Axel, son cuisinier, un homme plein d'expérience et d'une intelligence rare, était à l'heure actuelle dans un avion pour Las Vegas, en compagnie d'une fille qu'il avait rencontrée la semaine précédente.

Parti ! Volatilisé !

Lucy continua de découper rageusement ses tranches de pain. Que le diable l'emporte ! Il aurait quand même pu la prévenir avant de disparaître comme ça. Pas de doute : il n'avait pas réfléchi avant de prendre cette décision ! Toujours est-il qu'il l'avait appelée la veille au soir et lui avait donné sa démission sans autre forme de procès. Il venait de rencontrer l'amour de sa vie, se sentait au septième ciel, filait vers Las Vegas et se moquait pas mal de la pagaille qu'il laissait derrière lui. Au moment où il s'excusait de la prévenir si tard, elle s'était mordu la langue pour ne pas lui dire ses quatre vérités. Elle n'avait jamais entendu des excuses aussi pitoyables !

Lucy devait bien l'admettre : cette nouvelle l'affectait terriblement. Et dire qu'elle n'avait pas eu une seconde pour lui chercher un remplaçant. Résultat : contrainte et forcée, elle avait délaissé ses tâches habituelles de directrice de l'observatoire et pris le taureau par les cornes. Trouver un nouveau chef devenait une priorité absolue. Elle s'y attellerait dès qu'elle aurait apaisé la faim du troupeau humain qui s'agitait dans la salle.

Un bruit se fit soudain entendre dans la cuisine. En levant les yeux, elle vit alors Tessa, sa collègue et meilleure amie, qui lui lançait un regard étonné.

— Il y a une foule en colère de l'autre côté de cette

porte, Lu, annonça-t-elle. Si nous ne leur donnons rien à se mettre sous la dent, ils vont se déchaîner.

— Tout ça à cause d'Axel !

Lucy continua à couper des tranches de pain à toute vitesse. Pourtant, ce qu'elle lut à cet instant sur le visage de Tessa l'alerta. Bras croisés, bouche serrée, son amie plissait le nez, l'air intrigué.

— Quoi ? Qu'est-ce qu'il se passe ? demanda-t-elle tout en poursuivant son travail.

— Dis-moi, Lu… Je sais qu'il y a un moment que tu n'as pas eu de petit ami, mais… ça ne sert à rien de mettre le feu pour faire venir un pompier sexy.

Lucy fronça les sourcils. A quoi rimait ce charabia ? Soudain, une odeur caractéristique de farine et de beurre brûlés lui chatouilla les narines. Oh non, pas ça !

— Bon sang ! cria-t-elle en lâchant pain et couteau. Mon dessert !

Elle se précipita vers le four, comme si sa vie en dépendait.

Un instant, elle se figea sur place, incapable d'ouvrir le four et d'affronter la vue du carnage. Allons, il fallait qu'elle se ressaisisse !

Tessa se précipita alors à la rescousse et lui tendit des maniques.

— Sors la lèchefrite, lui lança-t-elle. Je vais essayer de sauver ce qui peut l'être. Si nous faisons vite, nous pourrons utiliser les tartelettes du dessus !

Lucy suivit les instructions de Tessa. Mais très vite, elle entendit son amie dire d'un ton navré :

— Lu… Je m'y connais encore moins que toi en cuisine, et ce n'est pas peu dire. Mais… j'ai l'impression que… rien n'est récupérable, dans tout ça…

Lucy baissa les épaules. Elle demeura un instant immobile puis, dans un sursaut de volonté, elle reprit son couteau à pain. Tant pis pour les visiteurs, pas de dessert aujourd'hui ! Ils n'auraient que des sandwichs à se mettre sous la dent, voilà tout ! Il n'était pas question de laisser tous ces élèves et leurs professeurs repartir le ventre vide. Inutile de donner une image déplorable du Lonestar Café. Elle avait déjà suffisamment de problèmes financiers à gérer. Ce n'était pas le moment d'en rajouter.

Le Lonestar Café avait toujours eu la réputation de bien accueillir les visiteurs. Il proposait une cuisine conviviale et de bonne qualité. Cela datait de l'époque où son père avait la charge de l'observatoire dans son ensemble. Toute sa vie, il s'était démené, avait fait en sorte que tout soit parfait, des télescopes jusqu'au bon fonctionnement du café.

Lucy sentit son cœur se serrer. Son cher papa avait passé une thèse en astronomie. Mais au lieu de devenir professeur dans une grande université, comme l'y incitaient ses enseignants et son épouse, il avait accepté la proposition de l'université du Texas de diriger l'observatoire. C'était quelques mois avant sa naissance.

Elle eut un sourire ému. Elle avait tout appris de son père. Cela avait commencé toute petite fille, quand elle trottinait derrière lui pour vérifier chaque jour les télescopes. Elle avait appris le nom des constellations et des galaxies. C'est là qu'elle avait rêvé de devenir astronome. Elle avait continué de s'y intéresser durant les années de lycée et ses premières années à l'université. Elle avait alors entamé ses propres recherches.

La mort de son père était survenue le lendemain de ses vingt-cinq ans. Effondrée de cette perte, elle avait convaincu l'université de lui concéder la gestion de l'observatoire. A charge pour elle de trouver une personne diplômée en astronomie pour en être le directeur officiel. A son grand regret, elle n'avait pas eu le temps d'achever ses propres études. Cependant elle connaissait cet endroit mieux que les scientifiques eux-mêmes.

Néanmoins, c'était le professeur Blake, avec son air de père Noël, qui avait été nommé officiellement directeur de l'observatoire. Mais il avait tellement confiance en elle qu'il la laissait diriger les choses à sa manière. Certes, elle n'était pas une scientifique chevronnée, et elle le regrettait profondément, d'ailleurs. Néanmoins, sa position au sein de l'équipe de l'observatoire lui apportait beaucoup de satisfactions. Mais si elle avait un regret, c'était bien de ne pas avoir achevé ses études.

Seulement, elle n'avait pas de temps pour les regrets.

Tout bien pesé, non seulement l'observatoire représentait son gagne-pain et le moyen d'élever sa nièce Shiloh, mais c'était là qu'elle se sentait chez elle. Elle y avait grandi, elle y avait appris à garder la tête dans les étoiles quand les choses allaient mal dans sa vie. C'était le seul endroit de la planète où elle se sentait bien. Elle ferait son maximum pour que tout continue à fonctionner, même si les fonds étaient en baisse. Et même si les tensions avec Shiloh mettaient parfois sa patience à rude épreuve.

Même si un chef fou d'amour venait de lui faire faux bond à l'improviste.

Bref, à cet instant, il s'agissait de ne pas trahir la mémoire de son père, le seul homme qui lui ait inspiré une confiance aveugle.

Lucy sentit alors Tessa approcher et lui enlever le couteau des mains. Les larmes aux yeux, elle la laissa faire et s'effondra sur une chaise, le visage enfoui dans ses mains. C'était trop dur !

— Papa serait horriblement déçu s'il voyait ce bazar,

dit-elle en ravalant ses pleurs. Jamais il n'aurait laissé une chose pareille se produire.

Elle regarda Tessa à travers ses cheveux tout emmêlés.

— Chut, lui souffla son amie en s'accroupissant à côté d'elle. Tu sais que ce n'est pas vrai, ma puce. Tu es dans une mauvaise passe, c'est tout. En plus, tu es stressée comme pas deux. Ton père t'aimait encore davantage que ses étoiles chéries, et ce n'est pas rien !

Tessa releva le menton de Lucy et la regarda au fond des yeux, un sourire coquin au coin des lèvres.

— En tout cas, je sais une chose, poursuivit-elle d'un ton malicieux. Jamais il ne t'aurait autorisée à mettre un pied dans cette cuisine, même pour faire une tarte aux pommes ! Ça, c'est sûr et certain !

Devant le sourire de Tessa, Lucy sentit sa poitrine se décontracter un peu. Elle essuya ses larmes. Le son mélodieux du rire de Tessa lui arracha presque un sourire.

Presque. Pas tout à fait.

Autant être lucide : même si sa meilleure amie savait lui rendre courage, le monde extérieur l'attendait toujours au tournant. Il fallait faire quelque chose pour les enfants affamés dans la salle. Sans compter que, pour couronner le tout, des visites étaient prévues tout l'après-midi, il y avait les impôts à payer avant la fin de la journée et il fallait aller chercher Shiloh à l'arrêt du bus scolaire.

Lucy ferma les yeux. Elle poussa un soupir et se concentra sur sa respiration. Ce n'était pas la première fois que des responsabilités excessives l'écrasaient. Et ce ne serait pas la dernière. Dans l'immédiat, il n'y avait qu'à se ressaisir et faire ces fichus sandwichs. Et tant pis si son cher café ressemblait à un vulgaire fast-food.

Ensuite elle s'occuperait du reste.

*
* *

Autant être honnête : Sam Haynes avait fait ce qu'on appelle une erreur d'appréciation. En débarquant de l'avion à Houston ce matin, il avait sous-estimé le trajet en voiture de location jusqu'à Austin. La route se déroulait, rectiligne et monotone, à l'exception de quelques petites villes perdues dans l'immensité. Comble de malheur, pas un Starbucks en vue ! Il n'y avait guère que de petites collines couvertes de buissons, mais surtout, de la terre et de la poussière. Et de vraies boules d'herbe sauvage. Dire qu'il n'en avait vu voler que dans les vieux westerns en noir et blanc de son grand-père bien-aimé. Ici, comme dans les films, tout était plus grand qu'ailleurs, y compris les autoroutes, hélas.

De longues minutes après avoir quitté Austin, Sam poussa un soupir de soulagement : il venait de dépasser le panneau indiquant la direction de Peach Leaf, une vraie oasis dans le désert ! Il ne devait plus être loin, maintenant. Du moins il l'espérait. New-Yorkais dans l'âme, il n'avait pas l'habitude de conduire aussi longtemps. En plus, la faim le tenaillait, il aurait tout donné pour un café fort et un bon lit.

Bon sang, ce voyage avait été pénible à plus d'un titre.

S'il était parti, c'était à la suite d'un coup de fil du détective privé qu'il avait engagé quelques semaines plus tôt pour découvrir l'adresse de sa fille. L'appel était arrivé à point nommé, car il commençait à désespérer. Mais le détective avait été formel : cette fois-ci, il l'avait enfin trouvée.

Il avait pris quelques jours pour digérer la nouvelle, puis il avait établi un plan. Il avait averti les chefs de ses trois restaurants : jusqu'à nouvel ordre, il ne serait joignable que par mail. Dans la foulée, il avait pris un billet d'avion pour Houston et retenu une chambre au Bed and Breakfast d'une certaine Mme Frederickson, dans la petite localité de Peach Leaf.

Et maintenant il se trouvait au beau milieu du Texas, à la recherche d'une fille qu'il n'avait jamais rencontrée. Une fille dont, quelques jours plus tôt, il ne soupçonnait même pas l'existence.

La plupart de ses amis intimes l'avaient traité de fou, on lui avait formellement déconseillé de se lancer dans l'aventure. Mais qu'importait. Parfois, il fallait savoir suivre son instinct.

A l'idée de voir sa fille pour la première fois, Sam sentit son cœur se gonfler dans sa poitrine. Lui ressemblerait-elle ? Aurait-elle ses cheveux châtains, ses yeux marron ? Ou plutôt les yeux verts de Jennifer, ses cheveux longs roux et bouclés, son nez parsemé de taches de rousseur ? Aimerait-elle la littérature et la musique autant que lui ? Aurait-elle plutôt les goûts de sa mystérieuse maman, qu'il avait à peine connue ?

Autant le dire tout net : s'il était devenu père, c'était à la suite d'une aventure d'une nuit. Jennifer ne lui avait dévoilé son prénom qu'à contrecœur. Il était jeune, à l'époque, tout juste entré à l'université. Elle ne représentait dans sa vie qu'une conquête parmi d'autres. Par la suite il avait mûri et adopté une conduite plus raisonnable.

Pourtant, le mois dernier, à grande sa stupéfaction, il avait reçu un coup de téléphone de Jennifer. Elle lui avait annoncé une nouvelle qu'elle gardait pour elle depuis des années. Mais voilà que du jour au lendemain, elle ressentait le besoin de la lui révéler. A vrai dire, il s'était attendu à tout sauf à ça. Avant qu'elle ne prononce les mots qui allaient changer le cours de sa vie, il s'était perdu en conjectures : Jennifer téléphonait-elle pour lui demander une aide quelconque ? Voulait-elle boire un verre avec lui, après toutes ces années ? Avait-elle besoin d'argent ? Mais non… La jolie rousse aux taches de rousseur, dont il ne connaissait même pas le nom de famille, lui avait annoncé une nouvelle bouleversante.

Ils avaient une fille.

Il avait une fille.

Sam serra le volant. Pendant que Jennifer lui expliquait la situation, il avait eu l'impression de nager en plein brouillard. La colère l'empêchait presque de respirer. A l'entendre, elle avait confié leur bébé à sa jeune sœur, à une époque où elle était fauchée, au chômage, « perdue »… Que voulait-elle dire par là ? Mystère. De toute façon, il n'en avait cure. Tout ce qui le préoccupait, c'était cette annonce stupéfiante. Manifestement, une récente hospitalisation en service psychiatrique semblait avoir poussé Jennifer à remettre en question certains de ses choix. Elle était parvenue à la conclusion que, si leur fille n'avait pas de mère, elle méritait au moins la chance de connaître son père.

L'enfant s'appelait Shiloh, et Jennifer l'avait confiée à sa sœur alors qu'elle était encore un nourrisson. Au téléphone, elle avait avoué n'avoir rendu qu'une seule visite à leur enfant. Après quoi, elle n'y était plus jamais retournée. Cette unique visite avait été une erreur, s'était-elle contentée de dire. Jamais elle ne la commettrait à nouveau. Elle n'était même pas sûre que sa sœur et sa fille vivaient encore au même endroit. Elle avait plusieurs fois composé leur numéro de téléphone, mais personne ne répondait. Elle n'avait pas poussé plus loin ses investigations, préférant les laisser tranquilles.

Sam devait bien l'avouer : cette nouvelle l'avait bouleversé. Il avait passé le week-end à arpenter son appartement, à se creuser la tête pour savoir quoi faire.

Jennifer avait abandonné leur enfant, c'était son problème à elle. Mais lui n'envisageait pas une seconde d'adopter la même attitude. Jeune homme, il avait agi de façon irresponsable. Heureusement, entre-temps, il s'était amendé. Pas question de ne pas remplir son devoir.

D'ailleurs, de quel droit Jennifer lui avait-elle caché l'existence de leur fille ? Pourquoi avait-elle affronté seule cette situation ? Certes, à l'époque des faits, il était jeune et insouciant. Seulement, s'il avait été prévenu d'emblée, il aurait répondu présent pour Jennifer et la petite, il n'en doutait pas un instant. Il aurait tout fait pour aider la jeune femme à élever leur enfant. Jamais au grand jamais il n'aurait abandonné sa progéniture.

La route se rétrécissait, Sam se concentra. Il devait y être. Observatoire Lonestar, lut-il sur le grand portail ouvert. Que faisait sa fille dans un endroit pareil ? Il n'en avait pas la moindre idée. Dans un premier temps, le détective privé n'avait découvert que son adresse. Selon lui, elle vivait là, même s'il ignorait pourquoi. Bon sang, il y avait de quoi se poser des questions. Que faisait une fillette de douze ans dans un centre scientifique ? Quels secrets allait-il encore découvrir ? Mystère total.

Il ne voyait qu'une chose à faire : essayer d'en apprendre le plus possible à son sujet, sans se préoccuper des conséquences.

Sam engagea son pick-up de location dans le chemin de terre. Il aperçut de gros objets blancs parmi les bâtiments qui jalonnaient la prairie verte. Vu l'endroit où ils se trouvaient, ce devait être des télescopes. Malgré la fatigue et l'impatience qui le tenaillait, il admira la beauté paisible du lieu. Des bosquets recouvraient des espaces entiers, tandis que les télescopes blancs ponctuaient l'étendue verte, pareils à des fleurs géantes. Il ne connaissait rien à l'astronomie, mais si cela passionnait sa fille, il trouverait le moyen de s'y intéresser lui aussi.

Oui, il ferait tout pour la connaître. Même s'il valait mieux observer une certaine prudence. Il ne révélerait à personne leur lien familial avant d'être prêt à le faire. Avant qu'*elle* soit prête. Il prendrait une semaine pour l'étudier, ne serait-ce qu'à distance. Il s'assurerait qu'elle allait bien, qu'elle était en bonne santé, entourée d'amour. Ensuite, il rentrerait chez lui et déciderait d'un plan d'action.

Il s'était renseigné sur ses droits légaux mais il n'entreprendrait rien qui risque de blesser son enfant. Si sa petite fille ne voulait pas de lui, cela lui crèverait le cœur, certes, mais il s'efforcerait de l'accepter. Néanmoins, pourvu qu'un tel chagrin lui soit épargné !

Les arbres se faisaient rares au fur et à mesure qu'il approchait de ce qui ressemblait au bâtiment principal.

Sam se gara à côté de deux bus scolaires. Il sentit son cœur se mettre à battre la chamade, il respirait soudain avec difficulté.

Il avait passé des heures à prévoir ce qu'il dirait pour expliquer sa brusque intrusion. Maintenant que l'heure de vérité approchait, il commençait à douter. Ses amis avaient-ils raison ? Etait-il fou de se jeter dans cette histoire tête baissée ? Pour tout dire, la patience n'était pas son fort. Il agissait peut-être de manière irraisonnée… Mais enfin… que se serait-il passé s'il avait eu un numéro de téléphone où joindre son enfant ? Il aurait à distance exposé la situation et se serait peut-être entendu opposer un refus de le rencontrer. Inutile de le nier : cette hypothèse douloureuse lui donnait des sueurs froides. La stratégie qu'il adoptait était bien meilleure a priori. En venant ici incognito, il pouvait au moins voir sa fille. Il lui offrait la possibilité de choisir si elle voulait de lui ou pas.

Sam prit une grande inspiration. Sa fille lui permettrait-elle d'être son père ? Comment le savoir ? En tout cas, il *était* père, à présent. Il avait suivi son instinct et c'était une bonne chose. S'il avait son mot à dire dans l'histoire, il s'arrangerait pour que sa fille grandisse avec lui, enfin.

Allez, son choix était fait. Plus question de reculer. Il ne lui restait plus qu'à sortir de la voiture. Se diriger vers le bâtiment. Frapper à la porte. Pas à pas, il entrerait dans la vie de la petite en espérant qu'elle lui fasse une place.

Et qu'elle l'autorise à y rester.

Quand Sam vit la porte s'ouvrir, il tomba nez à nez avec le père Noël. Ou plutôt, comme l'indiquait la plaque sur la porte, le Pr Edward Blake.

— Je suis le directeur de l'observatoire, lui expliqua celui-ci. Mais pour de plus amples informations, il faudra vous adresser à Lucy Monroe. C'est elle le véritable cerveau de ces lieux, si j'ose dire.

Vraiment ? Si Edward Blake, professeur d'université, astronome accompli, lauréat de plusieurs prix encadrés aux murs de son bureau, n'était pas le « cerveau » des lieux, cette Lucy Monroe devait être un génie !

Au prix d'un effort surhumain, Sam ravala son angoisse et parvint à articuler :

— Dans ce cas, pouvez-vous me diriger vers elle ?

Le professeur le détailla de la tête aux pieds, comme le ferait un père sourcilleux devant le premier petit ami de sa fille, et non comme le directeur d'un institut de recherche.

— Le moment est mal choisi, rétorqua-t-il en croisant les bras sur son ample bedaine.

Sam réprima le sourire qui lui montait aux lèvres. Ce gros bonhomme n'aurait pas davantage ressemblé au Père Noël s'il avait porté un costume rouge !

— Pourquoi donc ? s'enquit-il.

Sa patience était mise à rude épreuve, certes, mais ce n'était pas le moment de laisser paraître quoi que ce soit. Pas question de réduire à néant ses chances de rencontrer sa fille.

Blake s'appuya au rebord de son bureau. Les bras toujours croisés, il le toisa. Sam sentit son pouls s'accélérer, le souffle lui manquer. Il réfléchissait à cent à l'heure. Bon sang, c'était comme s'il se retrouvait à la barre du tribunal !

— Mais dites-moi..., reprit Blake avec un regard inquisiteur, que faites-vous ici exactement, monsieur Haynes ?

Sam recula de quelques pas. Allons, inutile de paniquer. Le temps de respirer à fond, il se lança :

— Disons... que je suis à la recherche de quelques informations, c'est tout. Je suis ici pour affaires, j'ai besoin de rencontrer quelqu'un qui connaisse les lieux de A à Z. Et puisque vous me dites que Mlle Monroe est l'âme des lieux, j'aimerais m'entretenir avec elle quelques instants. Ensuite, je la laisserai en paix.

Le professeur se redressa, manifestement assez peu satisfait de cette réponse. Sam le vit esquisser un petit sourire.

— Entendu, monsieur Haynes, je vous conduis vers elle. Pardonnez-moi ma prudence excessive.

Le visage du scientifique prit une expression sincèrement inquiète. Il reprit :

— Vous savez, Lucy est un peu... spéciale. Elle est

indispensable à l'observatoire, et les choses sont parfois difficiles pour elle. J'essaie de la protéger comme je peux. J'en fais sans doute un peu trop. Je voulais juste m'assurer que vous n'aviez pas de mauvaises intentions en dépit de vos beaux atours.

Sam abaissa les yeux sur son coûteux costume italien. Sans doute un peu trop apprêté pour les lieux, autant être honnête. Dans les alentours, les gens portaient des vêtements moins recherchés, c'était le moins qu'on puisse dire. Il ne fallait pas négliger ce détail. S'il décidait de rester ici quelque temps, il achèterait des vêtements plus appropriés. Mais attention ! Inutile de se monter la tête à l'avance. Il y avait de forts risques pour que sa fille lui ferme la porte au nez.

Lucy constituerait sans doute le premier obstacle si, toutefois, elle connaissait l'existence de sa fille. Selon le détective privé, quelqu'un qui ressemblait à une version plus âgée de l'enfant sur la photo fournie par Jennifer avait été souvent aperçu à l'observatoire. Mais tout cela ne prouvait pas grand-chose, il avançait dans le noir. Pas besoin d'être grand clerc pour comprendre que sa situation impliquait un certain nombre de difficultés. Une chose paraissait pourtant certaine : jamais il n'aurait une aussi bonne occasion qu'ici de voir ce que son avenir de père lui réservait.

Autant se jeter à l'eau, et apprendre à nager ensuite. C'était une stratégie comme une autre, après tout.

De toute façon, il n'existait pas d'alternative. Alors autant qu'il fasse confiance à son instinct pour se diriger dans la bonne direction.

— Je ne dissimule rien, professeur Blake, assura-t-il. Voyez-vous, je suis dans la restauration. A ce titre, je m'intéresse au café de l'observatoire pour des recherches de marchés. Rien de plus.

Sam feignit de consulter sa montre pour éviter le regard scrutateur du scientifique. Il n'avait pas l'habitude de mentir, même à des étrangers. Falsifier la vérité dans cette situation particulière le mettait légèrement mal à l'aise, en dépit du fait qu'il n'aurait plus tellement affaire au Pr Blake à partir de maintenant.

L'important, c'était de mettre les gens de Peach Leaf de son côté, en cas de problèmes. Si sa petite fille trouvait un intérêt à découvrir son père, il était fermement décidé à aménager sa vie en conséquence pour se consacrer aux besoins de son enfant. Sa carrière professionnelle lui offrait le luxe d'une grande flexibilité, il en userait au mieux. Pas question pour autant de bouleverser la vie de Shiloh, il s'arrangerait seulement pour faire partie de son environnement autant que possible. Si elle l'acceptait, il mettrait tout en œuvre pour réussir. Et dans une petite ville comme Peach Leaf, cela impliquait d'entretenir de bons rapports avec tous les habitants.

— Dans ce cas, répondit Blake en contournant son bureau avec la lenteur que lui imposait sa lourde carcasse, je vous conduis au bureau de Lucy.

Celui-ci ouvrit la porte et l'invita à le suivre.

En cours de route, histoire de se défaire de la tension qui l'habitait depuis plusieurs jours, Sam s'enquit en souriant :

— Avez-vous déjà pensé à vous déguiser en Père Noël au moment des fêtes ? Je suis sûr que les enfants adoreraient votre barbe. Je ne dois pas être le premier à vous faire cette suggestion !

Le Pr Blake éclata de rire et répondit :

— Bien sûr ! En fait, chaque année nous dressons un grand arbre de Noël sous le porche du café et nous l'éclairons d'ampoules multicolores. Je me déguise en Père Noël et tout le monde s'amuse beaucoup. Vous savez, ici, c'est un lieu dédié à la science, et toute notre petite communauté y vit en bonne entente. Il est très important que ce soit un endroit animé et vivant. D'ailleurs, quand vous aurez rencontré Lucy Monroe, revenez me voir. Un de nos stagiaires vous fera volontiers visiter l'observatoire. Ça vaut le coup, vous savez. Au fait… notre musée reçoit bien volontiers les donations, acheva-t-il avec un petit clin d'œil malicieux.

Sam esquissa un sourire. Enfant, il n'avait jamais cru au Père Noël. La période des fêtes n'était d'ailleurs jamais très réjouissante. Etant seule, sa mère travaillait dur pour faire bouillir la marmite, elle avait peu de temps à consacrer aux loisirs.

Mais qui sait… Le moment était peut-être venu de croire aux miracles ! S'il recevait de l'aide, du ciel ou d'ailleurs, il l'accepterait aussitôt.

Après avoir cherché Lucy Monroe dans tout le musée, Blake suggéra le café de l'observatoire.

Il poussa la porte du Lonestar Café en expliquant :

— Si elle n'est pas à l'observatoire, elle ne peut être qu'ici. Je me demande d'ailleurs ce qu'elle peut bien faire ici. Depuis que je la connais, je ne l'ai jamais vue faire une pause en semaine. En plus, tout le monde sait que Lucy Monroe n'a pas sa place dans une cuisine. Ce n'est vraiment pas son domaine !

Sam resta perplexe en voyant le professeur pouffer de rire. Sans doute était-ce une *private joke*, qu'il ne pouvait donc pas comprendre… Enfin, il valait mieux qu'il s'habitue à l'ambiance bon enfant de cette petite ville du Texas. A New York, les gens pouvaient se montrer amicaux, mais de façon très différente. Ils vivaient à un autre rythme, beaucoup plus rapide. Ici, le directeur d'une institution scientifique d'un certain renom semblait avoir tout son temps pour parler avec lui. Très gentiment, d'ailleurs. Du coup, puisqu'il comptait se fondre dans le paysage, il avait intérêt à en prendre de la graine. C'était la meilleure façon de ne pas se faire remarquer.

Sam et le professeur Blake traversèrent une jolie petite salle, meublée de tables et de chaises en bois sculpté. Il aurait aimé prendre le temps d'admirer le travail du bois. Il adorait l'ébénisterie. Il avait d'ailleurs suivi une formation dans ce domaine, à un moment de sa vie. A part quelques meubles fabriqués à l'occasion, pour des amis, il n'avait hélas plus guère de temps à consacrer à ce passe-temps.

Comme ils se rapprochaient de la cuisine, Sam discerna une odeur qui l'alerta. Celle que tout chef redoute. Un fin nuage de fumée flottait dans l'air. Lui et Blake durent se frayer un passage dans la foule des jeunes enfants qui se trouvaient là. Pas de doute : quelque chose brûlait. Beurre et farine, manifestement. De l'autre côté de cette porte, quelqu'un ratait sa pâtisserie. Peut-être allait-il avoir d'emblée l'occasion de se rendre utile, avec un peu de chance !

A peine entré, Sam resta comme pétrifié. Face à lui se trouvait la plus jolie femme qu'il ait jamais rencontrée. Lucy. De taille moyenne, avec une silhouette exquise et des courbes somptueuses, même si un tablier les dissimulait en grande partie. Ses cheveux longs avaient la couleur des feuilles d'automne. Ses grands yeux verts trahissaient une sorte de déception, on devinait que de grosses larmes avaient coulé sur son visage. Provoquées par la fumée qui sortait en grosses volutes du four ? Elle le regarda avec curiosité à travers ses lunettes violettes.

— Bonjour, lança-t-il. Vous avez besoin d'aide, on dirait.

Du coin de l'œil, Sam aperçut le Pr Blake battre en retraite. C'était compréhensible. Pour sa part, c'était plus difficile. Il venait de pénétrer en pleine zone de combat. Plus question de reculer.

Il se précipita vers la jeune femme, enfila les gants qui traînaient sur le plan de travail et tria les tartes brûlées, les jetant au fur et à mesure dans la poubelle la plus proche.

— Que faites-vous ? s'écria la jolie jeune femme aux yeux verts.

Celle-ci lui arracha une tarte des mains et la serra contre sa poitrine, comme s'il voulait lui enlever des bras son bébé.

Il leva les sourcils en silence. Quelle drôle de réaction… Puis il répondit :

— Eh bien… Je sauve ce qui peut l'être, expliqua-t-il d'une voix calme.

Ecarlate, Lucy demanda d'une voix défaite :

— Qui êtes-vous ? Que faites-vous dans ma cuisine ?

— Je suis Sam Haynes, répliqua-t-il d'un ton apaisant.

A en juger par son allure générale, cette jeune personne venait de vivre une journée difficile. Il comprenait d'autant mieux sa frustration de voir débarquer un étranger au milieu du désastre. Mais en même temps, il en avait la ferme conviction, elle avait besoin d'aide.

— C'est votre cuisine ? s'enquit-il.

La question méritait d'être posée. Car ce qu'il voyait ne collait pas avec ce que le Pr Blake venait de lui expliquer. Quoi qu'il en soit, il arrivait à point nommé.

— A l'heure actuelle, oui. Mon chef m'a fait faux bond et… Mais en quoi tout ça vous regarde ? demanda-t-elle, les mains sur les hanches. Que faites-vous ici ?

— En fait, si vous êtes bien Lucy Monroe, dit-il en regardant le badge qu'elle portait sur son tablier, j'aimerais m'entretenir un moment en privé avec vous.

— A quel sujet ?

— Eh bien… C'est compliqué.

Sam se maudit aussitôt de ne pas avoir mieux réfléchi à ses arguments. Mais il y avait peut-être une solution…

— Je… je suis dans la restauration et j'ai une certaine expérience. De toute évidence vous avez besoin d'un chef. Il me semble donc que je tombe à pic.

— Vous êtes un vrai chef ? dit-elle en le dévisageant des pieds à la tête.

Au même instant, il vit une autre jeune femme, à la peau mate et aux cheveux courts, s'avancer vers lui, la main tendue :

— C'est le ciel qui vous envoie ! Je m'appelle Tessa. Excusez cette fumée, nous avons eu une matinée difficile. Le chef a donné sa démission dans la nuit, vous arrivez vraiment à point nommé, comme vous dites. Si toutefois vous êtes un vrai chef, monsieur Haynes.

Tessa garda la main de Sam emprisonnée quelques instants dans la sienne et battit des cils. Lucy lui adressa un regard courroucé.

— Quoi ? lança Tessa d'un air innocent en libérant enfin la main de Sam.

Lucy roula les yeux au ciel.

— Laisse tomber ! dit-elle.

Le temps de se tourner vers Sam, elle poursuivit :

— Où avez-vous appris la cuisine, monsieur Haynes ?

— Appelez-moi Sam.

— OK. Où avez-vous appris, Sam ? D'où êtes-vous ? Et que…

— Attendez un peu ! répliqua-t-il. Une chose à la fois, si vous le voulez bien.

Lucy parut baisser sa garde. Allez, c'était le moment de penser à la suite. Il était un chef expérimenté, c'était la pure vérité. A partir de là, il fallait faire attention. Il ne mentirait pas d'emblée à cette jeune femme, l'idée lui répugnait. D'un autre côté, il ne pouvait pas déjà lui révéler la vraie raison de sa présence à l'observatoire. Un peu plus tard, il trouverait le moyen d'en venir à sa fille. Pour le moment, il devait saisir l'occasion qui se présentait à lui.

Une chose à la fois.

Sam prit une grande inspiration. Une chance d'en apprendre davantage sur la petite se présentait. Ne pas saisir cette chance aurait été criminel de sa part. Si la relation avec sa fille ne fonctionnait pas, il serait toujours à temps de quitter la petite ville et de rentrer chez lui. Même chose si les informations du détective se révélaient erronées. Mais il n'était en aucun cas question de négliger l'occasion qui se présentait.

— Je n'ai pas de formation particulière mais je peux vous assurer de mes compétences. Je suis comme un poisson dans l'eau dans une cuisine et je possède quelques restaurants dans différents endroits. Je vous en donnerai la preuve plus tard, s'il le faut. Mais si vous permettez, nous sommes en plein état d'urgence en ce moment. Laissez-moi vous sortir de là, pour commencer. Gratuitement, bien entendu. Ensuite, si ma cuisine vous convient, si elle plaît à vos clients, nous envisagerons un poste permanent. Qu'en pensez-vous ? acheva-t-il en lui tendant la main.

Les yeux étrécis, Lucy le dévisagea de nouveau des pieds à la tête d'un air sceptique. Mais contre toute attente, elle prit la main qu'il tendait.

A son contact, Sam sentit une chaleur agréable se diffuser sous sa peau. Il crut même voir une lueur fugace briller au fond du regard de Lucy. Ils avaient tous les deux ressenti la même chose, la même brûlure, c'était certain. Mais l'échange ne dura que quelques secondes.

— Je ne sais pas si je vous l'ai déjà dit, mais je m'appelle Lucy Monroe.

Sam retira sa main avec lenteur. Pourvu qu'elle accepte son offre. Il apporterait ses compétences de chef, ce serait un bon début pour s'installer dans cette petite ville. Et approcher sa fille.

— D'accord, finit-elle par dire en jetant un regard inquiet à la porte. Arrangez-moi ce désastre et nous parlerons du reste ensuite.

Là-dessus, elle remonta ses grandes lunettes violettes sur son nez.

Sam fut absolument charmé par ce geste machinal. Ces lunettes originales lui allaient à ravir. Que découvrirait-il s'il les lui enlevait ?

Au prix d'un effort surhumain, il repoussa aussitôt cette idée saugrenue. Allons, c'était bien le moment de s'imaginer des choses pareilles ! Le temps de reprendre ses esprits, il s'exclama avec un soupir de soulagement :

— Parfait !

Avoir entendu Lucy dire oui lui avait fait terriblement plaisir. C'en était presque surprenant. Mais il manquait de temps pour analyser ce sentiment. On verrait ça plus tard. Pour l'heure, une montagne de travail l'attendait s'il voulait la convaincre de le garder.

Lucy calma d'ailleurs son optimisme en levant une main.

— Ne vous emballez pas, dit-elle. Je ne vous ai fait aucune promesse. Contentez-vous de… préparer le déjeuner. A partir de là, on verra.

Sam acquiesça. Il enleva sa veste et retroussa ses manches de chemise sur ses avant-bras. Lucy lui indiqua les tabliers d'un air suspicieux, comme si elle regrettait déjà sa décision. Elle ne serait pas facile à conquérir, aucun doute là-dessus. Quelque chose en elle montrait qu'elle n'accordait pas facilement sa confiance. De plus, même si elle portait le même nom de famille que Jennifer, à ce stade, rien n'indiquait quelle était la nature de sa relation avec la petite. Bref, il lui restait beaucoup de choses à découvrir. Mais il venait de prendre un bon départ. A partir de maintenant, il ne tenait qu'à lui d'exploiter au mieux la situation.

Lucy devait bien l'avouer : elle n'en revenait pas. Sam préparait les plats à toute allure en fouillant méthodiquement dans les placards à la recherche de toutes sortes d'ingrédients, noix, basilic, olives, cornichons, petits piments pour agrémenter le tout. Si elle avait toujours jugé la nourriture d'Axel bonne et simple, celle de Sam semblait de toute évidence beaucoup plus originale et parfumée.

Cet homme pourrait-il être une chance pour l'observatoire ?

Il y avait de quoi l'espérer. En ce moment, les visites scolaires et la vente générale des tickets étaient en baisse. Les familles et les écoles semblaient dépenser moins pour les vacances et les sorties éducatives. En tout cas, à l'observatoire. Sans compter que les subventions versées par l'université étaient à la baisse. Or l'observatoire avait besoin des fonds pour payer les employés et surtout le matériel, qu'il fallait renouveler constamment. Elle et le Pr Blake passaient des heures à observer à la loupe chaque dépense, ils rognaient partout où c'était possible sans licencier qui que ce soit, car elle s'y refusait obstinément. Si elle n'avait pas eu la charge de Shiloh, elle aurait renoncé à son propre salaire plutôt que de supprimer celui de quelqu'un d'autre. Dans un coin de son esprit, elle redoutait pourtant que cela devienne nécessaire dans un avenir plus ou moins proche. Mais pour le moment, elle n'envisageait pas ouvertement cette éventualité. Employer Sam était-il une bonne idée ? Oui, elle avait tendance à le croire. Elle pouvait au moins lui donner une chance et voir la réaction des clients. Dans ce cas, quelle stratégie adopter ? Garder quelques-uns des plats préférés des touristes réguliers ? Introduire des nouveautés à tester ? Ce serait sûrement affaire d'équilibre entre les deux.

— Tu crois que c'est un vrai cuistot ? demanda-t-elle alors à Tessa.

Celle-ci nettoyait les plaques à pâtisserie brûlées tout en jetant en douce de longs regards en direction de Sam qui cuisinait à l'autre bout de la cuisine.

— Pardon ? rétorqua Tessa en détournant le regard. A contrecœur, manifestement.

— Tu crois que c'est un vrai chef ? répéta Lucy.

— Il est surtout pas mal du tout, si tu veux mon avis…

Lucy envoya un petit coup de poing dans les côtes de Tessa. Mais comment dire le contraire ? Elle n'était pas aveugle, après tout.

— Arrête ! s'indigna-t-elle. Je laisse un étranger prendre en charge la cuisine du café, et toi tu ne penses qu'à le détailler sous toutes les coutures !

Ce qu'elle-même était en train de faire, d'ailleurs. Sans surprise, Tessa le remarqua.

— Je me contente d'apprécier le spectacle, protesta celle-ci d'un air espiègle. C'est chouette de voir un homme bien habillé. C'est quand même mieux que nos scientifiques fagotés dans leurs vieilles vestes en tweed et leurs pantalons en tire-bouchon ! En plus, tu aurais dû voir comment il te couvait des yeux, tout à l'heure. Je t'adore, tu le sais. Mais aujourd'hui, les ennuis aidant, tu n'es pas au top de ta forme, sans vouloir te vexer. Alors si un homme tel que lui te regarde de cette façon, c'est qu'il te trouve un réel intérêt.

Habituée à ce genre de réflexions de la part de son amie, Lucy leva les yeux au ciel. Là-dessus, Tessa désigna Sam du doigt et demanda à voix basse :

— Qu'est-ce qui pourrait arriver de pire ? Depuis le début, ce type réussit un sans-faute. Juge un peu : d'abord, il s'est lavé les mains avant de commencer, un très bon point. Ensuite il s'apprête à combler l'appétit de la horde de gamins qui trépignent à côté. Et pour couronner le tout, il maîtrise la situation, sans s'énerver.

— Quand même, que fait-il ici, à ton avis ? Il tombe un peu trop à pic, non ?

— Il est peut-être tout simplement venu pour poser sa candidature au poste d'Axel, comme il l'a dit. C'est un bel inconnu à Peach Leaf, Lucy. Un petit peu de mystère ne nous fera pas de mal.

— C'est absurde ! Je n'ai pas encore passé d'annonce ! Quand aurais-je trouvé le temps de le faire ?

Tessa leva les mains en signe d'exaspération :

— Que veux-tu que je te dise ? Peut-être est-ce un ange tombé du ciel.

Lucy secoua la tête. Elle ne croyait ni aux anges ni aux miracles, pas plus qu'au hasard et à la chance. Elle croyait en ce qu'elle savait, en ce qu'elle voyait et touchait, ce qu'elle pouvait quantifier. Elle s'en remettait aux faits, rien qu'aux faits. Pourtant, quelque chose en elle sentait que Sam était l'homme de la situation. Il ne ressemblait pas à un meurtrier, il s'habillait bien, il avait l'air de prendre soin de lui. Bref, elle ne fondait jamais ses jugements sur l'apparence, mais là… il lui inspirait confiance. Et puis, il y avait sa cuisine. Pour le moment, elle avait toutes les raisons au monde pour lui offrir une chance.

Autant prendre la chose comme une expérience. Si celle-ci ne se révélait pas concluante, elle passerait une petite annonce dans la *Peach Leaf Gazette*. La petite ville offrait peu d'emplois, beaucoup d'habitants cherchaient du travail. Si elle ne trouvait pas de chef confirmé à plein-temps, au moins, elle embaucherait quelqu'un pour le former. Ce serait déjà ça.

Mais qui formerait cette personne ?

Lucy baissa la tête. Seigneur… Elle n'avait pas vraiment le choix. Au fur et à mesure qu'elle pesait le pour et le contre, Sam semblait être son sauveur, il lui convenait de mieux en mieux pour le poste.

Pas de doute, Tessa avait raison.

— Je suppose qu'il mérite une chance, dit-elle. Mais si le plan échoue, tu vas m'entendre !

— Tu me remercieras, tu verras ! prophétisa son amie, les bras croisés, l'air confiant.

Là-dessus, Tessa tira la langue à Lucy, comme autrefois.

Lucy retint un soupir. Parfois, on aurait cru que le temps n'avait pas passé depuis l'époque du lycée. Il y avait toujours la timide Lucy amoureuse des livres, celle qui faisait tapisserie au bal de l'école, et Tessa qui s'amusait toute la nuit. Mais toutes les deux cachaient en elles des cicatrices encore à vif que personne ne soupçonnait dans cette petite ville où elles avaient passé toute leur vie.

- 2 -

Lucy se trompait rarement. Quand c'était le cas, elle s'en voulait terriblement. Mais cette fois-ci !

Deux heures après l'arrivée de Sam, tandis qu'il finissait de ranger la cuisine, elle était installée dans la salle à manger avec Tessa.

— Ça a bien marché, on ne peut pas dire le contraire, reconnut-elle. Mais ça ne veut pas dire qu'on le garde. C'est peut-être la chance du débutant.

— Allez, Lucy ! Toi qui ne crois pas à la chance ! Pas plus qu'à l'amour !

Au prix d'un effort surhumain, Lucy tâcha de ne pas s'énerver. *Ah non, pas encore cette fichue conversation !*

— Je crois à l'*amour*, pas aux romans à l'eau de rose, rectifia-t-elle. Ça fait une grosse différence. De toute façon, certaines expériences sont faussement positives, et dans le cas présent, nous devons faire attention. Il nous faut davantage d'informations sur cet inconnu avant de tirer des conclusions valables.

— Lu, Sam n'est pas une expérience scientifique, c'est un être humain en chair et en os. Très attirant, en plus. Ne me dis pas le contraire !

Lucy poussa un petit rire nerveux. Tessa avait raison, dans une certaine mesure. Pour sa part, cependant, elle ne faisait confiance qu'à la science.

Certes, Sam avait fait son apparition au moment même

où elle avait eu besoin de lui. Et il avait concocté en un tour de main de délicieux en-cas et des cookies de rêve. La salade qu'il avait préparée pour elles, après le départ de la horde d'écoliers, était un régal. Mais tout cela ne signifiait pas qu'il soit la bonne personne pour le poste. Même si elle avait du mal à expliquer pourquoi.

— En somme, il m'a sauvé la mise, avoua-t-elle.

Tessa ne fit aucun effort pour cacher son triomphe.

— Il a accompli bien davantage, souligna-t-elle. Il a fait gagner de l'argent à l'observatoire. Tu imagines ce qui serait arrivé si tous ces gens étaient rentrés à Austin et avaient raconté autour d'eux que le café ne servait plus à manger ?

Lucy ne put qu'acquiescer. La réponse s'imposait d'elle-même.

— J'imagine qu'on peut le garder encore un jour ou deux. On verra comment il s'y prend pour établir le menu de demain. Ensuite, s'il ne file pas avec la caisse quand je l'enverrai faire les courses, on pourra envisager de l'embaucher.

Tessa hocha vigoureusement la tête.

Lucy vit alors Sam les rejoindre dans la salle à manger. Malgré ses cheveux en bataille et ses vêtements tachés, il demeurait très attirant, inutile de faire mine du contraire.

Il lui lança un regard partagé entre espoir et appréhension puis s'enquit :

— Alors, j'ai le job ?

— Pas si vite, monsieur Haynes, répondit-elle. Je ne sais toujours rien de vous. Pour l'administration, il me faudra vos papiers d'identité, si toutefois vous restez. Notez bien le *si*.

Sam sourit. Lucy sentit quelque chose s'agiter dans sa poitrine. Scientifiquement parlant, il était plus que beau. Il avait un visage symétrique, un nez très bien proportionné, une mâchoire anguleuse et solide. Ses yeux avaient la couleur du caramel doré et ses cheveux blonds un peu longs sur la nuque captaient les rayons déclinants du soleil. Il étendit ses jambes, comme s'il se sentait déjà parfaitement à l'aise en ce lieu. Lucy ne put s'empêcher de remarquer les muscles souples de ses épaules sous le tissu de sa chemise blanche.

Mais enfin... Depuis quand remarquait-elle ce genre de choses chez un homme ?

Elle demeurait pourtant la Lucy de toujours : travailleuse, calme et solide, effacée et discrète. Celle qu'on confond avec le décor.

Oh ! elle se sentait heureuse à l'observatoire, ça oui, mais elle avait depuis longtemps abandonné toute idée de romance. Les hommes ne faisaient plus partie de ses rêves. Pour commencer, ceux de l'observatoire étaient bien trop absorbés par leurs travaux scientifiques pour s'intéresser à elle. Quant à ceux d'entre eux qui étaient mariés... Elle se demandait souvent comment ils avaient réussi à trouver quelqu'un. Ils semblaient si peu au fait du sexe opposé... D'ailleurs, jamais ils ne voyaient en elle la femme. Seules les passionnaient les conversations qu'ils partageaient avec elle à propos d'astronomie. Même sans avoir achevé ses études universitaires, elle adorait écouter leurs théories, les dernières avancées dans leurs recherches. D'une certaine manière, elle vivait à travers eux, ils représentaient ce qu'elle aurait pu devenir, si la vie n'en avait pas décidé autrement.

Quant à sortir avec l'un d'eux, pas question ! A vrai dire, une grande partie d'elle-même se satisfaisait de cette situation. Le statu quo présentait un intérêt certain : au moins, il lui permettait de ne pas reconnaître sa peur d'envisager la moindre relation amoureuse.

Dans le passé, elle avait eu quelques liaisons. Avec Jeremy, cela avait même été sérieux. Quand cette relation avait débouché sur un échec cuisant, elle avait enfin accepté la réalité : les idylles romanesques, ce n'était pas pour elle. Partant de ce constat, elle avait purement et simplement cessé de s'intéresser aux hommes.

Lucy retint un soupir. De toute façon, le temps lui manquait pour ce genre de choses. D'une part, elle devait gérer l'observatoire, une tâche lourde qui l'accaparait. D'autre part, il y avait Shiloh, sa nièce, qu'elle aimait plus que tout au monde, mais qui réclamait plus d'attention et de disponibilité que les autres adolescents. C'est du moins ainsi qu'elle vivait son éducation.

Ces derniers temps, Shiloh lui donnait parfois du fil à retordre. La petite résistait à tout ce qui venait d'elle et la repoussait chaque fois qu'elle tentait d'engager une discussion.

Lucy sentit son cœur se serrer. C'était parfois douloureux, il fallait bien le reconnaître. Pourtant, elle ne voulait que le meilleur pour sa nièce, qui était un peu comme sa fille, d'ailleurs. Elle consacrait son temps à gagner décemment sa vie pour lui offrir le nécessaire et davantage. Le métier de parent n'était pas toujours gratifiant, et tant pis si ce rôle lui avait été imposé. Elle était la seule vraie famille de Shiloh et celle-ci représentait ce qu'elle avait de plus précieux au monde. Le bonheur de sa nièce lui importait plus que tout, bien que ce but lui parût parfois impossible à atteindre.

Lucy faillit sursauter quand Sam brisa le silence d'une voix taquine :

— J'ai bien compris. *Si* je suis engagé.

Il sourit et de petites rides se formèrent au coin de ses yeux. Sentant son regard magnétique posé sur elle, Lucy s'empourpra légèrement et détourna la tête. Bien sûr, ce qu'il voulait, c'était seulement le job. Il usait de son charme pour l'obtenir, c'était de bonne guerre. Mais quand même... Quand il la regardait, elle avait le sentiment envoûtant d'être la seule femme de la pièce.

Ce qui était très inhabituel en présence de Tessa ! Au lycée, celle-ci avait été pompom-girl. Leur amitié s'était scellée au premier coup d'œil et ne s'était jamais démentie, malgré leur différence de statut social, à l'époque. Une fidélité qu'elle jugeait précieuse. Parfois, pourtant, se trouver en présence de Tessa, si pétillante, lui rappelait leurs années scolaires. Cette époque où elle ne se sentait pas à la hauteur, malgré ses excellents résultats et les félicitations qu'elle obtenait régulièrement. Mais ça, c'était avant d'être contrainte à renoncer à ses études pour s'occuper de Shiloh.

Shiloh.

Lucy consulta sa montre et se leva d'un bond. Mince, elle devait retrouver sa nièce à l'arrêt du bus. Pas question de traîner !

— Désolée de couper court, monsieur Haynes, euh... Sam. Je dois aller chercher ma nièce. Pourrions-nous nous retrouver ici demain matin ? James, un de nos plongeurs, vous aidera à préparer le petit déjeuner. Il installe aussi les tables pour les visiteurs, les chargés de cours du matin et les autres employés de l'observatoire. Rien de compliqué : des muffins, des fruits, du thé et du café suffiront. Ensuite, si vous vous plaisez ici, nous envisagerons des menus et les courses qui vont avec. Permettez-moi de vous remercier vivement pour votre efficacité d'aujourd'hui.

Lucy regarda Sam bien en face et tomba pour la énième fois en admiration devant ses yeux noisette. Seigneur, mais d'où venait sa difficulté à se concentrer en présence de cet homme ?

— Tout le plaisir est pour moi, répliqua-t-il avec un sourire chaleureux qui éclaira son visage. Je suis heureux d'avoir pu me rendre utile au bon moment. Et bien entendu, je suis d'accord pour prendre en charge le petit déjeuner. A quelle heure dois-je arriver ? 7 heures ? J'ai remarqué que le café ouvre à 9 heures.

Lucy écarquilla les yeux. C'était vraiment trop beau pour être vrai. Elle n'en croyait pas ses oreilles.

— 7 heures, c'est parfait, dit-elle en passant une main dans ses cheveux.

— Permettez-moi de vous accompagner. Je suis très désireux de me familiariser avec les lieux, pour y prendre mes marques le plus vite possible.

Lucy fit la moue. Que faire ? Shiloh serait peut-être heureuse de la voir accompagnée. L'adolescente en herbe se montrait amicale avec tout le monde sauf avec elle, ces temps derniers.

— D'accord, convint-elle en consultant sa montre. Je dispose encore de quelques minutes.

Très vite, ils quittèrent ensemble le café, qu'elle ferma à clé derrière elle. En partant, Tessa la gratifia d'un petit sourire en coin qu'elle s'empressa d'ignorer.

Lucy entraîna Sam sur la propriété en lui présentant les différents télescopes. Il semblait ne pas s'ennuyer, écoutait avec attention ses explications sur la taille des miroirs, les dômes, la façon dont ces instruments géants déchiffraient la lumière des lointaines étoiles.

Tout à coup, elle s'arrêta, gênée.

— Excusez-moi, je parle trop. J'adore cet endroit et j'aime quand mes interlocuteurs montrent de l'intérêt pour l'espace. Nous avons tant à apprendre des galaxies. Il existe tout un monde au-delà du nôtre, et je ne me lasse pas d'en découvrir toujours davantage.

Elle vit alors Sam cesser de marcher et plonger le

regard au fond du sien. Pourquoi faisait-il ça, subitement ? Elle l'ignorait et cela l'intriguait.

— Je parle trop ? demanda-t-elle en sentant ses joues s'empourprer.

— Pas le moins du monde ! répliqua-t-il en lui adressant un sourire rassurant. Il m'est très agréable de me trouver en présence d'une femme passionnée par son travail. Je suis moi-même intarissable à propos du mien.

Elle fit un sourire. Il avait l'air sincère. A vrai dire, elle était peu habituée à avoir des contacts personnels seule avec un homme, de surcroît étranger à l'observatoire. Les scientifiques étaient d'un genre à part, les seuls qu'elle comprenait, grâce à son père. Le compliment que Sam venait de lui adresser lui allait droit au cœur. Mais peut-être valait-il mieux changer de conversation. Du coup, elle s'enquit :

— Vous avez toujours aimé faire la cuisine ?

A quoi bon le nier ? Le regard intense de Sam posé sur elle la perturbait. C'était comme s'il lisait en elle, comme s'il entendait son cœur battre la chamade.

Lucy vit soudain passer une étrange expression sur le visage de Sam. Elle eut envie de lui demander à quoi il venait juste de penser mais se ravisa : elle le connaissait à peine ! Peu importe si elle échangeait en toute liberté avec lui. Ou si elle avait l'impression de le connaître depuis des années : elle devait s'en tenir aux faits. Rien qu'aux faits.

Les types comme Sam ne s'intéressaient pas aux filles comme elle. Autant être lucide.

Ça se passait comme ça au lycée, et c'était toujours le cas. Certaines choses ne changent jamais dans la vie. Elle en avait pris son parti et, la plupart du temps, le cours des choses la satisfaisait. C'était… confortable.

Pas question de céder à l'espoir : c'était la meilleure façon de le voir s'écrouler.

— Oui, j'ai aimé la cuisine, dès que je l'ai comprise, répondit-il.

— Que voulez-vous dire ?

Les yeux de Sam scintillèrent.

— Jeune, répondit-il, je pensais qu'il fallait suivre une recette de bout en bout. Et ça, ce n'est pas mon genre. J'ai d'abord été sous-chef, par hasard, en vérité. Dès que je me suis mis à exercer, à jouer avec la nourriture en quelque sorte, je me suis rendu compte qu'il s'agissait davantage d'un art que d'une science. Que je pouvais y mettre ma patte personnelle. Je me suis mis à créer mes propres plats, à mélanger différents ingrédients, juste pour voir. La cuisine est alors devenue un jeu passionnant. C'est un moyen d'expression aussi intense que n'importe quel autre art.

Lucy hocha la tête. Elle comprenait ce qu'il voulait dire en parlant de ses expériences culinaires. Mais jamais elle n'aurait su s'exprimer elle-même de cette façon. Parler de choses aussi personnelles n'était pas dans ses habitudes.

— Vous avez commencé en sortant du lycée ? s'enquit-elle.

— Ça ne s'est pas passé ainsi. J'ai commencé par travailler dans des restaurants pendant mes années d'université. J'étudiais l'anthropologie, à cette époque, pour la bonne raison que je ne savais pas très bien quelle direction donner à ma vie. Qu'y a-t-il de plus intéressant que les êtres humains ? Voilà pourquoi je me suis engagé dans cette spécialité.

Lucy haussa un sourcil. Des choses plus intéressantes que les gens ? Il y en avait des quantités, pourtant ! Elle préférait de loin ses étoiles et ses planètes. Leurs règles mathématiques calculables avaient plus de sens pour elle que les êtres humains. Mais elle garda pour elle ses réflexions : inutile de blesser Sam.

— L'anthropologie vous a plu ? demanda-t-elle.

— Le côté scolaire de la chose, non ! s'esclaffa-t-il. Je passais peu de temps dans les salles de cours. J'étais même un vrai tire-au-flanc !

— Je vois le genre !

Elle avait connu plein de types de ce genre, des jeunes gens qui s'étaient moqués d'elle et de son sérieux. Depuis le début, elle les avait jugés sévèrement.

— Que voulez-vous dire ?

— Eh bien, je… des types comme vous…

Lucy se sentit soudain rougir et se mit à tripoter ses lunettes d'une main nerveuse et s'interrompit de peur de proférer une bêtise irréparable.

— Des types comme moi ? réagit Sam en se campant devant elle. Excusez-moi mais nous ne nous connaissons que depuis quelques heures : c'est un peu court pour me juger et me classer dans une catégorie ou une autre.

Lucy rougit d'être remise à sa place de cette façon. Mais c'était légitime. Ne sachant que dire, elle se remit à marcher en silence.

Sam la rattrapa. Il était calme, les sourcils froncés, perdu dans ses pensées. De nouveau, elle eut très envie de lui demander à quoi il pensait. Pourtant, cela ne la regardait pas, loin de là ! Il n'empêche : le voir si crispé la rendait triste, sans qu'elle sache pourquoi. Comment alléger l'atmosphère tendue qu'elle avait provoquée ?

Ils se trouvaient maintenant près de la grille d'entrée, à l'arrêt du bus scolaire qui déposerait Shiloh. C'était une chance que le car vienne jusqu'à l'observatoire, situé à quelques kilomètres de la ville. Le chauffeur était une vieille dame charmante qui aimait beaucoup

Shiloh : ce détour était donc une sorte de privilège qui épargnait de faire le trajet chaque jour jusqu'à l'école. Pour autant, l'adolescente détestait ce traitement de faveur, de même qu'elle détestait devoir attendre le terminus. Tous les autres enfants descendaient bien avant elle.

Lucy retint un soupir. Parfois, elle ne savait plus quoi faire pour satisfaire sa nièce de douze ans. Shiloh avait du cran, de la personnalité et des propos qui allaient avec. Elle aurait parfois aimé la voir redevenir la petite enfant adorable de quelques mois auparavant. Néanmoins, elle l'aimait profondément et ne lui tenait jamais durablement rigueur de quoi que ce soit. Elle se contentait d'espérer que cette phase de tension serait de courte durée.

A l'arrivée du bus, Lucy salua la conductrice de la main et attendit qu'elle déverrouille le fauteuil roulant de Shiloh pour la faire descendre. Elle se tourna vers Sam et le vit changer d'expression : il venait manifestement de comprendre que l'adolescente ne quitterait pas le bus sur ses deux jambes.

Oh ! elle avait l'habitude du regard que les gens posaient sur un enfant handicapé. Ils ne pensaient pas à mal, c'était juste une réaction envers quelqu'un de différent. Mais la bouche crispée de Sam, ses yeux soudain voilés, exprimaient visiblement une émotion plus forte. Connaissait-il une enfant souffrant du même handicap ?

— Quelque chose ne va pas ? demanda-t-elle.

Elle espérait une réponse honnête. En général, les gens éludaient le sujet, faisaient semblant de ne rien voir. Elle préférait de loin les questions directes, l'expression simple d'émotions vraies.

— Non, rien du tout, répliqua Sam après s'être

éclairci la gorge. C'est juste que… vous ne m'aviez pas dit que votre nièce se déplaçait en fauteuil roulant.

Comme elle le dévisageait, il poursuivit :

— Bien entendu, vous n'aviez aucune raison de le faire.

Il se tourna vers le bus et sourit tandis que Mrs Stevens actionnait le levier pour descendre Shiloh du bus. Celle-ci leva ses deux bras comme si elle dévalait les toboggans des montagnes russes. C'était une blague entre tante et nièce. Lucy sentit aussitôt son cœur fondre. Allons, il y avait encore une trace de la petite fille innocente dans le cœur de cette adolescente au caractère bien trempé.

— C'est qui, ce type ? demanda aussitôt Shiloh en jetant un œil à Sam.

Lucy se mordit la lèvre. Décidément, elle avait le chic pour dire les choses crûment ! En un sens, elle tenait cela de sa mère, Jennifer.

— Bonjour à toi aussi, ma chérie, répliqua Lucy d'un ton ironique.

Avec une tendresse toute maternelle, Lucy effleura les cheveux de l'adolescente qui repoussa sa main avec vigueur. Il fallait s'y attendre…

— Je te présente Sam, notre cuisinier… à l'essai.

Une main en visière devant ses yeux, Shiloh lança à Sam un regard impénétrable.

— Salut, Sam, finit-elle enfin.

Lucy fit la moue. Parfois, elle avait du mal à comprendre sa nièce, et ce n'était pas peu dire. Avait-elle elle-même été une adolescente aussi distante ? Sans doute pas. Bien entendu ce n'était pour Shiloh qu'une façon de dissimuler ses émotions. Tous les très jeunes gens font la même chose.

— Salut ! répondit Sam en souriant, la main tendue. Je dois dire que tu as réussi une très belle glissade.

Shiloh se fendit d'un grand sourire spontané. Lucy sentit son cœur bondir : c'était le premier depuis longtemps. Pour un premier contact, Sam faisait fort !

— Depuis combien de temps es-tu en fauteuil roulant ? continua-t-il.

L'ado le scruta, l'air soudain sceptique.

Lucy se tendit. Même si, en règle générale, elle appréciait le franc-parler de sa nièce, elle appréhendait toujours ses réparties cinglantes. A l'âge de Shiloh, elle-même gardait pour elle ce qu'elle pensait, et cela ne lui avait pas toujours réussi. Elle aurait aimé avoir ce genre d'assurance, à l'époque. Et même maintenant…

Même sans être sa mère biologique, elle éprouvait toujours un violent besoin viscéral de la protéger du monde extérieur. Elle l'aimait aussi fort que si elle l'avait portée en son sein et mise au monde. Et elle s'inquiétait pour elle en permanence.

On n'y pouvait rien.

Sam sentit son cœur se serrer violemment. Pas question de laisser deviner le trouble qu'il éprouvait, même s'il devait digérer à toute allure ce qui se passait sous ses yeux.

Cette adolescente, Shiloh, était bel et bien sa fille.

A vrai dire, elle ne lui ressemblait pas du tout. Elle tenait tout de sa mère et de sa tante. Mêmes cheveux roux, mêmes yeux, mêmes taches de rousseur sur le nez et les joues. Malgré tout, il ne pouvait pas douter un instant de sa paternité.

Le regard de Shiloh alla de sa tante à lui. Elle avait soudain l'air dérouté.

— Vous voulez dire… Depuis combien de temps j'ai ce fauteuil roulant-ci ? Ou depuis combien de temps je suis… comme ça ? demanda-t-elle en montrant ses jambes.

Sam peina à avaler sa salive. Qu'avait-il voulu savoir au juste ? Il souhaitait connaître jusqu'au moindre détail de ce qui la concernait, sans se soucier de la chronologie. L'honnêteté était sûrement le meilleur moyen de naviguer dans ces eaux incertaines.

— Les deux, répondit-il.

Shiloh haussa les épaules et se lança :

— Le Pr Blake m'a offert ce fauteuil roulant l'année dernière à Noël. Mais je suis… comme ça… depuis longtemps.

Sur ces mots, elle balança ses cheveux longs sur une épaule d'un revers de la main.

Sam devait bien l'admettre : tant d'ouverture d'esprit l'impressionnait. Ce n'était peut-être pas légitime de sa part, mais il était fier de son assurance et de sa réponse directe.

Avant que Lucy intervienne, la gamine ajouta :

— Je suis comme ça depuis l'accident.

— Comment s'est passée l'école aujourd'hui, Shi ? s'informa Lucy en toute hâte.

Manifestement, celle-ci avait hâte de changer de la conversation.

Sam vit alors sa fille lui lancer un regard complice et ironiser :

— Elle veut dire « Comment s'est passé le contrôle de maths ? ». En fait, ce n'est pas mon truc.

— Elle peut tout à fait y arriver, intervint Lucy en croisant les bras sur sa poitrine. Simplement, elle ne s'applique pas parce que cette matière ne lui plaît pas. Mais parfois, il faut travailler dur, même si on n'aime pas quelque chose, tu comprends, Shi ?

L'adolescente leva les yeux au ciel en haussant les

épaules. Sam ne put s'empêcher de trouver cette petite scène très amusante.

— Je sais, je sais, riposta-t-elle d'un air ennuyé.

— Donc, tu es nulle en maths ? demanda-t-il avec un grand sourire.

Lucy demeura bouche bée devant sa question, mais Shiloh éclata de rire.

— Il n'a pas tort, tante Lu ! dit-elle.

Lucy fit alors mine de se placer derrière le fauteuil roulant de sa nièce pour le pousser mais Shiloh la devança, actionna elle-même les manettes et vint se positionner à côté de Sam.

— Alors, tu es comme moi, reprit-il en lui souriant.

Oui, ils étaient pareils.

Sam sentit mille pensées envahir son esprit. Mais ce n'était pas le moment de laisser ses émotions le submerger.

Il n'empêche : sa fille était belle, comme l'était sa mère à l'époque de leur rencontre, autrefois. Comme sa tante.

Ce soir, il appellerait le détective privé, le remercierait de son aide et mettrait fin à leur contrat. Désormais, il possédait tous les renseignements dont il avait besoin pour la suite des événements. Il avertirait Jack, son chef new-yorkais, de son absence pendant un certain temps : celui-ci n'aurait qu'à téléphoner en cas de problème. Les restaurants de L.A et Seattle marchaient bien, heureusement ; pour le reste, il se reposerait quelque temps sur son assistant. Cela lui laisserait le loisir de s'installer à Peach Leaf temporairement.

Il observa sa petite fille qui s'amusait à tracer des huit avec son fauteuil roulant sur le chemin. En cet instant précis, son handicap physique ne semblait lui poser aucun problème.

Sam pouvait difficilement nier qu'il avait l'esprit agité de multiples questions. Pourtant, à sa grande surprise, il ne désirait pas tellement en savoir plus sur l'accident dont Shiloh avait parlé, ce drame qu'elle avait vécu sans qu'il soit à son côté. A vrai dire, il souhaitait plutôt en savoir davantage sur la Shiloh actuelle. Quelle était sa matière préférée à l'école ? A quoi occupait-elle ses loisirs ? La nuit dans son lit, quels rêves, quels espoirs caressait-elle ? Lui avait-on parlé de son père absent ? Avait-elle envie de le connaître ? Sa vie était-elle plus paisible sans ce genre de révélations ?

Si elle croyait ne pas être une enfant désirée, cela le dévasterait.

Non !

Même si cela compliquait sa jeune existence, elle méritait de savoir que son père l'aimait, qu'il ne l'avait pas volontairement abandonnée. Et que, dorénavant, il ferait pour elle tout ce qui était en son pouvoir.

Une fois mise au courant, ce serait à elle de décider. Pour l'heure, lui ne souhaitait qu'une chose : consacrer tout son temps à sa fille et la tante de celle-ci. Et quand se présenterait le bon moment, il parlerait à Lucy. Pourvu que ce soit dans peu de temps !

Sam sentit son cœur se serrer. En quelques mots, au cours d'une conversation téléphonique hachée et parfois presque inaudible, Jennifer avait mis son existence sens dessus dessous. Pourtant il ne regrettait rien. Jamais il n'avait pensé devenir père, mais étant donné ce qu'avait été sa vie dissipée de jeune homme, il n'était pas surpris de l'être. Quand Jennifer l'avait appelé, il s'était vaguement souvenu d'un préservatif déchiré. Dans l'urgence du moment, il y avait accordé peu d'attention. Entre-temps, il avait compris à quel point il s'était bêtement comporté. Il s'était juré de ne plus jamais refaire la même erreur et avait tenu parole.

De cet incident, malencontreux, à l'époque, était né un cadeau merveilleux. Un cadeau qui l'effrayait aussi un peu. Le raz-de-marée d'amour qui l'avait submergé en découvrant son enfant tout à l'heure lui donnait raison sur toute la ligne : il avait bien fait de prendre le risque de venir à sa rencontre.

La route qui l'attendait à présent serait sans doute parfois chaotique. Mais rien de ce qu'il laissait derrière lui, à New York, n'était plus important qu'elle.

Plus rien n'existait. à part Shiloh.

Sa Shiloh.

- 3 -

Une fois de retour à la maison, en compagnie de Shiloh, Lucy aperçut Thor qui faisait un petit somme sous le porche. Au son de la grille qui s'ouvrait au bout de l'allée, le labrador de six ans fonça sur la pelouse en glapissant joyeusement. Il sauta sur les genoux de Shiloh et lui lapa le visage. Malgré tous les efforts qui avaient été faits pour le dresser quand il était encore un jeune chiot, le bon chien était toujours aussi incapable de maîtriser sa joie à la vue de sa jeune maîtresse. Quel amour !

Lucy ne put s'empêcher d'éclater de rire et le chatouilla derrière les oreilles. Tous ensemble, ils pénétrèrent alors dans la petite maison où elle avait été élevée.

Elle sentit aussitôt son cœur se serrer. Quand son père avait accepté la charge de l'observatoire, la maison faisait partie du contrat. Lorsque sa mère les avait quittés et que son père était mort, des années plus tard, elle n'avait pas eu le cœur de s'en séparer. Avec le temps, la petite maison en brique était devenue un peu vieillotte, quelques réparations n'auraient pas été de trop. En revanche, elle lui épargnait de payer un loyer, ce qui était un gros avantage. A partir du moment où le mariage de ses parents avait battu de l'aile, elle avait vécu dans cette maison des années difficiles. Pourtant, elle n'arrivait pas à s'en séparer. Cet endroit n'était pas responsable de la désunion de ses parents. Ce n'était pas non plus pour cette raison que sa mère les avait abandonnés tous les trois.

Quand le conseil d'administration de l'observatoire lui avait offert la maison à la place de son père, Lucy avait fait de son mieux pour se l'approprier. Elle l'avait repeinte, avait changé les rideaux, choisi quelques meubles, mis des couleurs partout. Bref, elle en avait fait un nid douillet. Alors comment vivre ailleurs ? Il y avait pourtant des travaux à accomplir dans un proche avenir. Comme changer les planches de la rampe d'accès à la maison pour Shiloh, par exemple. Andy, le frère de Tessa, l'avait construite juste après l'accident de sa nièce. Piètre bricoleur, il y avait pourtant mis tout son cœur : difficile de l'avertir de l'état de décrépitude de son travail, cela lui aurait fait de la peine. Elle avait fait donc appel à un charpentier, mais le devis s'était révélé beaucoup trop élevé.

En plus, il y avait toujours des choses plus importantes à traiter. En ce moment, Shiloh voulait à tout prix faire partie de l'équipe de basket-ball du collège de Peach Leaf. Une idée angoissante autant qu'enthousiasmante.

Lucy s'arrêta en bas des marches en pierre du porche et se pencha vers sa nièce pour la soulever du fauteuil roulant. En l'absence d'une rampe en bon état, c'était devenu une routine quotidienne entre elles. Récemment cependant, Shiloh avait commencé à en prendre ombrage. Inutile de se voiler la face : la fille de Jennifer allait bientôt devenir une jeune fille, elle aurait besoin de davantage d'autonomie, d'indépendance. Il n'y aurait pas toujours quelqu'un pour la porter jusqu'à l'intérieur de la maison, en cas d'absence.

— Allez ma chérie ! lança-t-elle. Débarrassons-nous de tes devoirs avant le dîner !

Shiloh grogna comme les ados savent le faire. Lucy n'y prêta pas une attention particulière et se contenta de hocher la tête. Certes, sa nièce se plaignait mais, au bout du compte, elle faisait toujours son travail. Seigneur, à quoi aurait ressemblé le quotidien si elle avait été aussi indomptable que Jennifer ? Shiloh avait certes ses défauts, comme tout le monde. Mais elle avait un bon fond.

Jennifer avait toujours rechigné à être responsable de son enfant. En plus, jamais elle n'avait voulu lui confier le nom du père. Encore un « détail » qu'elle avait refusé de partager.

Lucy sentit son cœur se serrer. A sa grande déception, sa sœur et elle ne s'étaient pas très bien entendues au sortir de l'enfance. Sur un coup de tête, Jennifer avait quitté l'université après le premier trimestre. Personne n'en avait été surpris, sauf elle qui savait sa sœur intelligente, capable de faire beaucoup mieux. A présent, elle avait reporté ces rêves et ces espoirs déçus sur sa nièce.

Shiloh se dirigea vers le salon. Lucy lui rappela la règle : pas de télé avant la fin des devoirs.

— Je n'allais pas la regarder ! s'écria l'adolescente.

Lucy eut un sourire en coin. Vraiment ? Il y avait de quoi en douter…

— Ne me mens pas, mon chou.

Shiloh leva les yeux au ciel et la rejoignit dans la cuisine.

Devant la porte ouverte du frigo, Lucy était une nouvelle fois désemparée. Que faire à dîner ? C'était chaque soir le même dilemme. Se ferait-elle une fois de plus livrer une pizza depuis Peach Leaf ? Comment résister à la facilité après une journée de dur labeur ? Surtout comme celle qui venait de s'écouler…

Les étagères du frigo étaient désespérément vides.

Elle faisait une liste des choses à acheter lorsqu'une idée saugrenue germa dans son esprit. Ne serait-il pas génial d'avoir un homme comme Sam à la maison ? Les délicieux petits sandwichs qu'il avait préparés à midi lui revinrent en mémoire. Elle était entourée de gens très intelligents, dont le QI crevait le plafond. Mais aucun d'eux n'avait la précieuse faculté de réussir un bon repas comme celui de midi. Quel homme pouvait à la fois si bien cuisiner et être aussi séduisant ? Si en plus il se révélait droit et honnête, ce serait vraiment un oiseau rare !

Elle referma le frigo et ouvrit le placard de la cuisine en désespoir de cause. A quoi bon penser à Sam Haynes, l'homme-mystère qui à cette heure squattait son bureau à l'observatoire ? Quelle idiote, aussi, bon sang ! Pourquoi avoir laissé Tessa lui proposer de dormir sur le canapé de son bureau, sous prétexte que le Bed and Breakfast qu'il avait retenu ne serait disponible que le lendemain ? Tout cela à cause de la mémoire défaillante de cette chère vieille Mme Frederickson. Pauvre femme ! Récemment, elle commençait à sortir de sa maison en petite tenue. Dans ces cas-là, ses voisins la ramenaient gentiment à la maison.

D'un autre côté, pour être honnête, Lucy était soulagée par cet arrangement. Au moins, elle ne craignait plus qu'il s'enfuie dans la nuit pour ne jamais revenir, vacciné par le chaos auquel il avait fait face dans la cuisine.

Initialement, Tessa lui avait suggéré de lui offrir sa chambre d'amis pour une nuit. Mais ça, il n'en était pas question ! Elle avait la responsabilité d'une enfant mineure. Et après tout, qui était Sam ? Il sortait de nulle part, on ne savait rien de lui, jusqu'à présent il n'avait encore fourni aucune explication convaincante à sa présence à Peach Leaf. D'ailleurs, sa décision était prise : dès le lendemain, elle l'obligerait à s'expliquer.

Son bureau semblait donc la seule option acceptable, en attendant que la chambre de Sam en ville soit prête. Il avait pris une douche dans le vestiaire des employés avant de s'installer pour la nuit. La pièce comptait un canapé et un plaid douillet, que son père utilisait quand il était trop pris par ses recherches pour rejoindre la maison. Ou quand sa mère et lui ne supportaient plus de partager le même toit.

Lucy fut brusquement tirée de ses réflexions en entendant la voix de Shiloh.

— Rien de bon à manger, tante Lu ?

— Ça te surprend ?

— Qu'en penses-tu ?

— Je suis désolée, ma chérie. Tu sais à quel point je déteste cette corvée quotidienne. C'est surhumain !

— Et moi, je déteste d'être toujours obligée de manger des légumes. Toi, tu n'en manges jamais !

— C'est faux ! Je mange des légumes… parfois.

Lucy avait les yeux de Shiloh fixés sur elle. Sa nièce ne lâchait pas un mot mais son regard incisif en disait long.

— Enfin, j'en mange une fois par semaine, finit-elle par admettre. Bon, disons au moins une fois par mois. Et je prends des compléments alimentaires.

— Ça ressemble déjà davantage à la vérité, remarqua Shiloh. Je suis surprise que tu n'aies pas encore attrapé le scorbut.

Toutes les deux éclatèrent de rire. Le calme revenu, Lucy observa sa nièce. Celle-ci se rongeait les ongles, une habitude qu'elle tenait de Jennifer, particulièrement agaçante, d'ailleurs.

— Arrête, chérie, lui demanda-t-elle. Tu portes plein

de microbes à ta bouche. Qu'est-ce qui te tracasse ? Il s'est passé quelque chose à l'école ?

Voyant que Shiloh ne répondait pas d'emblée, Lucy prit sur elle d'éviter de trop insister. Sa nièce s'apprêtait-elle à lui dissimuler quelque chose ? C'était un risque à prendre. Mais elle se rongeait les sangs à l'idée que l'adolescente pouvait avoir des soucis !

— Pas grand-chose, répondit enfin sa nièce. C'est juste que… quelque chose se prépare, et je me demande si je devrais y participer ou pas.

— Quoi au juste ? demanda Lucy d'un ton prudent.

A vrai dire, elle voyait venir la réponse et se sentait peu qualifiée pour offrir une solution équilibrée. Pas question, en tout cas, de projeter sur sa nièce son propre passé, ses propres expériences.

— C'est un bal, n'est-ce pas ? demanda-t-elle avec un sourire.

C'était la meilleure façon de dissimuler son appréhension !

Hélas, comme de bien entendu, son stratagème échoua. Et le visage de Shiloh se ferma aussitôt.

— Je sais que ça ne t'intéresse pas, riposta celle-ci sans la regarder en face.

Lucy secoua la tête. Cette gamine décelait ses émotions comme si elle possédait un sixième sens. Exactement comme sa mère !

Enfants, Jennifer et elle étaient proches. Jennifer, plus âgée d'un an, la laissait venir dans son lit les soirs d'orage et lui racontait des histoires. Elle l'arrachait souvent à ses livres quand elle estimait que les lectures avaient trop duré. Elles mettaient alors la musique à fond et Jennifer l'obligeait à danser jusqu'à ce que toutes les deux s'écroulent, de rire et de fatigue.

Lucy sentit l'émotion la gagner. Sa sœur avait fait

éclore chez elle sa partie cachée, celle qui n'avait pas peur du jugement des autres. Avec Jennifer à son côté, elle oubliait ses peurs les plus ancrées. La pression qu'exerçait leur père sur elle, exigeant toujours les meilleures notes, était contredite et contrebalancée par l'exigence de sa mère qui, elle, insistait pour qu'elle noue des contacts avec les autres, sorte davantage, change de coiffure pour devenir plus populaire.

Comme Jennifer.

Le jour où sa sœur était apparue sous le porche de la maison familiale avec un bébé dans les bras et avait annoncé qu'elle se sentait inapte à l'élever, Lucy s'était fait un serment solennel : ne jamais forcer Shiloh à être quelqu'un d'autre qu'elle-même. Respecter sa vraie personnalité, envers et contre tout.

A l'évocation de la conversation qu'elle venait d'avoir avec sa nièce à propos du contrôle de maths, elle sentit une boule se former dans son estomac. C'était juré, elle n'interviendrait plus de cette manière. Après tout, Shiloh passait sans problème dans la classe supérieure chaque année, cela suffisait sans doute. Etre parent relevait d'un défi permanent, c'était une série d'objectifs, de résultats et de réaménagements en vue de la crise suivante. Comme dans le métier qu'elle exerçait à l'observatoire, en quelque sorte. Sauf qu'avec Shiloh, l'enjeu était plus important.

— Si ça t'intéresse, ça m'intéresse aussi, répondit-elle donc prudemment.

L'adolescente baissa la tête et gratta le cou de Thor. Celui-ci ferma les yeux.

Lucy alors sortit du placard un paquet de céréales, ainsi que deux bols et deux cuillères. Le lendemain, elle préparerait un vrai dîner, avec viande et les légumes obligatoires.

Juré.

Shiloh ne fit aucun commentaire sur le repas. Chacune d'elles savait mener ses batailles.

— Alors, s'enquit Lucy avec autant de doigté que possible, qu'est-ce qui te tracasse à propos de ce bal ?

Shiloh leva les yeux vers sa tante et s'approcha de la table. Lucy versa du lait dans les bols et elles se mirent à manger. Mais on devinait que des émotions contradictoires se mêlaient au fond des yeux de l'adolescente.

— Je ne sais pas si je dois y aller ou pas, lâcha-t-elle.

Lucy ne répondit pas tout de suite. Elle avala une bouchée avant de demander d'un air faussement détaché :

— Tu as envie d'y aller ?

— Je crois que oui…

Dans le regard de la petite brillait une excitation à peine dissimulée.

— Alors où est le problème ? Si tu veux y aller… vas-y.

Shiloh posa sa cuillère, le visage soudain neutre, toute trace de joie semblait avoir mystérieusement disparu.

Lucy connaissait cette expression sur le visage de sa nièce. Elle avait conscience d'en être la cause, mais pour quelle raison ? Elle avait beau se creuser la tête, elle ne trouvait pas.

L'ado secoua la tête, exaspérée.

— C'est pas croyable ce que tu peux être lourde, parfois, tante Lu, lâcha-t-elle.

— C'était une simple question !

Lucy devait bien l'admettre : elle sentait la moutarde lui monter au nez. Les émotions complexes de cette préadolescente la déboussolaient, et elle détestait ce sentiment d'impuissance.

— Ce n'est pas si simple que ça, et tu le sais très bien, cria presque Shiloh.

Au prix d'un effort surhumain, Lucy lutta pour ne pas faire grimper les décibels.

— Ma puce, supplia-t-elle presque, dis-moi ce qui ne va pas et nous en parlerons toutes les deux.

Shiloh pinça les lèvres et éloigna son fauteuil roulant de la table.

— C'est pas grave, grommela-t-elle en se dirigeant vers sa chambre.

Lucy baissa la tête. Et voilà ! Une fois de plus, elle avait perdu le fil avec sa nièce. Elle le savait depuis longtemps, il valait mieux attendre avant d'aller la relancer. Plus tard, elle irait frapper à sa porte, s'assurerait que Shiloh avait fait ses devoirs, s'était lavé les dents, n'avait pas faim et s'était glissée dans son lit pour la nuit.

Lucy se concentra sur ce qu'elle savait faire : nettoyer la cuisine puis ouvrir le courrier négligé depuis plusieurs jours. Ensuite, elle feuilleta distraitement un magazine et s'arrêta sans raison devant des chemises pour homme. Ce qui la ramena à sa solitude. Ah, comme tout serait différent si elle avait quelqu'un à qui parler, avec qui échanger des idées, résoudre un problème qu'elle ne parvenait pas à régler toute seule. Quelqu'un qui porterait une partie du fardeau qui pesait sur ses épaules.

Il fut un temps où elle croyait en l'existence d'un tel homme. Elle avait même consacré deux ans de sa vie à Jeremy, en pensant l'avoir trouvé. Plus tard, quand elle avait compris son erreur, elle avait abandonné toute velléité de trouver l'homme idéal. Une telle perle n'était qu'un rêve. Cela n'existait pas dans la réalité, voilà tout. Depuis, elle avait eu quelques liaisons. Tessa ou certains de ses collaborateurs bien intentionnés lui avaient mis entre les pattes un frère, un neveu, un cousin. Mais elle s'était vite lassée de ces scénarios interchangeables. Et elle avait choisi de renoncer à ce manège une fois pour toutes, le jour où un de ces prétendants avait trouvé à redire sur le handicap de Shiloh, avant de trouver une excuse pour s'enfuir.

Lucy retint un soupir. L'amour romantique, ce n'était pas pour elle, un point c'est tout. Dorénavant, elle se contentait d'avoir un job, même difficile, une maison confortable qu'elle aimait rejoindre en fin de journée et, surtout, une fille belle, intelligente et résolue. Certes, elle se languissait parfois confusément de ne pas avoir davantage. Mais l'homme parfait ne se concrétiserait pas tout seul devant sa porte, et c'était très bien ainsi.

Lucy sourit et caressa la tête de Thor. Le bon chien avait choisi de rester en sa compagnie. Son flair lui indiquait sans doute de laisser Shiloh seule un moment.

— Gentil chien, murmura-t-elle.

Heureux d'avoir fait plaisir à quelqu'un, Thor agita la queue et posa une patte sur les genoux de sa maîtresse.

Oui ! Mieux vaut se contenter d'un bon chien. C'est beaucoup plus simple.

Installé au volant de son pick-up, Sam jeta un bref coup d'œil aux objets qui s'entassaient sur les sièges à l'arrière. Il devait bien le reconnaître : lui qui cherchait désespérément quoi faire de ses mains, il allait être servi ! Les matins précédents, il s'était occupé des petits déjeuners. Il avait acheté des fruits frais et les ingrédients nécessaires à la préparation des muffins au citron et aux framboises, ainsi que du café de qualité dans un petit magasin de la rue principale de Peach Leaf. Lucy s'approvisionnait en produits locaux et cela l'avait agréablement surpris. Plus il passait de temps avec cette femme, plus il l'appréciait.

Il fallait d'ailleurs se méfier de cette tendance.

Sans un minimum de prudence, il se retrouverait avec un problème supplémentaire sur les bras.

Sam serra le volant. Une fois de plus, il devait se reconcentrer sur ses objectifs. Il avait débarqué à Peach Leaf dans un but bien précis, et rien ne devait l'en distraire. Surtout pas une relation avec une femme qui risquait de se mettre en travers de sa route. Pas besoin d'être grand clerc pour deviner ce qui se passerait s'il se laissait prendre au charme de Lucy. Peut-être découvrirait-il rapidement que ça ne marchait pas entre eux. Dans ce cas, sa fille souffrirait à coup sûr. Ce qui ne devait arriver, à aucun prix.

Quand Jennifer avait mentionné sa sœur au téléphone, il avait imaginé une femme mariée, avec des enfants bien à elle. Certainement pas la jolie célibataire rousse qu'il avait découverte. C'était une bosseuse, une femme très indépendante. Elle adorait sa nièce, ça se voyait au premier regard. Cacher la vérité à une telle femme, aussi belle que généreuse, serait une gageure.

Sam chassa de son esprit cette pensée morose, et sourit en repensant à cette matinée.

Après avoir mordu une seule fois dans un de ses muffins, avec une petite miette encore collée à l'adorable fossette de son menton, Lucy l'avait embauché. En guise de papiers d'identité, il lui avait présenté son permis de conduire et sa carte de sécurité sociale. Cela l'avait pleinement satisfaite. Ils avaient ensuite organisé les courses du lendemain, celles qui ne leur étaient pas livrées par camion chaque semaine. Cet après-midi, le musée et le café avaient fermé plus tôt que d'habitude, à cause de menus travaux indispensables. Ce qui l'avait indirectement contraint à une inactivité qui commençait à lui peser.

Tout à coup, il avait eu une idée. Il en avait parlé à Tessa, qui s'était montrée enthousiaste. Sans plus attendre, il avait pris sa décision et était parti acheter du bois et des outils dans la petite quincaillerie du village. Peach Leaf lui plaisait, on y trouvait presque tout ce qu'on voulait dans la rue principale. En revanche, s'il décidait de s'y installer, l'absence de restaurants dignes de ce nom lui manquerait. Difficile de se satisfaire longtemps de bière, de saucisses et de hamburgers.

Quoi qu'il en soit, il approchait désormais de chez Lucy avec de quoi construire une nouvelle rampe d'accès pour le fauteuil de Shiloh !

Sam gara son pick-up devant la grille de la maison au bas de la colline que Tessa lui avait décrite. Quand il poussa le portail, il vit un grand chien bondir et lui renifler la main en aboyant joyeusement. Sa queue s'agitait dans tous les sens.

— Tu fais un sacré chien de garde ! s'amusa-t-il en grattant les oreilles de la bête.

Là-dessus, il ouvrit la portière de son véhicule. Le chien s'y précipita et se mit en boule sur le siège du passager. En voilà un qui n'était pas farouche !

— Fais comme chez toi, vieux, dit Sam.

De toute évidence, la maison était vide. Parfait. Il déchargea alors les planches de bois et le matériel qu'il venait d'acheter. Allez, au travail. D'après Tessa, Lucy passerait son après-midi au bureau à traiter la paperasse qui s'accumulait sur sa table de travail. Quant à Shiloh, elle était chez des amis.

Voilà qui lui laisserait tout le temps de mettre son plan à exécution.

Cela lui épargnerait surtout d'avoir à convaincre Lucy. Cette réparation était nécessaire et aurait dû être accomplie depuis longtemps. Certes, il connaissait très peu cette famille. Et en un sens, il se mêlait de ce qui ne le regardait pas. Pourtant, la veille, en passant par là pour se rendre au village, il les avait aperçues toutes les deux. Son petit travail de bricolage risquait donc d'être apprécié.

En plus, c'était pour le bien de Shiloh.

La veille, Sam avait senti son cœur se serrer en voyant Lucy soulever Shiloh de son fauteuil roulant pour la transporter dans la maison. On sentait qu'elle aimait la petite comme une mère, cela crevait les yeux !

Il n'empêche : c'était à lui de porter sa fille.

Pas de doute : Lucy commencerait sans doute par lui passer un savon, mais elle finirait par apprécier ces réparations qui avaient l'avantage de la soulager physiquement et de ménager la fierté de Shiloh.

Lucy.

Quel âge pouvait-elle avoir ? Trente ans, tout au plus. Pourtant, elle avait la douceur intérieure de quelqu'un de plus âgé. Comme si elle avait connu la douleur et qu'elle s'y était résignée.

Alors qu'il faisait des marques au crayon sur les planches, il fut envahi par mille questions. Une, surtout, le taraudait : Lucy connaissait-elle la joie ? L'avait-elle déjà éprouvée ?

Tu ne devrais pas t'intéresser à ce genre de choses.

Sam se remit à scier ses planches. Penser à Lucy de cette manière était égoïste et sot. Une seule chose devait avoir de l'importance pour lui : savoir si, oui ou non, elle lui donnerait l'autorisation de passer du temps avec sa fille.

A vrai dire, avant d'arriver à Peach Leaf, il s'était imaginé que Shiloh était élevée par quelqu'un qui avait déjà une famille. Ce qui aurait été beaucoup plus simple. Pas un instant il n'avait osé songer que sa fille était élevée par une femme seule qui lui consacrait toute son énergie. Une femme attirante, d'ailleurs, dont le charme avait sur lui une influence intense et néfaste.

Sam s'attaqua à une nouvelle planche. Heureusement, il travaillait vite, avec une grande précision. Bientôt il achèverait la découpe et commencerait à assembler les planches entre elles.

La sueur et le dur labeur sous le soleil du printemps texan étaient comme un signe avant-coureur de l'orage qui se préparait. Celui qu'allait provoquer sa soudaine irruption dans la vie de sa fille.

Cette tourmente présenterait au moins un avantage : il en oublierait à quel point son cœur battait fort en présence de Lucy Monroe.

- 4 -

— Qu'est-ce que…

Sans perdre une seconde, Lucy freina. Puis elle saisit son sac à main et sortit de sa voiture en abritant ses yeux du soleil. Face à elle, un homme posa son marteau et s'avança vers elle pour l'accueillir. Sam. Son T-shirt blanc trempé de sueur lui collait à la peau en dessinant ses abdominaux. Eh bien, elle s'attendait à tout sauf à le voir !

— J'aurais dû vous demander votre autorisation, commença Sam en se passant la main dans les cheveux. Je me suis un peu laissé emporter par mon élan.

Pas de doute : il avait l'air tendu…

Au même instant, Lucy éprouva le besoin de le réconforter. Etrange : c'était pourtant lui qui venait de la plonger dans la stupeur ! Lorsqu'il s'écarta un peu, elle comprit enfin ce qu'il était venu faire ici.

C'était afin de construire une nouvelle rampe pour Shiloh !

Elle contempla le bois neuf, parfaitement scié et assemblé puis s'avança vers le porche. Le temps de lâcher son sac, elle s'accroupit et caressa le bois lisse. C'était du beau travail. Que c'était gentil à lui d'avoir fait tout ça !

— Vous avez construit ça pour nous ? demanda-t-elle.

Elle sentit aussitôt l'émotion la gagner mais ne chercha

même pas à dissimuler les larmes qui coulaient le long de ses joues.

— Oui, répondit Sam de sa voix chaleureuse. Je n'avais pas l'intention de vous déranger. En fait, je pensais finir avant votre retour. Mais votre chien a décidé de m'aider et… ça a un peu ralenti le cours des choses ! J'espère que ça vous plaît…

Il y avait dans sa voix grave comme une trace d'appréhension. Pourtant, il lui lança un regard plein de confiance.

La gorge serrée, Lucy émit un petit rire qui ressemblait fort à un sanglot, d'ailleurs.

— Thor tend à se mêler de tout ce qui se passe ici ! plaisanta-t-elle en essuyant ses larmes.

Seigneur, ses mains tremblaient et elle luttait pour retrouver le contrôle de soi. Sam hocha la tête, reprit son marteau et enfonça ses deux derniers clous. Ensuite, il balaya de la main quelques traces de sciure.

Les rayons du soleil faisaient briller la rampe toute neuve.

Lucy devait bien l'admettre : elle était aux anges. Même en épluchant le bottin de Peach Leaf, elle n'aurait pas trouvé meilleur menuisier. Sans parler des fournitures et de l'exécution, qui lui auraient coûté une petite fortune. Quand elle se retourna pour remercier Sam, celui-ci rangeait calmement ses outils dans le coffre de son véhicule. Comme s'il n'avait rien accompli d'extraordinaire. Comme s'il ne venait pas de lui rendre la vie dix fois plus facile.

Comme s'il n'avait pas conscience d'avoir fait un miracle.

Elle reprit alors son sac, se pencha pour ramasser la scie et l'apporta à Sam. Il la lui prit des mains et la déposa à l'arrière de son pick-up. Puis il sauta pour s'asseoir sur le petit muret près de la grille, et tendit la main pour aider Lucy à en faire autant. Elle se sentit fondre en attrapant la main chaude de cet homme. C'était comme si elle redevenait une enfant, assise sur un muret, avec ses jambes qui se balançaient dans le vide. Sam s'allongea à moitié, appuyé sur ses coudes. Ils demeurèrent quelques instants assis, sans un mot, et pourtant sans que le silence leur pèse.

Lucy rassembla ses jambes contre sa poitrine. Elle contempla les vieilles chaussures de tennis qu'elle troquait chaque soir contre ses talons, dès la fermeture de l'observatoire. Quand elle tourna la tête vers Sam, il l'observait d'un air calme et sérieux. On aurait dit qu'il cherchait à lire en elle. Et soudain elle prit conscience d'une chose. Elle ne l'avait même pas remercié ! L'avoir à ses côtés lui avait fait oublier tout ce qui lui encombrait l'esprit quelques minutes plus tôt. Il faut dire qu'il avait une présence si tranquillisante ! Pas un instant elle ne s'était sentie obligée de parler, comme c'est souvent le cas avec des inconnus. D'une certaine manière, elle avait le sentiment de le connaître depuis longtemps.

— Au fait… merci du fond du cœur, dit-elle d'une voix paisible.

Lucy vit les yeux de Sam se plisser et un sourire illuminer son visage.

— Je vous en prie, répondit-il. La rampe vous plaît ?

Lucy toussota pour cacher son émotion.

— Est-ce qu'elle me plaît ? Elle est formidable ! Je ne sais même pas comment vous…

Elle marqua alors une pause puis s'enhardit à lancer :

— Seulement… pourquoi avoir fait ça pour moi ? Je veux dire… pour Shiloh. Vous nous connaissez à peine.

Le visage de Sam sembla aussitôt redevenir sérieux.

— Disons que… j'avais le temps et les outils. Et puis c'était un travail nécessaire.

Sur ces mots, il se redressa.

Au même instant, Lucy sentit la main virile de Sam frôler innocemment sa hanche. Pourtant, c'était comme si tout son corps venait de s'embraser ! Ce geste fortuit, sans parler de l'intensité de ce beau regard noisette posé sur elle, l'obligea à détourner les yeux vers Thor, qui était venu se lover contre ses pieds.

Lucy tâcha de retrouver son sang-froid. Bien des gens s'étaient montrés gentils avec elle, cela va de soi. Quand la garde de Shiloh lui avait été imposée, puis à la mort de son père, toute la ville avait été solidaire. Les uns avaient rempli son frigo de petits plats mitonnés à la maison, d'autres avaient accompli une multitude de menues tâches qui, sans cette aide précieuse, se seraient accumulées et l'auraient submergée. Accaparée par la douleur, elle n'avait pris pleinement conscience de ces attentions que plus tard. Elle avait alors rédigé à la main puis distribué elle-même des lettres de remerciements qui ne représentaient que le pâle reflet de sa gratitude.

Pourtant, la gentillesse de Sam semblait différente. Les gens de Peach Leaf étaient ses amis, elle les connaissait depuis toujours. Alors que lui était un total étranger. En dépit de cela, il avait consacré quelques heures de son temps à construire une rampe qui servirait à Shiloh pendant des années. Se rendait-il compte de ce que cela représentait pour elle ?

Pour quelle raison faisait-il cela ?

La question tourbillonnait dans sa tête.

Plutôt que de la gratitude, n'aurait-elle pas dû se montrer méfiante face à un comportement aussi inhabituel ? Pourtant, ce n'était pas le cas.

Cela tenait peut-être à la nature de Sam. Ces derniers

jours, chaque fois qu'elle s'arrêtait au Lonestar pour un café, il s'adressait à elle d'un ton calme et amical. Comme il le faisait avec les autres employés, d'ailleurs.

Cela tenait surtout à l'intérêt qu'il manifestait pour Shiloh. Il lui accordait beaucoup d'attention, alors qu'en général les étrangers, gênés par son handicap, choisissaient souvent de l'ignorer. Ils agissaient comme si elle n'existait pas.

En tout cas, Sam semblait ne rien attendre en retour de sa gentillesse.

Il n'empêche : Lucy se creusait la tête. Comment lui dire à quel point cette nouvelle rampe l'enchantait ? Peu à peu, elle sentit une idée germer dans son esprit. Elle était certes une piètre cuisinière, mais elle avait l'hospitalité du Sud chevillée au corps. Or cette hospitalité n'exigeait-elle pas qu'elle offre au moins une boisson à l'homme qui venait de lui rendre un tel service ?

— Sam, dit-elle alors, je ne sais comment vous remercier, mais… accepteriez-vous de rester dîner avec nous ?

Les yeux fixés sur elle, bras croisés, l'ombre d'un sourire narquois aux lèvres, Sam répondit :

— Ça dépend…

— De quoi ?

— De qui fait la cuisine.

Lucy éclata de rire. C'était une bonne façon de se distraire de l'attrait de plus en plus fort que lui inspirait Sam.

— Ce ne sera pas moi, affirma-t-elle.

— Pouvez-vous le mettre par écrit ?

— Dites donc, je ne suis pas si mauvaise que ça ! protesta-t-elle avec une moue. Quoi qu'il en soit, je promets de ne pas vous faire la cuisine, à condition que vous ne fassiez plus de miracle dans ma maison !

Sam posa ses mains sur ses cuisses. Lucy les suivit du regard. Impossible de détourner le regard de ses doigts longs et costauds, posés sur ses muscles puissants.

Que lui arrivait-il ? Quelle mouche la piquait, subitement ?

Autant être honnête : les hommes ne l'intéressaient plus depuis des années. Alors que se passait-il ? Allons, avec un peu de chance, son attirance envers Sam était purement biologique, rien de plus. Quoi de plus naturel pour une femme que d'être attirée physiquement par un homme tel que lui ? Ces yeux clairs, ce beau sourire masculin souligné de fossettes charmantes, ces cheveux blond cendré abondants… Tout cela était irrésistible. Cette attraction n'avait donc rien de répréhensible ni de malsain. En revanche, si elle sentait son corps réagir avec chaleur face à celui de Sam, rien ne l'obligeait à céder. Elle était parfaitement capable de prendre la décision d'ignorer les exigences de son corps !

Lucy retint un soupir. Certes, elle n'avait pas achevé ses études supérieures mais elle n'en avait pas moins fait quantité d'expériences scientifiques. En conséquence, elle savait une chose : dans la circonstance présente, il valait mieux qu'elle garde ses distances. Après l'échec de sa dernière liaison sentimentale, elle avait écarté le sexe opposé de ses préoccupations. Elle n'avait qu'à s'en féliciter, d'ailleurs, aussi bien pour elle-même que pour Shiloh. En fait, elle avait deux cœurs à protéger. Pas question de perdre son temps pour les beaux yeux d'un homme alors qu'elle savait très bien comment ça se terminerait.

Et pourtant… Sam se tenait à côté d'elle, dans le soleil de l'après-midi. La façon qu'il avait de la taquiner gentiment lui donnait le délicieux sentiment d'être spéciale… Désirée.

— Je ne peux rien promettre de cet ordre.

Lucy fut alors ramenée à la réalité par la voix de Sam. Elle le regarda. Ce n'était sans doute pas une bonne idée : sa bouche était aussi hypnotique que ses cuisses !

Quelle idée de l'inviter à dîner, enfin !

— J'accepte votre réponse pour le moment, répliqua-t-elle. Mais pour notre bien à tous les deux, je m'en tiendrai à ma promesse de ne pas faire la cuisine.

Il lui sourit et, d'un mouvement agile, sauta du petit muret. Il se tenait maintenant juste en face d'elle. Elle se sentit soudain prise au piège. Comment descendre à son tour du muret sans que leurs corps ne s'effleurent ? Elle n'eut pas à se poser la question longtemps. Sam posa ses mains autour de sa taille et la souleva, puis la reposa par terre. Un espace minime les séparait.

Lucy crut un instant qu'elle allait chavirer. Une lueur d'humour brillait au fond des yeux de Sam tandis qu'il la contemplait. La belle ligne de ses lèvres, sa mâchoire bien dessinée, la firent frissonner. Allons, pas question de faire quelque chose qu'elle regretterait par la suite ! La bouche sèche, elle ne parvenait pourtant pas à bouger.

— Je… je vais commander de la pizza, bredouilla-t-elle en se glissant entre le corps de Sam et le muret.

Thor agitait la queue avec frénésie. Lucy en était presque sûre, il se moquait d'elle. Le courage lui manqua pour regarder Sam et elle se dirigea vers la maison sans se retourner. Seul un verre d'eau fraîche chasserait l'incendie qui courait dans ses veines.

Pendant quelques secondes, Sam eut l'impression que ses pieds pesaient des tonnes. Puis il parvint à bouger et suivit Lucy dans la maison. Elle l'invita à s'asseoir sur le canapé et lui offrit le meilleur thé glacé de sa vie.

Depuis son arrivée au Texas, il en avait pourtant bu des quantités. Mais celui de Lucy était foncé, fort, avec juste ce qu'il fallait de sucre, de menthe et de citron. Il n'avait pas son pareil pour goûter un bon merlot ou un sauvignon, mais jamais il ne se serait imaginé en train d'analyser les parfums subtils d'un thé glacé.

Le tour inattendu que prenait sa vie le fit sourire. La situation était on ne peut plus simple : il se retrouvait assis dans la salle de séjour confortable d'une jolie femme qui arrivait à élever toute seule la fille qu'il avait eue avec Jennifer. Une fille dont il ignorait l'existence peu de temps auparavant.

Pourtant, il sentait une gêne tenace peser de plus en plus dans son cœur. Voilà trois jours qu'il était à Peach Leaf et il n'avait pas encore levé le voile sur son identité. Bon sang, il devait en parler à Lucy le plus tôt possible. Plus il attendait, plus il serait mal jugé en avouant sa paternité. S'il ne parlait pas, son omission ressemblerait davantage à un mensonge intentionnel qu'à l'envie de choisir le bon moment. Il perdrait toute crédibilité. Sachant cela, pourquoi lui était-il si pénible de rompre le silence ?

A ce moment-là de ses réflexions, Sam entendit la sonnette retentir. Le livreur de pizzas, certainement…

— J'y vais, cria Lucy depuis la cuisine.

Elle lui sourit en traversant le salon, et il sentit son cœur se serrer.

Tout à l'heure, il l'avait presque embrassée. Le simple fait de se rappeler le corps souple de Lucy, coincé entre lui et le muret, suffit à déclencher une multitude de visions très érotiques. Agréables certes, mais malvenues.

Pas de doute : une étincelle s'était produite entre eux. La façon dont Lucy s'était enfuie le prouvait, il n'était pas le seul à l'avoir ressentie. Pourtant, autant le reconnaître : la voir fuir l'avait soulagé. Cela lui avait épargné de commettre un acte répréhensible et irréparable. Mais pendant combien de temps encore parviendrait-il à s'en empêcher ?

Sam secoua la tête. Une nouvelle fois, il fallait qu'il se ressaisisse. Il était venu à Peach Leaf dans un but précis. Pas une seconde il n'aurait imaginé être ébloui par une jeune beauté rousse. Cependant, cela importait peu. Il refusait de dévier de sa volonté initiale : connaître sa fille. Shiloh et Lucy faisaient partie d'un même ensemble indissociable, il en avait nettement le sentiment. Elles formaient un tout, et il n'avait pas l'intention de s'immiscer entre elles, de troubler leur existence paisible. Il voulait juste trouver sa propre place, quelque part dans le tableau.

Le défi avait le mérite d'être clair : il s'agissait de devenir le père de Shiloh tout en étouffant son attirance pour sa tante. Jamais il n'aurait l'une sans l'autre. L'objectif se résumait en peu de mots : apprendre à gérer la situation en refrénant son attirance de plus en plus vive pour Lucy.

Pour commencer, il tiendrait ses mains à distance des courbes harmonieuses de la jeune femme. Même chose pour sa bouche…

Plus facile à dire qu'à faire, bien entendu…

Sam bondit alors du canapé et se précipita vers la porte pour l'atteindre le premier. Pas question qu'elle l'invite à dîner. Il n'avait pas fait grand-chose alors que Lucy, *elle*, s'occupait corps et âme depuis des années d'une enfant qui n'était même pas la sienne. Combien de sacrifices avait-elle faits ? Jamais il ne la remercierait assez de son abnégation !

Il arriva à temps, sortit de sa poche une poignée de billets et les fourra dans la main du livreur en le remerciant. Le jeune homme reparti, il claqua presque la porte derrière lui.

Toute rouge et manifestement dépitée, Lucy croisa les bras sur sa poitrine et lança :

— Qu'est-ce qui vous prend ? Vous m'avez presque renversée pour arriver le premier à la porte ! Laissez-moi au moins vous rembourser.

Tout en parlant, elle plissait le nez d'une manière absolument adorable. Etait-elle vraiment en colère ou faisait-elle semblant de l'être ?

Il opta pour la seconde hypothèse.

— Je ne veux pas que vous payiez ce repas pour moi.

— Pourquoi pas ? demanda-t-elle en le suivant dans la cuisine.

Sam déposa la pizza sur la table. Lucy avait mis le couvert dans la salle à manger. La cuisine était minuscule, ils se trouvaient de nouveau tout près l'un de l'autre. Attention, danger…

— Trouvez-moi vieux jeu si vous voulez, répondit-il. Ça m'est complètement égal.

— Comme c'est chevaleresque de votre part, ironisa Lucy en levant les yeux au ciel.

Pour être honnête, Sam ne se sentait pas chevaleresque pour deux sous. Car des images terriblement érotiques défilaient dans son cerveau. Il s'imaginait en train de dévorer la bouche de Lucy, ses grands yeux verts embués d'un désir égal à celui qu'il éprouvait. Heureusement, elle ne pouvait pas lire dans ses pensées. Sans quoi, elle aurait vite fait de le chasser de sa maison sans autre forme de procès.

Lucy le contourna soigneusement et ouvrit le carton de la pizza. Elle en découpa deux parts qu'elle déposa dans chaque assiette et les porta dans la salle à manger.

— Asseyez-vous et mangez, lui dit-elle. Et racontez-moi pourquoi vous n'acceptez pas une malheureuse pizza en remerciement de la magnifique rampe que vous m'offrez.

Sam n'avait plus le choix. Il s'assit en face de Lucy, but une gorgée de thé glacé et se lança :

— Je vous l'ai déjà dit, j'avais le temps et il fallait vraiment trouver une solution pour la petite.

Il commença à manger. Hum… Les Texans savaient peut-être faire le thé glacé, mais en matière de pizza…

Lucy, elle, ne mangeait pas. Elle le scrutait de son regard émeraude aux reflets dorés, semblables à ceux des étoiles qu'il avait observées la nuit précédente. En une nuit, il avait contemplé davantage d'étoiles que tout au long de sa vie de citadin. C'était étrange de se rendre compte que, tout ce temps-là, elles existaient bel et bien. Sauf qu'elles étaient simplement masquées, invisibles. Comme sa fille.

Lucy ne semblait pas convaincue par ses arguments. Elle posa ses mains sur la table et remarqua :

— Ça ne peut pas être aussi simple que ça.

Sam avala une nouvelle gorgée de thé glacé et demanda :

— Pourquoi pas ?

— Ce n'est pas possible, tout simplement, répondit-elle, les yeux fixés sur ses mains. Les hommes ne font pas des choses pareilles… pour moi. Ni pour Shiloh.

Il reposa son verre. Pendant quelques instants, il ne réagit pas. Il s'imagina soudain des hommes faisant la cour à Lucy ou se détournant de sa fille. Et puis il brisa le silence et rétorqua :

— C'est une enfant formidable. Ceux qui ne s'en aperçoivent pas sont des imbéciles qui ne méritent pas de l'approcher.

Les yeux brillants, Lucy le regarda en souriant. Elle entama enfin sa part de pizza.

— Je suis cent pour cent d'accord avec vous ! affirma-t-elle en mâchant, le front plissé. Mais quand même… c'est bizarre que vous soyez allé en ville pour acheter de quoi faire une rampe pour nous.

Elle avala une gorgée de thé glacé avant de poursuivre :

— Je ne suis pas psychologue, mais je sais qu'un homme qui accomplit un acte aussi généreux pour quelqu'un qu'il connaît a une bonne raison de le faire. Mais que dire s'il le fait pour quelqu'un qu'il connaît à peine ?

Sam la vit alors plonger les yeux au fond des siens.

— Alors, étranger, quelle est votre motivation profonde ? demanda-t-elle.

- 5 -

Sam sourit à Lucy, même s'il sentait son estomac se serrer. En un sens, le fait que la femme responsable de sa fille soit assez intelligente et perspicace pour le soupçonner d'avoir une idée derrière la tête le rassurait.

Après tout, elle avait de bonnes raisons de se méfier. Il ne pouvait pas lui dire la vérité, pas encore. Ce n'était ni le lieu ni l'heure. Il ne voulait pas aborder un tel problème ici. Désormais, quoi qu'il advienne, cette femme et lui étaient liés par Shiloh. Ils auraient obligatoirement une relation, qu'il souhaitait fructueuse… pour le bien de sa fille. Quand dirait-il la vérité à Lucy ? Aucune idée. Mais son intuition le laissait penser que le moment n'était pas encore venu.

D'un autre côté, il rechignait à lui mentir.

— J'ai été élevé par une mère célibataire, dit-il avant de finir sa première part de pizza.

Le travail de l'après-midi lui avait ouvert l'appétit. Il avala donc sa dernière bouchée et reprit :

— Mes parents m'ont eu très jeunes, ma mère a abandonné ses études pour s'occuper de moi. Elle était donc femme au foyer, et quand mon père nous a quittés, elle a dû se résoudre à faire des petits boulots, en général payés au lance-pierres, et même moins.

Le visage de Lucy avait beau exprimer ce qui semblait être une empathie totale, il ne pouvait pas s'empêcher de faire un parallèle entre cette histoire et sa propre situation. Certes, il existait des différences fondamentales : Jennifer avait gardé le secret sur leur fille, elle l'avait privé de sa paternité. Il n'empêche… Même si c'était contre son gré, il avait été absent, comme son propre père. Peu importe la raison, le résultat était le même.

— J'ai été plongeur dans des restaurants dès que j'ai pu, poursuivit-il. Entre nos deux salaires, nous arrivions à joindre les deux bouts, la plupart du temps.

Sam se rappelait encore ces longues nuits… Il attrapait le bus devant son école et partait pour des quartiers plus chics de Brooklyn, où il travaillait dans un bistro à la mode, jusqu'aux petites heures du matin. Ensuite il reprenait le bus et s'accordait quelques heures de sommeil. Pour recommencer le même cirque épuisant.

— Pour ma mère, c'était dur. Certains jours, elle aurait volontiers accepté une aide. Même venant d'un étranger.

Lucy hocha la tête. Elle comprenait, manifestement.

Lui-même ne mentait pas, d'ailleurs. Certes, il ne se retrouverait pas en ce moment assis devant Lucy s'il n'était pas poussé par le désir et la volonté de rencontrer sa fille. Mais quand même… Si, dans d'autres circonstances, l'occasion s'était présentée de construire une rampe d'accès pour l'enfant handicapé de quelqu'un d'autre, il l'aurait fait sans hésiter. Il adorait travailler de ses mains, créer de jolies choses utiles avec du bois. Des choses qui dépassaient en qualité et en âme ce que peuvent produire les machines.

— C'est donc moi qui devrais vous remercier, conclut-il.

Le front plissé, Lucy s'étonna :

— Comment ça ?

— A New York, je n'ai pas l'occasion de construire

quoi que ce soit. D'abord, je ne dispose pas d'un endroit où ranger matériel et outils. Et surtout, je manque de temps. Il y a longtemps que je n'avais pas fait quelque chose de mes mains.

Sans réfléchir, Sam effleura du bout des doigts les mains de Lucy posées sur la table. Le contact fugace avec sa peau douce et chaude lui donna des frissons. De son côté, la jeune femme parut sursauter légèrement. Elle non plus n'était pas indifférente à ces contacts, visiblement.

— Voilà pourquoi je vous remercie, acheva-t-il en tâchant de dissimuler son trouble.

Lucy se racla la gorge. Puis se leva précipitamment de table et emporta son assiette dans l'évier. Pas de doute, elle était troublée.

— Encore du thé ? proposa-t-elle d'une voix un peu trop haut perchée.

Sam s'assombrit un peu. Si le fait de se trouver seule avec lui dans une même pièce la remuait autant que lui, ils étaient tous les deux dans un sale pétrin.

— Non merci, répondit-il. Il est délicieux, mais si j'en bois trop, je ne dormirai pas de la nuit. Votre thé est plus fort que n'importe quel café.

Il la rejoignit près de l'évier, son assiette à la main.

Elle ne le regardait pas, mais il vit les coins de sa jolie bouche esquisser un sourire, et il sentit son cœur s'emballer.

— Merci pour le dîner, dit-elle en se tournant vers lui.

Les yeux verts de Lucy brillaient d'un éclat particulier. Il eut soudain l'impression que la température de la pièce avait aussitôt augmenté de quelques degrés.

De peur de gâcher la grâce de ce moment, Sam garda pour lui les mots qui allaient franchir ses lèvres. S'il se trouvait à Peach Leaf, c'était pour Shiloh. C'était un fait.

Pourtant, chaque minute qui passait lui donnait envie de mieux connaître Lucy. En général, ses restaurants accaparaient son temps, ce qui lui laissait peu de place pour des relations sentimentales. Dans l'ensemble, cela lui convenait très bien, d'ailleurs. Bien entendu, il ne refusait jamais une soirée ou une nuit avec une femme attirante, mais il prenait garde à ce que la relation n'aille pas au-delà. Reste qu'avec Lucy, c'était différent.

Et pourtant… elle entrait dans sa vie avec un cortège de risques qu'il ne se sentait pas prêt à assumer. Quand il lui dévoilerait son identité, il aurait besoin de son soutien et de sa coopération. Il connaissait ses droits, son avocat les lui avait exposés : il pouvait voir Shiloh. Mais il serait tellement plus simple pour eux trois que Lucy l'autorise volontiers à tenir un rôle dans la vie de la petite. Seulement, la moindre erreur deviendrait vite une entrave.

Si seulement il parvenait à maîtriser son corps, qui devenait de plus en plus fébrile en présence de Lucy. Que se passait-il entre eux au juste ? Qu'est-ce qui le poussait à oublier les règles qu'il s'était fixées lui-même ?

Sam faillit sursauter en entendant la voix douce de Lucy :

— Ça va ? lui demanda-t-elle d'un ton bizarre.

Comme si elle savait ce qui le préoccupait !

Sam répondit d'une voix rauque :

— Bien sûr !

Elle secoua alors la tête et proposa :

— Ecoutez… Aimeriez-vous que je vous montre le reste de l'observatoire ? Le premier jour, j'ai laissé de côté quelques-uns de mes coins préférés. Si cela vous tente, évidemment, et si vous n'avez rien d'autre à faire. Vous êtes nouveau ici, et vous avez peut-être envie de faire la visite avant l'invasion des touristes ?

Sur ces mots, elle pencha la tête sur le côté et joignit les mains d'un air nerveux qu'il commençait à connaître.

Sam se sentit frémir. A quoi bon le nier ? Il voulait en découvrir encore bien davantage à son sujet. Le plus possible. En fait, il devrait refuser poliment sa proposition et retourner au Bed and Breakfast pour y passer une nuit confortable. Sa logeuse, une vieille dame charmante, faisait son possible pour se faire pardonner son oubli du premier jour. Dans ce but, elle lui avait octroyé une remise importante, qu'il avait bien entendu refusée. Mais la gentillesse de la vieille dame l'avait touché.

Pourtant, même si une petite voix dans sa tête lui conseillait de refuser, il accepta.

— Super ! s'écria aussitôt Lucy en battant des mains avec un enthousiasme qui le fit frémir.

Elle se faufila alors entre la banque de la cuisine et lui, prit son sac à main et en sortit son portable.

— J'envoie juste un texto à Shiloh pour lui demander de nous rejoindre quand Paige la raccompagnera.

Sam ne put s'empêcher de sourire. L'idée de passer quelques heures avec sa fille et Lucy le comblait. Le cœur léger, il attendit qu'elle envoie son message.

— Paige était le professeur favori de ma nièce à l'école primaire, expliqua-t-elle en cherchant ses clés. Maintenant, elle enseigne à mi-temps au collège. Shiloh fait parfois du baby-sitting pour son fils et sa fille. Aujourd'hui, elle aide pour la fête d'anniversaire du petit.

Les yeux de Lucy brillaient d'un éclat particulier quand elle parlait de sa nièce.

Sam sentit naître en lui un sentiment de fierté doux et amer à la fois. Sa fille était merveilleuse, et il n'y avait en rien contribué. Il n'avait eu aucune influence sur la personne qu'elle était devenue. Unique, intelligente, jolie, courageuse. Avait-il quelque chose à lui offrir qu'elle n'avait pas déjà ? Cette question le taraudait.

Et si elle se débrouillait très bien sans lui ? Ne commettait-il pas une erreur en s'incrustant ici ? Avait-il le droit de revendiquer une place dans la vie de sa fille ? La méritait-il ? Bon sang, tout cela lui donnait le tournis.

— Prêt ? demanda alors Lucy.

— Prêt ! mentit-il.

Il ne se sentait plus prêt à rien.

Il se sentait même tout sauf prêt.

— Courage, nous y sommes presque, monsieur le citadin !

— Je n'ai peut-être pas l'habitude d'arpenter la campagne, rétorqua Sam. Mais à New York, nous faisons tout à pied. Alors, méfiez-vous, nous sommes de bons marcheurs !

Lucy se mit à rire. Elle adorait taquiner Sam, mais en fait, sa forme l'impressionnait. Ils venaient de gravir une colline escarpée pour se rendre à son télescope préféré. Le sentier était assez régulier mais pentu, bordé de lupins bleus, la fleur emblématique du Texas, et de bosquets fleuris. Elle et Shiloh y couraient leurs cinq kilomètres chaque dimanche, en guise d'exercice. Mais elle n'aurait jamais cru qu'il suive le rythme à ce point.

Bref, Sam était plus fort que prévu, plus talentueux aussi, et ce qui ne gâtait rien, plus sexy.

A vrai dire, elle était la première surprise. Dès le premier jour, au café, quand il les avait sauvées du désastre, elle avait remarqué son physique avantageux. Mais à cet instant, sa beauté masculine lui apparaissait dans tout son éclat. Comment en aurait-il été autrement, alors qu'elle l'avait découvert devant sa porte dans son jean serré et son T-shirt, en train de lui préparer le plus merveilleux cadeau qu'elle ait jamais reçu ?

Oui, en présence de Sam, elle se souvenait qu'elle demeurait une femme. Alors que la plupart du temps, elle avait l'impression de n'être que l'éducatrice de Shiloh. Oh ! jamais elle ne regrettait ce rôle, ça non. Mais au fil des années, elle avait presque oublié pourquoi, à un moment de sa vie, elle avait cédé comme les autres au manège de la séduction, avant d'y renoncer complètement.

En fait, n'aurait-elle pas dû en vouloir à Sam de titiller cette partie d'elle-même qu'elle avait choisi d'enterrer ? Cela l'aurait bien arrangée, mais c'était le contraire qui se produisait. Elle ne pouvait s'empêcher de ressentir envers lui une violente attirance, surtout depuis qu'il montrait un véritable intérêt à la fois pour Shiloh et pour elle. Cet homme était-il vraiment tel qu'elle le voyait ? Un type beau et gentil, avec un cœur gros comme ça ?

Une fois au sommet de la colline, Lucy se tourna vers Sam. A quelques mètres d'elle, il contemplait la vue, le front à peine voilé de sueur, alors qu'elle était en nage. Un comble !

Elle se reposa une minute, le temps d'admirer le ciel d'azur, puis tira une clé de son sac et déverrouilla la grille à quelques mètres d'eux. La présence de Sam juste derrière elle la troublait, elle respirait avec peine. En tout cas, arriver à destination la soulagea. Montrer son télescope préféré à son nouveau cuisinier constituait une diversion bienvenue. Lui en expliquer le fonctionnement la libérerait un moment de son trouble. Du moins jusqu'à l'arrivée de Shiloh.

— Voici mon deuxième enfant, annonça-t-elle en s'effaçant pour que Sam admire le télescope.

Celui-ci éclata de rire et commenta :

— Magnifique ! s'exclama-t-il en appréciant les proportions de l'appareil.

Lucy sentit son cœur bondir de plaisir à l'idée que son télescope préféré impressionnait Sam.

— C'est un petit bijou, pas vrai ? lança-t-elle. C'est le plus petit télescope de l'observatoire, mais il n'en est pas moins spécial. J'aime penser qu'ils forment tous une sorte de famille.

Lucy invita alors Sam à la suivre à l'intérieur de la salle de contrôle. Faire visiter son domaine l'excitait tellement qu'elle avait l'impression de ne plus pouvoir s'arrêter de parler.

— L'appareil que vous venez de voir n'est pas aussi précis que certains des autres équipements, mais les scientifiques s'en servent pour leurs projets de recherche. Scanner de larges sections, c'est sa spécialité. Chacun de nos appareils a sa fonction propre, unique. Ils sont tous vitaux pour la recherche. Mais celui-ci, c'est mon préféré.

— Il est unique comme l'est chaque être humain, dit Sam.

Lucy prit un moment pour réfléchir à cette remarque. Elle le dévisagea, mais il se penchait déjà sur les différents ordinateurs qui recueillaient et analysaient les informations produites par le télescope.

— Exactement, répondit-elle enfin.

Elle se sentit soudain heureuse. Sam partageait un point de vue qu'elle nourrissait depuis des années sans jamais en avoir parlé à quiconque. Aucun de ses petits amis n'avait montré un véritable intérêt pour son travail, alors même que c'était un aspect vital de sa personnalité. Le fait de ne pas avoir de diplôme en astronomie ne l'avait jamais empêchée de se tenir au courant des nouveautés scientifiques. Les chercheurs de l'observatoire étaient d'ailleurs heureux de partager le fruit de leurs travaux avec elle. Sans doute étaient-ils heureux de commenter leur travail avec une non-spécialiste sans que son regard ne s'effarouche au moindre mot technique ?

Lucy se tenait immobile, suivait Sam du regard. Il arpentait la petite pièce, l'air manifestement fasciné par le métal, le plastique et le verre qui constituaient le remarquable instrument.

— J'ai toujours été subjugué par le ciel nocturne, dit-il.

Sa main virile effleurait à peine le télescope, il parlait d'une voix douce et, visiblement, sincère :

— Pourtant, d'un côté, je préfère la ville, où il est impossible de mesurer à quel point le ciel est… infini.

— C'est normal, répondit-elle. Il est humain d'avoir peur des choses qui nous dépassent, de tout ce que nous ne comprenons pas.

Comme j'ai peur de vous.

Imperceptiblement, Lucy laissa son esprit dériver. Elle songea au jour où elle avait regardé le ciel pour la première fois à l'aide d'un des télescopes de son père. Elle avait découvert les anneaux de Saturne et avait éprouvé une stupeur presque insoutenable. Elle avait alors fui la salle de contrôle, couru jusque chez elle et s'était cachée sous ses couvertures, incapable d'exprimer par des mots ce qu'elle avait ressenti. Son père était venu la retrouver. Loin de se moquer de sa peur, il l'avait tenue dans ses bras et lui avait expliqué que la beauté énigmatique de ces anneaux était constituée de simples particules de glace, de poussières et de roches provenant du passage de météores et de comètes que la force de gravité de la planète Saturne attirait et rassemblait. Alors, elle eut le sentiment que tout prenait forme dans son esprit et devenait un peu moins effrayant.

Ce jour-là décida de sa vocation scientifique. Elle fut animée du désir intense et exigeant de trouver une explication aux choses de la vie qui la déroutaient. Par exemple, pourquoi sa mère les avait-elle abandonnés alors qu'elle était encore enfant ? Pourquoi son père n'avait pas davantage essayé de la retenir ? La science lui avait rarement fait faux bond, ça non, mais certains événements demeuraient difficiles à avaler.

Heureusement, Sam étudiait l'équipement avec trop d'intérêt pour remarquer sa tristesse soudaine.

— Quand je regarde là-haut, dit-elle d'une voix guère assurée, je ne vois que beauté et infini.

A ces mots, quelque chose d'étrange et d'indéfinissable sembla passer dans le regard de Sam, mais cela ne dura qu'un instant.

— Avez-vous songé à y aller ? demanda-t-il.

— Où ?

Sam montra du doigt le ciel.

— Là-haut ? dit-elle d'une voix étouffée.

Tout le temps. J'y pense sans cesse.

— Pas vraiment, répondit-elle pourtant.

Lucy retint un soupir. Parfois, un petit mensonge valait mieux que la vérité. En tout cas, ça faisait moins mal.

— Je n'en crois pas un mot, dit-il alors.

Tranquillement. Comme s'il avait percé à jour ses rêves les plus profonds !

Elle vit soudain Sam s'approcher d'elle, ce qui électrisa l'espace entre eux. L'incroyable faculté qu'il avait de lire en elle sans vraiment la connaître la stupéfiait, mais la faisait aussi palpiter. Peut-être ne s'en apercevait-il pas ? Ou peut-être voulait-il seulement se montrer gentil ? En tous les cas, en quelques mots, il venait d'exprimer davantage d'intérêt pour ses rêves les plus secrets que n'importe qui d'autre.

Sauf son père. Avec lui, elle partageait une même fascination pour le cosmos. Ce n'était pas le cas avec Sam. Mais au moins, il s'intéressait à ce qu'elle aimait.

Et c'était déjà beaucoup…

Au même moment, Lucy eut une envie : celle de se laisser aller, de s'abandonner au bien-être qu'elle éprouvait en sa compagnie, comme on nage dans un lac tranquille et tiède les nuits d'été. Mais les choses étaient rarement aussi simples qu'elles le paraissaient. Pouvait-elle faire entièrement confiance à Sam ? Elle n'en était pas encore sûre. Certaines fois, les gens en qui elle avait voulu croire lui avaient caché des choses qui lui avaient ensuite explosé au visage, bouleversant le cours de son existence en quelques minutes. Pas question de revivre ce genre de désillusion ! Il valait donc mieux s'en protéger au maximum. C'était la sagesse même, mais ce n'était pas toujours facile à mettre en pratique.

— Ça m'a traversé l'esprit une fois ou deux, avoua-t-elle alors d'une petite voix.

Lucy devait bien l'avouer : elle éprouvait de la difficulté à cacher des choses à Sam. Lui qui était si ouvert, d'un abord si agréable, qui n'exigeait rien d'elle, qui ne faisait preuve d'aucun préjugé à son égard. En un mot, qui lui donnait envie d'être elle-même.

— Puis-je vous poser une question, Lucy ?

Sam s'était détourné du télescope et la regardait, ses yeux brillant dans la lumière argentée qui s'infiltrait dans la pièce.

Lucy prit soudain conscience qu'elle n'avait pas allumé l'interrupteur. L'obscurité, qu'elle remarquait soudain, la fit frissonner. Jamais elle n'avait perçu cet endroit comme aphrodisiaque. Extraordinaire, oui. Mais romantique, jamais. Sauf qu'entre les quelques rais de lumière qui faisaient briller les yeux ambrés de Sam, l'air chaud qui les entourait et les dimensions modestes de la pièce, elle sentait désormais les battements de son cœur redoubler d'intensité.

— Bien sûr, répondit-elle d'une voix qu'elle voulait détachée.

En fait, elle éprouvait une terrible appréhension.

Malgré ses efforts répétés, elle se trouvait presque dans l'impossibilité de dissimuler à cet homme ses véritables émotions. Chaque fois qu'elle ouvrait la bouche, elles la trahissaient, s'échappaient d'elle, comme l'eau qui s'échappe à l'ouverture d'un barrage.

— De toute évidence, tout ceci vous passionne, dit-il alors en désignant la pièce et le télescope. Vous êtes intelligente, volontaire, travailleuse. Alors si vous vouliez aller dans l'espace, qu'est-ce qui vous en a empêchée ?

Lucy réfléchit. Elle avait déjà longuement ressassé cette question, au fil du temps. Chaque fois, la même réponse s'imposait. Shiloh. Mais venant de Sam, qui ne connaissait pas son histoire, c'était comme entendre la question pour la première fois. Du même coup, la réponse ne semblait plus tout à fait aussi claire. Quand sa sœur avait déposé sa petite fille sur le seuil de sa maison, elle avait vu sa vie s'arrêter brusquement. Un jour, elle était une jeune étudiante en astronomie pleine d'avenir, le lendemain, elle se retrouvait dans la peau d'une mère de famille. Tout cela sans l'avoir décidé. Mais était-ce la vraie raison pour laquelle elle n'avait pas accompli son rêve ? N'aurait-elle pas cédé à la peur, si l'occasion s'était présentée ?

Comment en être sûre ? Que serait-il advenu si Jennifer n'avait pas fait ces choix qui avaient tout bouleversé ?

A plus d'un titre, c'était bien plus désespérant que d'avoir fait ses propres choix, pour le meilleur ou pour le pire.

Lucy scruta Sam : jusqu'à quel point était-il sincère ? Elle hésita quelques secondes. Pourquoi voulait-il en savoir autant sur son compte, sur son passé ? Non, autant se rendre à l'évidence : être si méfiante n'avait aucun sens. Pourquoi continuer à tergiverser sur les pensées secrètes de cet homme ? Il n'était dans sa vie que depuis quelques jours, mais jusqu'ici, en quoi avait-elle à se plaindre de lui ? Il ne lui avait encore donné aucune raison de douter de ses propos. Pourquoi persister à croire qu'il avait d'autres motivations que celles qu'il lui avait exposées ? Il avait laissé sa vie passée derrière lui et voulait repartir de zéro dans une petite ville : ne pouvait-elle pas se satisfaire de cette explication ? Plus tard, si d'aventure ils devenaient amis, ou même davantage, si elle l'autorisait à mieux la connaître, à ce moment-là, elle demanderait des explications plus précises. Elle lui donnerait l'occasion de s'épancher sur sa vie passée, sur les raisons qui avaient motivé son changement de vie.

Mais chaque chose en son temps. Pour le moment, elle se contenterait d'être honnête envers lui. Jusqu'à maintenant, cela ne lui avait guère réussi, en général. Mais cette fois-ci, tout semblait différent. Sam était différent. Il n'existait aucune raison valable pour le comparer à ses échecs passés.

— Beaucoup de raisons m'en ont empêchée, répondit-elle finalement. Bien entendu, la principale, c'est Shiloh. Quand elle a débarqué dans ma vie, je n'ai pas hésité un instant à en accepter la charge. Elle était de ma famille. Mais pour être honnête, j'aimerais parfois pouvoir revenir en arrière, tout recommencer. Mais pour cela, il faudrait que Jennifer aussi revienne en arrière, prenne un nouveau départ. Elle a fait des choix que je n'aurais pas faits, et pourtant, ils ont interféré dans ma vie d'une manière qui ne m'a pas permis de m'en détourner. Et au bout du compte, même si les choses ne se sont pas passées comme je l'avais prévu, je ne changerai pour rien au monde la situation présente. Shiloh est tout pour moi. Elle est merveilleuse, je la considère comme mon enfant.

Le front plissé, Sam la dévisageait sans l'interrompre. Sans doute attendait-il patiemment qu'elle en dise plus si elle en ressentait le besoin… Ah, ce qu'elle pouvait aimer sa discrétion, la possibilité qu'il lui offrait de s'ouvrir, d'être elle-même, sa façon d'accepter qu'elle se dévoile pas à pas. Le savoir à l'écoute l'amenait en douceur à parler, à être sincère. Cela devenait même dangereux. En un mot, elle avait envie qu'il reste, à quoi bon se mentir ?

En même temps, cela l'effrayait au plus haut point.

— Parfois, poursuivit-elle, nous ne choisissons pas notre propre voie. La vie nous place devant certaines circonstances, et nous devons en tirer le meilleur. Shiloh m'a tant appris sur ce qui compte vraiment. Je ne connais personne d'aussi courageux qu'elle. Si Jennifer n'avait pas décidé de me donner son enfant, de m'en confier le soin pendant toutes ces années, je n'aurais pas eu l'occasion d'élever une fille aussi précieuse que ma nièce.

Un sourire creusa deux fossettes au coin de la bouche de Sam. Tête baissée, il contemplait ses pieds.

— Elle est vraiment spéciale, cette petite…, dit-il.

— Vraiment…

Quand Lucy vit Sam relever la tête, il avait un visage impassible, qui ne trahissait rien de ses pensées.

— Je sais que… que ça ne me regarde pas, commença-t-il. Ma question vous a déjà mise mal à l'aise, quand je vous l'ai posée. Mais… qu'est-il arrivé à Shiloh ? Comment est-elle devenue infirme ?

Lucy sentit aussitôt son cœur se mettre à battre de toutes ses forces. Que dire ?

— Ça me met mal à l'aise, en effet, répondit-elle.

Elle se détourna et se rapprocha du télescope, dont elle caressa le métal froid, comme pour y trouver un réconfort. Ce qui était parfaitement illusoire, elle le savait bien…

— Ce n'est pas votre question qui me gêne, corrigea-t-elle. Mais il m'est pénible d'en parler.

— Vous n'y êtes pas obligée… Je ne veux pas vous blesser. C'est simplement que… la vie de Shiloh m'intéresse. Elle est tellement forte, je me demande à quoi sa vie ressemblait avant l'accident.

Lucy se tourna vers lui.

— Pour être honnête, avant l'accident, la vie de Shiloh était devenue plutôt confuse. C'était l'époque où Jennifer avait cessé de lui rendre visite. Avant, elle débarquait de temps en temps. On ne savait jamais quand elle apparaîtrait, ni combien de temps elle resterait. Ce n'est pas une situation facile pour une enfant. Au cours de son adolescence et de sa prime jeunesse, ma sœur a eu des problèmes, mais elle ne les a partagés avec moi que plus tard. Mes parents et moi, nous n'en parlions même pas. Ado, elle avait l'air d'aller bien, elle paraissait heureuse. De nous deux, c'était elle la plus extravertie, toujours prête à rencontrer les gens, à faire de nouvelles expériences. Ça ne veut pas dire que tout était parfait. Elle traversait parfois des périodes sombres, pendant lesquelles elle était à l'opposé de sa personnalité habituelle. C'était comme si elle s'enfermait en elle-même à double tour, sans laisser entrer personne.

Lucy s'arrêta un instant, avant de reprendre :

— Mes parents m'ont finalement appris qu'elle souffrait de troubles bipolaires. A partir de ce moment-là, tout a fait sens. C'était certes effrayant, mais rassurant quand même. Ses réactions brutales me sont apparues sous un autre jour. A certains moments, elle voulait tout faire, tout devenir, personne ne pouvait la raisonner ni l'arrêter. Elle rentrait de l'école tout feu tout flamme, m'empêchait de faire mes devoirs et nous vivions toutes les aventures qui lui traversaient l'esprit.

Tandis qu'elle parlait, Sam s'était assis sur une chaise devant un ordinateur, les mains sur les genoux. Une douce empathie se peignait sur ses traits. Encore une chose qu'elle aimait chez cet homme : c'était comme s'il était dans sa tête, comme s'il vivait ses émotions au fur et à mesure qu'elle en parlait. Mais sans jamais exprimer la moindre once de pitié ou de commisération.

Lucy sentit sa gorge se nouer. Au fil des années, au contraire, elle avait dû s'accoutumer aux regards compatissants de ceux qui la plaignaient ou, pire encore, qui avaient pitié de Shiloh. Sam agissait différemment. Il cherchait à connaître son cœur et non à dénigrer ses choix. Du coup, comme elle se sentait de plus en plus à l'aise, elle continua à s'exprimer, à partager avec lui :

— Mais au fur et à mesure que Jennifer grandissait, ses aventures devenaient de plus en plus dangereuses. Elles impliquaient souvent d'autres personnes, des garçons principalement. Certaines fois, elle ressentait trop de choses, sans savoir les analyser. Dans ces cas-là, elle déversait tout en vrac sur la première personne venue. Comme elle était très jolie, ces personnes étaient souvent des hommes. Inutile de dire que, dans une si petite ville, une telle attitude n'est pas passée longtemps inaperçue. Mes parents ont fait leur possible pour l'aider à se soigner. Mais Jennifer avait du mal à respecter la prise de médicaments, elle faisait souvent semblant d'avaler ses pilules, les recrachait en cachette. Ces remèdes la rendaient bizarre, affirmait-elle. Elle détestait le brouillard dans lequel ils la plongeaient. Ça a généré des disputes avec mes parents. Ce qui n'a pas arrangé leurs problèmes de couple. Ils se sont sentis impuissants, ils ne parvenaient pas à s'aider mutuellement. C'est devenu trop pour maman. Et un jour… elle est partie.

Sam releva alors la tête et Lucy croisa ses yeux chauds.

— Où est allée votre mère ? s'enquit-il.

Elle haussa les épaules.

— Je n'en sais pas plus que vous. Elle ne nous a jamais téléphoné, jamais écrit, elle n'est jamais revenue.

Elle se massa la nuque d'une main lasse pour évacuer la tension de cette journée de travail, puis reprit :

— Elle avait presque complètement disparu. Sans elle, je crois que mon père s'est senti encore plus désarmé devant Jennifer.

Lucy tourna autour du télescope dans l'espoir de retrouver son souffle. Elle contrôlait mal l'émotion qui montait en elle, inutile de le nier. Elle n'avait pas évoqué tout cela depuis des années, à savoir depuis qu'elle avait mis Tessa au courant de ce qui était arrivé à Jennifer. Mais c'était différent. Sa meilleure amie connaissait sa sœur, elle n'avait pas besoin du contexte pour comprendre. En parler à un étranger représentait une sorte de gageure. D'un autre côté, c'était réconfortant, d'une certaine manière. Après tout, avait-elle bien fait de tout garder enfoui en elle jusqu'à maintenant ?

Pourtant, elle n'aurait pas fait ces confidences à n'importe qui. Elle avait choisi de les partager avec Sam. D'abord parce qu'il avait posé la question, mais surtout parce qu'elle commençait à lui faire confiance. Malgré tout.

Lucy contourna alors le télescope, le rejoignit lentement, tira une chaise et s'assit en face de lui. Il la surprit en posant la main sur la sienne, pour l'étreindre brièvement avant de la relâcher. Ce contact lui fit l'effet d'un jet d'eau froide revigorant et elle frissonna. Comme si ses nerfs avaient tressailli sous sa peau.

Sans dire un mot, Sam se contenta de lui sourire d'un air engageant qui l'incita à poursuivre :

— Malgré le fait qu'elle ne s'appliquait jamais, Jennifer était brillante. Quand elle a été acceptée dans une université à New York, mon père pensait que ça lui ferait du bien de s'éloigner de la maison et d'entamer une nouvelle vie. Au début, ça a d'ailleurs très bien marché. Elle prenait ses médicaments, assistait aux cours, et travaillait. Moi qui avais eu tant de mal à lui faire ouvrir ses livres à la maison ! Seulement, un jour, sans crier gare, elle a arrêté. Comme elle était loin de nous, papa a mis du temps à comprendre ce qui se passait. La faculté lui a envoyé un courrier, lui notifiant l'échec de Jennifer à ses examens. Bien entendu, il a essayé de la raisonner, mais elle disparaissait parfois pendant des jours, personne ne savait où elle était.

Sam bougeait sur sa chaise, son visage exprimait une sorte de préoccupation, des lignes se creusaient sur son front. Mais il se contenta de hocher la tête. Alors elle poursuivit :

— Et puis un jour, Jennifer est réapparue, pâle et fatiguée. Elle a refusé de nous parler de la fac, déclarant simplement qu'elle avait besoin de faire une pause. Le premier semestre avait été trop difficile, elle reprendrait une fois prête. Elle avait obtenu une dispense et serait reprise quand elle le voudrait : c'est ce qu'elle a prétendu. Deux mois plus tard, j'ai fini par comprendre qu'elle était enceinte. Je l'ai supplié de me dire qui était le père, ou de le prévenir, pour qu'il puisse lui venir en aide, qu'ils supportent la situation à deux. Pendant très longtemps, elle n'a rien voulu me dire, même pas si elle avait prévenu le père. Mais un jour où j'insistais encore plus que d'habitude, elle m'a dit qu'elle lui avait tout raconté.

Lucy enfouit son visage dans ses mains et soupira. Puis elle releva la tête et regarda Sam droit dans les yeux.

— Le père lui a répondu qu'il s'en moquait, il ne voulait pas connaître le bébé, et lui avait demandé de ne plus jamais le contacter. Ce sale type ne voulait plus entendre parler de Jennifer ni de son enfant ! J'ai poussé ma sœur à prendre un avocat pour essayer de responsabiliser le père. Mais ma sœur refusait catégoriquement. Elle m'a demandé de ne rien entreprendre dans ce sens-là. Pendant quelque temps, j'ai été verte de rage à l'égard de cet homme égoïste et irresponsable. Mais un jour j'ai fini par comprendre une chose fondamentale : si le père de Shiloh ne voulait pas entendre parler d'elle, c'est qu'il ne méritait pas de la connaître. C'est lui le perdant, dans l'histoire.

A ces mots, Lucy leva les yeux au plafond et laissa échapper un nouveau soupir. Jusqu'à cet instant précis, elle n'avait pas remarqué le soulagement qui l'envahissait peu à peu, ce soulagement qui remplaçait le chagrin ancré dans son cœur depuis des années. Chaque mot prononcé, chaque souffrance partagée relâchait la tension de son corps fatigué.

Sam, lui, observait un silence pesant, l'espace entre eux en était saturé de tension. Mais tant pis, elle était allée trop loin, quelque chose de puissant la poussait à terminer son histoire.

— A la naissance du bébé, Jennifer a repris ses médicaments et, pendant un temps, tout s'est bien déroulé. Elle avait pris un appartement à New York. Sur le même pallier qu'elle, une charmante vieille dame s'occupait de Shiloh pendant que Jennifer suivait deux heures de cours à la fac et travaillait à la maison le reste du temps. Quand elle me téléphonait, je sentais qu'elle avait une vie difficile, mais elle aimait le bébé et faisait de son mieux. C'était du moins le message qu'elle voulait faire passer.

Lucy croisa ses mains sur ses genoux.

— Elle aurait dû être honnête avec moi, m'avouer que c'était vraiment très dur. Jamais je ne l'aurais abandonnée à elle-même. J'aurais arrêté la fac quelque temps pour venir à son secours. Mais elle ne m'a pas confié ses problèmes, sans doute par peur d'échouer une nouvelle fois. Elle avait déjà souvent échoué dans le passé, elle a sans doute eu peur que ça détruise notre père. Elle a donc tout gardé pour elle pendant des mois. Ce printemps-là, quand je suis revenue passer les vacances à la maison, un jour, la sonnette de la porte d'entrée a retenti. Quand mon père a ouvert la porte, il a découvert un bébé dans un couffin en osier. Un petit bout de papier était épinglé à ses vêtements. Tout ce que nous avons vu de Jennifer, c'est un taxi qui disparaissait au loin. Pendant des années, je n'ai plus eu de nouvelles de ma sœur.

Le visage fermé, impénétrable, Sam se tenait le menton dans une main.

— Si vous voulez, je peux arrêter de parler, souffla Lucy. Je ne sais pas pourquoi je continue. Je crois que…

vous êtes… vous êtes quelqu'un à qui il est facile de parler.

Quelqu'un à qui il est facile de parler.

Quelqu'un à qui il est facile de mentir.

- 6 -

Sam sentait son sang bouillir dans ses veines, l'adrénaline et la colère faisaient rage en lui. Pourquoi Jennifer ne lui avait-elle rien dit ? Pourquoi ne l'avait-elle pas prévenu ? Et surtout pourquoi avoir menti à Lucy, en prétendant l'avoir averti ? S'il avait été mis au courant, il l'aurait aidée, cela ne faisait aucun doute. Il aurait pris le relais et élevé Shiloh lui-même, si elle ne s'en était plus sentie capable. Bien sûr, à l'époque, il était jeune, stupide et impatient, il avait fait beaucoup de mauvais choix avec les femmes. Mais rien de cela ne justifiait qu'on lui cache son enfant. Shiloh était sa fille à lui aussi !

Autant le dire tout net : il se sentait volé, tenu à l'écart de quantité de moments précieux qu'il ne vivrait jamais. Le premier sourire de Shiloh, ses premiers mots, ses premiers pas. Son cœur saignait à la pensée de toutes ces étapes dont on l'avait privé.

Alors même que la colère le secouait, il éprouva le brusque désir de toucher Lucy, d'être contre elle.

Il tendit alors le bras et, cette fois, prit les mains de Lucy dans les siennes.

— Je vous en prie, n'arrêtez pas, dit-il d'une voix pressante. Je suis simplement très triste de ce qui vous est arrivé. Vous étiez si jeune pour prendre sur vous une telle responsabilité.

Une responsabilité qui m'incombait.

Les yeux verts de Lucy se plissèrent dans la lumière de plus en plus faible qui filtrait dans la salle de contrôle.

— C'est gentil à vous de vous préoccuper de moi, dit-elle. Mais ne croyez pas une seconde que je regrette de m'occuper de Shiloh. Elle a changé le cours de ma vie, c'est certain, mais elle lui a aussi donné un sens et un but. Elle m'a appris à aller de l'avant, à accepter le changement, même quand il semble effrayant.

Elle secoua la tête et poursuivit :

— Si j'avais le pouvoir de revenir en arrière, je ne changerais rien à ma vie. Elle n'est pas comme je l'avais imaginée, mais Shiloh n'en demeure pas moins la meilleure chose qui me soit arrivée.

Sam sentit sa poitrine se serrer à l'idée d'avoir bouleversé cette jeune femme si attachante. Mais il lui fallait en apprendre davantage, même au risque de lui faire mal. Il se força donc à poser la question, celle qui lui brûlait les lèvres, même si c'était une mauvaise idée. Seulement, il ne pouvait pas s'en empêcher. Il fallait qu'il sache.

— Lucy ?

— Oui ? murmura-t-elle.

Elle était sans doute perdue dans ses souvenirs, voyant dans son esprit défiler les images de la fille dont *lui* avait été privé. Certes, il ne voulait pas la blesser, mais il avait le droit de savoir.

— Qu'est-il arrivé à Shiloh ? Pourquoi est-elle en fauteuil roulant ? Pourquoi ses jambes ne fonctionnent-elles pas ?

Lucy demeura silencieuse un moment, Sam lui accorda tout le temps nécessaire. Il attendait, mais il était résolu à ne pas quitter la pièce avant d'entendre l'explication qu'il voulait entendre.

Elle se leva brusquement en le heurtant avec les genoux et se dirigea une nouvelle fois vers le télescope. Elle le caressa du plat de la main. Difficile de ne pas comprendre la paix que lui apportait le contact du métal lisse, c'était comme un ancrage dans le réel.

Au bout d'un moment, il se sentit gagné par une sorte d'impatience. Impossible de continuer à la regarder arpenter la petite pièce sans voir son visage. Du coup, il se leva aussi et s'avança jusqu'à se retrouver juste derrière elle. Il voyait ses épaules graciles se soulever et retomber au rythme de sa respiration irrégulière. Bon sang, il mourait d'envie de la toucher, de passer ses doigts dans les boucles cuivrées de ses cheveux. Il était en proie à des émotions contradictoires. D'un côté, il aurait voulu qu'elle continue à parler, il aurait aimé la forcer à lui communiquer d'autres informations sur sa fille. Mais de l'autre, il était à deux doigts de succomber au désir de la prendre dans ses bras, pour faire des choses qui les détourneraient tous les deux de leurs soucis.

Sam songeait au contact de la peau de Lucy, au goût qu'aurait sa bouche pulpeuse, il rêvait de s'abandonner à ce que son corps lui disait.

Il se tenait derrière elle, bras ballants, poings serrés. Non, il ne la toucherait pas, pas question de déclencher des événements qu'il ne serait pas en mesure d'arrêter. Ce serait suicidaire, alors qu'il était si proche de découvrir ce qui était arrivé à sa si jolie petite Shiloh. Les causes du handicap de sa fille, quelles qu'elles soient, seraient presque impossibles à pardonner, alors pourvu que Lucy n'y soit pour rien !

— Lucy, répéta-t-il, qu'est-il arrivé ?

Elle sursauta et se retourna vivement, le visage empreint de suspicion.

— Pourquoi attachez-vous autant d'importance à cet événement ? demanda-t-elle.

Sam sentit son cœur s'emballer.

Comment répondre à cette question sans trahir son identité ? Peut-être le moment était-il venu de lui avouer la vérité ? Mais comment oser… maintenant qu'il savait la colère qui avait ravagé Lucy en apprenant que le père de Shiloh n'avait pas voulu s'occuper de son enfant ? Un nouveau défi s'imposait à lui désormais : prouver à cette jeune femme courageuse que les propos de Jennifer au sujet de l'inconnu qui avait causé son malheur ne correspondaient en rien à la réalité. Maintenant, il lui faudrait fournir beaucoup plus d'efforts pour faire ses preuves auprès d'elle. Pourtant, voilà qui devenait de plus en plus important. Il commençait à s'attacher à Lucy autant qu'à sa propre fille. De toute façon, l'une et l'autre étaient inséparables, indissociables, avec ou sans lui.

C'est lui qui avait tout à perdre.

Et c'était plus encore. Lucy comptait pour lui, indépendamment de sa fille. Cet éclair de lucidité lui envoya une décharge électrique dans le corps. Au prix d'un effort douloureux, il s'empressa de chasser cette idée qui menaçait de prendre toute la place dans son esprit. En ce moment, il existait des questions plus urgentes. Il n'avait pas de temps à consacrer à… ça. Pour le moment, il se contenterait d'être honnête avec elle, en espérant que cela suffirait.

— C'est important, c'est tout, répondit-il d'une voix guère assurée.

Pourvu qu'elle accepte son absence d'explication !

Les yeux étrécis, Lucy le scruta. Sam retint un soupir de soulagement quand elle ouvrit enfin la bouche :

— Ce qui est arrivé à Shiloh est la faute de Jennifer. Il s'est produit un accident horrible.

A ces mots, elle détourna la tête.

Sam résista à l'envie de poser les mains sur les épaules de Lucy pour la forcer à lui faire face. Autant s'assurer qu'elle ne lui cachait rien. Il voulait voir ses yeux, pour être sûr qu'elle lui disait la vérité, et pas une version édulcorée, histoire de moins le faire souffrir. Mais il méritait de souffrir. Même s'il n'était pas directement responsable du drame qui était arrivé à sa fille, il aurait dû être là.

Il aurait dû être là pour la protéger.

— Jennifer ne prenait plus ses médicaments, poursuivit Lucy d'une voix qui tremblait un peu.

Le temps de se racler la gorge, la jeune femme reprit :

— Elle était venue ici pour voir Shiloh pendant deux semaines, à l'époque où la petite avait sept ans. Un soir, elle est sortie en ville pour boire. Elle est revenue ivre et nous nous sommes disputées. Je l'ai traitée d'irresponsable, de mauvaise mère, et des tas d'autres choses horribles que je n'aurais jamais dû dire. Elle s'est réfugiée dans son ancienne chambre en claquant la porte. Je l'entendais pleurer. Je m'inquiétais pour elle, mais elle s'était enfermée à double tour. Je suis restée derrière la porte très longtemps, pour m'assurer qu'elle ne commettrait pas… une bêtise. Au bout d'un moment, j'ai pensé qu'elle dormait, j'ai vérifié que tout allait bien du côté de Shiloh et je suis allée me coucher.

Elle baissa la tête. Sam ne voyait plus que la peau laiteuse de sa nuque.

— Je devais être très fatiguée et profondément endormie, reprit-elle dans un murmure. Je ne les ai entendues qu'au moment où la voiture a démarré. Jennifer avait pris les clés dans mon sac et avait emmené

Shiloh. Le temps que je me précipite jusqu'à la porte, la voiture tournait au bout de l'allée. Je le jure, je ne pouvais rien faire pour la stopper. Si seulement je ne m'étais pas couchée, si j'avais surveillé sa chambre, j'aurais entendu les préparatifs de son départ. Les choses se seraient passées différemment, j'en suis certaine. Mais on ne peut pas retourner en arrière, réécrire le passé à sa guise…

Sam entendait les larmes dans la voix de Lucy. Cela brisa quelque chose en lui. Bon sang, il ne supportait pas qu'elle se reproche une faute qui était en somme sa faute à *lui*. Si seulement il avait été présent… Si seulement il ne s'était pas comporté en jeune homme stupide et égoïste, à la fac, quand il couchait avec n'importe quelle jeune femme qui lui manifestait de l'intérêt. Aucune émotion, pas de sentiments ni d'attachement : telles étaient ses règles, à l'époque. Faire ce qu'il voulait, quand il voulait. Sans conséquences…

Il avait traité les femmes en objets qu'on utilise, avec lesquels on joue avant de s'en débarrasser. Il avait grandi avec l'unique exemple qu'il avait sous les yeux, celui de ses parents. Les promesses d'amour et de fidélité ne semblaient pas compter beaucoup dans le monde des adultes, alors pourquoi promettre quoi que ce soit ? Bien entendu, il avait quand même agi avec prudence, utilisé des protections, mais comment avait-il pu penser que ce serait toujours suffisant ? Quelle erreur de croire qu'il n'y aurait pas, un jour ou l'autre, un prix à payer pour sa conduite ! A l'époque, cela lui semblait la seule façon de vivre. Aucune alternative ne lui venait à l'esprit.

Sam sentit son cœur se serrer. Il avait vu ce qu'il advenait des gens qui tombaient amoureux, se mariaient, prononçaient des vœux pour l'éternité. Qu'est-ce que ces belles promesses avaient apporté à sa mère, par exemple ? Un cœur brisé, des montagnes de factures, un fils qu'elle pouvait tout juste habiller et nourrir, rien de plus.

Il n'empêche : il aurait dû rappeler Jennifer le lendemain de leur rencontre, voir si tout allait bien.

Rétrospectivement, il savait que cette fille ne ressemblait pas aux autres. Elle était plus vulnérable que la plupart de celles avec qui il était sorti. Certes, elle l'avait séduit et lui avait clairement fait comprendre ses intentions. Mais derrière son air bravache, il avait perçu une faiblesse qu'il aurait dû prendre en compte. Au lieu de cela, il avait choisi de passer outre. En somme, c'était bien fait pour lui si les conséquences lui revenaient au visage comme un boomerang.

En revanche, le fait que Lucy se croie coupable l'insupportait. Cette injustice le révulsait.

— Vous n'auriez rien pu faire, essaya-t-il de la convaincre. Vous ne pouviez pas arrêter Jennifer, et vous êtes formidable pour votre nièce.

Il observa une petite pause, puis :

— Autant que je puisse en juger.

Sam retint un frisson. Le désir de la tenir contre lui devenait trop fort. Il ne pouvait plus l'ignorer. Il fit alors un pas vers Lucy et l'entoura de ses bras. Il le faisait surtout pour lui-même, parce qu'il avait besoin de réconfort. Mais la façon dont elle enfouit sa tête au creux de son torse parlait d'elle-même : elle avait autant besoin que lui de ce contact physique. Seigneur, dire qu'elle n'avait pas la moindre idée du soutien qu'elle lui offrait !

Il entrouvrit les lèvres. Allez, il était temps pour lui de dire la vérité. Ce n'était peut-être pas le bon moment, elle le détesterait sans doute sur-le-champ, le chasserait de sa vue. Mais qu'importe, il devait le faire.

A cet instant précis, une sonnerie aiguë troubla le silence. Ils se regardèrent sans comprendre, avant de prendre conscience que le bruit venait de la poche de Lucy.

Sam la laissa donc s'écarter et s'emparer de son portable.

— Salut, ma chérie, lança-t-elle d'une voix qui se voulait assurée. Oui, Sam et moi, nous sommes là-haut. Mais nous allons redescendre au café. On s'y retrouve dans dix minutes ?

Ni une, ni deux, Sam sortit de la salle de contrôle. Un peu d'air frais et quelques instants de solitude ne seraient pas de trop pour assimiler tout ce qui venait de se passer. Il avait déboulé ici depuis moins d'une semaine, déterminé à trouver sa fille, armé d'un vague plan et d'une valise. Alors pourquoi se mettait-il subitement à désirer la tante de sa fille ? Dans d'autres circonstances, il n'aurait pas eu les mêmes scrupules, mais là…

Lucy était belle, intelligente, généreuse, il n'aurait pu rêver meilleure mère pour sa fille. Dans cette perspective, l'attirance qu'il ressentait pour elle n'avait rien d'étonnant. Depuis toujours, il était sensible aux belles femmes. Mais dans la situation présente, tout se présentait différemment. Ce qu'il commençait à éprouver envers Lucy était nouveau pour lui. Il s'agissait d'émotions profondes, intenses, terrifiantes d'une certaine manière. Autant de choses qu'il refusait et, surtout, qu'il ne méritait pas.

Jamais il n'aurait dû accepter cette invitation à entrer chez elle. Il aurait aussi dû décliner l'invitation à visiter la salle de contrôle de l'observatoire. Il avait une conscience aiguë des risques encourus, et pourtant, il avait négligé d'en tenir compte.

Comme avec Jennifer.

Il ne lui restait donc plus qu'une chose à faire : respirer à fond, prendre un peu de distance envers Lucy et recouvrer ses esprits. Ne plus penser qu'à l'objet de sa venue à Peach Leaf. A partir de maintenant, chacune de ses actions concernerait Shiloh et personne d'autre. Chacune de ses décisions serait prise dans l'intérêt exclusif de sa fille.

Dans cette équation, il n'existait pas de place pour son égoïsme. En d'autres termes, pas de place pour Lucy.

Lucy sortit du bâtiment et referma la porte derrière elle. Elle prit quelques secondes pour se ressaisir avant de rejoindre Sam. Elle sentait son cœur battre la chamade, même si l'intervention téléphonique de Shiloh l'avait soulagée.

Que s'était-il passé au juste, dans la salle de contrôle du télescope ?

C'était comme si, en l'espace d'une heure, elle avait lâché tout ce qu'elle gardait pour elle depuis des années, si ce n'est sa vie entière. Par quel mystère Sam l'incitait-il à se dévoiler autant ? Pas de doute : il avait déverrouillé quelque chose à l'intérieur d'elle. Du coup, elle lui avait montré les endroits les plus secrets de son cœur, ceux qu'elle cachait à tout le monde, trop terrifiée à l'idée que les blessures mal cicatrisées se rouvrent. Oui, elle venait de partager avec ce quasi inconnu des choses dont elle n'avait jamais parlé à personne. Même pas à Tessa.

Lucy secoua la tête. C'était très imprudent de sa part. Et pourtant, dévoiler cette part secrète d'elle-même lui avait procuré un infini soulagement. Ses confidences avaient commencé dans la douleur. Pas facile d'ouvrir la bouche et de laisser venir des mots conservés si longtemps au fond de son cœur. La première douleur passée, un calme étrange l'avait envahie. Ce calme, elle le reconnaissait. C'était le début de la guérison, le moment de panser enfin ses blessures !

Elle mit les clés dans sa poche et rejoignit Sam.

Celui-ci se promenait le long de la falaise où le télescope trônait, se penchait sur la rambarde, contemplait l'horizon.

Quand il se retourna vers elle, Lucy le trouva pâle. D'un coup, elle entrevit la triste réalité : parler sans retenue lui avait fait du bien à *elle*, mais sans doute pas à lui. Peut-être avait-il seulement fait preuve d'une politesse élémentaire ? Si ça se trouve, il ne s'intéressait pas tant que ça aux détails de son passé, ni à Jennifer, ni à Shiloh.

Seigneur, jamais elle n'aurait dû s'ouvrir à lui, c'était égoïste de sa part. Elle commençait juste à bien l'aimer, à apprécier sa compagnie, pas uniquement parce qu'il lui permettait de se confier, mais pour la façon qu'il avait de l'encourager à être elle-même. Il n'exigeait pas grand-chose d'elle quand ils étaient ensemble. Maintenant, la peur de l'avoir effrayé la tourmentait. Elle baissa alors la tête pour dissimuler le rouge qui lui montait aux joues.

C'est alors que Sam la surprit pour la millième fois de la journée en lui prenant la main. Sans prononcer un mot, il la guida le long du sentier qui redescendait. Tout au long du trajet, elle se laissa faire.

Soudain, une voix familière se fit entendre. Shiloh.

— Salut, tous les deux, lança cette dernière.

En levant la tête, Lucy l'aperçut en bas du chemin.

Ni une, ni deux, elle lâcha la main de Sam et répondit d'une voix mal assurée :

— Bonjour, ma chérie…

Trop tard. Shiloh avait tout vu. Un sourire malicieux éclaira le visage de l'adolescente, mais heureusement, elle ne fit aucune remarque. Elle se contenta de se diriger vers Sam, et tous les deux se lancèrent dans une conversation à bâtons rompus à propos de la journée qu'elle venait de passer.

Lucy les contempla. Inutile de le nier : le lien spontané et immédiat qui les unissait tous les deux était étonnant. En général, Shiloh mettait beaucoup de temps à se dérider avec les étrangers. Pas à cause d'une timidité maladive, mais plutôt parce qu'elle semblait savoir avec précision ce qu'elle attendait d'une personne. Ce qui n'était pas banal chez une adolescente. Elle n'était pas du genre à perdre du temps avec ceux qui manquaient d'authenticité ou d'honnêteté à ses yeux.

Lucy prit soudain conscience d'une vérité : c'était une des raisons pour lesquelles elle commençait à faire autant confiance à Sam, même sans le connaître depuis longtemps. En fait, Shiloh était un incroyable baromètre avec les êtres humains. D'instinct, elle savait reconnaître ceux qui étaient fondamentalement bons. Et on pouvait se fier à son intuition : cela ne se démentait jamais.

Tous les trois avançaient en parfaite harmonie. Aucun d'eux ne se sentait obligé de parler. Lucy marchait derrière Shiloh et Sam : comme ils s'entendaient bien !

Toutefois, quelque chose lui pinçait le cœur.

Elle avait tout fait pour être un bon modèle pour la petite, et elle pensait rarement au père de sa nièce. Où il était, qui il était, pourquoi il avait choisi de ne pas faire partie de la vie de son enfant : elle ne voyait pas l'utilité de ce genre de questions sans réponse. En même temps, pourtant, elle avait tellement aimé son père, elle avait passé tellement de bons moments avec lui… Ah, comme elle aurait aimé que Shiloh vive la même expérience, si gratifiante et formatrice.

C'était une chose d'avoir perdu un père.

C'en était une autre de ne jamais l'avoir connu.

— J'ai soif, tante Lu, lança subitement Shiloh.

— Si Lucy a les clés du café, proposa aussitôt Sam, je sais comment y remédier.

— Super ! s'écria l'adolescente en s'élançant devant eux.

Lucy regarda la poussière tournoyer autour d'eux tandis que Shiloh esquissait des cercles avec son fauteuil. Sam avait retrouvé des couleurs. Le moment n'était-il pas venu d'aborder ce qui s'était passé entre eux dans la salle de contrôle ? Elle ne voulait plus le déranger et le faire pâlir en lui imposant les choses intimes qu'elle avait décidé unilatéralement de partager avec lui.

Alors elle commença :

— Sam… Je suis vraiment désolée de vous avoir accablé tout à l'heure. Je n'aurais jamais dû vous raconter tout ça. Vous essayez d'être gentil, et moi, je vous en ai trop dit. J'espère que ça n'affectera pas votre décision de travailler au café. Nos relations ne sont pas strictement professionnelles, mais quand même… jamais je n'aurais dû faire tant de confidences.

Sam cessa de marcher et se tourna vers elle.

— Vous n'avez rien fait de mal, Lucy. Tout ça est ma faute. Je vous ai posé une question au sujet de Shiloh et son passé, et vous avez gentiment accepté de satisfaire ma curiosité. Je suis désolé d'avoir remué en vous tous ces souvenirs douloureux. Sachez-le, je n'avais pas la moindre intention de vous faire souffrir.

Lucy se sentit frémir. Elle mourait d'envie qu'il lui tienne de nouveau la main, sentir sa peau chaude contre la sienne. Tout à l'heure, cela lui avait apporté plus de réconfort que tous les mots qu'il aurait pu prononcer. Mais en même temps, il n'était pas question de mettre la tranquillité de Shiloh en péril. Pourvu que sa nièce ne s'attache pas à une personne qui ne s'engageait pas envers elles : c'était tout ce qu'elle craignait. Autant regarder la vérité en face : elle n'en savait toujours pas assez à propos de Sam. Etait-il une sorte de vagabond sans attaches ? Un cuisinier doué qui offre ses services de ville en ville, au gré de ses pérégrinations ? Fuyait-il un danger quelconque ? Quelque chose dont elle devait se méfier ? Elle aurait aimé lui redemander pourquoi il était là, lui tirer les vers du nez. Mais le moment ne s'y prêtait pas. Ses nerfs avaient été suffisamment mis à contribution pour la journée.

Quelques instants plus tard, ils atteignirent le Lonestar Café. Shiloh franchit la rampe d'accès et s'arrêta devant la porte en attendant qu'elle soit ouverte. Lucy leva la tête. Le soleil déclinait, éclaboussant le ciel de couleurs éclatantes, rouge, orange, jaune. Bientôt toute cette lumière disparaîtrait, laissant place à son spectacle favori : la Voie lactée, les étoiles, la lune du printemps.

Cela lui rappela brusquement le gala annuel de l'observatoire, destiné à lever des fonds pour aider au fonctionnement de l'établissement et à la recherche. Tout était déjà presque organisé, il ne restait que quelques détails à mettre au point. La plupart des gens aimaient cet événement, mais pour elle, ce n'était que la preuve douloureuse de la position financière très fragile de son royaume. Sans la générosité des habitants de Peach Leaf et des donateurs fortunés, il n'y aurait plus de recherche, plus d'enseignement de ce qui comptait tant à ses yeux et à ceux des scientifiques. Si les choses empiraient un tant soit peu, l'observatoire serait dans le rouge. Il lui était impossible d'envisager la fermeture de l'observatoire. Et pourtant, cette possibilité se profilait parfois.

Sam pénétra dans la cuisine. Une fois seule avec sa nièce, assise sur une chaise à une table, Lucy contempla Shiloh. Les beaux cheveux longs de l'adolescente étaient relevés en queue-de-cheval, l'effort avait rosi ses joues. Seigneur, ce que cette enfant ressemblait à sa mère ! Jennifer leur manquait beaucoup, à toutes les deux, mais elles n'en parlaient jamais…

Lucy retint un soupir. Elle s'était toujours montrée ouverte envers Shiloh en ce qui concernait sa mère. Bien des années auparavant, elles avaient conclu un accord tacite : ne pas se laisser obséder par les raisons qui l'avaient poussée. Pour une enfant de son âge, Shiloh faisait preuve d'une maturité exceptionnelle. Elle semblait avoir intégré le fait que ce n'était pas sa faute si sa mère n'avait pas été capable de s'occuper d'elle. Avant l'accident, la petite avait tellement vu Jennifer entrer et sortir de leur vie qu'elle avait accepté l'idée d'avoir une « autre » mère : en l'occurrence sa tante.

— Comment ça s'est passé avec Paige aujourd'hui, mon cœur ?

Shiloh se passa une main dans les cheveux en souriant et leva les yeux au ciel. Lucy ne put s'empêcher de demander :

— Si mal que ça ?

— Non, ça a été super ! C'est juste que Owen et Winnie sont parfois turbulents !

— Tous les enfants le sont.

— Sauf moi !

Toutes les deux éclatèrent de rire, et pourtant, c'était

assez vrai. Elles avaient leurs hauts et leurs bas, mais Shiloh était merveilleuse.

Lucy devait bien le reconnaître : même quand elle lui donnait du souci, il ne se passait pas un jour sans qu'elle se réjouisse d'avoir dans sa vie une enfant pareille.

L'instant d'après, elles levèrent ensemble la tête vers Sam qui déposait sur la table un plateau avec trois verres remplis de ce qui ressemblait à de la limonade fraîche.

Lucy vit le regard de Shiloh aller de Sam à elle, comme si elle les soupçonnait de partager un secret. Pourvu que la petite ne dise pas quelque chose qui les plongerait tous les deux dans l'embarras !

Pour être honnête, elle appréciait les efforts de Sam. La plupart des hommes qu'elle avait fréquentés ne portaient qu'un intérêt très lointain à sa nièce, et Shiloh le leur rendait bien. Elle les traitait au mieux avec dédain, au pire avec mépris. Avec Sam, c'était différent.

En fait, Sam et Shiloh développaient une relation qui n'appartenait qu'à eux, indépendante de ce qui se passait souterrainement entre elle et Sam. Alors autant se montrer très prudente. Elle ne savait pas spécialement interpréter le langage des corps, mais elle sentait une alchimie particulière entre elle et Sam. Il avait plusieurs fois failli l'embrasser pendant la journée, c'était certain. De son côté, elle aussi en avait eu terriblement envie.

Après avoir servi les trois limonades, Sam s'assit en face d'elles et porta son verre à ses lèvres. Shiloh passait un doigt nerveux sur son verre. Lucy se retint de lui demander ce qui n'allait pas. Elle le savait d'expérience, il valait mieux attendre que sa nièce aborde d'elle-même le problème éventuel.

— Bon, j'ai une nouvelle, finit par dire l'adolescente d'une voix calme sans cesser de tripoter son verre.

— Laquelle ? s'informa Lucy d'un ton qu'elle voulait détaché.

— Tu te souviens que je t'ai parlé du bal du collège ?

— Oui.

— Tu te souviens du garçon dont je t'ai parlé, celui que j'aime bien ?

Lucy demeura bouche bée. Difficile de cacher sa surprise ! Quoi ? Shiloh partageait avec elle une chose aussi personnelle en présence de Sam ? Elle lui lança un regard en coin, mais il évitait de la regarder. A dessein ? Peut-être…

Partager ce moment à trois paraissait étrange. D'un autre côté, ne regrettait-elle pas en permanence l'absence d'une figure paternelle dans la vie de sa nièce ? De plus, leur trio assis autour de la table pour parler et échanger ressemblait furieusement à une réunion familiale. Elle se laissa aller contre le dossier de sa chaise. Pourquoi ne pas se détendre et rêver quelques instants qu'ils formaient une famille ? Mieux valait en profiter pleinement, avant que la réalité reprenne ses droits…

Shiloh arrêta de tripoter son verre et les regarda à tour de rôle, le regard noyé de chagrin.

— Eh bien, il se trouve que j'avais très envie d'aller avec lui au bal du collège, mais il n'en a pas du tout envie.

Lucy sentit sa gorge se nouer en entendant les mots de sa nièce. Elle se retint de prendre l'enfant dans ses bras pour la consoler, lui assurer que tout s'arrangerait, au bout du compte. Depuis qu'elle était devenue parent, c'était toujours la même interrogation : devait-elle dire la vérité à Shiloh ou la laisser découvrir par elle-même que le monde n'était pas toujours rose ? Que tout ne s'arrangeait pas comme par enchantement à la fin ? La plupart des parents se confrontaient à ce dilemme. Mais Shiloh avait déjà tant souffert dans sa jeune existence… C'était un déchirement de se dire qu'elle souffrirait encore.

Lucy ouvrit la bouche pour consoler sa nièce, mais Sam la devança :

— Ce garçon a tout l'air d'être un idiot, dit-il. C'est donc une bonne chose qu'il ne t'ait pas invitée pour le bal. Parce que nous…

Lucy le vit jeta un regard dans sa direction, comme pour solliciter la permission d'utiliser ce pronom. Cette intimité soudaine entre eux la fit tressaillir. Mais dans le fond, il avait raison, et elle acquiesça d'un signe de tête.

— Nous ne voulons pas du tout que tu sortes avec un garçon de ce genre, acheva-t-il.

Inutile d'y aller par quatre chemins : elle n'aurait pas pu trouver de mots plus justes. Shiloh eut l'air d'approuver, car la tristesse laissa place à un large sourire qui éclaira son visage.

— Merci Sam, dit-elle en adressant à leur nouvel ami un regard d'admiration béate.

Lucy, elle, sentit son cœur se gonfler de bonheur dans sa poitrine.

— Je suis tout à fait d'accord avec Sam, dit-elle.

Elle croisa alors le regard de Sam. L'espace d'un instant, elle entrevit ce que c'était que d'élever un enfant à deux. Avoir quelqu'un vers qui se tourner quand on craint de se tromper. Cette sensation lui parut merveilleuse : elle eut envie de la capturer et de la placer sur une étagère pour la contempler de temps en temps, quand Sam partirait et qu'elle se retrouverait seule. Depuis qu'elle ne sortait plus avec aucun homme, elle tâchait de se convaincre du bien-fondé de cette situation. Oh ! la solitude ne lui pesait pas, elle savait ce qu'elle faisait, elle était la personne idéale pour s'occuper seule de Shiloh. Elle n'avait besoin de personne. Seulement, se retrouver là, assise avec Sam, qui restait à sa place et n'intervenait que pour offrir ses conseils quand on les sollicitait, la faisait douter. Avait-elle vraiment pris la bonne décision ? Ne faudrait-il pas se reconnecter à la vie sociale ? Chercher un homme ? Mais il y avait un hic : maintenant qu'elle avait goûté à la présence de Sam, aucun autre homme ne lui conviendrait.

— Bien… Ce garçon est éliminé, bon débarras !… Et maintenant, avec qui vas-tu te rendre à ce bal ? demanda Sam.

Shiloh baissa la tête, les yeux rivés à son jean.

— Je… je n'ai plus envie d'y aller.

Sam demeura silencieux pour laisser à Shiloh le temps de réfléchir. Difficile de ne pas admirer sa patience !

— Pourquoi pas, ma chérie ? demanda-t-elle.

Shiloh leva les yeux vers elle comme si elle venait de proférer une énormité !

— Oh là là, tante Lucy, soupira-t-elle en roulant les yeux au ciel.

— Désolée, ma puce, je cherchais juste à t'aider. Je ne veux pas que tu rates ce bal. Même si tu n'y vas pas avec ce garçon, ce n'est pas une raison pour abandonner cette soirée. Tu peux y aller avec tes autres amis. Ne laisse pas un garçon te priver de passer du bon temps.

Lucy vit à nouveau Shiloh soupirer. Eh bien quoi ? Qu'avait-elle dit, encore ?

— Tu ne vois pas que ce n'est plus la même chose ? rétorqua-t-elle. Je voulais y aller avec *lui,* et puisque c'est impossible, ça ne me dit plus rien du tout. Point final.

Lucy secoua la tête. En dépit des apparences, elle savait parfaitement ce que ressentait Shiloh. Il lui était arrivé peu ou prou la même chose pour un bal du lycée. Ce n'était peut-être pas la meilleure chose à faire, mais elle ne pouvait s'empêcher de se projeter dans les émotions de sa nièce. Ce genre de déception sentimentale blesse beaucoup les adolescents : pas question de voir Shiloh vivre les mêmes déboires qu'elle. Et encore moins renoncer à des moments heureux à cause d'un garçon. Elle voulait pour sa chère nièce tout ce dont elle avait été privée au même âge : indépendance, confiance en soi, courage. La plupart du temps, Shiloh faisait preuve de toutes ces qualités et bien davantage, alors hors de question que l'indifférence d'un garçon la pousse à se renfermer sur elle-même !

Lucy redressa ses épaules, prête à affronter l'orage qui s'annonçait. Elle était décidée à énoncer son point de vue envers et contre tout, c'était la seule chose à faire.

— Je sais que tu n'es pas d'accord avec moi, dit-elle, mais je pense que tu devrais participer à ce bal.

Shiloh recula brusquement son fauteuil roulant et alla se planter sans un mot devant la fenêtre.

Intervention très réussie…

— Qu'ai-je encore fait ? s'enquit Lucy auprès de Sam.

Leurs yeux se croisèrent. Ceux de Sam n'exprimaient aucun jugement, seulement de la compassion.

— Ce n'est pas ce que vous avez dit, répliqua-t-il d'un ton bas et apaisant. Je crois que les ados ont parfois envie que nous comprenions ce qu'ils pensent sans qu'ils aient à le formuler. Je sais que ce n'est pas la même chose, et je ne compare pas votre situation à la mienne, mais j'ai eu le même genre de problème avec ma mère à l'adolescence. A cet âge, on est constamment envahi d'émotions, d'hormones, de stress à cause des copains. Parfois, c'est trop. J'ai souvent eu envie que ma mère comprenne intuitivement ce que je sentais, pour ne pas avoir à chercher comment m'exprimer. Mais bien entendu, c'était presque impossible. En somme, j'aurais voulu qu'elle ait des dons de voyance !

— D'où vient que vous sachiez tant de choses sur l'éducation des enfants ? Comment êtes-vous aussi perspicace, alors que je n'ai pas la moindre idée de ce qu'il faut faire et dire ? Nous devrions peut-être échanger les rôles, vous et moi ? acheva-t-elle avec un petit rire triste.

Sam la regardait d'un air très sérieux. Qu'est-ce qui motivait cette attitude ? Avant qu'elle puisse s'en enquérir, Lucy vit l'expression du visage de Sam changer pour laisser place à un sourire chaleureux.

— Je peux vous poser une question ? demanda-t-il.

— Tout ce que vous voulez.

— Pourquoi accordez-vous tant d'importance à ce que Shiloh participe à ce fameux bal ? Elle n'est qu'au collège, après tout. Il y aura d'autres occasions. Pourquoi est-il si important qu'elle se rende à celui-ci ?

— Oh ! ce bal n'a aucune importance particulière. C'est juste que… Si elle n'y va pas, j'ai peur qu'elle n'aille pas non plus au suivant, et ainsi de suite. Je crains qu'elle prenne l'habitude de fuir les situations qui constituent un défi. Si elle n'y va pas parce qu'elle se sent malheureuse, je crains qu'elle ait ensuite tendance à baisser les bras, à reculer devant l'obstacle. On est fragile, à cet âge…

Sam acquiesça d'un signe de tête.

— Je comprends très bien votre point de vue. Mais d'un autre côté, si cette situation la blesse aujourd'hui, il est peut-être bon qu'elle se tienne à l'écart cette fois-ci, quitte à participer au bal suivant.

— Je sais, admit Lucy. Il est parfois si difficile de savoir comment agir. Il y a des jours où je ne sais pas quoi dire à Shiloh. Elle affronte des… défis… que les autres enfants ne connaissent pas. En général, nous faisons comme si tout était normal, le fait qu'elle soit en fauteuil roulant ne doit pas l'empêcher d'être une enfant comme les autres. Pourtant, quand un incident de ce genre se produit, je sais ce qu'elle pense. En ce moment, elle doute, elle pense que ce garçon ne l'invite pas au bal à cause de son handicap.

— Vous croyez ? Elle n'y a peut-être pas pensé un seul instant. A mon avis, avec l'éducation que vous lui donnez, cela ne lui a même pas traversé l'esprit.

Sam posa ses coudes sur la table. Il se pencha vers elle, les yeux remplis d'une intensité qu'elle n'y avait encore jamais vue. Comme c'était troublant !

— Vous faites du très bon travail avec elle, assura-t-il. Mais elle est à un âge où elle commence à percevoir le monde à sa manière. Elle doit apprendre à prendre ses propres décisions. Et, dans le cas présent, si cela implique de ne pas se rendre quelque part, peut-être devriez-vous la laisser en décider toute seule, et vous contenter de la soutenir.

Lucy reçut les mots de Sam comme une décharge électrique. D'un certain point de vue, il avait raison. Mais de quel droit intervenait-il pour lui dire comment élever sa nièce ? Certes, en quelques jours, ils s'étaient beaucoup rapprochés. Mais là, il dépassait les bornes !

— Je ne fais que la soutenir, rétorqua-t-elle sèchement. J'y consacre ma vie, figurez-vous.

Sam tendit alors les mains vers elle, il allait la toucher. Quelques instants auparavant, elle aurait adoré la chaleur de sa peau. Au cours de la journée, elle s'était sentie proche de lui, comme s'il naissait entre eux un lien fort. Et peut-être même très fort. Hélas, les mots qu'il venait de prononcer détruisaient ce qu'elle ressentait quelques heures plus tôt. Tout s'écroulait comme un château de cartes. Et ça lui brisait le cœur.

Impossible de supporter un geste aussi intime après les propos de Sam ! Du coup, elle retira les mains.

— Je suis vraiment désolé, Lucy, dit-il aussitôt. Loin de moi l'idée d'insinuer que vous ne soutenez pas Shiloh. Ce n'est pas du tout ce que je voulais dire. Tout le monde se rend très bien compte de ce que vous accomplissez et vous admire, moi le premier.

Lucy secoua la tête. Sam voulait calmer le jeu, mais sous ses mots malheureux, elle avait perçu une accusation implicite. Il était trop tard pour les retirer, désormais.

— Ce n'est pas ça, Lucy, poursuivit-il. Je…

Elle se leva. Différentes émotions se partageaient son cœur, sans qu'elle parvienne à y mettre de l'ordre. Au prix d'un effort douloureux, elle adopta un visage aussi neutre que possible.

— Tout va bien, parvint-elle à articuler. Il vaut mieux que nous rentrions seules à la maison, Shiloh et moi. Vous fermerez le café derrière vous.

On devinait mille questions dans le regard de Sam, mais il ne dit pas un mot.

Lucy saisit ses clés sur la table et se dirigea vers sa nièce pour lui donner le signal du départ. Elle abandonnait derrière elle sa limonade.

Et son cœur.

Une demi-heure plus tard, Sam était encore assis à la même table. Le regard vide, il contemplait l'extérieur, plongé dans le noir.

Pourquoi ne s'était-il pas tu, tout simplement ?

Il avait sans doute bouleversé Lucy en s'immisçant dans la vie de Shiloh. Comment pouvait-elle deviner ce que sa nièce représentait pour lui ? Bon sang, tout était sa faute. Il devait à tout prix lui révéler enfin son identité. Cesser de craindre que son aveu brouille la relation qui s'instaurait peu à peu entre eux. Et surtout se concentrer sur son enfant, ne plus se perdre en tergiversations.

Autant être lucide : s'il se trouvait dans cette situation, c'était par la faute de son égoïsme. Son égoïsme qui l'avait autrefois empêché de prendre des nouvelles de Jennifer. Résultat des courses : cela l'avait privé des douze premières années de sa fille. Alors que faire, maintenant, sinon recoller les morceaux et éviter d'aggraver la situation encore davantage ?

- 7 -

— Qu'est-ce qui t'arrive ? Les grosses têtes sont en train de refaire le monde et tu ne bouges pas ?

Tessa.

Lucy faillit sursauter en entendant la voix de son amie : celle-ci désigna de la tête les scientifiques qui discutaient autour d'une tasse de café, tandis qu'elles organisaient le programme des horaires d'été à l'autre bout de la pièce.

Elle se mit à rire. A quoi bon le nier ? Elle était terriblement stressée par le différend qui l'avait opposée à Sam. Pourquoi avait-elle eu cette réaction exagérée la veille, alors qu'il ne cherchait qu'à l'aider ? Tessa avait raison, bien entendu ! En temps ordinaire, elle aurait adoré écouter et se mêler à la conversation des chercheurs, s'informer des avancées scientifiques. Mais désormais, Sam occupait tout son esprit.

Elle envoya un petit coup de coude dans les côtes de Tessa et protesta :

— Je t'ai déjà dit de ne pas les appeler les grosses têtes ! Tu sais que j'ai failli faire partie de leur groupe.

— Tu es l'une d'entre eux, mais en beaucoup plus jolie ! Et en plus, toi tu sais vivre dans le monde réel.

— Comment ça ?

— Ce matin, j'ai demandé au Pr Gleason ce qui était arrivé à sa chemise. Il m'a répondu qu'au lieu d'utiliser la lessive de sa femme, il s'était servi par accident du liquide lave-glace de sa voiture. Je me demande parfois ce qu'ils ont dans le ciboulot, ces gens-là !

Lucy et Tessa s'esclaffèrent sans pouvoir s'arrêter. C'était bon de rire entre amies.

— En parlant d'hommes, dit brusquement Tessa, comment ça se passe avec notre nouveau chef sexy ?

Lucy sentit le rouge lui monter aux joues. Son amie écarquilla aussitôt les yeux et s'exclama d'un ton suggestif :

— Je vois !

— Tu ne vois rien du tout. Tout ce que tu t'imagines est faux.

— Pourquoi tu rougis, alors ?

Lucy avait beaucoup à dire sur les derniers jours écoulés. Bizarrement, elle n'en avait pas parlé à son amie. Au contraire, elle avait tout gardé pour elle. En temps normal, ses échecs amoureux alimentaient leurs conversations, mais avec Sam, c'était différent. Elle souhaitait garder tout ça pour elle, à l'abri du regard de Tessa et des autres. Elle-même avait déjà trop étudié à la loupe chacun des propos de Sam, le moindre de ses gestes.

Tout à coup, le souvenir de Jeremy surgit dans son esprit. Dire qu'elle ne pensait presque plus à lui ! Un an plus tôt, elle l'avait pressé de questions, anxieuse de savoir où les menait leur relation. A l'époque, ils se connaissaient depuis deux ans, Jeremy semblait honnête, mais il ne s'était pas rapproché de Shiloh. Jamais ils n'avaient établi le style de lien qui avait uni Sam à la petite en seulement quelques jours. Elle avait évoqué l'éventualité qu'il s'installe chez elle, et il avait pris peur. Il ne se sentait pas prêt pour une relation aussi intime, avait-il argué.

Comment ça, pas prêt ? Ils venaient de passer deux ans de leur vie ensemble ! Elle l'avait incité à en dire davantage, et la vérité avait éclaté : il ne se voyait pas jouer le rôle de la figure paternelle envers Shiloh. Elle avait gardé ça pour elle, mais le coup avait été terrible. Depuis, elle n'était plus sortie avec un homme, de peur d'y laisser son cœur une nouvelle fois.

Lucy secoua la tête. Pourquoi comparait-elle Sam et Jeremy ? C'était absurde, puisqu'elle ne sortait pas avec Sam.

Le problème, c'est qu'elle en mourait d'envie.

Mais au fin fond d'elle-même, depuis la veille, elle avait compris une chose : si elle permettait à un homme d'entrer dans sa vie avec Shiloh, pour y vivre la relation dont elle rêvait et fonder une famille, elle devait apprendre à élever un enfant à deux, partager les responsabilités, tenir compte de l'avis de son partenaire. Se sentait-elle vraiment prête à franchir le pas ?

— Il est vraiment étonnant, répondit-elle.

Comme Tessa rayonnait de plaisir, Lucy nuança sa réponse :

— Ne commence pas à fantasmer ! Tu sais ce que je pense des hommes en ce moment.

— Je sais, mon chou, mais Sam semble différent des autres. Bien mieux que ce satané Jeremy, en tout cas.

— En plus, il est formidable avec Shiloh, c'est le plus important.

— Ecoute Lucy, intervint alors Tessa. Un type qui s'intéresse à Shiloh, c'est super. Mais ne t'efface pas trop ! Il te faut un homme qui soit formidable avec *toi* aussi, pas seulement avec ton enfant.

Lucy buvait les paroles de son amie. Tout ce qu'elle disait était très vrai. Elle hocha la tête.

— Tu sais s'il reste encore quelque temps avec nous ? demanda Tessa.

— Non. D'ailleurs, je dois aborder ce sujet avec lui. Quelqu'un est venu ce matin, un gars qui travaille dans un des restaurants d'Austin. Le poste de chef l'intéresse. Il veut déménager avec sa famille dans une petite ville, et cherche du travail dans le coin.

— Tu as intérêt à te dépêcher, prévint Tessa. Je te garantis que si tu ne mets pas le grappin sur Sam, quelqu'un d'autre ne tardera pas à le faire.

Lucy hocha la tête. C'est bien ce qu'elle craignait.

— Quand on parle du loup, murmura alors Tessa en lui envoyant un petit coup de coude dans les côtes.

Lucy leva la tête. Sam s'approchait, beau comme jamais dans sa chemise unie et son jean noir, son tablier toujours noué autour de la taille. Le voir se matérialiser devant elle la fit frissonner. Elle repensa aux moments intimes de la veille. Il l'avait presque embrassée, elle en avait eu tellement envie. Recommencerait-il bientôt ?

— Salut, dit-il en les rejoignant. Comment ça va, Tessa ?

— Pas trop mal, pour un mardi après-midi.

— Parfait ! répliqua-t-il en lui souriant de toutes ses dents. Ça vous dérange si j'accapare Lucy quelques minutes ? J'ai besoin de lui parler.

— Allez-y ! rétorqua Tessa. A tout à l'heure, Lu.

Lucy tâcha de ne pas montrer son trouble et parvint à articuler :

— Nous pouvons parler dans mon bureau.

Ils marchèrent ensemble en silence le long de l'allée. Les mots formaient une boule dans sa gorge. Elle aurait voulu s'excuser, mais rien ne sortait. La veille, elle avait été trop bavarde, cela lui avait attiré des ennuis.

Résultat : la peur de trop en dire une nouvelle fois la paralysait.

Parvenue à la porte de son bureau, elle l'ouvrit, s'effaça pour laisser passer Sam et referma derrière elle. Elle l'invita à s'asseoir. Au lieu de s'installer à son bureau en face de lui, elle prit place dans le fauteuil à côté du sien.

— Je veux juste vous demander pardon pour hier, commença-t-il. Ce n'était pas mon rôle d'intervenir quand Shiloh a parlé du bal du collège. Je suis désolé d'avoir tenu des propos qui vont ont perturbée. Si je peux me rattraper de quelque façon que ce soit…

Sam avait l'air si désemparé que Lucy eut presque envie de rire.

— Ne vous excusez pas, protesta-t-elle, tout est ma faute. Vous essayiez seulement de m'aider. Et même si je n'aime pas le reconnaître, vous aviez raison. Je me projetais beaucoup trop alors que nous sommes deux personnes distinctes et différentes, Shiloh et moi. D'ailleurs, elle est beaucoup plus forte que je ne l'étais au même âge. Au fond de moi, je sais bien que si elle choisit de ne pas se rendre à ce bal, cela ne l'empêchera pas d'entreprendre d'autres choses dans la vie. Je m'inquiétais pour elle, et quand vous êtes intervenu, ça m'a troublée. Nous vivons seules toutes les deux depuis si longtemps… Je n'ai pas l'habitude qu'un tiers intervienne dans son éducation.

Lucy croisa alors le regard de Sam, doux et généreux, dénué de tout jugement. Une fois de plus, elle eut une soudaine envie de passer des heures à se laisser envelopper par la chaleur de ce regard bienveillant.

— J'apprécie vos propos, dit-il. Mais vous aviez raison. En intervenant, je sortais de mon rôle.

— Et si nous décidions d'oublier tout ça ?

Le visage impénétrable, Sam l'étudia un petit moment. Quand il prit enfin la parole, ce fut d'une voix rauque et sexy. Terriblement envoûtante.

— Entendu. Mais je ne suis pas d'accord pour oublier la journée entière. C'est une des meilleures que j'ai vécues depuis très longtemps.

— Moi aussi…

— Il y a autre chose que je ne veux pas oublier, dit-il en se penchant vers elle. Hier, vous étiez belle dans le soleil de l'après-midi… et j'ai éprouvé beaucoup de plaisir à vous écouter parler… de tout.

Lucy sentait son cœur battre à toute vitesse. La bouche de Sam s'approchait de plus en plus…

Finalement, leurs lèvres se rencontrèrent pour échanger le plus doux, le plus extraordinaire des baisers. Jamais elle n'avait connu quelque chose d'aussi merveilleux. La bouche tendre de Sam n'exigeait rien, tout comme lui n'exigeait rien non plus. Mais sous cette douceur ensorcelante, elle percevait un désir brûlant, qui n'avait d'égal que le sien. Pas de doute : s'ils s'embrassaient encore une fois, ce serait de façon plus urgente, plus violente, plus incandescente.

Et elle y aspirait de toute son âme.

Leurs lèvres se détachèrent aussi vite qu'elles s'étaient unies. Lucy en éprouva immédiatement un manque. Elle aurait voulu attirer le visage de Sam entre ses mains, pour l'embrasser de nouveau à pleine bouche. Elle l'aurait fait, si seulement elle avait pu respirer librement. Mais l'espace de quelques secondes, elle demeura sans voix, le souffle court, le cerveau fourmillant de mille questions. Au bout du compte, elle inspira profondément et les balaya toutes.

Pas question de gâcher le moment présent en questionnant Sam sur les raisons de sa présence à Peach

Leaf. Dorénavant, elle lui ferait confiance. Il l'avait embrassée, et elle en était toute tourneboulée. Jamais elle n'avait fait pareille expérience. Pour le moment, elle devait se contenter de ça, ne pas chercher plus loin, ne pas tenter le diable.

Le temps de rouvrir les yeux, elle s'appuya au dossier de sa chaise. Que faire, maintenant, après le vertige qui l'avait saisie, avec ces frissons qui lui parcouraient l'échine ?

— De quoi vouliez-vous m'entretenir ? demanda-t-elle d'une voix mal assurée.

Sam étouffa un petit rire. Comme s'il se gardait d'ironiser sur ce changement de sujet des plus acrobatique.

— Nous venons d'en parler, répondit-il en souriant.

Avec une malice bienveillante dans le regard.

— Oh ! répliqua-t-elle en se sentant rougir. Je pensais que ça avait quelque chose à voir avec le café.

— Ce que nous venons de dire était beaucoup plus important.

Loin de chercher à en analyser le sens profond, Lucy savoura les paroles de Sam, s'abandonna à leur douce musique. Finalement, elle se racla la gorge et dit :

— En fait, puisque nous évoquons le café, il y a une chose dont je veux vous parler.

A vrai dire, évoquer le sujet la crispait. Elle avait une peur bleue que Sam confirme le caractère provisoire de son séjour à Peach Leaf, qu'il évoque les projets qui l'attendaient à New York. Mais une nouvelle fois, elle balaya ses craintes et poursuivit :

— Un cuisinier s'est présenté ce matin et souhaite poser sa candidature au poste de chef du Café de l'observatoire, celui que vous occupez à titre provisoire. Je sais, quand vous êtes arrivé ici, vous n'aviez pas le projet de devenir le chef cuisinier de notre établissement.

Mais vous êtes tellement bon… Je n'ai pas très envie de donner votre place à quelqu'un. Notre chiffre d'affaires a grimpé depuis la semaine dernière. C'est sans doute dû au bouche à oreille, à Peach Leaf et ailleurs, car à ma connaissance, aucun journal local n'a publié ces jours-ci de critique gastronomique à propos de notre restaurant. De toute façon, quelle que soit la raison de ce succès, les gens sont fous de votre cuisine !

Sam remua sur sa chaise. Lucy sentit son cœur s'emballer de plus belle. Alors même qu'elle avait commencé à s'apaiser !

Sourcils froncés, il observa une pause. Puis lança :

— Si vous avez un candidat pour le poste de chef, je sais que c'est beaucoup vous demander, Lucy, et je ne voudrais pas abuser. Néanmoins j'aimerais rester encore une semaine ou deux, au moins, avoir le temps de réfléchir plus à fond à la question.

Lucy hésita. Sa réponse serait positive, elle le savait d'emblée. Elle donnerait à Sam le feu vert pour rester aussi longtemps qu'il le souhaitait. Si au bout du compte il repartait, elle rappellerait l'autre candidat dans quelques semaines…

Inutile de se voiler la face : son inquiétude et son tourment venaient d'ailleurs. Ce qui la perturbait, la faisait hésiter, c'était le silence de Sam à propos de sa présence à Peach Leaf. Et ce qui la dérangeait encore plus, c'était sa propre réticence à le pousser dans ses derniers retranchements, à le forcer à jouer cartes sur table. Pourquoi ne le mettait-elle pas au pied du mur ? Elle redoutait de l'entendre avouer quelque chose, mais quoi ?

Elle attendit un instant, le temps de choisir ses mots avec soin :

— Sam… Vous savez que la réponse est oui.

Il hocha la tête, mais son visage soucieux parlait pour lui. Il savait que ce n'était pas aussi simple que ça, on le sentait.

— Merci, Lucy. Je vais m'arranger avec ma logeuse pour rester une semaine supplémentaire. Je passerai aussi quelques coups de fil à mes restaurants pour prévenir mes managers que je prolonge mon absence.

Lucy retint un soupir de soulagement. Ce n'était pas tout à fait ce qu'elle avait envie d'entendre, mais c'était déjà un début : au moins, Sam demeurerait dans sa vie pendant une semaine supplémentaire. Cependant, elle voulait être certaine qu'il ne briserait pas le cœur de Shiloh en repartant. Ce retour à New York briserait aussi son cœur à *elle*, mais ça, c'était son affaire, une affaire entre adultes. Ce qui importait, c'était de protéger sa nièce.

— Sam, commença-t-elle.

Mais il l'interrompit. On aurait dit qu'il lisait en elle comme dans un livre ouvert :

— Ne vous inquiétez pas, Lucy. Quoi qu'il advienne… entre nous… je ne ferai aucun mal à Shiloh. Promis.

D'ordinaire, Lucy n'accordait que peu de foi aux promesses. Cependant, dans la circonstance présente, tout était différent. Elle voulait croire Sam. Elle le croyait. Sans l'ombre d'un doute.

Il posa alors la main sur la sienne. Aussitôt, elle sentit un long frisson parcourir sa colonne vertébrale. Changer de sujet s'imposait. C'était ça ou succomber à la tentation, attirer Sam contre elle, et faire avec lui, dans son bureau, des choses insensées qu'elle n'accepterait jamais de la part des autres employés.

Elle retourna la main dans celles de Sam et il en caressa doucement la paume. Elle avait les nerfs à vif.

— Il y a autre chose dont je voulais vous parler, Sam…

A regret, elle retira sa main. C'était nécessaire pour lui dire ce qui allait suivre.

— Nous organisons bientôt… une soirée. Un bal destiné à lever des fonds en faveur de l'observatoire. Et je me demandais si… si vous…

— C'est d'accord, j'irai avec vous.

Lucy se mit à rire et lui adressa un regard faussement contrarié.

— Comment saviez-vous que c'est ce que je m'apprêtais à vous demander ? dit-elle.

— Je me suis trompé ?

— Non, mais…

— Dans ce cas, c'est réglé. Je vous emmènerai au gala et partout où vous voudrez, assura-t-il avec un regard malicieux.

Lucy sentit son esprit envahi par une foule de pensées tout à fait déplacées.

— Cependant, poursuivit Sam, j'ai un grave problème. Je ne suis pas arrivé ici avec l'idée de participer à des soirées mondaines, vous l'imaginez bien. Il va donc falloir que je me débrouille pour trouver un smoking !

Lucy fit alors un grand sourire et lança :

— Vous voulez dire que… qu'il n'est pas dans vos habitudes d'aller de petite ville en petite ville, de séduire les femmes et de les conduire à des galas chics ?

A ces mots, Sam sembla redevenir tout à fait sérieux. Il ouvrit la bouche pour répondre, mais un coup frappé à la porte l'en empêcha. Entra un chargé de cours un peu essoufflé. Il annonça la défection imprévue d'un des guides de l'observatoire, qui était malade et rentrait chez lui. En conséquence, l'équipe avait besoin d'un remplaçant pour l'après-midi. Ou, en l'occurrence, d'une remplaçante. Elle.

Lucy accepta et se leva, suivie de Sam. Comme ils sortaient du bureau, il se pencha sur elle, lui effleura l'oreille de ses lèvres et murmura :

— Non, vous êtes la première femme que j'emmène au bal. Et je n'ai pas l'intention d'inviter quelqu'un d'autre.

Lucy se détendit d'un coup et relâcha enfin le poids qui oppressait sa poitrine.

- 8 -

— Qu'est-ce que tu vas porter ?

Le lendemain soir, Lucy et Shiloh se tenaient devant la penderie en essayant, comme tant de femmes, de trouver une réponse à cette question ancestrale.

Déçue de ce qu'offrait sa garde-robe, Lucy poussa un gros soupir. Il ne lui restait plus qu'à aller en ville faire les boutiques !

— Pas la moindre idée, avoua-t-elle.

Shiloh examina les vêtements un à un, sélectionnant les plus prometteurs, mais même ceux-ci ne convenaient pas. Une robe sortait tout de même du lot. Une tenue de cocktail bleu marine, moins médiocre que les autres.

— Et celle-ci ?

— Je la portais pour le gala de l'an dernier. Dommage, celle-ci n'était pas trop mal, en effet.

— Alors tu sais ce qu'il te reste à faire ?

Lucy poussa un soupir.

— Allons faire les magasins ! s'écria Shiloh sans cacher sa joie.

Lucy secoua la tête. Rien ne pouvait moins la réjouir. Elle détestait le shopping. Le monde tournerait plus rond si on pouvait s'habiller de la même façon en toutes circonstances, du matin au soir.

Hélas, sa nièce ne partageait pas cet état d'esprit. En ce qui concernait la mode, Shiloh tenait de sa mère.

Comme Jennifer, elle savait prendre un vêtement banal dans sa garde-robe et, grâce à des babioles bien choisies ou une ceinture originale, en faire une tenue unique, lui donner une personnalité. Un tour de magie dont elle-même se sentait incapable. Les rares fois où elle faisait du lèche-vitrines, elle choisissait des pièces neutres plutôt que des vêtements colorés qui auraient pu l'amener à se faire remarquer. Depuis l'enfance, elle rasait toujours les murs. Avec une sœur aussi flamboyante que Jennifer, c'était la seule chose à faire.

— Bon… si je vais faire les magasins, tu viens avec moi, déclara-t-elle avec un clin d'œil.

Elle savait pertinemment l'éruption de joie que ses propos déclencheraient.

La présence de sa nièce donnerait en outre à sa visite en ville un air un peu plus joyeux. Et qui sait ? Peut-être aurait-elle la chance de tomber sur une tenue à la fois élégante et simple !

Sauf que Shiloh semblait d'un tout autre avis.

— D'accord, je viens avec toi, mais à une condition : que tu ne choisisses pas une tenue ennuyeuse et fade.

— Comme si c'était mon habitude ! ironisa Lucy d'un ton un peu sarcastique. Je ne promets rien, mais si tu es vraiment sage, et si tu ne te moques pas de moi, j'essaierai peut-être une tenue plus fantaisie. Je dis bien « j'essaierai ». Pas question de l'acheter, bien entendu !

Shiloh sembla se satisfaire de cette éventualité et acquiesça de la tête.

Lucy replaça un à un dans son placard les vêtements qu'elles avaient examinés. Pendant tout ce temps, elles avaient toutes les deux évité le sujet essentiel. Cependant, il faudrait bien l'aborder à un moment ou à un autre. Alors pourquoi pas maintenant ?

Elle prit alors une profonde inspiration. Voyons,

comment dire ce qu'elle avait à dire sans heurter sa nièce ?

— Tu sais, dit-elle enfin, puisque nous allons chercher une tenue pour moi, nous pourrions faire d'une pierre deux coups et en choisir une pour toi.

Voilà ! C'était dit.

Lucy s'arma de courage. La réaction de Shiloh promettait d'être abrupte. Soit elle piquerait une colère terrible, soit elle sombrerait dans un mutisme total.

Pourtant, rien de cela ne se produisit. En voilà une surprise !

— J'ai pensé à ce que tu m'as dit l'autre jour, tante Lu. En définitive, je vais peut-être assister au bal.

L'adolescente se rapprocha d'elle et la regarda dans les yeux avec un petit air satisfait.

— Oh ! comme tu veux, ma chérie, répondit Lucy avec une nonchalance feinte.

Elle replaça la dernière robe dans la penderie tout en jetant un regard de biais à sa nièce. Elle aussi pouvait jouer à ce petit jeu subtil de l'indifférence !

Mais Shiloh n'était pas dupe.

— Allez, tante Lu, laisse tomber, tu ne trompes personne ! Je sais que tu es tout excitée à l'idée que j'aille au gala ! Ça se voit comme le nez au milieu de la figure !

Lucy leva les yeux au ciel. Comment cacher quelque chose à cette enfant ?

— D'accord, tu as gagné !

Elle s'assit sur le lit, à côté de l'adolescente, et déclara tendrement :

— Je suis surtout contente que tu aies décidé de ne pas laisser un garçon gâcher ta soirée. Tu peux te rendre au bal accompagnée ou toute seule, ça n'a aucune importance. C'est ton droit d'y aller et d'y passer un moment mémorable, même sans garçon.

Lucy se sentit envahie par la tendresse. Shiloh avait l'air si adorable ! Elle ressemblait encore beaucoup à la petite fille qu'elle avait été. A l'enfant qui avait débarqué dans sa vie, tant d'années auparavant. Bientôt, elle serait capable de décider d'elle-même quel genre de femme elle souhaitait devenir. Elle aurait dix-huit ans et pourrait s'acheter l'anneau qu'elle voulait porter au nez, se faire tatouer le haut de l'omoplate comme elle rêvait depuis si longtemps de le faire.

Et c'était bien comme ça. Rien de tout cela ne la dérangeait. Elle ne souhaitait qu'une chose : voir Shiloh s'épanouir, laisser s'exprimer sa personnalité. Ce qui l'inquiétait, ce n'était pas du tout sa nièce, mais plutôt le monde qui l'entourait. Les gens se montraient si souvent cruels. Certes, Shiloh était forte. Cela l'aiderait à surmonter pas mal de déboires et d'obstacles. L'ennui, c'était les personnes mal intentionnées, celles qui détenaient le pouvoir de briser le cœur de sa chère protégée. Une fois sortie de leur cocon, Shiloh serait pour ainsi dire seule au monde.

Lucy devait bien se rendre à l'évidence : cette pensée l'assombrissait, la terrifiait parfois. Elle aurait voulu repousser encore et encore le moment fatidique où sa nièce, devenue une jeune fille, prendrait son envol.

Cependant, une autre perspective l'effrayait et occupait momentanément son esprit.

Le gala.

Il ne restait que quelques jours avant la date fatidique.

Elle l'avait préparé avec soin, comme chaque année, mais l'arrivée de Sam lui avait fait perdre de vue les ultimes préparatifs. Heureusement, Tessa avait pris le relais, elle avait les choses en main, tout semblait sous contrôle. Ce gala, c'était un événement qu'elle subissait et endurait chaque année. Mais cette fois-ci, ce serait différent. Cette fois-ci, elle ne serait pas seule, elle aurait un cavalier. L'idée de s'y rendre avec Sam lui avait d'abord tourné la tête de plaisir. Désormais, chaque minute qui passait la rendait plus fataliste.

Pourquoi se mentir ? Elle n'avait pas eu de petit ami depuis très longtemps, et le gala était toujours un événement si romantique... Qu'espérait Sam ? Mystère. L'inviterait-il à danser avec lui ? Elle qui était une piètre danseuse ! Et s'il voulait l'embrasser, surtout en public... Quelle attitude adopterait-elle ? Et si... s'il voulait davantage à la fin de la nuit ?

A cette idée, Lucy se sentit parcourue par un délicieux frisson. Elle aussi désirait bien davantage que ce qu'ils avaient échangé jusqu'ici. Mais pas seulement physiquement. Chaque moment passé en sa compagnie, même les situations difficiles, lui prouvait à quel point Sam était un homme fait pour elle. Le genre d'homme avec qui elle aspirait à vivre le reste de son existence.

Dans ce cas, que se passerait-il s'il n'envisageait pas du tout ce genre d'avenir avec elle ? Après tout, il ne lui avait même pas fourni la moindre explication sur son apparition à Peach Leaf. Avait-il eu l'honnêteté de tout lui dire de sa vie privée à New York ? De ce qui l'attendait là-bas ? Une épouse ? Une maîtresse ? Des problèmes ?

Elle sentit aussitôt son cœur se serrer, elle avait la bouche sèche. La peur et l'appréhension explosèrent en elle comme la mort d'une étoile.

Elle regarda Shiloh, qui se tenait tranquille. Ce qui était assez inhabituel chez elle.

— Je peux te dire quelque chose ? demanda-t-elle.

J'ai demandé à Sam de venir au gala avec moi et il a accepté. Qu'en penses-tu ?

Les yeux bleus de sa nièce s'écarquillèrent de plaisir et elle s'exclama :

— Tante Lu ! C'est super !

— Vraiment ?

— Tout à fait ! Tu lui plais, tout le monde peut s'en apercevoir.

Lucy éprouva soudainement une espèce de malaise.

— Ce... ce n'est pas... Nous y allons en amis, pas plus...

— Ne sois pas ridicule, tante Lu, soupira Shiloh. C'est un rendez-vous amoureux et tu le sais très bien !

— Pas du tout ! Peut-être que je ferais mieux de ne pas y aller avec lui. Quelle idée j'ai eue... C'est stupide de ma part, sans doute.

Shiloh la regarda alors avec, sur le visage, une sagesse très étonnante pour son âge.

— Ne te fâche pas, tante Lu, mais tu es très hypocrite sur ce coup, déclara-t-elle en croisant les bras sur sa poitrine.

Malgré les précautions oratoires de sa nièce, Lucy se sentit offensée. Jamais encore elle ne l'avait traitée d'hypocrite.

— De quoi parles-tu ? demanda-t-elle.

— Tu le sais très bien !

— Pas la moindre idée, figure-toi ! Ça te dérangerait de m'éclairer ?

— Je n'arrive pas à croire que tu sois si lourde. Tu fais toujours ça !

— Quoi ?

— Ce que tu es en train de faire.

Alors qu'elle hochait la tête d'un air interrogatif, Lucy crut voir Shiloh à deux doigts d'exploser de frustration.

— Tu me conseilles de faire telle ou telle chose, d'être courageuse, de sortir et de conquérir le monde, et tout. Mais toi, tu as bien trop peur pour suivre les conseils que tu me donnes.

Sonnée par tant d'honnêteté, Lucy posa une main sur sa poitrine. Eh bien, elle s'attendait à tout sauf à une sortie pareille. Pendant quelques instants, elles demeurèrent assises l'une à côté de l'autre en silence. La tension entre elles était palpable.

— Ce n'est pas vrai, protesta-t-elle d'un ton défait.

— Si, c'est vrai. Je ne le dis pas pour te faire de la peine, mais parce qu'il faut que tu en prennes conscience.

La voix de Shiloh était devenue tendre, tout en douceur. Plus aucune trace de frustration.

— Tu me pousses à sortir de moi-même, à aller à ce bal, même si Zach a invité une autre fille, alors qu'il savait que je rêvais d'y aller avec lui. Crois-moi, je vais avoir du mal à participer à cette soirée, tante Lu. Mais j'y vais, surtout à cause de ce que tu m'as dit. Tu as raison, je ne dois pas laisser ce garçon m'empêcher de m'amuser. Zach n'a pas un droit de regard sur ma vie. Si je ne participe pas à la fête, je reconnais ma défaite, et lui, il gagne. C'est pour ça que j'y vais. Et maintenant, tu me racontes que tu ne devrais pas sortir avec Sam, juste parce que ça peut être… embarrassant. Juste parce que… parce qu'il va peut-être en sortir quelque chose de bon, et que ça te file une peur bleue !

Lucy hocha la tête. Shiloh avait raison.

Mais il y avait de quoi rester pantoise après un tel discours !

— Comment se fait-il que tu analyses si bien tout ça, ma chérie ? Tu es trop jeune pour faire preuve d'autant de sagesse.

Sa nièce haussa les épaules et lui fit son plus charmant sourire.

— C'est l'éducation que tu m'as donnée, je crois ! Mais redevenons sérieuses, tu dois aller au gala avec Sam. J'ai connu tes autres petits amis, tante Lu. Ils étaient nuls ! Et je sais que tu es solitaire. Donc tu dois te lancer, même si tu as peur.

Lucy se laissa aller sur son lit et profita de la douceur des coussins contre sa nuque. L'esprit plus dégagé, elle écoutait Shiloh :

— Faisons un marché : je vais au bal, sans Zach, et je m'y amuse comme une folle. Au passage, je le rends peut-être jaloux, furieux et dépité de ne pas avoir pris la décision de m'inviter. En contrepartie, tu sors avec Sam et passes aussi du bon temps. Qu'en dis-tu ?

— D'accord !

— Et pour commencer, shopping ! s'écria Shiloh avec enthousiasme.

Lucy releva les bras derrière sa tête, attrapa un coussin et donna le coup d'envoi d'une mémorable bataille de polochons.

Le soir du gala, Sam gara son pick-up dans l'allée de Lucy. Il éteignit le moteur sans sortir de sa voiture. S'il sortait, Thor se jetterait sur lui avec enthousiasme et abîmerait son smoking de location. Il rit tout seul en observant le chien battre le sol de sa queue devant sa portière. L'animal laissa échapper un gémissement et Sam le rassura de la voix.

Il abaissa le pare-soleil et s'examina dans le petit miroir. Tiens, est-ce que son nœud de cravate n'était pas un peu de travers ? Il voulait être parfait aux yeux de Lucy. Bon sang, il mourait d'envie de la voir dans sa robe de soirée. Elle qui avait tendance à ne pas mettre sa beauté en valeur… Dans une tenue habillée, elle serait sans aucun doute rayonnante.

Cette perspective mit ses sens en éveil.

Il se fit pour la centième fois les mêmes recommandations. Autant avancer pas à pas, même si les heures qui venaient de s'écouler démentaient ses bonnes résolutions. Il avait commencé par téléphoner aux managers de ses restaurants, leur avait donné ses instructions. Ils devraient se débrouiller seuls encore un moment. Ils en avaient d'ailleurs l'habitude. Lui-même ne faisait dans chaque restaurant que des apparitions assez espacées. Au cours de ses visites, il leur renouvelait sa confiance, les choses étaient entre leurs mains, ils devaient faire appel à lui en cas de problème grave.

Là-dessus, il avait passé un coup de fil encore plus dangereux. A un agent immobilier.

Sam fit la moue. A ce stade, c'était un peu fou et risqué, mais il aimait de plus en plus Peach Leaf. Il saisirait la première occasion pour avouer à Lucy qu'il était le papa de Shiloh, et lui assurer qu'il ne repartirait pas.

A partir de là, la balle serait dans le camp de la jeune femme. Il connaissait sa propre volonté, ses propres désirs. Mais pas question de la brusquer, de la pousser à s'engager si elle n'y était pas prête.

Il n'empêche : pour lui, c'était un peu comme se jeter à l'eau, lâcher prise sans savoir ce qui se passerait. Mais la semaine écoulée comptait pour lui plus que le reste de toute sa vie. Le baiser échangé avec Lucy scellait un accord entre eux.

Même s'il était réticent à mettre des étiquettes sur les choses, il savait cependant ce qui se tramait dans son cœur et sa vie. Pour une raison très simple : jamais auparavant il n'avait éprouvé pareils sentiments. Il avait pourtant fréquenté de nombreuses femmes, mais à aucun moment, pas même une seule fois, il n'avait eu la tentation de faire le grand saut avec elles. Alors qu'avec Lucy, il en mourait d'envie. Il se sentait prêt à tout lui donner. Un seul espoir l'animait : que son élan soit réciproque, qu'elle lui ouvre son cœur et sa vie. Il jouait gros, certes. Pourtant, leur baiser prouvait qu'ils étaient sur la même longueur d'ondes. Dans sa façon de l'embrasser, il avait ressenti le désir de Lucy. Elle voulait donner et recevoir.

Et ce soir, il lui donnerait tout.

Sam se passa une dernière fois une main dans les cheveux et repensa à l'après-midi qu'ils avaient passé tous ensemble. En général, le shopping l'ennuyait mortellement. Et pourtant… il s'était amusé au point de presque en oublier la recherche de tenues pour les filles.

Ses filles, comme il commençait à les appeler dans sa tête.

Ce n'était sans doute pas très prudent de le faire, mais cela lui importait peu. Il n'avait pas peur. Le moment était venu de se lancer, il se sentait prêt.

Il ouvrit la portière du pick-up en offrant une poignée de biscuits au chien. Le stratagème fonctionna, Thor s'en empara et les emporta sous le porche pour les manger à son aise. Son smoking était sauvé !

Sam inspira à fond et appuya sur la sonnette.

C'est parti.

Le cœur battant, il ajusta sa veste. Comment allait être Lucy ? Magnifique, forcément.

La porte s'ouvrit, et il eut le sentiment d'être littéralement ébloui. Il la contempla de haut en bas. Quel spectacle ! Il voulait ne rien perdre, tout graver dans sa mémoire.

Lucy avait relevé ses magnifiques cheveux roux en

un chignon tout simple, dont s'échappaient quelques mèches folles. A peine maquillés, ses yeux brillaient telles des émeraudes. Le soleil déclinant soulignait ses pommettes hautes. Il laissa son regard s'attarder avec gourmandise sur les lèvres pulpeuses de Lucy, rehaussées de rouge, qui semblaient quémander un baiser. Sans céder à la tentation, il adora la façon dont la robe jaune moulait ses formes. Une robe simple mais sexy, qui soulignait son corps sans trop le révéler. Elle laissait sa part à l'imagination, invitait avec élégance à une exploration plus audacieuse.

Et lui mourait d'envie d'explorer ce que dissimulait cette tenue.

— Bonsoir, dit-elle avec une sorte de timidité.

Les yeux de Sam remontèrent vers le visage de Lucy, encore plus beau maintenant qu'un grand sourire l'illuminait.

— Bonsoir, ma belle, répondit-il d'une voix rauque.

Ils se tenaient l'un devant l'autre, comme deux adolescents à leur premier rendez-vous. Thor les bouscula un peu en rentrant dans la maison, et Sam sortit de sa rêverie.

Redescends un peu sur terre, bon sang ! Tu as à faire !

Mettre fin à ce moment magique le déchirait, la façon dont Lucy le regardait l'enchantait. Mais il fallait qu'il reprenne le dessus. Plus vite ils se débarrasseraient du gala, plus vite il aurait cette femme délicieuse pour lui tout seul.

Il avait demandé un service à Tessa, qui le lui avait rendu avec plaisir. Elle s'était organisée pour que Paige, l'amie de Shiloh, l'emmène au bal du collège. Elle l'accueillerait ensuite chez elle pour la nuit et se chargerait de la ramener le lendemain.

A vrai dire, Sam se félicitait de cet arrangement,

c'était le seul moyen pour lui d'être seul avec Lucy. Elle était si peu égoïste… Jamais elle n'aurait envisagé d'elle-même d'envoyer sa nièce passer la nuit ailleurs.

Ils allaient donc pouvoir être ensemble, se donner l'un à l'autre ! Il la cajolerait, caresserait chaque centimètre de sa peau, lui ferait l'amour passionnément, jusqu'à ce qu'elle comprenne la profondeur de ses sentiments pour elle. Quand elle ressentirait dans sa chair et dans son cœur qu'il était prêt à tout lui donner, alors il prendrait enfin le risque de lui dire la vérité. Elle éprouvait sûrement la même attirance que lui. Etait-elle d'ailleurs en train de tomber raide amoureuse de lui, comme lui était en train de tomber amoureux d'elle ?

— Puis-je entrer ? demanda-t-il finalement.

— Bien sûr ! répondit Lucy en se frappant le front de la main. Désolée, je ne sais pas pourquoi je reste là les bras ballants !

— Ne vous excusez pas ! Vous pouvez me regarder avec ces yeux-là aussi longtemps qu'il vous plaira !

Sam fut ravi de voir les joues de Lucy rosir. Elle se retourna pour se diriger vers le salon, lui offrant ainsi une vue spectaculaire de son dos. Si le devant de sa robe était assez sage, le dos était ébouriffant : c'était un décolleté en V, échancré jusqu'à la taille. Une envie irrépressible de parcourir du doigt la ligne qui allait de la nuque de Lucy à la naissance de ses fesses le saisit. Pour éviter le pire, il se mit à contempler ses pieds.

— Je prends mon sac et on pourra se lancer, déclara-t-elle.

A ces mots, Sam s'étrangla presque.

Lui aussi était prêt à se lancer. Sur-le-champ.

Mais d'abord, il lui faudrait une patience infinie pour endurer la soirée de gala et son cortège de mondanités.

*
* *

Le gala de l'observatoire Lonestar avait beau être un événement annuel, Lucy restait chaque fois le souffle coupé. Le jardin décoré pour la soirée lui semblait sorti d'un conte des mille et une nuits. Parsemée de grands pots fleuris, la grande véranda était illuminée par de minuscules loupiotes clignotantes. Et surtout, il y avait le ciel nocturne.

C'était la plus belle des décorations du monde. Peach Leaf, la ville la plus proche, se situait à une dizaine de kilomètres : aucun risque de pollution lumineuse ! Ici, elle pouvait jouir en toute quiétude des milliers d'étoiles observables sans l'aide d'un télescope. A ses yeux, aucune salle de bal, si luxueuse soit-elle, n'arrivait à la cheville de ce spectacle naturel.

A leur arrivée, Lucy avait présenté Sam à ses amis, à tous les membres de l'équipe qu'il n'avait pas encore rencontrés. Sur le moment, elle avait un peu bafouillé. Il était alors intervenu pour dire qu'il était simplement « un ami de Lucy ». Ce qui convenait bien à la situation présente. Mais l'entendre dans la bouche de Sam l'avait confortée dans ce qu'elle ressentait.

Autant le dire tout net : elle ne voulait pas être seulement l'amie de Sam, elle voulait beaucoup plus. Mais où trouver le courage de le lui avouer ? Cette nuit, peut-être ? Le décor était magique. Quant à lui, il semblait heureux de l'accompagner. Jamais elle ne trouverait moment plus propice à un aveu amoureux, c'était une certitude.

Elle le sentit soudain derrière elle, tout près. Cette proximité embrasa aussitôt son corps comme une torche. En se retournant, elle le vit devant elle, une flûte de champagne pétillant à la main.

Lucy en eut le souffle coupé.

Seigneur, qu'il est beau !

— Je dois vous dire, Lucy, que j'ai vu beaucoup de soirées magnifiques au cours de ma vie professionnelle, mais rien qui rivalise avec ça, dit-il avec un geste ample du bras. C'est vraiment exceptionnel.

Lucy avala une gorgée de champagne, savourant la sensation des bulles légères dans sa gorge. Mais c'était surtout Sam qui lui faisait tourner la tête en ce moment !

— J'aimerais pouvoir dire que c'est grâce à moi, répondit-elle, mais en fait, il n'en est rien. J'ai organisé le planning général de la soirée et passé quelques coups de fil, mais pas plus. C'est Tessa qu'il faut féliciter. Je lui dirai que vous appréciez son travail.

Lucy laissa Sam lui retirer doucement son verre de champagne des mains et le poser sur la rambarde de la véranda. Ce faisant, il effleura sa peau des doigts, ce qui la fit littéralement frémir.

Une pensée lui traversa l'esprit. Si un simple effleurement l'électrisait, si un baiser de lui la renversait, qu'en serait-il quand leurs corps nus se presseraient l'un contre l'autre ? Quand il laisserait libre cours à ses mains brûlantes ? Elle ferma les yeux, imaginant les paumes de Sam la parcourant tout entière, sans pudeur. Elle en eut la gorge nouée.

— Ce que j'apprécie beaucoup ici, Lucy… c'est vous. Voilà des jours que je cherche à vous le dire.

Seigneur… Même si sa vie en avait dépendu, Lucy n'aurait pas trouvé les mots. Elle déglutit avec difficulté, une boule se formait dans sa gorge. Elle sentait son cœur palpiter, ses jambes flageoler.

— Je sais que nous ne nous connaissons que depuis une semaine…

— Moins d'une semaine, crut-elle bon de préciser.

Mais elle se sentit aussitôt bête d'avoir dit ça.

Sam lui sourit et répliqua :

— Moins d'une semaine, d'accord. Mais dans certains cas, c'est suffisant.

— Suffisant pour quoi ?

— Pour savoir que quelque chose de particulier se trame.

Lucy se retint de frissonner. Sam la scrutait, comme s'il voulait à tout prix déchiffrer sa réaction.

— Et entre nous, poursuivit-il avec conviction, quelque chose de très particulier est vraiment en train de naître. C'est palpable dès que nous sommes ensemble. Je sais que c'est très tôt mais… ce que j'essaie de vous faire comprendre, c'est… disons… que j'aime beaucoup, beaucoup votre compagnie.

Lucy sourit à son tour. Sam était adorable, sexy aussi, incroyablement craquant. Elle ne rêvait que d'une chose : l'entourer de ses bras, le serrer contre elle pour l'empêcher de s'échapper. Et elle l'aurait fait… si seulement elle avait eu la force de bouger. Mais comment aurait-elle pu y arriver ? Ses muscles se tétanisaient, elle palpitait sous le charme envoûtant des yeux de Sam, de son corps, des mots qui sortaient de sa bouche attirante.

Soudain, Sam la prit par la main, et l'attira doucement vers le centre de la véranda, sans lui laisser le temps de protester. Un beau slow, lent et langoureux, commençait. Il l'entraîna sur la piste et se mit à évoluer avec une telle souplesse qu'elle se contenta de le suivre.

Pour couronner le tout, il dansait bien !

N'y avait-il donc rien que cet homme ne sache faire ?

Lucy s'efforça de profiter de ce moment. Il la tenait bien serrée contre lui, elle se noyait dans l'odeur discrète de son eau de Cologne, si délicieusement masculine.

Elle sentait contre sa poitrine battre le cœur de Sam à un rythme puissant, un peu précipité. Difficile de ne pas frémir : ressentir le désir de Sam l'exaltait, enflammait le sang dans ses propres veines.

Comment un homme si beau, si gentil, si généreux, si ouvertement conquis par sa nièce pouvait-il s'intéresser à une femme aussi banale qu'elle ? Bien sûr, elle n'ignorait pas ses mérites, elle se savait… mignonne. Elle était intelligente, forte, travailleuse, ça oui. Mais ce qui la surprenait, c'était l'attention que Sam lui portait. Toute sa vie, elle s'était efforcée de passer inaperçue, de se fondre dans le paysage, par crainte de trop s'engager dans une relation. Pour ne pas prendre le risque de souffrir. Malgré tout, il l'avait remarquée. Il l'avait distinguée parmi toutes les femmes du monde, c'est elle qu'il avait eu envie de mieux connaître. Elle qui avait si peu eu l'occasion d'être précieuse aux yeux de quelqu'un !

Lucy avait les nerfs à vif quand Sam approcha sa bouche de son oreille et en effleura le lobe. Bon sang… Chaque fois qu'il la touchait un tant soit peu, le désir qu'elle éprouvait pour lui se faisait encore plus violent. Autant le dire tout net : elle ne pouvait plus se passer de lui.

En même temps, dans un coin de sa tête, planait une ombre menaçante.

S'il repartait pour New York maintenant qu'elle avait plongé à corps perdu dans cette relation, y survivrait-elle ? Tout comme l'eau et l'air, Sam lui devenait indispensable. Plus le besoin de l'avoir près d'elle augmentait, plus elle devenait vulnérable à la souffrance que lui causerait son absence. Mais avait-elle le choix ?

Elle était en train de tomber amoureuse de lui.

C'était aussi simple que ça.

Avec Jeremy, elle avait cru aimer, sans jamais en être certaine. Chaque fois que Tessa lui avait posé la question, elle avait éludé, incapable de donner une réponse satisfaisante. Elle le savait maintenant, elle n'avait pas aimé Jeremy. Elle avait voulu l'aimer, oui, mais il n'était pas l'homme qu'il lui fallait. Heureusement pour elle, il l'avait laissée tomber le jour où elle lui avait proposé de venir vivre chez elle.

Lucy retint un frisson. La vitesse à laquelle les événements se précipitaient l'effrayait. En même temps, elle savait exactement ce qui se passait. Tant qu'il était près d'elle, il n'y avait rien à craindre. Qu'il serait doux de laisser les choses arriver, de ne plus s'inquiéter, de se donner à lui, tout simplement. Et si, une fois dans sa vie, elle laissait son instinct la guider ? Ce n'était pas difficile : il suffisait de faire confiance à Sam.

Elle prit soudain une décision. Tout ce qui arriverait cette nuit dépendrait de Sam. Elle était lasse d'être toujours responsable de tout. Ce soir, elle lâcherait prise, le laisserait décider. S'il repartait, s'il la faisait souffrir, ce serait sa décision à *lui*. Pour le moment, la question de savoir comment guérir de cet abandon ne la concernait pas. On verrait plus tard.

Cette nuit lui appartenait, elle entendait la vivre pleinement.

A cet instant, Lucy sentit la boucher de Sam glisser vers son cou et y déposer de petits baisers ardents. Tout cela était si doux, si lent, si ensorcelant. Rêvait-elle ? La seconde suivante, tout lui parut bien réel, pourtant. Les lèvres charnues de Sam recouvrirent sa bouche, il l'embrassait avec ardeur, devant tout le monde. Elle ferma les yeux, le temps parut s'arrêter. Quand elle les rouvrit, elle s'aperçut que certains regards pesaient sur eux. Et alors ? Pour la première fois de sa vie, elle s'en moqua éperdument. Et passa la langue sur ses lèvres pour déguster avec un sourire le goût délicieux de la bouche de Sam.

— Il me semble que nous avons passé suffisamment de temps ici, murmura-t-il. Le moment est venu de nous éclipser, qu'en penses-tu ?

— Tu as raison. Je prends mon sac, je dis bonsoir à Tessa, et nous partons.

— Marché conclu, répondit-il.

Comme elle s'éloignait, Sam la retint par le coude et ajouta :

— Ne tarde pas trop.

Lucy se mordit la lèvre et hocha la tête. Sam lui caressa le bras avant de la libérer. Elle sentit son regard dans son dos, et elle adora ça.

Après avoir récupéré son sac, elle chercha son amie. Elle la trouva au bar, en grande discussion avec un homme. Quand Tessa l'aperçut, celle-ci lui adressa un clin d'œil par-dessus son épaule.

Certaines choses ne changent jamais.

Tessa s'excusa auprès de son interlocuteur et elles firent quelques pas ensemble. Le temps de prendre une grande inspiration, Lucy lança :

— J'emmène Sam chez moi ce soir.

Tessa écarquilla des yeux ronds, puis saisit ses mains et poussa des exclamations excitées de petite fille.

— Tu es sûre de ce que tu fais ? demanda-t-elle quand même.

Lucy s'étouffa presque de surprise. C'était bien la première fois qu'elle entendait Tessa poser une question pareille !

— Tu te moques de moi ? s'exclama-t-elle. C'est bien toi qui m'as pratiquement poussée dans les bras de ce garçon, non ? Et maintenant, tu voudrais me faire faire marche arrière !

Tessa secoua vigoureusement la tête.

— Tu te trompes, dit-elle, je ne traîne pas des pieds du tout ! C'est ta meilleure décision de l'année. C'est juste que je t'aime, alors je m'assure que tout va bien.

Lucy eut un grand sourire. Tant de sincérité de la part de Tessa lui faisait incroyablement chaud au cœur. Elle la serra dans ses bras et colla la joue contre la sienne, sans aucun égard pour leur maquillage respectif.

— Merci, ma chérie, dit-elle. Je suis d'accord avec toi, c'est ma meilleure décision de ces derniers mois. En plus, c'est la première chose que je fais *pour moi* depuis longtemps. J'en ai grand besoin, et je sais ce que je fais.

— Alors file ! répliqua Tessa en la repoussant doucement.

Lucy serra tendrement le bras de Tessa. Juste au moment de se retourner, elle remarqua les larmes qui brillaient au fond des yeux de son amie.

Une demi-heure plus tard, Lucy et Sam se retrouvèrent sous le porche de la maison.

Les nerfs à vif, elle fouilla dans son sac à la recherche de ses clés. Quand elle les trouva enfin, elle déverrouilla la porte et le fit entrer. L'obscurité de la maison la surprit. Depuis quand ne s'était-elle pas retrouvée chez elle sans Shiloh ? Et en compagnie d'un homme ? Voilà une situation inédite, pour ainsi dire ! Aurait-elle dû se sentir nerveuse ? S'inquiéter du jugement de Sam quand il découvrirait sa nudité ? Que verrait-il quand il lui ôterait un à un ses vêtements ?

Il y avait si longtemps qu'un homme n'avait pas eu

accès à son intimité… Jusqu'à cet instant précis, elle avait oublié de s'en préoccuper. Pour être honnête, elle aurait dû ressentir une appréhension à l'idée de se dénuder devant Sam. Et pourtant il n'en était rien. Au contraire, elle n'éprouvait que le désir grisant d'être touchée, embrassée, tenue dans les bras chauds et forts de cet homme. Nulle anxiété ne lui tordait l'estomac, seul un besoin sensuel l'habitait.

Après avoir nourri Thor et l'avoir dirigé vers sa niche, Lucy conduisit Sam le long du couloir qui menait à sa chambre.

Elle referma la porte derrière eux et se tourna vers lui. Dans son regard ardent, elle lut tout ce qu'elle ressentait elle-même : un désir envoûtant qu'elle n'y avait jamais vu auparavant. Que d'intensité entre leurs corps !

Elle se tenait le dos appuyé contre la porte de la chambre. Que faire, à présent ? Sam la tira d'affaire en prenant l'initiative. Il s'approcha d'elle, si près qu'elle sentait sur son visage le souffle haletant de Sam. Du bout des doigts, il caressa sa joue, s'attarda sur sa bouche, effleura sa lèvre inférieure. Puis il se rapprocha encore.

Lucy sentit alors la bouche de Sam la frôler : elle était aussi douce que du caramel chaud. C'était extraordinaire.

Il l'embrassa avec plus d'audace que les autres fois. Puis il lécha sa lèvre supérieure. Elle s'empressa de l'accueillir. Leur baiser s'approfondit, leurs langues se mêlèrent en une danse sensuelle. Il enfouit les mains dans ses cheveux. Au début, elle demeura les bras ballants, sans trop savoir quoi faire. Mais elle s'enhardit vite et laissa son corps agir à sa guise. Elle sortit sa chemise du pantalon de Sam, la déboutonna fébrilement. En écartant les pans, elle contempla un instant son torse ferme, sa peau aussi chaude que ses lèvres. Puis il l'embrassa de nouveau, et elle laissa les mains viriles de Sam glisser lentement vers sa taille. Il la plaqua contre lui, et elle put sentir enfin à quel point il la désirait.

Ils s'embrassèrent encore et encore, à en avoir le souffle coupé.

— Lucy… Lucy… Regarde-moi, haleta-t-il.

Elle ouvrit les yeux et les plongea dans ceux de Sam, voilés de désir et d'anxiété.

— Lucy, répéta-t-il d'une voix rauque. Tu es sûre que c'est ce que tu veux ?

Elle acquiesça en silence d'un hochement de tête, mais il insista :

— Ça ne me suffit pas. J'ai besoin de te l'entendre dire.

Lucy hésita : sa belle assurance était désormais ébranlée. Sam doutait-il au dernier moment ?

— Pourquoi ? souffla-t-elle. Tu doutes ?

— Il ne s'agit pas de ça, je te le promets. Je m'assure juste que tu es sûre de toi. Ne fais surtout pas une chose pour laquelle tu n'es pas prête.

Lucy sentit son cœur se serrer face à la sollicitude de Sam. Mais le désir intense qui la ravageait balaya toute objection. Dans la brume de son désir, elle s'affola. Il ne fallait pas le laisser réfléchir, remettre à une autre fois.

— Si ! C'est bien ce que je veux, s'écria-t-elle d'un ton pressant. Je suis une femme adulte et responsable. Je n'ai pas fait l'amour depuis quelque temps, mais ce n'est pas ma première fois. Alors ne tergiverse plus et embrasse-moi.

— Bien, madame, répliqua Sam.

Ni une, ni deux, il obtempéra, s'empara de sa bouche encore et encore, leurs salives se mêlaient, le ballet érotique de leurs langues les laissait exsangues. En même temps, il la débarrassa de sa robe, l'explora de ses doigts tendres et généreux. Il la caressait partout, provoquant chez elle de longs frissons, ranimant son corps centimètre par centimètre, avec une douce insistance, sans précipitation. Elle lui rendait la pareille de tout son être.

Quand ils atteignirent la limite du supportable, Lucy le conduisit jusqu'au lit. Là, il lui démontra à quel point il adorait son corps. Chaque fois qu'il plongeait en elle, qu'il se retirait pour plonger plus profondément encore, elle s'extasiait de voir à quel point il avait envie d'elle. Ils se donnaient l'un à l'autre sans fausse pudeur, sans hésitation. C'était si bon !

Enfin ils s'écroulèrent entre les draps aux petites heures du jour, repus de volupté, exténués, le corps moiré de sueur. Le soleil levant entrait dans la chambre à travers les persiennes.

Lucy dut se rendre à l'évidence.

Elle aimait Sam Haynes.

Quand Sam se réveilla, Lucy dormait entre ses bras. Le soleil enflammait ses cheveux roux, illuminant ses mèches dorées. Dans cette lumière, sa beauté semblait presque irréelle. L'espace d'un instant, il fut même pris d'un doute. Rêvait-il ?

Au même moment, elle bougea et étira les bras. Sam se pencha sur elle. Appuyé sur un coude, il la contempla : ce matin, il l'avait pour lui tout seul.

Comme elle ne faisait pas mine de se réveiller, il lui chatouilla doucement le ventre. Elle ouvrit alors un œil ensommeillé, le regarda une seconde avant de le refermer. Il sentit une légère impatience s'emparer de lui, il avait envie de la réveiller, de lui parler, de savoir si la nuit qui venait de s'écouler la rendait aussi heureuse que lui.

Sam essaya de repousser le sentiment bizarre qui l'assaillait : l'heure était venue de dire la vérité à Lucy. Oui, sa décision était prise, il allait le faire avant de quitter la maison pour aller travailler. Peut-être se mettrait-elle en colère au début : c'était un risque à courir. Néanmoins, la façon dont ils avaient fait l'amour pendant la nuit le rendait confiant. Il la convaincrait qu'il n'avait pas agi de manière calculée, qu'il n'avait rien d'un menteur.

Pourvu qu'elle le croie. Sans quoi, il serait perdu.

Au cours de la nuit, ils avaient fait l'amour encore et encore. Leur passion l'un pour l'autre avait pris de l'ampleur à chaque fois, ils s'étaient nourris l'un de l'autre. Ce matin, il avait la certitude qu'il ne se trompait pas. Il n'y avait plus aucun doute possible.

Il était tombé amoureux de Lucy.

Il ne lui restait plus qu'à trouver la façon de le lui dire. Mais auparavant, il fallait lui annoncer qu'il était le père de Shiloh. Il savait quel avenir il voulait bâtir avec elle, mais en aucun cas il n'exigerait quoi que ce soit d'elle. Elle mettrait certainement du temps pour décider si elle acceptait ou non qu'ils forment tous les trois une famille. Mais en tout cas, le moment était venu de lui offrir tout ce qu'il pouvait. Ses restaurants marchaient bien, ses récents coups de fil le lui confirmaient, rien ne le pressait de rentrer à New York. A un moment ou à un autre, il récupérerait ses affaires dans son appartement, mais ce n'était pas sa préoccupation principale.

Pour le moment, il se concentrait sur Shiloh et Lucy. Et rien d'autre.

Sam essaya une nouvelle fois de la réveiller. En vain.

A contrecœur, il abandonna et se leva pour enfiler son caleçon avant de sortir de la chambre. Il pénétra dans la cuisine, fit sortir Thor dans le jardin et garda un œil sur lui tout en ouvrant les placards à la recherche de croquettes pour l'animal, et de café pour lui. Puis il alluma la cafetière de Lucy, une véritable antiquité, ajouta de l'eau et du café moulu.

Tandis que la vieille cafetière crachouillait, il regarda par la fenêtre. Il balaya le jardin du regard plusieurs fois sans apercevoir Thor. Il en éprouva un petit pincement au cœur. Il n'y avait pourtant aucune raison de s'alarmer. Le chien avait sans doute flairé une odeur puissante et reviendrait une fois sa curiosité assouvie. Il posa sa tasse sur le comptoir de la cuisine et ouvrit la porte pour siffler le chien afin de le faire revenir. Mais dès qu'il mit le nez dehors, il crut avoir une hallucination. Bon sang, il était en train de rêver…

Là, devant lui !

Une femme émergeait d'une voiture toute cabossée et sortit un sac de voyage posé sur la banquette arrière. Avant même qu'elle ne se retourne, il sut de qui il s'agissait.

Jennifer.

Mon Dieu !

Que faisait-elle ici ?

Pendant quelques secondes, Sam fut incapable de réfléchir. Il se tenait immobile comme un idiot, les bras ballants, pendant qu'elle refermait la portière de sa voiture et se dirigeait vers la maison, une main en visière pour protéger ses yeux du soleil levant. Il avait l'impression que ses pieds pesaient des tonnes, impossible de les bouger.

Quand elle atteignit le porche, elle le vit enfin et demeura sans voix, l'air aussi stupéfait que lui.

— Pour une surprise, c'est une surprise, dit-elle enfin.

— Bonjour, Jennifer, parvint-il à articuler en croisant les bras sur son torse.

Sam se mordit la lèvre. Quel imbécile il était. Si seulement il avait enfilé ses vêtements ! Un jean et un T-shirt auraient changé beaucoup de choses.

Hélas, c'était trop tard.

— Tu manies bien la litote, remarqua-t-il sur un ton ironique.

Jennifer s'arrêta sous le porche et laissa tomber son sac.

— Je dois dire… Je ne m'attendais pas à ça de la part de ma sœur. Elle est si timide et réservée, d'ordinaire.

Elle baissa les yeux et enfonça son gros orteil dans une rainure du porche, comme l'aurait fait une enfant nerveuse.

— Puis-je te demander ce qui t'amène ? demanda Sam.

— Je suis venue voir ma fille. Notre fille.

Sam croisa les yeux de Jennifer. Pas de doute, elle n'avait pas changé, elle était restée la même que celle qu'il avait rencontrée à l'université, au cours de cette soirée fatidique. Elle avait les mêmes yeux cobalt que Shiloh, mais les siens étaient ternis par la fatigue, comme vieillis prématurément. Oh ! elle demeurait attirante, ça oui, même si pour lui le charme n'opérait plus comme par le passé. Un passé complètement révolu. On lisait sur son visage les excès qu'elle avait faits dans sa vie. En la regardant, Sam ressentit une grande tristesse. Jennifer avait fait de bien mauvais choix, à l'époque. Si elle avait su gérer la situation en son temps, tout aurait pu être si différent, tellement mieux.

— Eh bien… Ce n'est pas chez moi et…

Jennifer reprit son sac et bouscula presque Sam pour pénétrer dans la maison. Il courut après elle, le cerveau en ébullition. Comment faire partir cette femme ? S'il n'y parvenait pas tout seul, il devrait faire appel à Lucy. Mais il répugnait à le faire : voir sa sœur chez elle lui causerait un tel chagrin…

D'un autre côté, il voulait parler à Jennifer. Il avait tant de choses à apprendre ! Allez, courage.

— Jennifer, commença-t-il maladroitement, je suis désolé de la façon dont je t'ai traitée cette nuit-là. J'aurais dû le dire beaucoup plus tôt, évidemment. Maintenant, ça n'a plus tellement de sens…

— Autant que je m'en souvienne, tu m'as très bien traitée, répondit-elle.

Seulement, le regard empreint de tristesse et de souffrance qu'elle avait contredisait ses paroles.

— Ce n'est pas ce que je voulais dire, répliqua Sam en sentant comme une boule dans son estomac. J'aurais dû t'appeler le lendemain, ne pas te traiter en rencontre d'un soir et t'abandonner à ton destin. C'est une grave erreur de ma part. J'en ai commis beaucoup, à l'époque, et je les regrette profondément. Crois-moi, je n'avais pas la moindre intention de te faire du mal.

Jennifer le scruta un long moment, puis lança :

— Tu ne me dois aucune excuse. Nous avons fait notre choix librement, en adultes responsables. Aucun de nous deux ne doit se reprocher ce qui s'est passé. Les préservatifs ne sont pas à toute épreuve, et j'aurais dû y penser avant de prendre le risque. Moi aussi, j'ai commis beaucoup d'erreurs, à l'époque.

Sam fit la grimace. En d'autres circonstances, ces mots auraient été blessants, mais ils sonnaient vrai. Jennifer avait raison, ils étaient fautifs tous les deux. Certes, ça ne l'excusait pas de l'avoir empêché de participer à la vie de Shiloh. Mais à quoi bon ressasser cette histoire maintenant ? Le mal était fait et, depuis quelques jours, il avançait vers l'avenir qu'il souhaitait vivre.

Sam serra les poings. Animé d'une énergie renouvelée, il déclara :

— Tu dois partir, Jennifer. Lucy va se réveiller et je ne veux pas qu'elle te voie ici. Ça lui ferait de la peine, et cette idée m'est insupportable.

Jennifer le regarda du coin de l'œil et se dirigea vers la salle de séjour. Il la suivit de près. Avant qu'il ne parvienne à l'en dissuader, elle s'empara d'un livre qu'il avait déjà remarqué sur la table basse et l'ouvrit.

C'était un album de photos. Au fur et à mesure qu'elle en tournait les pages, la vie de Shiloh se déroulait sous leurs yeux. Bébé d'abord, adorable. Puis sur un vélo à roulettes, dans une piscine, avec des lunettes de plongée roses et des bouées aux bras.

Il y avait ensuite quelques pages sans photos. Un vide après l'âge de six ou sept ans. Ensuite, de nouveau des photos. Cette fois-ci, Shiloh était dans un fauteuil roulant. Sam sentit monter en lui une colère froide envers la femme assise à côté de lui sur le canapé.

Quel monstre d'égoïsme !

D'abord, elle avait donné naissance à sa fille et la lui avait cachée, le privant du bonheur d'être père. Ensuite, elle avait bu sans modération et emporté leur fille dans sa voiture, avec pour résultat de priver à tout jamais Shiloh de l'usage de ses jambes. Oui, il avait toutes les raisons de haïr Jennifer, de vouloir la punir de toutes les souffrances que son inconséquence avait engendrées.

Pourtant, assis à côté d'elle, il se calma peu à peu. Tout ce qu'il ressentait au bout du compte, c'était un chagrin infini. Il avait affaire à une femme malade. Peut-on en vouloir à une personne en souffrance de ne pas agir de façon responsable ? Il n'avait pas la vanité de comprendre ce que représentait la lutte incessante d'un individu contre sa maladie mentale. Malgré tout, il ne pouvait s'empêcher de regretter les mauvais choix qui avaient été faits. Jennifer aurait pu emprunter une autre voie, un chemin où lui et Lucy auraient eu leur rôle à jouer.

Bref, le fait que Jennifer ait abandonné sa fille continuait de lui briser le cœur.

Mais qu'importe : il comptait bien prendre un nouveau départ avec Shiloh. A partir de maintenant, il jouerait son rôle dans tous les épisodes de sa vie. Ce serait la meilleure façon d'oublier sa rancœur envers Jennifer. Il prit une résolution : l'avenir qui se déroulait devant lui, il ne le remplirait que de bonnes choses. Avec un peu d'espoir, Jennifer reprendrait ses médicaments et ferait le même choix que lui. Shiloh le méritait bien.

Ils restèrent assis un moment. Sam étudiait les photos par-dessus l'épaule de Jennifer au fur et à mesure qu'elle feuilletait l'album dans tous les sens. De toute évidence pris par Lucy, les clichés étaient touchants. L'amour qu'elle portait à son sujet y éclatait.

Perdu dans sa contemplation, il sirotait doucement son café quand une voix le fit sursauter :

— Quelqu'un peut m'expliquer ce qui se passe ici ?

Bon sang, ni lui, ni Jennifer n'avaient entendu le bruit des pieds nus de Lucy dans l'escalier. L'entendre parler aussi froidement le fit frissonner. Il se tourna et croisa le regard de celle qui était, à n'en pas douter, la femme de sa vie. Hélas, il n'y trouva aucune trace de l'ardeur, de la chaleur, de l'amour de la nuit qui venait de s'écouler. Au contraire, il y brillait une haine violente, dirigée principalement contre lui.

Sam ouvrit la bouche pour parler, mais elle l'en empêcha d'un signe impérieux de la main.

— On dirait que vous vous connaissez, lâcha-t-elle.

Du coin de l'œil, il vit Jennifer le consulter avant d'acquiescer de la tête. A quoi bon faire des cachotteries, désormais ?

— D'où vous connaissez-vous ?

Question épineuse. Sam pourrait-il oublier un jour l'expression du visage de Lucy quand elle la posa ? Jamais il n'avait vu autant d'émotions conflictuelles se peindre sur le visage de quelqu'un. La confusion, la douleur, la trahison. Il se détestait d'en être la cause.

Sam regarda Jennifer. Les yeux fixés sur ses genoux, elle s'était comme détachée de la situation. Bien, ce serait donc à lui de tout expliquer. Jennifer n'en avait pas la force. Cela dit, il méritait amplement tout ce qui était en train de lui arriver. S'il avait tout avoué à Lucy depuis le début…

Mais à quoi servait-il de se lamenter ? Il était trop tard.

— C'est une longue histoire, commença-t-il en passant une main fatiguée sur son visage.

— J'ai tout mon temps, répliqua sèchement Lucy.

— Eh bien, voilà… Jennifer et moi… Nous nous sommes rencontrés il y a longtemps… à l'université. Un soir, au cours d'une fête, nous… je…

— Nous avons couché ensemble, acheva Jennifer d'une voix basse.

Lucy croisa les bras sur sa poitrine. Même à distance, Sam remarqua qu'elle tremblait sous le short et le T-shirt qu'elle avait enfilés. Il eut soudain une envie folle de la prendre dans ses bras, de l'entourer, de la serrer pour la réchauffer contre son corps. De lui dire à quel point il regrettait, lui assurer que tout allait s'arranger. Jusqu'à cet instant, il avait eu foi en l'avenir, mais le regard glacé de Lucy le replongeait dans les doutes qu'il avait éprouvés tous les jours précédents.

— Je vois, se contenta-t-elle de dire.

Un éclair de jalousie sembla déformer un instant ses traits et elle s'éloigna un peu.

— Ce n'est pas ce que tu crois, protesta-t-il.

Sam ferma les yeux, écrasant ses paupières l'une contre l'autre jusqu'à la douleur. Quand il les rouvrit, il se força à la regarder bien en face. Pourvu que ce qu'il s'apprêtait à révéler ne change pas les sentiments de Lucy à son égard.

C'était beaucoup demander, il en avait conscience, mais après la nuit dernière, ça ne comptait pas. Il ferait tout ce qui était en son pouvoir pour lui communiquer la force de son amour. Quel que soit le temps que ça prendrait, quels que soient les sacrifices à accomplir, il lui ferait comprendre la place unique qu'elle et Shiloh occupaient dans son cœur. Elles comptaient plus que tout le reste. A partir de maintenant, il serait toujours là pour elles.

Il ne partirait pas, à moins qu'elle ne l'exige.

Sam tâcha d'organiser les mots dans sa tête, toutes les façons possibles d'exprimer les faits. Hélas, rien ne le satisfaisait. Aucun mot, aucune phrase n'exprimerait tout ce qu'il ressentait. Alors autant opter pour la simplicité.

— Je suis le père de Shiloh, dit-il.

Sous le coup, Lucy blêmit et chancela. Puis s'agrippa à la rampe de l'escalier. La voyant prête à tomber, Sam bondit sur ses pieds et se précipita vers elle. Mais quand il tendit la main pour la soutenir, elle le repoussa d'un geste brusque.

Il s'attendait à ce qu'elle pleure, crie, laisse éclater sa colère. Mais rien de cela ne se produisit. Au contraire, ce qui se passa l'effraya. Il en resta pantois.

Dénué de toute expression, le visage de Lucy ne

trahissait aucune de ses émotions. C'était un véritable masque. Impossible de deviner ce qu'elle pensait.

— Dis quelque chose, Lucy, supplia-t-il. S'il te plaît, parle-moi.

Lucy le fusilla du regard.

— Je n'ai rien à dire. Ni à toi, ni à elle.

Sortant de son mutisme, Jennifer prit enfin la parole :

— Je suis venue ici pour voir Shiloh, dit-elle comme si c'était la chose la plus sensée du monde.

Lucy détourna son attention vers sa sœur.

— Tu plaisantes ? siffla-t-elle. Comment oses-tu te présenter ici après toutes ces années, après ce que tu as fait à ton dernier passage ? Tu ne crois pas que tu as causé assez de dégâts pour une vie entière ?

Jennifer se leva du canapé et se posta au pied de l'escalier.

— Ce n'est pas juste, dit-elle.

Sam se sentit frémir : les yeux de Lucy étaient comme deux couteaux.

— Pas juste ? rétorqua-t-elle. Ce qui n'est pas juste, depuis le début, c'est que vous ayez tous les deux fait un choix il y a des années. Et que je sois celle qui a payé le prix fort à cause de vous. La seule personne qui n'ait pas eu le choix, c'est moi. J'ai subi toutes les conséquences. J'ai élevé votre fille, la fille que vous avez abandonnée. Je l'aime plus que tout au monde, mais j'aurais dû avoir mon mot à dire dans cette histoire. Voilà la vérité pure et simple !

Le rouge aux joues, Jennifer baissa la tête.

— Je ne vous comprends pas ! poursuivit Lucy. De quel droit vous êtes-vous octroyé la permission de venir dans ma maison et de bouleverser la vie que j'ai construite avec Shiloh ? Après toutes ces années, vous pensez avoir le droit de réapparaître tout à coup et d'exiger une place dans son existence ? Mais non ! Ça ne marche pas comme ça ! Je lui ai donné un foyer, je lui ai offert la stabilité, et je ne veux pas qu'elle endure de nouvelles souffrances à cause de vous et de votre inconséquence.

— J'ai le droit de voir ma fille, rétorqua Jennifer.

Lucy répliqua aussitôt :

— Tu as le droit de la voir si je veux et quand je veux. Tu sais que j'ai la garde totale de Shiloh. C'était notre accord, tu te souviens ? Autrefois, je t'ai laissée la voir parce que je pensais qu'elle avait besoin de connaître sa mère. Mais ça, c'était avant l'accident. Tu ne peux pas débarquer ici quand tu veux, sans même me prévenir au moins par téléphone. Tu n'as pas le droit de t'imposer chez moi quand tu le décides, et t'attendre à ce que je te reçoive les bras ouverts. Ça trouble Shiloh, tu comprends ça ? Elle et moi, nous avons bâti une vie qui nous convient. Si tu veux en faire partie, il faut d'abord que tu consultes ton médecin, et que tu reprennes tes médicaments. C'est clair ?

A ces mots, Lucy soupira en se massant les tempes et ajouta :

— Si tu as besoin de mon aide pour le faire, demande-le clairement.

Jennifer sembla réfléchir aux paroles de Lucy pendant quelques instants, puis hésiter. L'espoir au fond de ses yeux n'avait été qu'une fugace étincelle, qui disparut aussitôt. Elle détourna le regard de sa sœur et retourna dans le salon prendre son sac de voyage.

Lucy s'assit sur une marche. Elle avait l'air toute raide, les épaules crispées, les yeux noyés de tristesse, de désillusion. Comme si elle se refermait sur elle-même. Une fois de plus, Sam tendit la main pour recréer un contact, mais elle le repoussa sans ménagement.

Il sentit son cœur se serrer.

Voilà ce qui arrive quand on aime quelqu'un. On a le pouvoir de faire souffrir.

Avant de rencontrer Lucy, il pensait que l'amour ne valait pas la peine. Mais elle l'avait fait changer d'avis. Elle l'aimait aussi, il le savait. Elle désirait une famille pour Shiloh. Pas question de gâcher cette chance inestimable !

Hélas, en cet instant précis, ce dont elle avait besoin, c'était manifestement d'espace. Pour panser ses plaies. Pour réfléchir.

— Sortez, dit alors Lucy d'une voix atone. Tout de suite. Tous les deux, sortez. Hors de ma vue, hors de ma maison.

Là-dessus, des larmes se mirent à rouler sur ses joues et elle plongea la tête dans ses mains.

— Et hors de ma vie, acheva-t-elle.

Sans un mot, Jennifer saisit son sac de voyage et sortit en claquant la porte. Sam s'attarda un moment. Existait-il un moyen de la faire changer d'avis ? Il ne vit qu'une chose à dire.

— Lucy… Je… je ne savais rien jusqu'à ce que…

Elle leva la main pour l'interrompre. Plus la peine d'insister : elle ne serait capable de l'entendre qu'après avoir eu le temps de réfléchir.

— S'il te plaît, Sam. Je ne peux plus rien écouter pour le moment.

Sam se mordit la lèvre. Ce que le destin pouvait être ironique. En l'espace de vingt-quatre heures, il avait à la fois connu l'amour et vu tous ses espoirs se briser en mille morceaux.

De son côté, la désillusion de Lucy devait être encore plus cuisante. Autant être lucide : elle avait besoin de temps. La moindre des choses, c'était de le lui offrir.

Il reviendrait. Rien au monde ne pouvait l'en empêcher. Mais pour le moment, il devait lâcher prise.

- 9 -

Quelques jours plus tard, Lucy était face au Pr Blake. Celui-ci l'entretenait dans les moindres détails d'un projet concernant un groupe scolaire des environs. Hélas, elle éprouvait la plus grande difficulté à se concentrer. Impossible d'empêcher ses pensées de vagabonder…

Sam, Jennifer et toutes les choses qu'ils lui avaient cachées l'obsédaient, tournaient en boucle dans sa tête. De la part de Jennifer, rien ne la surprenait. Mais Sam… Sam, c'était tout autre chose. Bien sûr, elle aimait Jennifer et prenait en compte sa maladie. Elle savait à quel point la vie quotidienne de sa sœur se réduisait à une souffrance qu'elle ne parviendrait jamais à comprendre en profondeur. Du coup, elle lui accordait un peu à contrecœur des circonstances atténuantes qu'elle n'aurait accordées à personne d'autre. Parce que Jennifer faisait partie de sa famille.

Et la famille, c'est sacré.

Pour Sam, c'était différent. Elle lui avait offert sa confiance, ouvert son cœur, donné son corps. Entièrement. A aucun moment, elle n'avait envisagé ce qui était pourtant advenu. Après avoir ouvert l'une après l'autre les portes verrouillées de son être, elle avait vraiment commencé à croire à leur vie future ensemble. Tous les trois… Ils auraient pu devenir une vraie famille.

Et maintenant… C'était comme si un étau lui serrait

le cœur en permanence. Elle ne le reverrait sans doute jamais.

Lucy sentit son cœur se déchirer. Après cette scène horrible chez elle, la démission de Sam ne l'avait pas surprise. Elle lui savait gré d'une chose : il s'était comporté en *gentleman*. Au lieu de recourir à un mail impersonnel et facile, il lui avait tendu sa lettre de démission manuscrite en personne.

Lucy retint un soupir. L'indulgence dont elle faisait preuve envers Sam la contrariait. Non contente de ne pas le haïr, elle lui trouvait encore des qualités !

Seigneur, comme elle aurait voulu l'oublier, l'effacer de son esprit, penser à autre chose, passer à de nouveaux projets. Hélas, cela se révélait au-dessus de ses forces. Au contraire, il hantait ses pensées, depuis le moment où elle se réveillait jusqu'à celui où elle se couchait. Peu importe vers quoi son esprit se tournait, elle revenait toujours aux mêmes questions torturantes.

Où était-il ? Avait-il repris le chemin de New York ?

Après l'irruption du chaos dans sa vie quotidienne, elle avait aussi passé des heures à tenter de résoudre un grave problème : devait-elle, oui ou non, dévoiler à Shiloh qui était son père ? Après bien des sueurs froides, elle avait opté pour le oui. En fait, elle en avait par-dessus la tête des secrets de famille. Certes, malgré ses espoirs déçus, Sam ne ferait pas partie de leur vie, mais sa nièce avait le droit de savoir. Elle avait l'âge d'assimiler cette très délicate information. Son intelligence le lui permettait.

Du coup, Lucy lui avait tout dit.

Shiloh avait encaissé la nouvelle avec sa maturité coutumière. Elle avait été bouleversée non par l'information elle-même, mais par le sort réservé à Sam. Au début, elle avait même reproché à Lucy de ne pas avoir su le retenir. Après réflexion, elle lui avait pardonné. Finalement, au fil de longues discussions, elles étaient parvenues à une décision : il ne servait à rien de cultiver des secrets. Tout ce qui leur restait à faire, c'était recoller les morceaux de leurs cœurs et continuer leur vie à deux.

Au même moment, Lucy faillit sursauter en entendant quelqu'un frapper à la porte. Ouf, c'était Tessa, elle arrivait à point nommé. Le Pr Blake consulta sa montre, s'excusa et laissa les deux jeunes femmes projeter leur déjeuner.

— J'ai cru qu'il ne partirait jamais, soupira Lucy.

Tessa hocha la tête. Le professeur avait la réputation de faire traîner en longueur les conversations. En général, cela n'était pas un problème. Mais à l'heure des repas, cela devenait moins supportable.

— Je suis prête pour déjeuner, dit Tessa. Et toi ?

— Moi aussi. Que mangeons-nous aujourd'hui ? C'est ton tour de choisir.

— Tu vas me détester, et tu as le droit de refuser, mais j'ai vraiment envie de déjeuner au café.

Lucy haussa les épaules avant de répondre :

— Pourquoi pas ?

— Tu es sûre ? insista Tessa.

— Certaine. Ce n'est pas comme s'il était encore là.

— Je sais… mais je comprendrais que tu n'aies pas encore envie d'y retourner. Si j'ai envie d'y déjeuner, c'est que tout le monde trouve le nouveau menu extra. J'aimerais bien vérifier par moi-même.

— Pas la peine de te lancer dans des explications alambiquées. En plus, je dois vérifier certaines choses avec le nouveau cuistot. Je l'ai rencontré plusieurs fois et le personnel de l'observatoire et les clients adorent ce qu'il fait. Il a l'air de se débrouiller très bien tout seul, mais je me dois d'aller m'en rendre compte de visu. Après tout, ça fait partie de mon job.

Les deux jeunes femmes se dirigèrent donc vers le café et choisirent une table. Lucy se rendit dans la cuisine et discuta quelques instants avec le nouveau chef. Quelques jours auparavant, elle l'avait rappelé pour un entretien, et il convenait très bien au petit restaurant. Son répertoire comprenait des plats classiques, mais aussi quelques inventions de son cru. Un peu comme Sam, mais en moins créatif…

Elle rejoignit Tessa à leur table au moment où arrivait leur commande. Elles entamèrent leur repas. Au bout de quelques minutes, quelque chose l'intrigua. Tessa était plus taciturne qu'à l'accoutumée. Allons bon !

— Qu'est-ce qui t'arrive ? s'enquit-elle en la regardant bien en face. Pourquoi es-tu aussi calme aujourd'hui ?

La question méritait d'être posée. Tessa avait à peine mangé depuis le début du repas. Finalement, celle-ci posa sa fourchette dans son assiette et lâcha :

— Ecoute, j'ai quelque chose à te dire et ça va te faire tout drôle. Ça date d'hier. Je voulais venir t'en parler sur-le-champ, mais tu étais occupée à faire visiter l'observatoire. C'est pour ça que je tenais à déjeuner avec toi aujourd'hui.

Lucy lui adressa un regard surpris et fit remarquer :

— Mais… nous déjeunons tous les jours ensemble !

— Tu sais très bien ce que je veux dire ! soupira alors son amie. Ecoute-moi.

Lucy posa aussi sa fourchette et tritura sa serviette sur ses genoux. Qu'allait-elle encore apprendre ?

— Alors, de quoi s'agit-il ? demanda-t-elle.

Au bout de quelques secondes, Tessa baissa la tête vers son assiette et se lança :

— Quand je suis rentrée chez moi hier soir, j'ai trouvé Jennifer assise sur le pas de ma porte.

Eh bien ! Pour une surprise, c'était une surprise !

— Ah bon ? Que faisait-elle chez toi ?

Tessa haussa les épaules et se racla la gorge.

— Au début, je ne voulais pas la faire entrer, après ce qui s'est passé l'autre jour, expliqua-t-elle. Mais elle a insisté, et elle l'avait l'air si… chamboulée… J'ai fini par accepter. Je me suis souvenue de sa fragilité psychologique et je ne voulais pas l'abandonner dehors. Trop risqué. Elle était différente, ça ne ressemblait pas à ses phases maniaques habituelles. Elle avait l'air profondément triste et solitaire.

Lucy fit la moue. Elle n'aimait pas la tournure que prenaient les choses, ça non. Dans le passé, Jennifer avait dormi de nombreuses nuits chez Tessa quand elle fuyait la maison après une dispute avec leurs parents. Lucy détestait l'idée que son amie soit de nouveau contrainte de s'impliquer dans leurs problèmes familiaux. D'un autre côté, elle souhaitait en savoir davantage. Qu'est-ce que Tessa avait à lui dire ? Même si Jennifer ne pouvait pas avoir une place plus importante dans sa vie, elles restaient sœurs. Difficile de ne pas s'inquiéter !

— Lucy, poursuivit alors Tessa, ta sœur m'a appris une chose que tu dois savoir. C'est quelque chose qui change tout. Tu te souviens quand Jennifer a amené Shiloh ici pour la première fois ?

— Comment pourrais-je l'oublier ?

— Tu te souviens de ce qu'elle a déclaré à propos du père ? Il ne voulait pas avoir affaire à ce bébé. Elle nous a raconté qu'elle l'avait mis au courant, et qu'il avait refusé de faire partie de la vie de Shiloh.

Lucy hocha la tête. Impossible de ne pas se rappeler cette scène…

— Je m'en souviens comme si c'était hier. Maintenant, je sais que ce père indigne, c'était… Sam. Où veux-tu en venir ?

— Eh bien… Quand Jennifer m'a parlé hier, elle m'a avoué avoir menti. Elle t'a menti pour t'empêcher de poser des questions.

Quoi ?

Lucy baissa les yeux et s'aperçut qu'elle avait déchiré sa serviette en morceaux. Un froid glacial l'envahit. Elle se souvint brusquement d'un instant de sa dispute avec Sam. Qu'avait-il dit, juste avant de partir ? Ça tournait autour du fait qu'il ne savait pas. Mais qu'il ne savait pas quoi ? A ce moment-là, elle souffrait trop pour l'écouter. Elle lui avait demandé de partir, et il s'était exécuté, sans s'expliquer davantage.

— Lucy, tu comprends ce que je suis en train de te dire ?

L'estomac noué, Lucy hocha la tête. Seigneur, c'était comme si son cerveau allait exploser, faute de pouvoir assimiler et étudier toutes les informations qu'il avait enregistrées ces derniers jours.

— Ce n'était pas la faute de Sam, c'est ça ? dit-elle comme dans un brouillard.

Ses grands yeux fixés sur elle, Tessa acquiesça d'un signe de tête.

— Sam n'a découvert que récemment qu'il avait une fille. Juste avant de venir ici, en fait.

Lucy eut subitement la sensation d'être frappée de plein fouet par la vérité, avec la force d'une fusée qui rentre dans l'atmosphère.

Un voile se déchirait. Tout le mystère de l'arrivée soudaine de Sam à Peach Leaf devenait clair comme de l'eau de roche.

Voilà pourquoi il avait débarqué à Peach Leaf ! S'il

s'intéressait tant à la façon dont elle éduquait sa nièce, c'était à cause de ça. L'autre jour, il lui avait avoué son lien de parenté avec Shiloh. Et elle, enfermée dans sa douleur, avait refusé d'écouter ses explications, sa vérité.

Il fallait se rendre à l'évidence : Jennifer leur avait menti. Et cela avait tout bouleversé.

Lucy se rembrunit. Quelque chose continuait de la troubler… Sam avait d'abord choisi de ne pas lui révéler son identité.

— Pourquoi ne pas m'avoir dit plus tôt qu'il était le père de Shiloh ? demanda-t-elle. Nous avons passé beaucoup de temps ensemble, nous avons appris à nous connaître, et… nous sommes tombés amoureux… Du moins, ça en avait tout l'air… Et pendant tout ce temps, il a gardé pour lui cette information capitale. Pourquoi ? Je lui faisais confiance. S'il n'était pas fautif, s'il a vraiment découvert la vérité juste avant de venir ici, pourquoi ces cachotteries ? Il aurait été si facile de me le dire le premier jour…

Lucy vit Tessa tendre la main par-dessus la table et serrer la sienne.

— J'aimerais pouvoir te répondre, ma chérie, mais je n'en sais rien. Je ne peux que te rapporter ce que Jennifer m'a confié. Si elle t'a menti, c'est parce qu'elle sent depuis toujours que, de vous deux, tu es la meilleure, la fille parfaite. Elle avait tellement honte d'être tombée enceinte si jeune, honte de ne pas être capable de s'occuper de Shiloh, qu'elle ne se sentait pas la force de t'avouer qu'elle avait tenu le père à l'écart. Elle pensait que tu aurais pour elle davantage d'empathie si tu croyais que le père l'avait rejetée. Mais je ne peux pas parler à la place de Sam. Une seule personne peut le faire.

Lucy secoua la tête. Toutes les pièces de cet imbroglio

s'emboîtaient parfaitement, en fait. Jennifer avait toujours ressemblé à leur mère. Passionnée, vivace, le cœur en bandoulière, toujours vulnérable, comme destinée à se faire briser par la vie, par les hommes qui s'intéressaient à elle. Leur père était bien trop pris par son travail pour remarquer ses appels au secours, son désir forcené d'attention. Il n'avait pas non plus remarqué ses nombreuses infidélités. Bien sûr, il les aimait toutes les trois. Simplement, il n'était pas du genre à montrer ses sentiments, comme le faisait leur mère. Il avait du mal à entrer en relation avec les autres. C'était à se demander comment deux personnes aussi différentes l'une de l'autre avaient pu vivre ensemble, s'aimer. Jamais ils n'auraient dû se sentir attirés l'un vers l'autre.

Pourtant, Lucy avait une certitude. Même si elle adorait son père, elle ne voulait pas suivre le même chemin que lui. Pas question de perdre l'homme qu'elle aimait.

— C'est la dernière personne à qui j'ai envie de parler en ce moment, soupira-t-elle à voix basse avant de pousser une sorte de gémissement.

— Je te comprends, répondit Tessa en lui serrant la main. Mais ce serait bien que tu écoutes sa version de l'histoire, pas vrai ? Tu lui dois bien ça…

Lucy rejeta la tête en arrière et remit ses lunettes sur son nez.

— Je déteste quand tu as raison, dit-elle.

Leurs regards se croisèrent. Tessa avait l'air très satisfaite d'elle-même.

— Je sais, mon chou, répondit-elle. Mais ce que tu détestes encore plus, c'est que ça arrive aussi souvent !

- 10 -

Sam finit de charger ses bagages dans son pick-up de location. Le soleil brûlant du Texas le faisait transpirer à grosses gouttes. Mrs Frederickson se tenait à côté de lui, et il se tourna vers elle pour la prendre dans ses bras une dernière fois. La pauvre vieille dame avait les larmes aux yeux. Lui-même ne savait pas s'il devait pleurer avec elle ou se mettre à rire.

— Je vous promets de souvent vous rendre visite, dit-il. L'appartement que je loue n'est pas loin d'ici. La prochaine fois, c'est moi qui cuisinerai pour vous et non l'inverse.

Mrs Frederickson le serra fort contre elle avant de le relâcher.

— Et n'oubliez pas de me dire comment ça tourne avec vos filles, exigea-t-elle en agitant un doigt sous son nez.

Sam fit la grimace. Il aurait mieux fait de ne pas s'ouvrir de tout ça devant cette femme qui, il commençait à l'entrevoir, était une commère notoire.

— Entendu, promit-il tout de même.

Sam jeta un œil autour de lui et sauta dans le véhicule qui allait le conduire dans l'appartement qu'il occuperait en attendant de convaincre Lucy de lui ouvrir de nouveau son cœur.

Il passa quelques coups de fil pour organiser les

choses à New York. Mais c'était comme si cette ville n'était plus vraiment chez lui.

Plus jamais il ne se sentirait chez lui sans Lucy et Shiloh, c'était une certitude. Elles étaient sa famille. Si seulement il parvenait à en convaincre Lucy, il serait le plus heureux des hommes. Depuis leur terrible dispute, il avait essayé cent fois de la joindre au téléphone, mais elle refusait de répondre. Comment le lui reprocher ? Avec toutes les vérités assénées ces derniers jours, il lui faudrait sans doute beaucoup de temps pour digérer toute cette histoire. Pour sa part, cependant, ce n'était pas un problème, il avait tout son temps.

Si seulement il avait aussi un peu plus de patience...

Sam démarra et quitta le parking du Bed and Breakfast pour s'engager dans la grand-rue. En roulant au pas, il observa tous les magasins, boutiques et restaurants qu'il avait appris à aimer. Malgré tout, le centre manquait bel et bien d'un café digne de ce nom ! Et d'une bonne pizzeria ! Mais il remédierait à ces lacunes une fois la situation rétablie avec Lucy.

Tout en avançant vers son appartement, il sentait une question obsédante tournoyer dans sa tête. Que faisait Lucy en cet instant même ? Plusieurs fois, il avait été à deux doigts de se rendre chez elle, pour la supplier de le recevoir, de revenir à la raison, d'écouter ses arguments. Après tout, elle ne connaissait toujours pas sa version de l'histoire !

Jusqu'à maintenant, il avait su résister à cette envie. S'il allait chez elle, cela ne ferait qu'aggraver la situation. Du coup, cette conviction le retenait. Il n'avait aucune intention de la forcer à l'aimer, ça non. Ce serait d'ailleurs contre-productif. Bref, il ne lui restait donc qu'une seule option : attendre qu'elle réfléchisse, que ses réflexions la conduisent à cette conclusion.

Et si elle n'y parvenait jamais ?

Lucy était une femme qui donnait tout aux autres. Elle n'était pas du genre à demander quoi que ce soit pour elle-même, même si elle en ressentait l'envie et le besoin.

Sam se mordit la lèvre. Compte tenu de tous ces éléments, ne devait-il pas changer d'optique ? Après tout, peut-être avait-il le pouvoir de la faire changer d'avis ! Ne devait-il pas s'efforcer de la reconquérir ? Elle le méritait amplement ! A en juger par ce qu'elle avait laissé entrevoir, personne ne s'était jamais battu pour elle. Les hommes l'avaient utilisée, avaient profité d'elle, sans jamais faire honneur à son amour, à sa générosité. Personne ne s'était dressé pour la protéger, la défendre. Elle n'avait jamais eu de chevalier servant.

Brusquement, Sam appuya à fond sur le frein. Les pneus crissèrent, la voiture pila le long du trottoir.

Autant se rendre à l'évidence : appeler Lucy au téléphone, lui envoyer des SMS ne suffisait pas ! Elle avait besoin de bien davantage. Elle attendait qu'il se batte pour elle, qu'il lui prouve qu'elle en valait la peine.

Elle en était digne, plus que toute autre. Et il saurait le faire !

Tout d'un coup, il eut le sentiment de ne plus pouvoir attendre une seconde. Oui, il devait la revoir, lui expliquer qu'il était de bonne foi. Pas un instant il n'avait eu l'intention de la tromper. Tout ce qu'il avait recherché, tout ce vers quoi tendaient son énergie et ses efforts, c'était leur bonheur, à elle et à Shiloh.

Sam serra le volant de son pick-up. Quel imbécile, bon sang ! Pourquoi n'avait-il pas compris plus tôt que ses efforts étaient inutiles ? Tout ce qu'il avait décidé, comme laisser Lucy tranquille, lui donner le temps de réfléchir, ne pas peser sur sa volonté, était absolument stérile. Rien ne pouvait avancer de la sorte. En fait, son attitude n'avait rien de glorieux ! C'était plutôt la preuve de sa peur panique, tout simplement. Sa peur de la voir refuser de former une famille avec lui. Ce refus le détruirait, rendrait sa vie inutile et vaine. Autant se l'avouer, il avait désormais besoin de cette femme dans sa vie. Et la possibilité qu'elle le rejette le terrifiait.

Que cette peur était mauvaise conseillère ! Elle le paralysait alors que le moment était venu de se mettre à l'épreuve. Lutter pour ce qu'on aime, n'est-ce pas la plus grande preuve d'amour ?

La seconde d'après, Sam appuya sur l'accélérateur, fit demi-tour et se dirigea vers l'observatoire et la maison de Lucy. Oui, il était désormais décidé et gonflé à bloc, galvanisé par un nouvel espoir !

C'était sa dernière chance.

C'était *leur* dernière chance de vivre un véritable amour, leur dernière chance d'espoir et de bonheur… en famille.

Lucy était avec Shiloh et Thor dans le jardin quand elle aperçut la voiture de Sam qui grimpait la côte. Oh non… Tout d'un coup, c'était comme si des émotions contradictoires venaient d'envahir sa poitrine. Un lourd nuage noir s'abattit sur elle. Etait-elle en colère ? Triste ? Pleine d'espoir ? Difficile à dire.

Inutile de se voiler la face : depuis leur dispute, elle avait cent fois imaginé ce moment. Elle avait souhaité de toutes ses forces le revoir. Hélas, elle avait fini par se convaincre d'une chose : s'il l'aimait vraiment, il faudrait qu'il fasse davantage d'efforts pour le lui faire savoir. Elle n'avait pas répondu à ses coups de fil, pas plus qu'à ses SMS. Ce qu'ils avaient à se dire ne pouvait pas passer par des moyens électroniques.

Elle avait besoin de le voir.

Au moins une dernière fois. Elle avait tant de questions à lui poser, tant de choses à comprendre, avant qu'il ne sorte de sa vie pour toujours.

Sortir de sa vie ? Seigneur, voilà bien une chose à laquelle elle n'était pas prête…

Quand elle aperçut la voiture, Lucy sentit son pouls se mettre à battre la chamade.

Dès qu'il s'agissait de Sam, elle perdait le contrôle de ses émotions. Oui, elle l'aimait, sans contestation possible. Elle n'avait jamais aimé que lui.

Lucy prit une grande inspiration. Si cela n'avait tenu qu'à elle, elle aurait affronté Sam depuis longtemps. Elle l'aurait forcé à s'expliquer sur son silence à propos de sa paternité. Mais elle n'avait pas le droit de ne penser qu'à elle-même. Une préoccupation primait : il fallait prendre en compte l'effet qu'aurait ce nouveau développement sur Shiloh. Avant d'obtenir des réponses à ses questions, avant de juger si, oui ou non, elle accordait de nouveau sa confiance à Sam, elle se devait d'abord de protéger sa nièce. Dans l'ordre de ses priorités, Shiloh était toujours passée la première. Même si, désormais, elle s'octroyait le droit d'aimer un homme, sa nièce demeurait sa priorité ultime, pour toujours.

Depuis des années, elle se dévouait à Shiloh corps et âme. Dès le début, elle s'était juré de se dépasser pour être une mère de substitution aimante, responsable, irréprochable. Elle plaçait toujours les besoins de sa nièce au-dessus des siens. Jusqu'ici, elle avait tenu cette promesse. Du coup, même si elle souhaitait avec ardeur que Sam fasse partie de sa vie, son engagement inconditionnel envers Shiloh ne variait pas d'un pouce. Dans son esprit, ce n'était pas négociable.

Lucy devait pourtant reconnaître une chose : cela ne changeait rien à l'essentiel de son dilemme. Si elle avait eu le choix parmi tous les hommes de la terre, si elle avait pu réunir en un seul homme toutes les qualités qu'elle attendait d'un bon père, elle aurait pu chercher toute sa vie sans trouver l'équivalent de Sam. Sympathique, généreux, intelligent, aimant. Et beau.

Sans le moindre doute possible, il souffrait profondément d'avoir raté la majeure partie de la vie de sa fille... Certes, il avait menti par omission, mais n'avait-il pas déjà payé le prix fort pour cela ? Par la faute de son inconséquence, de sa faiblesse, de ses sautes d'humeur maladives, Jennifer ne lui avait-elle pas infligé la plus cruelle des punitions ?

Si, bien sûr ! Alors pourquoi l'accabler davantage ?

Lucy regarda Sam garer sa voiture et en sortir. Il fut aussitôt assailli par Thor qui lui prodigua les marques enthousiastes de sa tendresse débordante.

Shiloh sembla d'ailleurs comprendre que Sam et elle avaient besoin d'intimité car elle appela le chien et lui ordonna de la suivre dans la maison. Avant de refermer la porte d'entrée, la petite lui adressa un clin d'œil et leva discrètement le pouce en signe de victoire. Ce qu'elle pouvait être adorable...

En dépit des battements précipités de son cœur, Lucy lui fit un sourire.

Là-dessus, elle se redressa, les épaules bien droites, et releva le menton. Oui, elle était prête à affronter Sam. Quoi qu'il advienne, elle n'avait qu'une chose à lui avouer.

Son amour.

Ensuite, elle le laisserait décider de ce qu'il voulait

faire de cette information. Ah, pourvu qu'il choisisse de rester auprès d'elle ! De toute son âme, elle souhaitait qu'il veuille faire partie de sa vie et de celle de Shiloh, pour de bon. Malgré cela, elle n'exigerait rien de lui. Elle se contenterait de lui faire comprendre à quel point il serait le bienvenu chaque fois qu'il voudrait voir sa fille. Pour le reste, tout dépendait de lui. En tout cas, elle respecterait sa volonté.

Au lieu de la rejoindre, Sam se dirigea vers l'arrière de son pick-up. Il en abaissa le hayon et l'invita d'un geste à venir s'asseoir près de lui.

Lucy sentit son cœur se gonfler dans sa poitrine. Elle se souvint du jour où elle l'avait découvert en train de construire la rampe pour le fauteuil roulant de Shiloh. Ils s'étaient ensuite assis tous les deux au soleil. Mais ça, c'était avant que les choses ne se compliquent.

Une chose était sûre : elle chérirait ce souvenir jusqu'à la fin de ses jours. Cet après-midi-là, elle avait remarqué pour la première fois à quel point elle se sentait bien en compagnie de Sam. Etait-ce le moment où elle avait commencé à l'aimer ?

Avait-il ressenti la même chose qu'elle ? Même s'il décidait de rester, comme savoir s'il le faisait pour elle ? Pour Shiloh ? Pour elles deux ?

Il n'existait qu'un moyen de le découvrir.

Le temps de prendre une grande inspiration, Lucy le rejoignit et prit la main qu'il lui tendait pour l'aider à se hisser à l'arrière du pick-up. Personne ne prononça un mot, comme la fois précédente. Seulement, à la différence de l'autre fois, où il régnait entre eux une paix profonde, une désagréable tension était palpable.

Tout se passait comme si les mots qu'ils avaient envie de prononcer demeuraient coincés dans leurs gorges. Combien de temps s'écoula avant que Sam prenne la parole ? Lucy n'aurait su le dire, mais ça lui parut une éternité. Dès qu'il ouvrit la bouche, ce fut comme si un curieux mélange de soulagement et d'espoir s'emparait d'elle.

— Lucy, je suis venu te dire que je ne pars pas.

Contrairement au ton calme et apaisant dont il usait en temps ordinaire, il avait cette fois parlé avec détermination.

Lucy demeura silencieuse. Difficile de ne pas être paralysée par l'émotion et l'incertitude !

Mais à quoi s'attendait-elle au juste ? Mystère. En tout cas, Sam venait de prononcer les mots qu'elle espérait, ils adoucirent encore davantage son cœur déjà conquis et attendri. Elle sentit les larmes lui monter aux yeux et enleva ses lunettes de soleil pour les sécher d'un revers de la main.

— Sam, je…

— Attends, Lucy, je n'ai pas terminé. Je veux te dire certaines choses.

Il avait parlé d'une voix encore plus ferme. Ce n'était pas exactement le « Je t'aime » qu'elle espérait, mais les mots lui parurent prometteurs.

— Je t'écoute, dit-elle.

Si elle triturait un trou qui se formait dans le tissu de son jean au niveau du genou, Sam, lui, avait l'air tranquille et solide, tel le chêne qui dominait le jardin depuis des décennies.

Lucy devait l'avouer : elle avait presque du mal à y croire. Même en ce moment de tension presque insupportable, cet homme avait le don de l'apaiser !

Seigneur… Rencontrerait-elle encore quelqu'un comme lui ? Avant même que la question se forme dans son cerveau, elle en connaissait la réponse. Non, il n'existait aucun homme au monde comme Sam. Il était le seul à être entré dans sa vie et celle de Shiloh, le seul à avoir exprimé de la passion et de l'intérêt pour elles deux. Elle savait à présent pourquoi : Sam était le père de la petite. Mais une étincelle d'espoir couvait en elle. Peut-être qu'entre eux deux existait quelque chose de réel, de fort, de profond, indépendamment de l'existence de Shiloh ?

— Tu as toutes les raisons de me mépriser, déclara-t-il. J'ai eu tort de faire irruption dans ta vie sans explication, d'occuper beaucoup de ton temps et de celui de Shiloh, sans vous en donner la raison. Il est ridicule de ma part d'avoir caché la vérité pendant si longtemps. Je ne dis pas ça pour me trouver des excuses ni pour me faire pardonner. Je ne te demande rien de tout ça. Je veux juste que tu saches une chose : quand je suis venu ici, c'était uniquement pour Shiloh.

A ces mots, Lucy eut l'impression que Sam venait de lui assener un coup de poignard. Tout d'un coup, c'était comme s'il entrait à l'intérieur de sa poitrine, qu'il lui arrachait le cœur et le jetait par terre.

Autant être lucide : elle s'était trompée, son instinct l'avait égarée, ses espoirs se révélaient sans fondement. Sam n'était venu que pour Shiloh, il ne nourrissait aucun projet avec elle. Elle eut soudain le sentiment que les larmes allaient monter à ses yeux, brûlantes et inextinguibles. Mais il n'en fut rien. Elle se sentait vide et sèche à l'intérieur.

— N'en dis pas plus, souffla-t-elle. Je ne peux plus rien entendre.

Manifestement pris au dépourvu, Sam se tourna vers elle. Pour la première fois, il eut l'air de douter, ses mains remuèrent sans but sur ses genoux. On pouvait lire une foule d'émotions contradictoires sur son visage.

— Non Lucy ! protesta-t-il enfin. Tu te trompes, ce

n'est pas ça du tout ! Je suis venu pour elle, certes… sauf que je ne connaissais même pas ton existence. Mais dès que je t'ai vue… tout a changé.

— Tout a changé pour moi aussi, figure-toi, répliqua-t-elle. C'est ce qui se passe en général quand une nouvelle personne arrive et met votre monde sens dessus dessous.

Au milieu de ce qui était sans doute la conversation la plus importante de sa vie, Lucy vit alors poindre une lueur d'humour dans les yeux de Sam. Elle s'en offusqua un peu. Elle aurait voulu faire marche arrière, revenir à quelques jours auparavant, quand ils riaient ensemble, quand ils s'étaient donnés l'un à l'autre, quand ils avaient été heureux ensemble, comme seuls au monde. Elle donnerait tout pour revenir à ce paradis perdu.

Le visage de Sam sembla tout de suite redevenir sérieux.

— Lucy, écoute-moi. Arrête de te montrer si ombrageuse. J'essaie de te dire que tout a changé pour le meilleur. Je ne m'attendais pas à te rencontrer. Avant toi, j'aurais affirmé qu'il n'existait pas de place dans ma vie pour ce genre d'amour. Avant toi, je ne croyais même pas en la possibilité d'un tel amour. J'aurais dit que c'était un fantasme, un truc qu'on ne voit que dans les films ou dans les bluettes, sans lien avec la réalité.

Au fur et à mesure que Sam lui ouvrait son cœur, Lucy sentit quelque chose bouger en elle. Il fallait qu'elle s'accroche de toutes ses forces au minuscule rayon d'espoir qui commençait à naître en elle ! Du coup, elle osa enfin le regarder au fond des yeux. Le regard de Sam lui parla de son amour avec une éloquence, une clarté qu'aucune parole n'aurait pu égaler.

Mais quand même, elle mourait d'envie de l'entendre dire ces mots dont elle rêvait jour et nuit.

— Sam, es-tu en train de dire que…

Sans qu'elle puisse comprendre ce qui lui arrivait, Lucy vit Sam poser la bouche sur la sienne. En l'espace d'une seconde, il s'était penché sur elle, il avait pris son visage entre ses mains et il l'embrassait. Un baiser à la fois plus fort et plus tendre que jamais. Tandis que leurs langues se mêlaient, elle lutta pour conserver un semblant de contrôle d'elle-même. Tant de bonheur… Elle avait peur de s'y perdre.

Elle se détacha un peu et se mordit la lèvre.

— Ce que je suis en train de te dire, Lucy, ajouta-t-il, c'est que je veux faire partie de la vie de Shiloh. Mais je veux aussi faire partie de la tienne. Je ne m'attendais pas à tout ça, je le reconnais. Toi non plus, d'ailleurs. Seulement, il serait tellement dommage de laisser filer une aussi belle histoire. Tu es la femme la plus belle, la plus intelligente et la plus intéressante que j'aie jamais rencontrée. Je refuse de te perdre sans me battre pour tc conserver. Tu es une femme merveilleuse… et je t'aime.

Lucy se réjouit d'être assise. Sans cela, ses jambes ne l'auraient probablement pas soutenue. Quand la voiture de Sam avait surgi au bout de son allée, elle avait redouté de perdre une des meilleures choses qui lui soient arrivées jusqu'ici. Mais c'était l'inverse qui se produisait ! L'homme de sa vie venait de prononcer les mots merveilleux qu'elle rêvait d'entendre. Il lui faudrait sûrement quelques minutes pour prendre la pleine mesure d'une telle déclaration. Elle eut une folle envie de se pincer pour vérifier que tout ceci n'était pas une hallucination.

Quand elle leva les yeux vers Sam, elle eut presque l'impression qu'il la suppliait. Il attendait une réponse. La sincérité de sa déclaration se lisait sur son visage.

Maintenant, c'était à elle d'exaucer les vœux de Sam, comme il venait de le faire pour elle.

— Sam…

Lucy marqua aussitôt une pause. Comment exprimer la joie immense qui éclatait dans son cœur, tel un cheval sauvage au galop ? Les mots parfaits ne lui venant pas, elle se décida à faire comme d'habitude : coller aux faits.

— Je t'aime aussi, Sam. Tu es le bienvenu dans la vie de Shiloh, tu es exactement le père qu'elle mérite. Je n'aurais pu en rêver de meilleur. Et je te veux aussi dans *ma* vie. Je veux tout de toi et, dans le fond, je me moque de ce qui a eu lieu dans le passé. Je ne vais pas te juger à partir de la personne que tu étais autrefois. Ce que je veux de toutes mes forces, c'est l'homme que tu es à présent, celui dont je suis tombée amoureuse.

Sam l'attira dans ses bras et Lucy le laissa lui donner un long baiser. Un baiser passionné et plein d'espoir, tourné vers l'avenir qu'ils allaient partager.

A la fin du baiser, elle sentit son cœur fondre en voyant les yeux de Sam briller comme des étoiles.

— Allons annoncer la bonne nouvelle à notre fille, dit-il.

Il sauta en bas du pick-up et la prit dans ses bras.

Lucy noua ses bras autour de son cou et le laissa l'emmener vers leur nouvelle vie.

Epilogue

Un an plus tard.
Gala annuel de la nuit des étoiles à l'observatoire Lonestar.

Lucy n'aurait pas pu être plus heureuse. Shiloh tournoyait dans son fauteuil roulant, que Sam faisait évoluer sur la piste. Le père et la fille formaient un spectacle d'une beauté sans égale. Oui, elle avait une chance folle d'être aimée par deux personnes de cette qualité.

Les étoiles au-dessus de sa tête semblaient être là pour elle toute seule, et elle sourit. Elle se rappela le visage de son père qui s'illuminait quand il lui apprenait le nom des constellations, les unes après les autres, comme s'il lui confiait un trésor.

Avec les deux personnes qu'elle aimait le plus au monde près d'elle, elle se savait désormais riche. Plus riche que ce qu'elle aurait pu espérer dans ses rêves les plus fous.

Sam avait fait irruption dans sa vie un an auparavant, et il avait changé son monde à jamais. Il passait tous les jours du temps avec Shiloh et s'avérait être un père hors pair. Ils étaient inséparables.

Pour sa part, elle sentait encore sa respiration s'accélérer chaque fois que Sam posait sur elle son regard, chaque fois qu'il la touchait ou qu'il la tenait dans ses bras. Tout cela était incroyable, et pourtant réel.

Et cela lui appartenait.

Lucy se tourna alors vers Tessa et voulut dire quelque chose. Sa meilleure amie mit un doigt sur ses lèvres et murmura :

— Je sais. Tu as… de la chance. Et je suis très heureuse pour toi. Tu as bien fait d'arrêter de jouer à la solitaire, de permettre à cet homme de t'aimer.

Lucy éclata de rire : le champagne lui montait à la tête !

— Allez ! plaisanta-t-elle. Dis-moi ce que tu penses vraiment.

Lucy laissa Tessa la prendre par les épaules et elles regardèrent ensemble Sam et Shiloh finir leur danse. Le père s'inclina devant sa fille et lui baisa la main.

Lucy chercha son mouchoir dans sa manche pour essuyer les larmes de bonheur qui débordaient de ses yeux.

Mais soudain, Tessa lui donna un coup de coude qui faillit lui faire renverser du champagne sur sa robe. Elle montrait du doigt Sam et Shiloh.

— Tu vois ce que je vois ? dit-elle.

Bouche bée, elles contemplèrent le garçon à peu près de l'âge de Shiloh qui s'approchait de Sam et lui touchait légèrement le bras. Les deux femmes n'entendirent pas leur bref dialogue, mais elles retinrent leur respiration quand Sam hocha la tête. Le garçon prit alors la main de Shiloh et la reconduisit vers la piste.

Lucy vit le visage de sa nièce s'illuminer : ses yeux verts brillaient comme des étoiles, pleins de l'attention que lui témoignait le bel adolescent. La main sur son cœur, elle se tourna vers Tessa.

— Je sais, dit celle-ci. Elle le mérite. Mais si jamais

il brise le cœur tendre de notre petite chérie, envoie-moi ce garçon, je m'occuperai de lui. Peu importe son âge, je lui assenerai un coup de pied au derrière qui l'enverra à Tombouctou !

— Tessa ! Ne dis pas de sottises !

— Quoi ? Tu sais très bien que je le ferai !

Toutes les deux s'esclaffèrent. Au bout d'un moment, elles ne savaient plus pourquoi elles riaient, mais leur fou rire s'amplifia. Elles étaient heureuses. Le temps que Sam les rejoigne, deux flûtes de champagne à la main, elles nageaient en pleine hystérie joyeuse.

— Qu'est-ce qui vous amuse tant ? demanda-t-il.

La question les fit repartir de plus belle.

— Laissez tomber, inutile de m'expliquer, dit-il.

Et bientôt, il riait avec elles.

Tandis qu'ils contemplaient Shiloh qui entamait sa seconde danse avec son partenaire, Lucy sentit tout à coup que Sam attrapait sa main. Sa peau chaude lui était familière, maintenant, mais ces contacts l'électrisaient toujours autant. Ce serait toujours le cas.

Oui, toujours. Parce qu'elle comptait bien passer l'éternité avec lui.

Sam se pencha alors sur elle, déposa un baiser sur ses cheveux avant de lui titiller l'oreille de ses lèvres. Puis il lui prit la main et l'entraîna en adressant un petit signe d'excuse à Tessa.

Lucy avait le cœur qui battait la chamade.

— Où allons-nous ? demanda-t-elle.

— Tu verras bien.

Il l'entraîna loin de la piste de danse, à l'écart des lumières artificielles. Quand ils furent assez loin pour être tous seuls, Sam s'accroupit, puis souleva chaque pied de Lucy pour lui ôter ses talons hauts. Là-dessus, il prit les chaussures par leurs lanières et l'entraîna sur le sentier pentu qui menait au télescope Rigsby.

Lucy ne put s'empêcher de sourire. Décidément, on ne savait jamais à quoi s'attendre avec Sam !

— Mais qu'est-ce que tu fais ? s'exclama-t-elle en riant.

— Pour une femme qui prétend me faire confiance, tu poses beaucoup trop de questions, répondit-il d'une voix légère et espiègle.

— Je suis une scientifique dans l'âme. C'est normal que je pose des questions !

— Je sais. Tu ne peux pas t'en empêcher, et ça me plaît !

Le temps d'arriver au sommet de la colline, Lucy était essoufflée.

La vue depuis le sommet était encore plus belle que lors de leur première visite ensemble. Cette fois, Lucy était consciente de l'amour de Sam, elle ne s'inquiétait plus à ce sujet. Son cœur était en paix, et cette sécurité lui offrait la liberté d'accepter l'aventure quand elle se présentait.

En un sens, elle avait le sentiment d'avoir dormi la plupart de sa vie. Sam était venu et l'avait réveillée. Chaque jour passé avec lui ramenait de la lumière dans son cœur. Une lumière qui débusquait les recoins sombres qui s'y étaient formés au fil de ces années douloureuses. Quand elle avait perdu sa mère, puis Jennifer, et enfin son père.

Sam n'avait pas effacé cette peine, ce n'était pas possible, ça ne dépendait pas de lui. Mais il lui avait redonné goût à la vie. Grâce à lui, elle avait enfin pu retrouver confiance en elle et en l'existence.

Pour cela, jamais elle ne le remercierait assez.

Parvenu au télescope, Sam mit la main dans sa poche

et en sortit une clé. Lucy le regarda déverrouiller la salle de contrôle, l'attraper par la main, l'inviter à le suivre à l'intérieur et refermer la porte derrière eux. L'endroit était sombre. Seuls filtraient quelques rayons de lune qui éclairaient l'espace. Ils jouaient dans les cheveux blond cendré de Sam en soulignant les beaux traits de son visage et en voilant ses yeux d'une ombre légère.

Sans lâcher Sam, Lucy se dirigea docilement vers le centre de la pièce, où la lumière tamisée de la lune les éclaira tous les deux.

Elle s'accommoda vite à la faible clarté. Le visage de Sam émergeait de l'obscurité. Tiens, ses mains tremblaient…

Plus tard, elle se remémorerait encore et encore les moments qui allaient suivre. Sans jamais se lasser, elle se les repasserait dans sa tête comme un film qu'on adore.

Le temps sembla soudain s'arrêter et Lucy n'en crut pas ses yeux. Sam venait de mettre un genou à terre, le regard plongé au fond du sien.

Tout d'un coup, c'était comme si tout ce qui les entourait avait cessé d'exister. Elle entrouvrit la bouche au moment où Sam fouilla dans sa poche pour en sortir une bague en diamant. Une splendeur. Ce bijou rivalisait avec l'éclat du regard de son homme ! Là, il prononça les mots auxquels elle ne s'attendait pas.

C'est seulement à cet instant qu'elle découvrit la vérité : dans son cœur, elle les attendait depuis toujours.

— Lucy, dit Sam d'une voix rauque, je t'aime de toute mon âme, j'ai besoin de toi comme la terre a besoin du soleil. Je refuse de vivre une vie dont tu ne serais pas le centre.

Tremblante, Lucy sentit des larmes couler le long de sa joue. Elle pensait déjà aux mots que Sam allait dire. Quand il les prononça, elle eut le sentiment que sa poitrine allait exploser.

Il passa alors la bague à son doigt. Et là, il lui dit :

— Lucy Monroe, tu es la meilleure chose qui me soit arrivée à ce jour. Veux-tu devenir ma femme ?

Lucy eut besoin de quelques secondes pour recouvrer sa voix. Quand elle le put, elle lança avec une pointe d'humour :

— Il le faut bien, car jamais plus je n'ôterai cette bague de mon doigt ! Jamais.

L'air manifestement enchanté, Sam éclata de rire. Il se releva, prit Lucy dans ses bras et la fit tournoyer autour de lui. Elle passa ses mains autour de son cou et l'embrassa de toute son âme. Au bout d'un moment, il cessa de tourner et la reposa. Puis il alla vérifier que la porte de la salle de contrôle était bien fermée à clé. Il ouvrit alors un tiroir dont il sortit une couverture. Le temps de l'étendre par terre, il lui adressa un petit clin d'œil malicieux.

Quand elle repenserait plus tard à ces moments d'intimité précieuse dans la bulle du télescope, Lucy se souviendrait tout particulièrement de la façon dont Sam l'avait regardée, avec, dans les yeux, de l'amour et une lumière capable de rivaliser avec celle de n'importe quel astre du cosmos. Elle se souviendrait de l'instant exact où tout ce dont elle avait rêvé lui était tombé dans les mains comme par enchantement.

Sam lui appartenait, et elle était sienne. C'était aussi simple et aussi complexe que ça. Rien ne détruirait jamais cette incroyable osmose.

Irait-elle un jour dans l'espace ? Lucy n'en avait pas la moindre idée. En tout cas, une chose était certaine : désormais, elle savait vraiment ce qu'avoir la tête et le cœur dans les étoiles voulait dire…

Retrouvez en mars,
dans votre collection

Passions

n nouvel espoir, de Karen Rose Smith - N°645

RIE LES SECRETS DES FORTUNE TOME 3/6

basourdie, Lucie ne peut détacher le regard du visage séduisant de Chase arker, son amour de jeunesse. Non seulement celui-ci vient de ressurgir dans a vie après des années de silence, mais en plus il lui annonce qu'ils sont… ariés ! Impossible ! s'insurge-t-elle, puisque sa famille – les puissants Fortune ont fait annuler leur union aussitôt la nouvelle annoncée. Pourtant, face au érieux de Chase, Lucie sent le doute l'envahir : et si c'était vrai ? Peut-être erait-ce l'occasion de renouer avec l'homme qu'elle n'a jamais cessé d'aimer ?

ans les bras de son patron, d'Elizabeth Lane

erri est inquiète. Buck Morgan, son patron, ne s'est pas présenté au bureau ne répond pas à ses innombrables appels. Quelque chose ne va pas, elle e sent. Déterminée à le retrouver, Terri se rend alors au domicile de Buck. A a grande surprise, celui-ci est toujours dans son lit et se comporte de façon rès étrange. Lorsqu'il l'attire brusquement à lui et l'embrasse passionnément, erri, confuse, songe d'abord à prendre la fuite. Mais, au lieu de cela, elle se urprend à s'abandonner dans les bras de son séduisant patron…

Jn bébé à chérir, de Sarah M. Anderson - N°646

ÉRIE LES MILLIARDAIRES DE CHICAGO TOME 4/4

.iberty n'en croit pas ses yeux. Est-ce bien un nouveau-né qu'elle vient de rouver abandonné dans la rue, livré à lui-même ? Immédiatement, un sentiment d'injustice se met à brûler en elle : ce bébé, elle le sauvera, quitte à lui consacrer tout son temps ! Mais pour cela elle n'a pas le choix : elle doit demander son aide à Marcus, son patron et ami. Marcus, qu'elle aime en secret depuis des mois, et qui ferait un père parfait pour cet adorable bébé…

Ce si doux secret, de Nancy Robards Thompson

Lorsqu'elle aperçoit Nick Ciotti se diriger vers elle, Rebecca n'a qu'une envie : prendre ses jambes à son cou. De tous les médecins de l'hôpital où elle s'est rendue, il fallait que ce soit lui qui la prenne en charge ! Lui, avec qui elle a eu une aventure trois mois plus tôt. Cette coïncidence, Rebecca le sait, risque bien d'être lourde de conséquences. Car elle est enceinte de jumeaux, et le père n'est autre que Nick lui-même… Aura-t-elle le courage de lui annoncer cette incroyable nouvelle ?

Un brûlant face-à-face, de Maureen Child - N°647

Lorsqu'elle pense à Sean Ryan, Kate est submergée par des sentime contradictoires. Certes, son patron est l'homme le plus charismatique et séduisc qu'elle ait jamais rencontré. Mais c'est aussi l'homme le plus désagréable agaçant qu'elle connaisse ! Alors, quand une tempête de neige la contraint trouver refuge dans un chalet isolé, avec Ryan pour seule compagnie, elle e prise de doute : parviendra-t-elle à dissimuler son trouble face à lui ?

L'épouse dont il rêvait, de Kristi Gold

Le temps lui est compté, Dallas en a bien conscience. S'il ne se marie pas ava son trente-huitième anniversaire, l'héritage de son défunt père lui sera refus et il pourra dire adieu à son rêve de construire une maison d'hôte. Déterminé renverser la situation en sa faveur,Dallas propose alors à Paris Reynolds – qu vient tout juste de rencontrer – de l'épouser. Et pour qu'elle accepte Dallas e prêt à tout… même à user de son charme de rancher pour la manipuler…

Une semaine pour la reconquérir, de Merline Lovelace -N°648

Elle va passer une semaine en Italie… aux côtés de l'homme qu'elle est su le point de quitter ? Lorsque Travis, son mari, lui apprend qu'il l'emmèn en Toscane afin qu'ils profitent l'un de l'autre, Kate est, contre toute attente folle de rage. Voilà des années qu'elle réclame l'attention de Travis – qu ne vit que pour son travail –, et alors qu'elle comptait prendre des vacance seule, pour faire le point, il ose contrecarrer ses plans ? Résolue à le mettre à l'épreuve, elle accepte son invitation… tout en lui imposant les conditions de leur cohabitation…

Un sulfureux arrangement, de Joanne Rock

Lorsque Dempsey Reynaud, son patron, la demande en mariage devant les médias du pays entier, Adelaide parvient à grand-peine à dissimuler sa colère. Dempsey feint de vouloir l'épouser uniquement pour l'empêcher de démissionner, comme elle le lui avait annoncé ! Pourtant, à mesure que les jours s'écoulent et que Dempsey se montre bien plus attentionné qu'à l'accoutumée, Adelaide finit par s'interroger : jouer le rôle de la jeune mariée est-il si déplaisant ?

Le bonheur d'un père, de Cat Schield- N°649

Le jour où il trouve un bébé sur le pas de la porte, Liam Wade manque de perdre son sang-froid. D'où vient ce nourrisson ? Et pourquoi le lui a-t-on confié à lui, qui n'y connaît rien aux enfants ? Désespéré, il embauche Hadley Stratton, une nourrice diplômée, afin de l'aider. Mais ce qu'il n'avait pas prévu, c'est non seulement qu'il s'attacherait à la petite Maggie, âgée de deux mois, mais aussi à Hadley, dont le charme irrésistible est loin de le laisser indifférent...

La joie de te retrouver, de Michelle Major

La seule chose dont Katie Garrity soit fière ? Son travail à la boulangerie familiale ! Pourtant, il est grand temps de montrer à la petite ville de Crimson de quoi elle est capable : elle trouvera le mari de ses rêves ! Le problème est qu'ici les prétendants se font rares... Aussi, quand elle apprend que Noah Crawford, son plus proche ami du lycée, est de retour en ville, elle ne peut cacher sa joie... avant de déchanter. Car quelques semaines plus tard il la repousse alors qu'ils ont entamé une liaison et qu'elle attend son enfant...

⋆⋆⋆ 10 ANS *Passions* ⋆⋆⋆

Pour fêter les 10 ans de Passions

découvrez tout au long de l'année 2017

la sélection des 12 meilleurs romans Passions

que vous avez choisis !

En mars, ne manquez pas
le troisième titre de la sélection :

Une fascinante rencontre
d'Yvonne Lindsay

Retrouvez en mars,
dans votre collection

Passions

Une fascinante rencontre, d'Yvonne Lindsay

Depuis toujours, Sarina a pris l'habitude de sauver sa sœur jumelle des situations les plus rocambolesques. Mais cette fois, cette dernière a été trop loin, beaucoup trop loin. Ne vient-elle pas de l'obliger à la remplacer pour quelques jours auprès de son nouveau fiancé, le prince Raynard del Castillo ? Hélas, même si la perspective de côtoyer cet homme ténébreux et incroyablement séduisant l'effraie au plus haut point, Sarina n'a d'autre choix que s'exécuter…

Composé et édité par HarperCollins France.

Achevé d'imprimer en janvier 2017.

CPI
BLACK PRINT

Barcelone

Dépôt légal : février 2017.

Pour limiter l'empreinte environnementale de ses livres, HarperCollins France s'engage à n'utiliser que du papier fabriqué à partir de bois provenant de forêts gérées durablement et de manière responsable.

Imprimé en Espagne.